Elisabeth Altrock

„… Und liebet Eure Feinde …"
Nicht mit mir, Genossen!

*Dieses Buch widme ich meiner Tochter und meinem Sohn,
meinen Enkelkindern und
allen meinen Schülerinnen und Schülern.*

Elisabeth Altrock

Bibliografische Information der Deutschen Nationalbibliothek:
Die Deutsche Nationalbibliothek verzeichnet diese Publikation in der Deutschen Nationalbibliografie. Detaillierte bibliografische Daten sind im Internet über http://www.d-nb.de abrufbar.
ISBN 978-3-85022-221-1

Alle Rechte der Verbreitung, auch durch Film, Funk und Fernsehen, fotomechanische Wiedergabe, Tonträger, elektronische Datenträger und auszugsweisen Nachdruck, sind vorbehalten.

© 2008 novum Verlag GmbH, Neckenmarkt · Wien · München
Lektorat: Mag. Nicole Match
Layout: Bettina Kirsten

Gedruckt in der Europäischen Union auf umweltfreundlichem, chlor- und säurefrei gebleichtem Papier.

www.novumverlag.com

1

Der Februar 1963 war erstaunlich mild. An den Straßenrändern erinnerten graue, löchrige Schneereste daran, dass eigentlich Winter sein sollte.

Es war nicht nur Winter, es war auch Fasching, genauer gesagt Rosenmontag. Ein Ereignis, das in der DDR nur in wenigen Hochburgen zu wirklicher Größe gedeihen konnte.

In Geranienburg-Oberland, einer Bezirksstadt im Mittelosten, hielt sich die Karnevalsbegeisterung in Grenzen. Das sahen die künftigen Kinderkrankenschwestern der dortigen Medizinischen Fachschule nicht so und hatten vor, den Tag zumindest optisch würdig zu begehen. Genau so, wie sie es von den Medizinstudenten in Jena kannten.

Der ältliche Pharmazierat Reichelt gab es an diesem Morgen auf, kichernde und lärmende achtzehnjährige Mädchen, die sich alle ein Herz auf die Wange geschminkt hatten, in die Geheimnisse der Pharmazie einzuweihen. Er brabbelte noch einige Sätze aus seinem Konzept, hörte dann unvermittelt auf zu sprechen, drehte seine blaugepunktete Fliege, die er selbst zu rotkarierten Hemden immer trug, zur Seite und schaute die Schülerin Rahel Bach, die lautstark herumschwatzte, über den Brillenrand grinsend an: „Na, dann kommen Sie mal 'runter und ich will 'ne anständige Büttenrede hören." Sagte es und setzte sich in die hintere Reihe, an deren Wand Walter Ulbricht, weiß eingerahmt als Kunst-Druck, den Mädchen von hinten in die Hefte schaute.

Nun war Rahel am Zug. Das schlanke, temperamentvolle Mädchen war zwar ganz redegewandt, aber eine Büttenrede aus dem Stegreif traute sie sich nicht zu. Doch sie hatte eine Idee! Sie stieg feierlich die Stufen des Anatomie-Hörsaals, in dem das Ganze stattfand, hinunter, fuchtelte dann theatralisch mit den Armen herum und bat Reichelt zu sich: „Euer Ehren, bitte!" Der war etwas verblüfft. Da nahm Rahel seine Hände und legte sie von hinten auf ihre Schultern. Übermütig warf sie ihm ihren dunkelbraunen Pferdeschwanz, der fast bis zum Hintern reichte, ins Gesicht und ihre graublauen Augen blitzten vor Übermut. Reichelt gab sich geschlagen, denn was passieren würde, wenn er ablehnte, konnte er sich lebhaft vorstellen.

„Auf, Kommilitonen, zur Polonaise! Es war einmal ein treuer Husar, der liebt' sein Mädel ein ganzes Jahr", sang sie markerschütternd und falsch. Ein anderes Faschingslied kannte Rahel nicht. Mit Pharmazierat Reichelt hinter sich gelang es zunächst, die ganze Klasse zur Polonaise unter Ulbrichts Bild zu bringen. Die Stufen des alten Hörsaals dröhnten, und auch die alten Klappbänke schepperten im Takt mit. Nur eine kleine Gruppe, es waren die Getreuen von Margit, Rahels Rivalin seit sie gemeinsam die Schulbank hier drückten, zierte sich. Das interessierte die Meute nicht. Sie wurden ruppig aus den Bänken gezerrt und ergaben sich bald in ihr Schicksal. Rahel holte schließlich alle Schülerinnen, auch aus den anderen Klassen heraus. Deren Lehrer spielten anfangs amüsiert mit, weil sie den alten Pharmazierat sahen, der tapfer hinter Rahel marschierte, obwohl er Mühe hatte, Schritt zu halten. Aber als Rahels Klasse dann beschloss, in die Stadt zu ziehen, um die Jungen der Wismut-Schule[1] herauszuholen, die dort Bergbau lernten, waren die Mädchen plötzlich allein.

Ihr Weg führte hinunter in die Stadt, immer an den Straßenrändern entlang, weil man den Hinkegang nur an den Bordsteinkanten machen konnte. Die Schule bestand aus vier alten Stadtvillen, deren Besitzer nach dem Krieg in den Westen geflohen oder enteignet worden waren. Das Hauptgebäude war ein hübsch-hässlicher Schulenburgbau. Ohne Rücksicht auf das alte Baudenkmal waren dort Unterrichtsräume und der große Speiseraum für die Schüler in der Diele eingerichtet worden. Die anderen Gebäude mit schönen, aber total verwachsenen alten Parkgärten, säumten den Weg der Mädchen. Als sie am Stadtrand ankamen und vor der Bergbau-Schule mutig ihr: „Ein Hut, ein Stock, ein Schirm – und vor, zurück, zur

Seite" grölten, war Margit mit ihren zwei Freundinnen verschwunden.

Die Jungen hingen aus den Fenstern ihrer Schule und jammerten: „Die Scheiß-Pauker haben die Türen zugesperrt! Wir dürfen nicht heraus!" Also zogen die künftigen Kinderkrankenschwestern schließlich ohne Buben wieder ab. Der Rückzug dieses Rosenmontags verlief weniger lautstark. Das haben Niederlagen so an sich.

In der Klasse erwartete sie bereits Margit samt Anhang und Gerda Pankras, die Anatomielehrerin, welche zugleich die Klassenleiterin dieses Mittelkurses der Kinderkrankenpflege war. Gerda sah nur Rahel an: „Das hat ein Nachspiel", sagte sie bestimmt, wirkte aber eigentlich gar nicht verärgert. Rahel und Gerda mochten sich sehr, aber heute hatte Rahel ihre Lehrerin offensichtlich in Schwierigkeiten gebracht! „Rahel, Sie werden sich bei den zwei Chefärzten entschuldigen!" Oh, großer Gott, die Mädchen hatten die Chefärzte vergessen!

Die Stadt hatte zwei Kliniken und somit auch zwei leitende Chefärzte. Diese gaben in der Schule Theorieunterricht. Der „städtische" Chefarzt lehrte innere Medizin, der Wismut-Chefarzt Infektionslehre. Und beide waren heute, am Rosenmontag zu ihrem Unterricht vergeblich erschienen. Das heißt eigentlich nicht, denn Margit und Co. waren ja da und retteten die Ehre ihrer sozialistischen Schule, aber die Chefärzte wollten mehr Schüler haben! Eine Woche später entschuldigte sich Rahel dann pflichtgemäß und herzzerreißend im Namen aller Rosenmontagsschülerinnen bei ihnen, und während der alte Chefarzt der städtischen Kinderklinik, Bock, den Mädchen grinsend verzieh, erhielten sie vom anderen eine Moralpredigt, die in der Feststellung gipfelte, wer es nötig habe, sich eine Pappnase aufzusetzen, weil er mit seiner eigenen Persönlichkeit nicht klarkomme, solle das tun. Das hatte er fein gesagt, der Genosse Chefarzt. Und die Mädchen nahmen es sich ordentlich zu Herzen!

Einige Jahre später, als Schwester Rahel eines Nachts vom Spätdienst nach Hause ging, sollte sie erleben, wie der große

Chefarzt ganz klein und betrunken am Arm seiner Oberschwester heim torkelte. Ohne Pappnase, aber auch ohne nennenswerte Persönlichkeitsmerkmale.

Es gab kein Nachspiel. Die Lehrer hatten sich insgeheim köstlich über die Beschwerde des Genossen Chefarzt aus der Wismut-Klinik amüsiert, denn zwischen den russisch regierten Wismut-Einrichtungen der Stadt und den von der Partei diktierten staatlichen Betrieben bestand durchaus keine brüderliche Einigkeit. Das wurde auch ganz bewusst so gestaltet. Denn nichts hatten die Genossen in Moskau und Berlin mehr zu fürchten, als ihre eigene, angeblich herrschende und womöglich einige Arbeiterklasse. Und so dividierte man alle ein wenig auseinander. Durch ein paar Privilegien, durch manch bessere Zuteilung besonders rarer Artikel oder durch unterschiedliche Bezahlung. Das Prinzip: „teile und herrsche" beherrschten die Genossen perfekt. In den Wismut-Bezirken der DDR wurde das über eine bessere Bezahlung und Versorgung der Wismut-Angehörigen erledigt. Der Genosse Wismut-Chefarzt verdiente also weit mehr als sein Nichtgenosse aus der städtischen Klinik, dem er allerdings fachlich nicht das Wasser reichen konnte. Diesen Mangel glich der Wismut-Mann mit jener Arroganz aus, die ihm dazu verholfen hatte, einer der unbeliebtesten Honorardozenten der Schule zu sein. Und da die Medizinische Fachschule Geranienburg wie alle Schulen in der DDR eine staatliche war, kam Rahel ohne Strafe davon, weil die Genossen Lehrer dem Genossen Chefarzt seinen Ärger richtig gönnten.

Margit zog eine säuerliche Miene. Sie hatte wohl anderes erwartet, zumal sie von Gerda nicht einmal ein Lob für ihr vorbildliches Verhalten bekommen hatte. Nun stand sie mit ihren Verbündeten vor der Klasse recht dumm da und schwor insgeheim Rache.

Die beiden Mädchen konnten sich schon seit dem ersten Tag ihrer Ausbildung nicht ausstehen!

Dabei ähnelten sie sich sogar figürlich etwas. Beide superschlank, gleich groß – etwa einen Meter achtundsechzig –, große graublaue Augen. Nur in Haut und Haar unterschieden sie sich völlig.

Margit hatte weiße Haut und aschblondes Haar, das zum üblichen Bubikopf der Sechzigerjahre geschnitten war. Sie war ein eher schüchternes, stilles Mädchen und sie war katholisch.

Das war nichts Ungewöhnliches in Geranienburg, obwohl die Stadt eigentlich protestantisch war, seit Luther seine Thesen an jenes Tor in Wittenberg gehämmert hatte. Der Sozialismus schliff sie alle sowieso gleich und machte zwischen den Kirchen kaum Unterschiede. Bespitzelt wurden alle.

Margits Mutter war mit ihrem Säugling nach dem Krieg mit einem der zahlreichen Flüchtlingszüge in die Stadt gekommen und die Kirche blieb das Einzige, was sie in den Jahren nach dem Krieg mit ihrer alten Heimat in Schlesien verband. Die schüchterne, blasse Margit wuchs gläubig bei der Mutter auf und ihre Berufswahl war die klare Folge ihres bisherigen Lebens. Vor schwierigen Klassenarbeiten bekreuzigte sie sich heimlich und anfangs ging sie noch regelmäßig in die Kirche.

Die wilde Rahel, welche alle im Flug begeisterte und der anscheinend alles zuflog, wenn sie in der Klasse witzig mit den Dozenten stritt, und die sogar wagte, dem alten Chefarzt Bock zu widersprechen, war für Margit, die sich jede gute Note mit nächtelangem Büffeln erkämpfte, weil sie Mutter eine Freude machen wollte, einfach lästig. Margit setzte sich immer möglichst weit weg von dieser lauten Rahel. Manchmal wagte sie den Kampf und meldete sich fleckigrot, mit stark erhöhter Herzfrequenz, wenn eine Frage gestellt wurde. Aber kaum hatte sie ihre langsam und sorgfältig überlegte Antwort gegeben, da setzte Rahel lustig nach. Margit kroch dann immer wieder beleidigt in ihr Schneckenhaus, während die Klasse in Gelächter ausbrach.

Es sollte zur Tragik des katastrophalen Lebens der Rahel Bach gehören, dass sie das überhaupt nicht bemerkte!

Drei fürchterliche Jahre litt Margit, während Rahel aufblühte und ein Leben in vollen Zügen schmeckte, das sie selbst bisher nur verächtlich von außen betrachtet hatte. Denn Rahel hatte zu den „Auserwählten" gehört.

Es war Rahels Gott gewesen und nicht Margits! Die ganze Kindheit lang. Und bis sie den brennend-schmerzenden Schlussstrich unter ihre stille Kindheit zog, glaubte Rahel den Traum vom ewigen Leben, und dass nur die Auserwählten die Gnade des Überlebens erhielten. Aber nun war sie frei! Niemand wusste es hier. Und niemand durfte je erfahren, dass sie ihre Kindheit in einer Religionsgemeinschaft verbracht hatte, die in der DDR verboten war!

Doch schon seit Beginn der Sechzigerjahre gab es in den Archiven der Bezirksstadt Geranienburg-Oberland einen Vermerk über die in Dideritz, Unterland geborene Rahel Bach. Dort hatte man anfangs nicht bemerkt, dass Rahels Großmutter und einige Tanten, die zu den Auserwählten gehörten, zunehmend Einfluss auf Rahels neugierige Seele nahmen. Die Großmutter hatte mit ihren Schwestern in der Trostlosigkeit der Weltwirtschaftskrise und der Tristesse einer Versorgungsehe zu Gott und dem Fluchtweg aus dem prophezeiten Weltuntergang gefunden. Der war in Amerika anhand von Bibeldaten genau berechnet worden. Dass sich dieser Termin in den folgenden Jahrzehnten immer wieder verschob, ließ die Auserwählten nie zweifeln. „Bei Gott ist ein Tag wie tausend Jahr'!" und der konnte immer entscheiden, ob er das Inferno vormittags oder nachmittags starten wollte.

Und die Geschichten von der wunderbaren Neuen Welt, in der „kein Leid und Geschrei mehr sein wird, denn das Erste ist vergangen", begleiteten Rahel jeden Abend, wenn sie mit Großmutter vorm Schlafengehen betete. Es tröstete das dunkelhaarige dünne Mädchen auch, dass dort die Löwen Gras fressen und sie konnte es immer sehen, denn ein Bild von dieser wunderbaren Welt hing über Omas Sofa. Da grasten Lämmer und daneben lagen lächelnde Löwen, die von Menschen in weißen langen Nachtgewändern mit Palmenzweigen gehütet wurden. Am Horizont, der blau-rosa leuchtete, stand ein weißes, friedvolles Haus, nach dem Rahel sich nun ein Leben lang sehnen sollte.

Das Bild hatte Großmutter auch trotzig in der Nazizeit hängen lassen. Es hatte einen gewellten Goldrahmen und war das einzige Gemälde, das Rahels frühe Kindheit begleitet hatte.

Großvater hatte schon unter diesem Bild zitternd und kreidebleich auf dem Sofa gesessen und immer wieder gestammelt: „Ich bin ein überzeugter Nationalsozialist, glaubt mir doch, ich bin ein überzeugter Nationalsozialist!", als die Gestapo bei ihnen Hausdurchsuchung machte, während Großmutter zornig, aber völlig ruhig auf dem Torfkasten vom großen Kachelofen saß, in dem unter den Holzscheiten ein Bündel Schriften der Auserwählten lag. Sie saß auf ihren Schriften wie vor dreitausend Jahren jene Rahel auf den Göttern ihres Vaters, die sie heimlich mitgenommen hatte, auf ihren langen Marsch mit ihrem Mann, ins gelobte Land. Die Nazis hatten nichts gefunden und Großmutter, die ihrem Mann noch einiges mehr zu verzeihen hatte als diese Feigheit, sprach ihr ganzes Leben nicht mehr über diesen Vorfall, den Rahels Mutter miterlebt hatte.

Aber als der erste Sohn, der freiwillig in den Krieg gezogen war, im U-Boot erstickte, weil sie im bombardierten U-Boothafen nicht auftauchen durften, und als der zweite Sohn mit amputiertem Arm aus Russland gekommen war, und als dann der dritte Sohn aus Stalingrad nicht zurück kam, hatte sich die Großmutter jedes Mal vor ihrem Mann, der inzwischen klein, dünn und still geworden war, aufgebaut und ihn nur angeschaut. Und dann hatte sie sich die Augen hinter ihrer Brille mit der Schürze ausgewischt: „War es das, an was ihr geglaubt habt?" Aber sie blieb bei ihm, weil man bei seinem Mann bleibt, in guten und in bösen Tagen. Weil man eine Hoffnung hatte und man das Inferno, das Gott für die Menschheit angekündigt hatte, ja überleben würde! Und da war ja die Hoffnung auf ein Wiedersehen mit den Söhnen, denen sie dann ordentlich die Leviten lesen würde!

Unter dem Bild auf dem Sofa wurden nach dem Krieg auch die Genossen Wahlhelfer empfangen, die Großmutter mit sanfter Gewalt überreden wollten, zur Wahl zu gehen. Denn die Auserwählten trugen nachweisbar zahlenmäßig dazu bei, dass die großen Staatsführer und ihre Volkskammer nie hundertprozentig gewählt werden konnten, sondern immer ein wenig darunter blieben. Dass Omas Stimme und die vieler anderer einfach mit in die Urnen geworfen wurden, als die Wahlverweigerer immer mehr wurden, konnte Rahel Jahre später, kurz vor der Wende, ein einziges Mal als Mitarbeiterin des Rathauses in Geranienburg-Oberland, selbst miterleben.

Am Anfang ihres Lebens waren der Widerstand, die konspirativen Treffen der Auserwählten und das ständige Katz-und-Maus-Spiel mit der Staatsmacht für Rahel ein aufregendes Spiel, in dem sie mit ihren Angehörigen die Guten, und der Rest der Welt die Bösen oder Ahnungslosen waren, die sowieso bald alle im Inferno verbrannten.

Die Angst vor Armageddon aber war und blieb Rahels Kindheitstrauma. Es sollte Jahrzehnte dauern, bis Rahel aufhörte, hastig und gierig nach Glück und Liebe zu leben, immer in der Angst, es würde bald alles verbrennen und sie mit. Ihr ganzes Leben begleiteten sie Albträume, in denen sie brannte. Mal auf Scheiterhaufen, manchmal auf Schiffen im Meer.

Rahel hatte kleine und große Rituale in ihr Leben eingebaut, um das Eintreffen von Armageddon zu verschieben. Für das große Gebet an Gott stellte sie sich, immer wenn der Sommer zu Ende ging, auf die mit Brettern abgedeckte Klärgrube in Großvaters Garten. Manchmal raschelten dann die Reste der weiß-bereiften Blätter an den zwei riesengroßen Pappeln vor Großvaters Haus. Die Klärgrube war mitten im Erdbeerbeet und um diese herum pflanzte der Großvater im Sommer rote Bonbondahlien. Großvater war Westpreuße und sehr stolz darauf. Er nannte seine Dahlien so, und zu den Chrysanthemen, die er aus Samen alle selbst zog, sagte er: „Chrysanthemums". Großvater war Gärtner und er musste es wissen. Nach dem Krieg sprach er fast nur noch mit Rahel und mit seinen Blumen. Wenn man ihn in seinem großen Garten nicht gleich fand, brauchte man nur still zu lauschen. Irgendwo brabbelte er dann seine Erdbeeren oder die Johannisbeerbüsche voll. Und manchmal flogen seine Fäuste erregt in den Himmel. Seine große, klassisch gebogene Nase, die er an alle Nachkommen weiter vererbt hatte, und kleine, stechend blaue Äuglein in einem fast asketisch schmalen Gesicht, waren schon Achtung heischend, wenn nicht sein kleines, ehemals blondes Bärtchen, das stets etwas verwegen schief über seinem zahnlosen Mund hing, den Respekt wieder völlig vermasselt hätte. Das Gebiss setzte er nur sonntags ein, wenn er, und zwar allein, nachmittags ins Kino ging. Er kaufte sich bei dieser Gelegenheit stets eine Tüte Kokosflocken mit Schokoladenüberzug. Das war der Grund, weshalb sich Rahel immer sehr über seine Rückkehr freute, denn sie bekam stets etwas ab.

Rahels dünne Beine steckten in braunen gestrickten Strümpfen, unter die sie noch heimlich eine Lage von Großvaters großen Taschentüchern gewickelt hatte, weil sie immer kratzten. Ihre Mutter hatte ihr eine dunkelblaue, eng anliegende Strickjacke mit Zopfmuster und weißen Margariten gestrickt, die sie aus „Trudelwolle" hergestellt hatte. Trudelwolle aus alten Vorkriegspullovern gab es genug und Oma wischte sich zwischendurch immer die Augen, wenn sie die Stricksachen ihrer Söhne für Rahel auftrudelte. „Es fusselt so", sagte sie dann entschuldigend. „Sie haben ja nicht gehört, das war halt so."

Großmutter war ehemals eine sehr schöne dunkelhaarige Frau gewesen. Ihre erste und einzige Liebe war im ersten Weltkrieg gefallen. Danach liebte sie nur noch ihre Hoffnung auf ein anderes Leben – und Rahel, die stundenlang zuhören konnte, wenn Großmutter ihre Träume erzählte, abends am Küchentisch, wenn der Großvater, der sehr zeitig zu Bett ging, schon schlief. Das waren Großmutters schönste Stunden! Sie wickelte dann ihr ellenlanges volles Haar aus einem hochgesteckten Kauz und flocht sich zwei Zöpfe, in deren Enden sie Wollfäden mit hineinknüpfte, die sie dann sorgfältig mit einer Doppelschleife zuband. Danach knetete und klopfte sie ihre schmerzenden, mit Krampfadern übersäten Beine. Jeden Abend ihres langen Lebens tat sie die gleichen Handgriffe. „Es muss alles seine Ordnung haben!" Das war Großmutters Rezept gegen das Chaos in dieser Welt.

Rahel betete ihr großes Gebet mit ausgebreiteten Armen immer so lange, bis ihr schwindelig wurde und es sie ein wenig wie ein elektrischer Schlag durchfuhr. Dann war sie sicher, dass sie mit Ihm Verbindung hatte und sie sagte Ihm auf der Grube immer nur den einen Wunsch: „Verschiebe Armageddon noch ein Jahr, es soll bitte noch ein Sommer kommen!" Danach hielt sie sich an ihren Zöpfen fest, bis ihre hölzerne Plattform nicht mehr schwankte.

Der Winter wurde in angstvoller Spannung verbracht, aber wenn dann die Pappeln ihre Silberblätter zeigten und Großvater die Dahlienknollen wieder in die Erde grub, dann wusste sie, Er hatte ihr ein weiteres Jahr gestattet. Ihr und der Welt.

Das kleine Gebet machte sie abends, nach dem Vaterunser. Da bat sie Ihn, die Großmutter, wenn es denn sein müsse, erst dann sterben zu lassen, wenn sie erwachsen, richtig groß wäre. Und das Bündnis hielt stand! Die Welt blieb stehen und die Großmutter starb, als Rahel erwachsen war und sich entschieden hatte, bei denen zu leben, die untergehen.

Rahel hatte sich abgewandt von den Auserwählten. Sie ging langsam, still, und es tat unendlich weh. Die Auserwählten hatten festgelegt, wen die Sechzehnjährige zu lieben und wen sie bald zu heiraten hätte. Sie hatten ihr widerspenstiges Verhalten nachgewiesen und dass Großmutter nicht die Erziehung einer auserwählten Jungfrau zu machen habe. Es sollte Rahel gehen wie vielen Mädchen aus den uralten Religionen, die bis zur Pubertät die Prinzessinnen ihrer Familien sind und dann doch unter den Schleier müssen, ob er nun sichtbar ist oder nicht. Die Familie, in der sie täglich nach der Schule Dienst zu leisten hatte, besaß den Sohn, der es vollenden sollte irgendwann, wenn es die Alten so wollten.

Rahels Mutter spielte in Rahels Kindheit kaum eine Rolle. Die hatte nach dem Krieg ihre Sandkastenliebe geheiratet. Rahels leiblicher Vater war, kurz nachdem er sie in einem Fronturlaub hastig gezeugt hatte, irgendwo in Russland gefallen. Die Mutter hatte das seelisch nicht verkraftet. Ihr Leben war mit dem Krieg und dem Tod ihrer Liebe stehen geblieben.

Im Bombenhagel gebar sie Rahel in Dideritz und wurde von Russen, denen Rahels Vater das Land und die Leute genommen hatte und die ihn dafür getötet hatten, in den Luftschutzkeller getragen. Die Neugeborenen der Entbindungsstation, die in ihren Sammelkörbchen oben bleiben mussten, schrieen sich ihre kleinen Lungen vor Angst heiß. Nur Rahel war still, aber sie atmete schwer und hastig.

„Sie war so glatt, so stolz! Sie war nicht so rosig und niedlich verschrumpelt wie die anderen. Sie bewegte den rechten Arm nicht! Sie schwieg nur immer. Und dann kam ihr Husten, der nie aufhörte." Rahel kam ohne Kindchenschema zur Welt und konnte dadurch ihre Mutter nicht für sich gewinnen. Das verzweifelte Staunen in ihren Augen sah nur die Großmutter und auch, dass Rahel von Geburt an zu wenig Luft zum Atmen hatte. Die Mutter hatte einen Sohn gewollt, einen plärrenden, schmusenden Buben, und Helmut sollte er heißen, wie der tote Zwillingsbruder im U-Boot! Für sie war mit dem Kriegsende nichts in Ordnung und nichts vorbei. Der Krieg war schuld an diesem Mädchen, das sie nicht verstand. Und immer, wenn sich in den nächsten siebzig Jahren jemand fand, der Mutter zuhörte, dem berichtete sie wieder und wieder aus der Zeit ihres Lebens, zwischen ihrem sechzehnten und zwanzigsten Jahr, und nichts, was sich danach noch in ihrem langen Leben ereignete, konnte die Traumata danach überwuchern und einen Frieden darüber legen. Nur die Hoffnung, dass irgendwann eine Neue Welt da sein würde, in der es „kein Leid und Geschrei mehr geben würde", hielt auch sie, wie Rahels Großmutter, in ihrem langen Leben aufrecht.

Rahels Kindheit und Jugend fand neben ihrer Mutter statt und die erinnerte sich später kaum daran.

Die Großmutter bemerkte dies wohl, aber Rahel war für sie das Geschenk Gottes. Sie wollte es behalten, um den Preis der Tochter, mit der sie nicht zurechtkam. Auch wenn sie den gleichen Glauben hatten und ihren Gott gemeinsam anbeteten.

Rahel pendelte in ihrer Kindheit zwischen diesen beiden Frauen, deren Männer kaum Bedeutung erhielten, hin und her. Das verschaffte ihr die Möglichkeit kleiner Freiheiten, denn was die eine verbot, erlaubte manchmal die andere.

In der zehnten Klasse verliebte sich Rahel in Bernd, einen hoch aufgeschossenen Jungen mit schwarzen Locken, die um ein schmales, interessantes Gesicht spielten. Bernd, der sie um Längen überragte, hinkte ein wenig und war damit etwas Besonderes. Bernd holte sie morgens vor der Schule ab und gab ihr manchmal ein Stück Seife oder Veilchenparfüm, weil seine Eltern eine kleine Drogerie am Marktplatz der uralten Kleinstadt hatten. Das lilafarbene Parfüm befand sich in kleinen, gerippten Glasflaschen mit einer Goldkappe! Rahel konnte es nur in ihrer Schatzkiste verstecken. Der Geruch war so durchdringend, dass Mutter es sofort verboten hätte.

Als er sie im Friedenspark küsste, war in ihr das gleiche Gefühl aufgeschossen wie immer beim großen Gebet auf der Klärgrube. Sie erschrak fürchterlich und starrte Bernd an, als stünde „Er" vor ihr. Dann sprudelte es aus ihr heraus! Rahel, die Auserwählte, die sich einhundert Schlösser vor die Zunge gebunden hatte, um sich und die Brüder und Schwestern nicht zu gefährden, plauderte alles aus! Bernd hörte sich das zuerst sehr ernsthaft und dann belustigt an. Er hatte schon geahnt, dass die Kleine irgendetwas Geheimnisvolles an sich hatte, aber so etwas? Deshalb war die so zickig, wenn die anderen Kumpels sie in der Pause oder beim Sport mal anfassen wollten. Jungfrau bis zur Hochzeitsnacht? Nee, das war nichts für Bernd, der schon einige Mädchen der Klasse ausprobiert hatte. Er ließ sie reden. Auf den zweiten Kuss wartete Rahel vergeblich, als sie sich an der Haustür verabschiedeten.

Am nächsten Tag in der Schule tuschelte die Klasse mit vielsagenden Blicken und als die dicke Christine, mit der sie zusammen saß, kichernd fragte, ob sie wirklich dem Bernd die ewige Liebe im Glauben habe beibringen wollen, erlebte Rahel zum ersten Mal in ihrem Leben, wie schal Verrat schmeckt.

In der Aula fand an diesem Tag wegen eines Parteifeiertages ein Festakt statt. Die Nationalhymne der Deutschen Demokratischen Republik plärrte aus dem Lautsprecher und da geschah es: Rahel blieb zum Entsetzen der ganzen Klasse, die sich erheben musste, sitzen! In ihren Augen loderte der Widerstand! Was waren das alles für Narren! Sie würden alle brennen und sie, Rahel, würde über sie steigen und sich erheben zu Gott! Aber als sie vor den Direktor musste, der die Geschichte aus dem Park schon kannte, verließ sie der Mut und sie ging nicht ans Kreuz. Sie sagte, ihr sei schlecht geworden. Was auch keine Lüge war. Die großen Augen des hageren Mädchens, das darunter litt, mit sechzehn noch keine nennenswerten Brüste zu haben, lagen tief und aufgerissen in den Höhlen. Der Direktor wirkte mitleidig und unendlich müde. Rahel ging unter der Last ihres eigenen Versagens noch bis zur Tür des Lehrerbüros. Dann sackte sie zusammen.

Von diesem Tag an hatte die Schülerin Rahel Bach der polytechnischen Oberschule in Dideritz, Unterland einen Vermerk in ihrer noch dünnen Stasi-Akte.

Rahel kroch in sich hinein und als der Junge der Auserwählten sie bei einem Gottesdienst schüchtern an der Schulter berührte, stieß sie ihn entsetzt weg. Sein Vater, dessen Ehre nun gekränkt war, erfuhr bald von Rahels Treffen mit Bernd. Sie wurde vor den Rat der Brüder beordert und bekam strenge Auflagen. Das ertrug sie noch demütig. Aber als der Oberbruder zu ihrer Großmutter ging und ihr ebenfalls den Kopf wusch, weil sie ihr Schaf so wild habe aufwachsen lassen, und Großmutter danach wimmernd zusammenbrach – „Oh Schande, oh Schande, ich will dich nicht mehr sehen!" (was sie zwei Jahre durchhielt) –, wurde etwas in Rahel erwachsen. Ein letzter Versuch, ihr Leben als Auserwählte zu führen und dabei frei zu sein, fand ein jähes Ende, als sie sich nun unter den jungen Brüdern den kleinsten und zartesten ausguckte und ihn und seine Mutter einige Male besucht hatte. Wenn sie schon im Glauben heiraten sollte, dann einen, den sie ein wenig mochte. Hubert war ein blondes zartes Bürschlein, das immer sehr breit und glücklich lachte. Dabei strahlte er Rahel, die ihm wunderbar gefiel, immer verträumt an. Ihr schmales Gesicht mit der großen gebogenen Nase war zwar oft von ihrer wilden Mähne bedeckt, aber wenn sie lachte, sang oder sprach, dann saß er still und verzückt vor ihr. Niemals würde er es wagen, davon zu träumen, dass dieses schöne Mädchen seine Frau werden könnte. Und als seine Mutter auf Geheiß der Brüder Rahel bat, nicht mehr zu kommen, nahm er es als gottgewollt hin.

Rahel, die in der anderen Welt immer nur zu Besuch war, wurde aus dem Paradies der Brüder geworfen, in dem sich die Frauen, glücklich oder unglücklich, unterzuordnen haben. Ehe sie zum Weib werden konnte, wurde sie von ihnen als Hure gekennzeichnet, von der sich künftig die Auserwählten fernzuhalten hatten.

Und Rahel ging. Weg von allen! Sie warf die Haare zurück und Bernd, dem hinkenden Casanova, der plötzlich witterte, dass die Sache jetzt interessant werden könnte, einen verächtlichen Blick zu. Er stahl das nächste Veilchenparfüm umsonst aus seiner Drogerie.

2

Die Medizinische Fachschule Geranienburg-Oberland erhielt eine neugierige, laute und immer zu Späßen aufgelegte Schülerin, aus der niemand recht schlau wurde. Ihr Schweigen hatte Rahel in Dideritz zurückgelassen.

Die Eltern waren nach Geranienburg-Oberland gezogen, wie viele in den Gründerjahren der „Wismut". Der Moloch Uranbergbau schluckte eine ganze Generation junger, hoffungsvoller Männer und Frauen. Und erst Jahrzehnte später, als das sozialistische System implodiert war, kam heraus, wie gefährlich die verstrahlte Unterwelt der DDR war und wie viele Leben die uranhaltigen Kristalle, die sich in die Lungen fraßen, gefordert hatten. Vergiftete, verstrahlte Gehirne, die später dann als „Parkinson" von sich reden machten, Krebs in allen Körperteilen und Impotenz, waren neben unerklärlichen Fehlgeburten der Preis, den die Wismut-Leute für etwas mehr Lebensniveau in der DDR ahnungslos zahlten.

Und so kam Rahel mit Margit zusammen in diese Klasse, weil Rahels Stiefvater die Kaderleiterin des Wismut-Krankenhauses kannte und man wohl die Hinweise aus ihrer Geburtsstadt aufgrund ihrer Jugend nicht so ernst nahm.

Rahel lernte Gerda Pankras, die Kommunistin kennen. Gerda, die Rahels schauspielerische Talente aufspürte, als sie mit ihren Kinderkrankenschwestern für die Weihnachtsfeier der Schule „Wilhelm Busch" als Schattenspiel aufführten, verknallte sich auf Anhieb in dieses Mädchen, das den Eindruck machte, als käme sie aus einer anderen Welt. Und Rahel, die neue Ufer, einen neuen Halt suchte, mochte diese ehrliche und konsequente Klassenlehrerein sofort.

Gerdas Eltern waren von den Faschisten in Buchenwald hingerichtet worden und sie war bei ihren Großeltern aufgewachsen, geächtet bis zum Zusammenbruch des „Deutschen Tausendjährigen Reiches". Die intellektuell interessante, hoch gebildete Frau war nicht nur eine große Krankenschwester und Lehrerin, sie ging mit ihren Schülern in Konzerte und in das Theater der Stadt, sie provozierte, regte ihre Schüler zum Lesen und zum kreativen Umgang mit Wissen an. Rahel erlebte Opern, Schiller und Brecht und auch die Klassiker des Sozialismus. Die neugierige Rahel wagte sich sogar in die große Backsteinkirche der Stadt, in der sie ihren späteren langjährigen Freund, den Kantor, Bach spielen hörte. Einen lauten, unsteten Bach und einen Elias, der rebellierte, was dem Kantor viel Ärger einbrachte. Aber er war jung und er war wütend, immer wieder! Doch aus seiner Wut wuchs keine Tat, sondern immer wieder nur Zorn und Hilflosigkeit ob seiner Kirchenfürsten, die sich im Dulden und Abwarten auskannten.

Rahel sog die neue Außenwelt der Verdammten in sich auf wie eine Verdurstende! Alles fuhr ihr unter die Haut! Alles tat weh und zugleich weckte es süße Lust. Und sie hatte es eilig! Bald war alles zu Ende! Gerda, die ahnte, was in dieser so unsteten, aber begeisternden Schülerin vorging, führte sie geschickt an ihre Philosophie heran. Und so kam es, dass die Schülerin Rahel Bach Marx und Engels in einer Zeit las, als ihre Klassenkameraden froh waren, endlich dem ewigen Singsang vom Sieg des Sozialismus entronnen und in der Kinderkrankenpflege angekommen zu sein. (Einer Nische, in der man nicht täglich das Hohe Lied der Partei singen musste.) Gerda Pankras aber wusste, was sie tat und sie glaubte, was sie sagte. Als Vertreterin einer lupenreinen Parteihierarchie, hatte sie für Nachwuchs in der SED zu sorgen und die hochbegabte Rahel war dafür bestens geeignet! Ihre Vergangenheit in Dideritz interessierte Gerda wenig. Das Mädchen war gecheckt worden. Hier in Geranienburg bestanden keine Verbindungen zu den Auserwählten. Verwandtschaftliche Bindungen in den Westen gab es wohl auch nicht. Und jetzt lag es an ihr, das Beste aus dem Mädchen zu machen. Rahel wäre nicht die erste Schülerin, die sie gekippt hatte. Ihr Mann, ihr Sohn, beide waren hohe Offiziere der Staatssicherheit. Ihr Sohn war Offizier in Berlin und ihr Mann betreute als inoffizieller Mitarbeiter, kurz IM, einen der größten Betriebe der Stadt mit seinen Genossen. Die Genossen vertrauten Gerda auch dann, wenn sie manchmal daneben griff. Arbeit mit der Jugend war etwas Besonderes. Da hatte sie schon viele Freiheiten und Möglichkeiten. Mit Rahel glaubte sie einen Glücksgriff getan zu haben. Sie sollte ihre Nachfolgerin an der Schule werden, wenn sie in einigen Jahren das Zepter hier aus der Hand legen würde.

Rahel war wie sie selbst in ihren jungen Jahren: kultur- und kunstbegeistert, neugierig, ein bisschen widerspenstig und von einer beinahe beängstigenden Überzeugungskraft. Hinzu kam Rahels Geschick und ihre hohe Sensibilität in der Praxis am Krankenbett. Nein, dieses Mädchen würde sie nicht mehr aus den Fingern lassen! Die hatte am Anfang binnen einer Woche die ganze Klasse hinter sich gebracht. Und diese Klasse sprühte nun vor Ehrgeiz und Einfällen! Es gab also nur zwei Wege: Entweder würde dieses Mädchen eine flammende Kämpferin für den Sozialismus oder man müsste sie als Gegnerin vernichten, wegen des idealistischen Potentials, das in ihr steckte.

Nicht nur Margit merkte bald, dass Rahel der Liebling der Klassenleitung war, obwohl Gerda Rahel besonders hart anfasste. Dass auch der alte Chefarzt Bock einen Narren an der Kleinen gefressen hatte, weil sie ihm oft tapfer widersprach, konnte Gerda nur recht sein. Und so kam es, dass die Wismut-Schülerin Rahel Bach viel häufiger in der städtischen Kinderklinik eingesetzt war, als in ihrem Ausbildungshaus. Die ahnungslose Rahel wusste nichts von Gerdas Plänen und auch nicht, dass sie stets „liebevoll" beobachtet wurde. Denn sie sollte ja später eben hier erst Ausbilderin und dann Fachgebietsleiterin der Fachrichtung Kinderkrankenpflege werden. Rahel wurde es tatsächlich, aber dann kam alles ganz anders. Und niemand in Geranienburg-Oberland hätte sich damals ausmalen können, was sechsundzwanzig Jahre später passieren und die Träume der Gerda Pankras endgültig zerstören würde. Es begann aber eigentlich schon mit Rahels Auftauchen in Gerdas und Margits Welt.

3

Es hätte wohl auch sehr schnell so werden können, wie Gerda Pankras es eingefädelt hatte, aber es gab andere Pläne. Von anderen Genossen! Und was zunächst wie die normale Liebes- und Lebensentwicklung junger Mädchen aussah, war der Beginn der Entmachtung einiger leitender Genossinnen an der Medizinischen Fachschule Geranienburg-Oberland. Diese Stadt und ihr Umland wurden durch das Stollensystem des Bergbaus in Grenznähe und die Raketenabschussbasen dort nicht nur zum militärischen Sperrbezirk; das Gebiet war auch eine Hochburg des MFS[2]. Eine der größten Hauptzentralen befand sich unter dem Namen Bezirksverwaltung für Staatssicherheit in Geranienburg, und weil es die Diensthierarchie so vorsah, gab es auch eine Stadtverwaltung und in allen Stadtbezirken kleine Außenstellen. Eine davon hatte sich neben der Säuglingsklinik eingenistet. Die städtische Kinderklinik war wie die Fachschule in mehreren alten Stadtvillen untergebracht und die jungen Genossen von „Horch und Schnarch[3]", wie sie die Schülerinnen nannten, hatten von ihrer Villa aus nun sehr gute Einblicke in die Kliniken, in denen jährlich „Frischfleisch" – wie sie es nannten – in Form von lebens- und liebeshungrigen Schwesternschülerinnen eintraf. Die jungen Genossen hatten es nämlich nicht so leicht, an lupenreine Frauen zu kommen. Jede potentielle Partnerin wurde gleich von mehreren Dienststellen genau überprüft: Keine Westverwandtschaft, Loyalität zum Staat und mindestens eine spätere Mitgliedschaft in der SED – oder getarnt in einer der Blockparteien – waren Bedingungen dafür, dass die Sache geduldet wurde.

Die jungen Genossen checkten also zunächst erst einmal selbst in aller Ruhe, wer sich eignen könnte und erst dann ging die Sache los. Und so kam es, dass unter den Kinderkrankenschwestern der Stadt Geranienburg-Oberland auffallend viele

Gattinnen von MFS-Männern waren, die in den Frühstückspausen zwar viel von ihren Kindern, aber recht wenig von der Arbeit ihrer Ehegatten berichteten. Sie waren treue und im Beruf engagierte Genossinnen, die unauffällig, aber zuverlässig ihren Dienst taten und daheim dem Liebsten alles erzählten, was ihnen so in der Klinik verdächtig vorkam. Und da gab es allerhand zu beobachten: Unwillige Wahlgängerinnen, Ärzte und Schwestern, die ausreiseverdächtig wirkten, und wer die neuen Schülerinnen waren. Viel Schaden konnten sie nicht anrichten, denn wer vorhatte, Geranienburg gen Westen den Rücken zu drehen, band es nicht gerade diesen Schwestern auf die Nase. Aber Kleinvieh macht auch Mist, und so konnte diese kleine Dienststelle manche Belobigung von der Bezirksverwaltung einheimsen. Rahel war durch ihr attraktives Aussehen auch schon im Visier, aber irgendein Engel war wohl dagegen, dass es so einfach würde.

Also geschah etwas ganz anderes:

Rahel hatte Wache im Internat. Das bedeutete, nach Dienst- oder Schulschluss mussten die Mädchen in der zugigen Diele der Internatsvilla sitzen und die verschlossene große Tür öffnen, wenn jemand herein wollte. Die Ordnung und die sozialistische Moral wurden hochgehalten in der DDR-Ausbildung. Jeder, der hinein oder heraus wollte, wurde in ein Buch eingetragen. Dass jede der drei Internatsvillen trotzdem gut zugänglich für jedermann war, garantierten die ständig kaputten Fenster im Kellergeschoss. Da sorgten schon die auch handwerklich gut ausgebildeten Genossen aus der gewissen Villa dafür!

Als die Klingel Rahel gegen sieben Uhr abends hochriss, war das ein Signal für ihren Engel! Draußen stand Peter, der Matrose, und Peter stand neben Dirk, der schon eine Freundin in Rahels Klasse hatte. Dirk hatte den Armee-Urlauber, der dringend ein Mädchen suchte, einfach mitgenommen. Der Junge hatte seine dunkelblaue Ausgehuniform an und obwohl noch Winterzeug befohlen war, trug er nur seine Matrosenbluse und auf seinen Schultern lag der große Kragen, dessen Enden im Gegenzug der Tür, von hinten gegen seinen Kopf schlugen. Seine Mütze hatte er nicht, wie es die Vorschrift seit der Rotbannerflotte befahl, streng wie ein Rad gespannt, sondern wie ein Schiffchen an den Kopf gedrückt. Scheiß auf die Vorschriften! Er war Funker auf der Greifswalder Oie und die von der Insel waren was Besonderes!

Rahel stand wie vom Donner gerührt da. Peters Kragen flatterte um die Mütze, Rahel fröstelte. Sie starrten sich an, bis es Dirk zu dumm wurde. Sein Mädchen war nicht auf dem Zimmer. Also wollten die jungen Männer hinein und warten. In diesem Augenblick kam Marion die große Freitreppe herauf und verschwand mit Dirk sofort nach oben, weil um zehn Uhr Zimmerkontrolle war und Rahel hier unten Dienst tun musste. Das wollten sie unbedingt ausnutzen.

Am nächsten Abend saßen sie alle im Kino und Peter küsste Rahel auf dem Nachhauseweg intensiv mit Zungenschlag, weil er meinte, dass Seemänner so küssen. In Rahel regte sich kein elektrischer Schlag, aber sie lernte noch in diesem Urlaub, dass Seemänner bei „La Paloma" nicht weitertanzen, sondern entweder achtungsvoll und traurig auf der Tanzfläche stehen bleiben oder würdig abgehen. Das gefiel Rahel sehr, denn dann schauten alle anderen verwundert und mitleidig zu ihnen und jeder konnte sich ausmalen, wie furchtbar der Seemannstod doch war. Es wurde die erste und schönste Romanze ihres Lebens und sie lernte außerdem während seines ersten Urlaubs, wie man unter die Arme des Matrosen greifend seinen Matrosenkragen hinten glatt zieht, wenn er die dicke Winterjoppe darüber zog.

Rahels Engel hatte sich viel Mühe gegeben: Peters Haar war mittelblond und seine Augen schienen aus dunkelbraunem Bernstein gehauen zu sein. Sein voller jungenhafter Mund konnte noch nichts, nicht einmal spannende Geschichten erzählen. Aber das war alles noch nicht so wichtig. Was Rahel begeisterte, war, dass er sie nicht bedrängte, bald mit ihr zu schlafen. Und solange das nicht geschehen war, hatte Rahel auch noch nicht gesündigt. Sie konnte nicht ahnen, dass Peter ein ähnliches Problem hatte. Das hatte aber nichts mit Sünde zu tun. Er hatte nur noch nie mit einem Mädchen geschlafen. Und so etwas konnte er als Matrose doch Rahel nicht sagen!

Und während Rahel und Peter ihrem ersten Sommer entgegenträumten, sich Briefe mit Herzen schrieben und unendlich verliebt ineinander waren, schlug die Staatsmacht in das Leben der Margit Hammersbacher ein wie ein Donnerschlag! Es war Robert vorbehalten, einem kleinen blonden, etwas dicklichen Genossen, der später recht schnell im Lokalblatt der großen Bezirks-Tageszeitung Parteisekretär werden sollte, das Leben der Margit Hammersbacher völlig umzukrempeln! Heraus kam das auch für Rahel, als im dritten Ausbildungsjahr in der Klasse nahezu unerträglich intensiv für den Eintritt in die SED geworben wurde. Die Mädchen standen vor allem durch ihre Klassenlehrerin, die sie sehr liebten, unter einem starken Druck. Und Rahel war fast so weit, das Formular auszufüllen, damit sie Gerda eine Freude machen konnte, da wurden anlässlich eines Fahnenappells die neuen Kandidatinnen für die SED unter das Banner gerufen.

Die ersten zehn Mädchen gingen in blauen FDJ-Blusen als glühende Beispiele nach vorn! Rahel traute ihren Augen nicht: Dazwischen leuchtete das hochrote Gesicht von Margit Hammersbacher! Der Parteisekretär der Schule hielt eine flammende Rede vom Klassenkampf und für Rahel stand fest, dass sie nun niemals unters Banner wollte, weil Margit sie triumphierend, mit hoch erhobenem Kopf und einem steinernem Lächeln angeschaut hatte! Was für ein wissender Blick! Wie viel Macht spielte bereits an diesem Morgen um den schmalen Mund dieses neunzehnjährigen Mädchens, das die Genossen ausgewählt hatten, an der Seite ihres zukünftigen Mannes später eine der mächtigsten Frauen im Gesundheitswesen der Bezirksstadt Geranienburg-Oberland zu werden!

Rahel konnte das damals nicht wissen, aber Gerda Pankras fuhr zusammen, als sie Margit vorn sah. Die Genossen hatten es nicht einmal für nötig gehalten, sie vorher zu informieren. Wie viele Informantinnen gab es noch in ihrer Klasse? Was wurde da gespielt? Und jetzt noch Rahels Ablehnung! Ihr blieb nichts anderes übrig, als nun zu Margit umzuschwenken. An diesem Tag begann der Untergang der Kommunistin und Lehrerin Gerda Pankras. Sie ahnte, befürchtete es, aber geschlagen gab sie sich noch lange nicht, weil sie nicht glauben konnte, was sie da erlebte:

Das MFS bereitete langfristig die Machtübernahme Honeckers und die Einschleusung seiner Leute bis in die kleinsten Betriebe in der DDR vor. Die aufrechten Idealisten unter den Altkommunisten taugten noch gut als Aushängeschilder, als Denkmäler für den antifaschistischen Kampf! Aber für das neue sozialistische System unter Honecker waren sie nur ein unbequemer Störfaktor. Wer zu viele Schwierigkeiten machte, sich nicht kaufen oder verbiegen ließ, wurde gnadenlos demontiert.

Rahel hatte 1964 noch keine Ahnung von den Machtkämpfen im Land der Genossen.

Sie war jung, schön, unendlich glücklich und verliebt, und als sie im Juni 1964 mit einem sehr guten Examen die Schule verließ, war ihr klar, dass Peter in einem Jahr ihr Mann und der Vater ihres Sohnes sein würde. Die Sünde war nur halb so groß, denn schließlich hatte sie ihren ersten Mann geliebt und dann geheiratet.

Mit dem Ausziehen der Uniform mit dem schönen flatternden Kragen wurde Peter ein Durchschnittsmensch beim Moloch Wismut und reparierte als KFZ-Schlosser die Riesenlaster, mit denen das Erz, welches aus der zerschundenen Erde gebrochen worden war, transportiert wurde. Die Räder waren größer als ein Mensch! Sein Leben wurde Knochenarbeit, ohne Möwenschreie und romantischen Urlaub. Er musste Tag und Nacht verschlammte Eisenteile drehen und ständig fehlten Ersatzteile. Heimkommen, essen, schlafen, Söhnchen schaukeln und Frau lieben. Das wurde sein Dasein, mehr wollte und mehr konnte er nicht. Vergessen war das Glücksgefühl, als er nach seinem ersten Orgasmus in ihr zuerst in Rahels entsetztes Gesicht und dann auf das blutige Bettlaken starrte. Vergessen der Urlaub auf der Insel, auf die er Rahel einmal mitnehmen durfte und wo er ihr Hitlers V2-Wahnsinn zeigen konnte. Wo sie an der Mole saßen und angelten. Vergessen war der Militärhafen in Peenemünde, als Rahel unter Deck des Feuerlöschbootes musste, das die Transporte zur Greifswalder Oie durchführte, und wo sie doch durch die Bullaugen einen Teil der DDR-Flotte liegen sah. Vergessen ihre Riesenaugen auf dem Hochzeitsfoto, das unter größter Mühe des Fotografen entstand, weil Rahel sich ständig übergeben musste. Sein Sohn Johannes bekam die Augen des Vaters und dessen Sohn später auch. Wie ein Vermächtnis aus dem Meer.

Er verließ sie, weil sie es so wollte. Weil sie vier Jahre Schmerzen unter ihm ertragen und als normal angesehen hatte. Weil ein anderer die Situation ausnutzte, und da tat nichts weh.

Peter heiratete später Monika, eine glutäugige Achtzehnjährige, in deren Busen man ertrinken konnte. Und als sie ihm alles gezeigt hatte, was er wissen musste, kam er zu Rahel zurück und flehte sie an.

Aber Rahel warf die Haare nach hinten – und ihn hinaus.

Sie waren beide noch Kinder und gaben es voreinander nie zu.

Als er mit gesenktem Kopf von ihr ging, schrie sie ihm still nach als ahnte sie, dass dieser einfache Junge das Beste war, was ihr je in ihrem Leben begegnen würde.

Geblieben waren den beiden ein paar verblichene Schwarz-Weiß-Fotos, und ihm das Seemannsgrab mit Rahels Namen auf seinem Arm. Er hat es nie entfernen lassen.

4

Schwester Rahel langweilte sich. Ihr Sohn Johannes ging in den Kindergarten. Nach dem Weggang des Vaters war er ein ernster, verschlossener Junge geworden, der seine Mutter und alle ihre Eskapaden, die sie sich fortan leistete, still ertrug. Er vergötterte sie, denn wer war schöner als seine Rahel? Sie sah später aus wie seine Schulfreundin und selbst als sie mit ihm, als er sechzehn war, durch die Hohe Tatra stieg, glaubte keiner, dass dieses junge Mädchen mit dem langen Pferdeschwanz seine Mutter war. Aber Johannes fehlte der Vater mehr, als er Rahel gegenüber je zugab. Der aber hatte seine neue Familie, neue Kinder, und Johannes wurde eifersüchtig gegängelt, bis er von selbst nicht mehr hinging, in die schöne neue Familie des Vaters.

Rahel war in einer Wismut-Kinderkrippe untergekommen, weil sie da keinen Schichtdienst hatte und sie wohnten zur Untermiete in zwei Zimmern. Das Warten auf die Neubauwohnung sollte sieben Jahre dauern.

Rahel war Milchküchenschwester. Fertignahrung gab es noch nicht. Und weil die Säuglinge ab der zwölften Lebenswoche bereits in die Krippen der DDR kamen, bereitete Rahel für vierundzwanzig Stunden die Nahrung für sie zu. Die Mütter sollten nach Dienstschluss nicht noch kochen müssen. Rahel tat dies einen halben Arbeitstag lang. Dann ging sie aus dem Versorgungstrakt im Keller hoch. Ihr zweiter Job war „medizinische Schwester". Sie musste die Sprechstunden des Kinderarztes organisieren und die kranken Säuglinge versorgen, seit ein Beschluss festlegte, dass die Mütter auch ihre kranken Kinder abgeben konnten, weil sie auf Arbeit nicht ausfallen durften.

Rahel erledigte alles perfekt, wenn man davon absah, dass sie einmal eine Rüge bekam, weil aufgefallen war, dass sie viel mehr Brei kochte, als gebraucht wurde. Sie hatte die Hundewelpen einer ihrer Babymütter mitversorgt, weil die alleinerziehende Frau in finanziellen Nöten war und ihr Collie-Mädchen von einem Boxer geschwängert worden war. Acht Welpen! Die fraßen was weg!

Und ihr Kollektiv musste sich daran gewöhnen, dass sie eine singende Milchküchenschwester hatten. Inzwischen kannten alle die „Arie der Russalka an den Mond" auswendig – und auch die der Butterfly schallte jeden Morgen aus dem Kellergeschoss nach oben. Alle waren dann mittags erleichtert, wenn der zweite Job von Schwester Rahel begann und sie die kranken Babys nur leise in den Schlaf sang.

Rahel hatte sich die Singerei wegen ihres Sohns angewöhnt. Der wollte sich, als er klein und noch mit in der Krippe war, nicht eingewöhnen und schrie tagelang. Bis er seine Mutter unten singen hörte. Von da an war oben Ruhe, dafür mussten die Kolleginnen Rahels Opernrepertoire, einschließlich aller Stimmübungen, mit durchleben. Nur Carmen kam nie dran. Das überstieg Rahels Möglichkeiten.

Am liebsten sang sie Chansons und bald konnte sie die Piaff perfekt imitieren. Ihr Singen und die Tatsache, dass sie oft dafür verantwortlich gemacht wurde, wenn irgendwelche satirischen Verse am schwarzen Brett hingen, sobald der Kollektivfrieden schief lag, mochte den Anstoß für eine Entscheidung gegeben haben, die das beschauliche Leben der Schwester Rahel Bach radikal verändern sollte.

Es begann damit, dass Schwester Rahel wieder einmal wegen ihres Sohns vierzehn Tage gefehlt hatte. Sein Kindergarten war wegen Scharlach geschlossen und Rahels Mutter, die seit Johannes' Geburt den Jungen liebevoll mit versorgte, war ebenfalls krank.

Als Rahel wieder zum Dienst erschien, wurde sie durch ihre Chefin von der Tatsache unterrichtet, dass sie nun Mitglied eines neu gegründeten Kabaretts am Krankenhaus sei. Als Rahel fragte, wieso nur sie, und was die anderen machen, bekam sie die Antwort: „Wir anderen singen alle im Chor!"

Die singende Milchküchenschwester der „Tageskrippe Fünf der SDAG Wismut" in Geranienburg begehrte beleidigt auf. Aber es nützte nichts. Zum alljährlich stattfindenden ÖKULEI (ökonomisch-kultureller Leistungsvergleich) aller Kollektive des Gesundheitswesens der SDAG Wismut wurde ein Kabarett gegründet, weil das gerade in Mode kam. Und Rahel Bach war nun nichtsahnend Mitglied desselben, denn Kultur war gut, aber auch Pflicht! Jeder drückte sich vor dem Gang auf die Bühnen des Volkes, wenn es nur irgend möglich war. Aber nur Chöre, in denen man am unauffälligsten in der Masse untertauchen konnte, füllten kein Zwei-Stunden-Programm, das die Werktätigen unter der Regie von Profi-Regisseuren und Dramaturgen, die sich bei diesen Veranstaltungen goldene Nasen verdienten, zu absolvieren hatten. Also wurde geturnt und balanciert, rezitiert und „Arbeitertheater" vorgeführt! Und manchmal entstand aus der Masse des Durchschnitts der beabsichtigte Qualitätssprung zur Kunst. Aber nur manchmal! Und bei den Prämierungen hatten sich die „Volkskünstler" lange anzustellen. Treue und kontinuierliche Anwesenheit jahrelang war dann wie beim Eiskunstlauf die Garantie für Medaillen.

In den nächsten Jahren war der Alltag von Schwester Rahel gut gefüllt. Ihre Eltern betreuten Johannes (endlich der Sohn, auf den Rahels Mutter so gewartet hatte), wenn Rahel unterwegs war. Nach dem Dienst hatte sie zweimal in der Woche Probe. Vier bis fünf Auftritte im Monat krönten dann die Arbeit mit dem Klinik-Kabarett. Alles lief wohlorganisiert ab. Die Regie führte ein Schauspieler des Theaters. Die Texte wurden meist aus alten, abgespielten Profiprogrammen zusammengekauft. Man probte, bis es nach Ansicht des Schauspielers bühnenreif war und danach karrte die Kulturleitung des Krankenhauses die illustre Truppe, die aus zwei bis drei Schwestern und bis zu fünf Ärzten bestand, durch die Betriebe und Einrichtungen im Umkreis. Für alle, die dabei waren, vor allem auch für die jungen Assistenzärzte, war dieses teilweise sogar recht anspruchsvolle satirische Spektakel eine willkommene Abwechslung im Einerlei des DDR-Alltags. Rahel lernte Bühnenarbeit von der Pike auf bis ins Detail kennen – und das viele Jahre lang. Und sie lernte, mit Beifall zu leben. Sie übte und probte alles ehrgeizig und fleißig, zunächst noch kritiklos und voller Erfurcht vor dem erfahrenen Schauspieler. Bis ihre Auftritte irgendwann, gepaart mit ihrem Gespür und Talent, zu jener Größe wuchsen, die Rahel über den Durchschnitt der Masse hinaushob. Sie genoss ihre Ausstrahlung und erlag sehr bald dem Zauber der Bühne, dem Glücksgefühl des Ruhmes, der sich nach der Schufterei der Proben, nach Lampenfieber und tiefstem Selbstzweifel einstellte. Dass sie vor allem beim Singen, in Gestus und Habitus an Yvette Guilbert erinnerte, wusste weder sie, noch ihre Gruppe in Geranienburg. Das sollte erst viel später herauskommen.

Für Rahel hätte nun das Leben nicht schöner sein können! Nur selten erinnerte sie sich an ihre Brüder. Und nur manchmal saß ihr Engel nachdenklich neben ihr.

Die kleinen Honorare, die sie für Auftritte bekam, besserten ihre Haushaltskasse auf. Peter zahlte pünktlich Unterhalt, und nun fehlte noch irgendein Traummann, denn Rahel war zwar heiß begehrt, aber allein. Sie sang und spielte auf den Bühnen der DDR herum, tanzte sich auf Betriebsfesten die Schuhe durch, aber sie blieb einsam. Sie wurde der schöne bunte Vogel, den alle bewunderten, manche streichelten, aber niemand riskierte es, diese Exotin von der Bühne zu holen. Für Rahel war das schade, aber es war auch kein Unglück. Nach ihrem Fiasko mit Peter war sie sich sicher, dass sie ein Geheimnis zu hüten hatte: Sie war für das Bett nicht geeignet. Bett war Sünde, Bett tat deshalb weh und es gab ihr nichts. Das brauchten ihre zahlreichen Bewunderer nicht zu erfahren. Bloß nicht ihren schönen Ruhm riskieren durch so einen Kerl wie damals Bernd! Nicht auszumalen, wenn diese temperamentvolle, begehrenswerte Rahel von so einem dann als Frau demontiert würde! Außerdem verliebte sie sich recht bald in Günter, einen hoch aufgeschossenen Urologen, der hinreißend Kabarett spielte! Er hatte die gleichen Bernsteinaugen wie Peter und einen lustigen schwarzen Igel-Haarschnitt. Es hätte wohl die Liebe ihres Lebens werden können, aber die Ärzte in ihrer Gruppe waren alle jung verheiratet und somit für Rahel, die ja tief innen immer noch unter dem Bannfluch der Brüder zu leben glaubte, tabu. Und Günter war außerdem zu sehr an seiner Karriere interessiert, um irgendetwas zu riskieren.

Rahel Bach aus Dideritz, Unterland fing an, eine Maske zu tragen und die Menschen nahmen ihr das ab. Die Masse sah sie nicht, wie sie war, sondern so, wie sie sich gab. Sie wurde der lustige, tolle Kumpel, der Verständnis für alle hatte und der, immer wenn es brenzlig wurde, mit einem hinreißenden Lachen verschwand. Sie wirkte wissend, überlegen und sicher. Jeder, auch Günter, traute ihr jede Menge Affären zu, aber ihr Bett blieb viele Jahre leer, von Liebe ganz zu schweigen.

Erst Jahre später, als alles in ihr zusammengebrochen war, wechselten sich die Männer, die sich in ihrem Glanz ein wenig sonnten oder von ihrem Untergang zu profitieren glaubten, in ihrem Bett ab.

Zu Beginn ihres Weges auf die Bretter, die angeblich die Welt bedeuten, wäre Rahels Leben in der DDR-Provinz mit ihrer vollsten Zufriedenheit so weitergegangen, hätte nicht Gerda Pankras, die inzwischen in einem mörderischen Machtkampf mit den Genossen der Schule steckte, in einem Zeitungsartikel Rahels Foto gesehen. Sie sorgte dafür, dass beim nächsten „Tag des Gesundheitswesens" Rahels Gruppe vor den Genossen spielte. Im Saal waren etwa fünfhundert Menschen und Rahel ahnte nicht, dass sich Gerda im Publikum befand. Und wieder begeisterte sich die kunstbesessene Frau an Rahels Spiel. An diesem Abend passierte noch nichts. Jedenfalls erfuhr Rahel davon nie etwas. Gerda ging ihr beim anschließenden Empfang geschickt aus dem Weg. Dafür machte sie einige wichtige Genossen auf die junge Frau aufmerksam. Margit war zwar inzwischen Ausbilderin an ihrer Seite in der Schule, aber Gerda grollte nach wie vor, dass man sie ihr quasi vor die Nase gesetzt und Rahel damit vergrault hatte.

Nun war das etwas anderes! Jetzt konnte sie ihr Karrieremädchen präsentieren! Zeit also, sie an die Schule zu holen! Niemand würde es nun wagen, Rahels beruflichen Aufstieg zu verhindern! Sie überzeugte ihre Leute, dass ein wenig frischer Wind durch Rahel den neuen „pädagogischen Prinzipien" gut tun würde. Sie würde schon darauf achten, dass Rahel nicht über die Stränge schlug.

Die Genossinnen und Genossen waren entzückt! Nur Paul, ein alter Kampfgefährte ihrer Eltern, der den unmenschlichen Irrsinn in Buchenwald überlebt hatte, nahm sie zur Seite: „Lass sie in Ruhe, die ist ein ungeschliffener Diamant."

Gerda umarmte ihn: „Du kannst sicher sein, Paul, ich passe behutsam auf sie auf und nehme sie an eine ganz lange Leine!"

„Die beißt jede Leine durch", sagte Paul.

5

Für Gerda Pankras war es nicht schwer, Rahel aufzuspüren. Es war ein sonniger Nachmittag im Mai Neunzehnhundertdreiundsiebzig. Rahels Sohn war inzwischen acht Jahre alt. Sie kam vom Dienst, als Gerda ihr auf der Straße begegnete. Und nur Gerda wusste, dass es kein Zufall war.

Sie landeten lachend und erzählend in einer Eisdiele und die ahnungslose Rahel berichtete über ihr bisheriges Leben. Doch es gab wenig, was Genossin Gerda Pankras nicht schon längst wusste. „Hast du nicht Lust, bei uns an der Schule zu unterrichten?", fragte Gerda dann unvermittelt ihre ehemalige Schülerin.

Rahel wurde rot und hüstelte verlegen in ihr Vanilleeis: „Vielleicht kann ich das gar nicht?" Aber ihr Herz machte irrsinnige Freudensprünge! Bis jetzt war sie Kabarettistin, aber Lehrerin, so wie Gerda? Unglaublich! Sie, Schwester Rahel von den Auserwählten sollte es schaffen?

Ganz vorsichtig und geschickt legte Gerda Pankras den Köder aus: „Weißt du, ich habe mir gedacht, dass du es erst mal ausprobierst. Im September, wenn die neuen Kurse kommen, könntest du zunächst auf Honorarbasis ‚Die Entwicklung des gesunden Kindes' unterrichten und wenn es dir gefällt und wir miteinander gut auskommen, stellen wir dich später ein. So könnten wir das machen, damit wir dich nicht gleich überfordern!"

In Rahel drehte sich die Welt! Lehrerin an ihrer alten Schule, in ihrer Klinik! Bei dem Gedanken an die Klinik wurde sie plötzlich unsicher. Sie hatte die letzten Jahre in ihrer Kinderkrippe gearbeitet. Die Entwicklung war nicht stehen geblieben! Sie teilte diese Besorgnis ihrer Lehrerin mit.

„Na, zunächst kommst du nur in den Theorie-Bereich, und wenn du vielleicht später fest zu uns kommst, hast du uns alle als Kollegen! Wir werden dir helfen! Rahel! Wenn eine es schafft, dann du!" Gerda zog alle Register.

Sie verabredeten sich für den nächsten Abend bei ihr.

In den nächsten Jahren würde sie oft an Gerdas Küchentisch sitzen, wie an diesem Abend, oder sie in ihrem Dachstübchen besuchen, das die alte Lehrerin zu ihrer Studierklause ausgebaut hatte. Hier lernte Rahel eine ganz andere Gerda kennen. Die kleine resolute, etwas füllige Lehrerin mit dem schwarzen Bubikopf, wirkte an ihrem Herd nur noch liebevoll und mütterlich. Rahel fühlte sich wohl bei Gerda und ihrem Mann. Die alte Lehrerin konnte zuhören und Rahel erlebte nie, dass sie plump belehrt wurde. Aber es gab keine Frage, auf die nicht sofort eine gute und plausible Antwort kam. Es gab hausgeschlachtete Leberwurst aus dem Einweckglas und eingelegte Gewürzgurken zu selbstgebackenem Brot. Und sie lachten viel. Als sie an diesem Abend nach Hause ging, schleppte sie Unmengen Unterrichtsvorbereitungen von Gerda und viele Bücher in einer großen Reisetasche weg.

Noch Jahre nach der Wende erinnerte sich Rahel an diesen ersten Abend, an dem sie nach langen Jahren des Zweifelns wieder an etwas Richtiges, Greifbares glaubte.

Aber es war in Wirklichkeit der Abend, an dem sie eingefangen, manipuliert und „liebevoll" betrogen wurde.

Als Rahel heimkam, erzählte sie prallstolz ihrem Sohn, dass sie nun bald Lehrerin sein würde und Johannes strahlte seine Rahel begeistert an. „Ich denke, dass du nun wieder öfter zu Oma gehen musst, wenn ich vielleicht später studiere!", gab Rahel zu bedenken. Johannes war in der zweiten Klasse und konnte überhaupt nicht nachvollziehen, dass sich ein Mensch freut, wenn er noch einmal in die Schule gehen muss. Und Rahel musste nicht, die wollte!

„Hast du da auch Mathe?", fragte er kleinlaut.

„Nein!", verkündete Rahel. „Nur Anatomie und so was!"

„Gut, dann mache ich das später auch." Was immer Anatomie bedeutete, so schlimm wie Mathe konnte es nicht sein!

Beide sollten sich gründlich irren. Es gab kein Studium ohne Mathematik und die Anatomie war auch nicht leichter. Aber was interessierte das heute Abend die beiden?

Von Mai bis August büffelte sich Rahel durch den Stoff, dann stand die Vorbereitung für die ersten zwanzig Stunden. Vierzig waren es insgesamt. Sie legte alles Gerda vor und als sie nach einer Woche bei ihr zum Rapport erschien, bestanden alle fein säuberlich geschriebenen und gegliederten Blätter fast nur noch aus roten Anstrichen und Bemerkungen.

Zwischen Proben, Auftritten, ihrer Arbeit in der Kinderkrippe und dem ganz normalen Alltag einer alleinerziehenden Mutter, brachte sie es fertig, ihr Unterrichtskonzept Ende August der Schulleitung vorzulegen. Die Genossen prüften eine Woche lang und dann betrat Schwester Rahel Bach den Hörsaal. Es war der gleiche, in dem Rahel damals ihre Polonaise begonnen hatte.

Gerda begleitete sie und stellte Rahel vor. Die Schülerinnen klatschten höflich. Danach ging Gerda hinaus. Einen Moment lang hatte Rahel den dringenden Wunsch, hinterher zu laufen und zu rufen: „Lass mich hier bitte nicht allein!" Aber dann schaute sie in vierzig erwartungsvolle Gesichter und wie auf der Bühne war in diesem Moment das Lampenfieber wie weggeblasen.

Was sie in dieser ersten Doppelstunde erzählt hatte, daran konnte sich Schwester Rahel später nicht erinnern. Nur, dass die Schülerinnen plötzlich unruhig geworden waren und eine leise sagte: „Frau Bach, es ist schon fünf Minuten Pause!" Rahel griff sich spontan an den Kopf und lachte: "Tatsächlich? Entschuldigt, ich habe mich total in Rage geredet!" Die Schüler verziehen es und ihr

Trommeln und Füßetrampeln begleitete sie hinaus. Gerda erwartete sie und drückte ihr einen Strauß Nelken in die Hand: „Komm mit ins Lehrerzimmer, ich will dich den Kollegen vorstellen."

Und da stand sie, Margit Hammersbacher, rotgefleckt am Hals, und lächelte Rahel gezwungen an: „Sieh da, die Bach", fuhr es ihr heraus. Dann drehte sie sich weg und sprach sehr angeregt mit einem Kollegen über ein offensichtlich hochwichtiges Projekt. Rahel sah wenig neue Gesichter. Ihre alten Lehrer begrüßten sie freundlich, aber ein wenig reserviert. Und schon war sie wieder draußen.

Rahel wusste von Gerda, dass Margit bereits einige Jahre an der Schule war. Sollte sie deswegen kneifen? Nein, Schwester Rahel Bach hatte dazu überhaupt keinen Grund!

In den ersten Monaten hatte sie ohnehin keine Zeit, darüber nachzudenken, denn nun war sie weg, die Langeweile der Rahel Bach! Sie genoss ihre Erfolge auf der Bühne und in der Schule und sie war nicht überrascht, als Gerda ihr nach einem Jahr anbot, sich zu bewerben. Gerda verschwieg ihr allerdings, dass die Zustimmung zu Rahels Einstellung nur mit Hilfe des Chefarztes und ihrer Freundin und Mitgenossin Annegret Bloch gelungen war. Einige Hardliner aus der alten Garde und Margit waren dagegen und hatten das auch unmissverständlich zum Ausdruck gebracht! Sie wussten genau, warum Gerda Pankras ihre Schülerin einstellen wollte.

Gerda hatte ihren persönlichen Kampf in der Schule verloren. Sie war auf dem Absprung in die Universität der Nachbarstadt, wo sie ein Angebot hatte zu promovieren und im Fach „Wissenschaftlicher Kommunismus" zu unterrichten. Mehr konnten die Genossen nicht für sie tun. Die Garde der Schule, Betonköpfe ohne jegliche Flexibilität, hatte sie in einem jahrelangen Kleinkrieg hinausgeekelt. Margit hatte still die Fäden gezogen, jede fragwürdige Äußerung der Pankras an ihre Genossen weitergeleitet und sie versprach sich nun freie, kritiklose Bahn, wenn endlich diese alte Lehrerin weg wäre. Und jetzt setzte ihr Gerda diese Bach quasi als Abschiedsgeschenk ins eigene Nest! Margits Macht war noch winzig, und so konnte sie die Einstellung von Rahel Bach nicht verhindern. Aber sie schwor sich, dass die Bach kein Semester an der Schule überleben würde!

Als Rahel im Frühjahr 1974 ihren ersten Arbeitstag begann, war Gerda Pankras schon in der Nachbarstadt und musste nun in der Sektion Philosophie erleben, dass nichts besser, nur intellektueller war, was da an Machtkämpfen unter den Genossen Dozenten stattfand.

Aber ihr blieb, wie Rahel auch, nichts weiter übrig, als den Kampf aufzunehmen. Zunächst allein gegen alle, aus der schwächsten Position heraus. Trotzdem waren Rahels Chancen ungleich geringer als Gerdas. Rahel stand in der Hierarchie der Lehrkräfte an ihrer Schule ganz weit unten. Und das bekam sie täglich zu spüren. Naiv hatte sie geglaubt, dass unter Lehrern ein freier, kultivierter Meinungsaustausch stattfände. Stattdessen erlebte sie, dass jeder auf seinem Wissen hockte wie ein furchtsamer Zwerg. Unterricht wurde dirigiert, in kleine Zwangsschritte zerhackt und penibel kontrolliert. Oft erlebte sie, die zu lernen hatte, wie Unterricht gemacht wurde, dass der Inhalt überhaupt nicht zählte. Wichtig war allein die Form! Wichtig war die schriftliche Vorbereitung, immer sorgfältig in sozialistisches Bildungsziel und sozialistisches Erziehungsziel untergliedert.

Rahel verzweifelte am Formalismus des Systems, ohne zu wissen, dass es das System selbst war. Sie glaubte, es mit lokaler Dummheit zu tun zu haben. Man brauchte ja wohl nur gute Argumente und ein noch besseres Unterrichtskonzept und die Genossen Medizin-Diplompädagogen würden es schon begreifen! Weil Logik sinnvoll ist, weil Vernunft sich durchsetzt, weil Wahrheit und Recht und Gerechtigkeit verständliche Kategorien sind! Lebbare Ziele! Nur Dumme verschließen sich der Vernunft!

Schwester Rahel Bach, die von den Brüdern kam, wusste nichts von der „Logik" einer Diktatur.

Nichts von der Tatsache, dass Diktatur zwangsläufig jede Vernunft und jegliche Humanität aushebeln muss, der Macht wegen! Und sie wusste auch noch nicht, dass niemand das Feigenblatt humanistischer und „vernünftiger" Ideale und Idole besser und glaubhafter verkündet, als der Diktator und seine Pharisäer. Und so kämpfte sie von Beginn an, naiv und ahnungslos, den aussichtslosen Kampf um Akzeptanz, über den Nachweisversuch der besseren Leistung.

Es dauerte nicht lange, da hatte Rahel Bach heraus, dass einige leitende Genossen dieser Schule eigentlich grottendumm waren, was ihre Fachlichkeit betraf.

Sie lief zu Gerda, saß an deren Küchentisch und klagte.

Gerda grinste nur und versuchte Rahel für den Kampf, den sie ihr aufgezwungen hatte, zu stählen. Rahel erhielt einige Informationen über die Genossen und auch, wie sie vorgehen sollte: „Du musst dort erst einige Jahre anwachsen. Ob sie dumm sind oder nicht, kann dir doch egal sein! Du musst so gut sein, dass sie dir fachlich nichts anhaben können! Weißt du, die Genossen stecken oft ausgediente Staatskader in solche Schulen, wie unsere. Meistens kriegen sie noch einen Auftrag mit und den haben sie dann durchzusetzen. Das siehst du doch an Walter!" Walter war der Schulleiter, ein Betonkopf aus der Ulbrichtriege.

„Ja, aber schau dir doch auch mal die anderen an!", wetterte Rahel. „Das ist doch furchtbar! Wie hast du das bloß bei denen ausgehalten? Und dann die Margit! Stocksteif steht die da und bewegt nichts, aber auch gar nichts!"

„Siehst du", entgegnete Gerda, „jetzt weißt du, warum ich dich an die Schule geholt habe. Wir brauchen dort etwas frischen Wind, Rahel! Du solltest dich nicht gegen Margit stellen. Sie ist eine ganz zuverlässige Genossin! Sie und du, ihr würdet euch hervorragend ergänzen! Sie ist eine, wie du sagst, pingelige Formalistin, und du bist die kreative Ideengeberin, welche die Einfälle nicht nur hat, sondern auch umsetzen kann! Versuche, sie zu gewinnen, sprich mit ihr, wenn's auch schwerfällt! Ihr seid beide Lehrerinnen und habt eine gemeinsame Aufgabe, vergiss das nicht. Persönliche Querelen behindern nur unsere Arbeit!"

Bei Gerda war die sozialistische Welt immer ganz klar, durchschaubar und in Ordnung, aber sobald Rahel in die Schule kam, erlebte sie eine andere Realität. Trotzdem hatte sie sich vorgenommen, mit Margit besser zusammenzuarbeiten, denn Rahel wusste natürlich, dass sie gegen Margit nichts ausrichten konnte. Hammersbacher war in der Partei, und die hatte die Macht! Außerdem studierte Margit schon das dritte Jahr und sie sollte erst im nächsten Jahr mit dem Studium beginnen.

Margit wiederum war von den Genossen der Parteileitung der Schule, allen voran Walter, beauftragt worden, sich um Rahel zu kümmern. Rahel war parteilos. Und Margit hatte den klaren Auftrag, das zu ändern. Und weil die Genossen beschlossen hatten, dass Rahel von Margit einiges zu lernen hätte, hatten sie verfügt, dass Rahel bei ihr hospitierte. Ausgerechnet in Rahels Klasse, auf die Rahel so unendlich stolz war. Sie hatte den neuen Unterkurs übernehmen dürfen, weil die Klassenleiterin in Rente gegangen war. Die Mädchen waren begeistert. Endlich mal eine junge und immer zu Späßen aufgelegte Lehrerin! Und bei ihnen hatte Margit nun zu unterrichten. Und zwar das „FDJ-Studienjahr", eine wöchentlich zu absolvierende zusätzliche Staatsbürgerstunde.

Es ging um das Thema: „Sozialismus und Krieg schließen einander aus."

Margit hatte sich redlich Mühe gegeben, die Klasse mit vorbereiteten, altbekannten Phrasen zu befeuern und die Mädchen taten ihr anfangs den Gefallen und hörten höflich gelangweilt zu. Und es wäre vielleicht alles gut gegangen, hätte Rahel nicht in der Klasse gesessen.

Daran erinnerte sich Margit gegen Ende der Stunde und auch, dass dieses Studienjahr ja eigentlich ein Forum sein sollte, auf dem die Jugendlichen heftig für den Sozialismus diskutieren sollten. Ihr: „Gibt es dazu noch Fragen?", klang gleichgültig, denn sie wusste, da würde keiner fragen und in Gedanken war sie schon beim Mittagessen. Das allerdings fiel für alle aus, denn Margit hatte sich verrechnet.

Dagmar, die Tochter eines kleinen Seifenfabrikanten, stellte eine Frage!

Sie war eine der Abiturientinnen in Rahels Klasse. Weil sie bürgerlicher Abstammung war, durfte sie nicht sofort nach dem Abitur studieren, um Ärztin zu werden. Zunächst musste sie Krankenschwester lernen, also zur Arbeiterklasse gehören, um dann vielleicht einen Studienplatz zu bekommen. Rahel nannte das insgeheim „Honeckers Sippenhaftung".

„Woher nehmen Sie die Überzeugung, dass es keinen Krieg mehr gibt, da brauchten wir uns ja auch nicht bis an die Zähne zu bewaffnen?", fragte Dagmar sehr ruhig, aber in ihrem Ton lag eine winzige Nuance Spott.

Margit bekam rote Flecken am Hals und antwortete ebenso ruhig, aber sehr spitz: „Weil es eben gesetzmäßig ist, dass sich Sozialismus und Krieg ausschließen. Das haben Marx und Lenin bewiesen!"

„Bei Marx steht so was nicht und Lenin hat allerhand Krieg geführt, oder war's Stalin?", konterte Dagmar. Die Klasse kicherte verhalten, als Margit nach Fassung ringend ob des unerhörten Vorganges schließlich erklärte, es gäbe gerechte Kriege gegen den Klassenfeind und das wäre ja schließlich was anderes.

„Also doch Sozialismus und Krieg?", wagte sich nun die nächste Schülerin aus der Deckung.

„Die backen sich die Kuchen, wie sie ihnen schmecken", klang es unerkannt von hinten.

Das war zu viel! Margits Stimme wurde schrill und schneidend: „Nehmen Sie Ihre Hefte heraus, Thema ...", sie drehte sich zur Tafel und kurz darauf schrieben alle betreten ihre zusätzliche „Studienaufgabe" ab, „... persönliche Stellungnahme zum Thema ‚gerechte und ungerechte Kriege und die wissenschaftliche Begründung der Gesetzmäßigkeit, dass sich Sozialismus und Krieg gegeneinander ausschließen.'"

Rahels Kinderkrankenschwestern in ihren weißen Kitteln wurden etwas bleich, als Margit anschließend verkündete, dass die Sache noch ausgewertet würde und Fräulein Müller, das war Dagmar, demnächst noch ein Gespräch bekäme.

Als die beiden Lehrerinnen die Klasse verließen, maß Margit ihre Kollegin abschätzend: „Na, da hast du ja einige hübsche Früchtchen drin! Das wird noch Probleme geben. Ich muss das melden! Ausgerechnet die Müller! Die kann ihr Studium vergessen, das garantiere ich ihr!"

„Margit, lass sie doch mal diskutieren. Sie sind jung und Hitzköpfe! Ich würde das nicht überbewerten. Sprich mit ihnen in der nächsten Stunde in Ruhe darüber, und gut."

„Ach so siehst du das, interessant! Dann braucht man sich ja nicht zu wundern! Übrigens, du brauchst mich nicht zu belehren. Nimm dich in Acht." Margit hatte das sehr leise und ruhig gesagt. Und dann war sie, ohne Rahel zum Mitkommen aufzufordern, in die Kaffeestube der Lehrer gegangen.

In Rahels Hinterkopf krampfte sich etwas Kaltes zusammen. Sie spürte so etwas wie Angst. Der Versuch, mit Margit ins Gespräch zu kommen, war gründlich gescheitert. Was sollte sie jetzt machen? Rahel erinnerte sich an Gerdas Auftrag. Nein, das konnte sie nicht so stehen lassen! Und sie beschloss, Margit einen Brief zu schreiben.

Rahel schrieb ihrer Kollegin als ihre alte Klassenkameradin. Denn Margit und Rahel hatten ja zehn Jahre vorher in der gleichen Schule, an den gleichen Schulbänken gesessen und waren Kinderkrankenschwestern geworden. Beide hatten sie sehr gute Abschlusszeugnisse erhalten, beide waren nun an dieser Schule Lehrerinnen. Noch immer waren beide superschlank und beide waren auch Mütter ihrer Söhne. Im Gegensatz zu Rahel war aber Margit immer noch verheiratet und zwar mit ihrer Jugendliebe, dem dicklichen Parteisekretär.

Inzwischen war sie der Prototyp der zuverlässig funktionierenden sozialistischen Kinderkrankenschwester und Lehrerin. Hellhäutig, sensibel wirkend und ruhig, in buchstabengetreuer, nahezu orthodoxer Umsetzung von Lehre und Ideal.

Genau diesen Typ hatten die Genossen wohl ausgesucht! Nicht zu klug und nichts hinterfragend würde Margit jede, auch die unwürdigste, Arbeit tun, wenn man sie nur überzeugte, dass sie damit so mächtig wie Gott sein konnte. Margit Hammersbacher lernte schnell und wurde später fast so mächtig! Die künftige Parteisekretärin eines der größten Krankenhäuser im Mittelosten unterschied sich ja wesentlich von den matronenhaft und kumpelmäßig daherkommenden Arbeitertypen, die im Gesundheitswesen nur belächelt wurden, wenn sie dann auch noch mit breitem ortsständigen Dialekt den Genossen Ärzten etwas von den Lehren der Partei beibringen wollten.

Aber diese, vor Pflichtbewusstsein und Ehrgeiz triefende und korrekt jeden Befehl ausführende Kinderkrankenschwester, war dafür genau die Richtige!

Sie bekam Macht wie ihr Gott, zu dem sie längst nicht mehr betete, aber alles andere fehlte ihr, was wenigstens einen großen Menschen aus ihr gemacht hätte. Ihre ehemals aschblonden Haare trug sie immer noch kurz und nun rötlich gefärbt, was ihr sehr gut stand. In der Kleidung war sie kniebedeckt, konservativ. Aber was sie auch trug, es wirkte immer etwas hausbacken und abgestanden.

Der neue „Ärztliche"[4] war dann auch nicht allzu begeistert, als er Margit später als Parteisekretärin bekam. Sein Kollege im Nachbarkrankenhaus hatte es da besser getroffen. Dessen Parteisekretärin war nicht nur außerordentlich attraktiv, sie war auch sehr klug und kannte sich aus in den Verpflichtungen, die junge schöne Parteisekretärinnen so hatten. Doch auch da lernte Margit später noch hinzu.

Jetzt aber, im Jahre Vierundsiebzig, war Margit Hammersbacher noch an dieser Schule und Rahel hatte keine Ahnung von Margits bis in die Ewigkeit geplanter und von den Genossen abgesegneter Karriere! Im Gesundheitswesen der Stadt wimmelte es von aufsässigen Klassenfeinden unter den Ärzten und Schwestern und sie, Margit Hammersbacher, war auserkoren, ihnen auf die Finger zu schauen, sie, wenn es ging zu vernichten oder wenigstens alles den MFS-Genossen zu melden! Vor allem die Ausreise-Antragsteller hatten es ihr angetan, Staatsfeinde! Denen zeigte Margit die ganze Rache der Arbeiterklasse, solange sie noch in ihrer Gewalt waren.

In Margits Augen war Rahel nicht nur flatterhaft und leichtsinnig. Rahel war gefährlich!

Margit Hammersbacher konnte und wollte nicht wissen, wie schwer Rahels Leichtigkeit erarbeitet werden musste. Welches Training ein Seiltanz erforderte und wie viel Disziplin!

Und so schrieb Rahel jenen Brief, der eigentlich bezwecken sollte, dass sich Rahel und Margit einmal richtig aussprachen. Wie sonst hätte sich Rahel ihr nähern können, nach so einer schroffen Abfuhr? Rahel glaubte, sie könne Margit etwas mitteilen, von sich und von ihrem Wunsch, ihren Schülern die Horizonte weit zu machen und deren Neugier wach zu halten. Aber Rahels Brief schlug in der Schulleitung der Medizinischen Fachschule Geranienburg-Oberland ein wie ein Geschoss.

Denn Rahel hatte sich angemaßt, einen künftigen Parteileitungskader des Bezirkskrankenhauses, der sich in der Fachschule auf seine verantwortungsvolle Aufgabe ideologisch und praktisch vorbereiten sollte, belehrend zu kritisieren. Rahel hatte Margits Art zu unterrichten aufs Korn genommen, um die Schülerin zu schützen, welche sich an diesem Tag beinahe um Kopf und Kragen gefragt hatte.

Rahel schrieb davon, dass es so still wäre in Margits Klassen und kaum jemand einmal lache. Dabei hätten sie doch gesetzmäßig die Zukunft – und damit das Lachen auf ihrer Seite.

Und um noch eins draufzusetzen, beschrieb Rahel Bach im Jahre Vierundsiebzig dieser Frau ihre Ansicht vom Weg zum Sozialismus. Nämlich als einen, auf dem es nicht immer schnurstracks geradeaus gehe, sondern auch „um die Ecke herum" und dass sie, Rahel, ihre Aufgabe darin sähe, ihre Schüler auf die Stolpersteine auf dem Weg zum Sozialismus hinzuweisen. Außerdem sei sie genau so neugierig wie ihre Schüler, die eben auf dem Weg zum Sozialismus auch einmal etwas hinterfragen möchten und dabei wolle sie, Rahel, noch darauf achten, dass sie nicht auf Gänseblümchen trat, die da am Wegesrande stünden.

Rahel riet ihrer Kollegin, sich doch einmal auf das Lachen einzulassen und nicht immer so streng zu sein.

So etwa war der Brief und mit ihm hatte Rahel ihr Schicksal im Sozialismus besiegelt, weil sie von nun an eine Feindin hatte, die keine Skrupel haben würde, ihre Macht gegen sie bis zum Letzten auszuspielen.

Margit war weinend zu ihren Genossen gerannt und hatte verkündet, wenn das stimmte, was die Bach da schrieb, könne sie niemals eine gute Genossin und Lehrerin sein. Die Genossen hatten sie getröstet und beschlossen, dass etwas mit Rahel zu geschehen hätte.

So landete Rahel das erste Mal in ihrem Leben vor den Genossen zur „Aussprache". Es sollte nicht die einzige bleiben.

Das Wort führte Walter, und alles, was auf Rahel einprasselte, nahm sie vor Aufregung nur verschwommen wahr. „Hier ist Ihr Kaderentwicklungsplan!", wetterte er. „Sehen Sie sich genau an, was ich damit mache!" Walter, ein kleiner schwarzhaariger, runder Endfünfziger, der einen konsequenten Bertolt-Brecht-Haarschnitt wegen verwandtschaftlicher Bindungen zum „Berliner Ensemble" trug, zerriss einen taubenblauen Schnellhefter, der, wie Rahel später zu Ohren kam, gar nichts enthielt.

Rahel starrte auf die zerrissene Pappe und dachte: *Aha, die Kaderentwicklungspläne machen sie in taubenblaue Schnellhefter.*

Am anderen Ende des Tisches saß Margit und blickte ebenfalls beflissen dorthin, dann sah sie Rahel an. Ohne Blick.

Die triumphiert ja nicht einmal! Das brachte Rahels Lebensgeister wieder in Schwung! *Der bin ich kein Gefühl wert! Für die existierst du nicht, Rahel!*

Was war mit Margit Hammersbacher passiert? 1961 war sie noch eifrig betend mit ihren katholischen Klassenkameraden in die Kirche gerannt, und jetzt saß diese Frau hier wie ein Stein und arbeitete etwas ab, das Rahel Bach hieß! Wurde man so in dem Rat der Götter, wie alle heimlich die Parteileitungen nannten? Was geschah dort? Der Rat der Götter dieser Schule tagte nun wegen Rahel Bach im Lehrerzimmer.

Das Hauptgebäude der Schule war immer noch in jener hübsch-hässlichen Backsteinvilla, die unter Denkmalschutz stand, eingerichtet. Zum Schulkomplex gehörten inzwischen noch vier weitere Villen. Ursprünglich einmal prächtig ausgestattet, waren sie aber im Lauf der Jahre infolge zahlreicher Umbauten und chronischen Geld- und Materialmangels fürchterlich heruntergekommen.

Jährlich starteten anlässlich irgendwelcher Partei- oder Staatshöhepunkte dann sogenannte freiwillige Aktionen, wie zum Beispiel: ‚Rostige Schmiedeeisen-Zäune: Grün anstreichen' oder: ‚Fenster pinseln'. Dabei gingen Unmengen Farbe verloren, weil die Schüler diese Aktionen nicht so sozialistisch ernst nahmen, wie sie sollten und Farbenschlachten veranstalteten, was der Verschönerung nicht gerade dienlich war.

Das Lehrerzimmer war das Prunkstück der sonst innen holzgetäfelten Schulenburg-Villa. Es hatte noch die alte herrliche Damasttapete, auf der sich blaue und silberfarbene Pfauen in exotischem Pflanzen- und Blütengewirr majestätisch zu bewegen schienen. Der Grundton der Tapete war ehemals rosenholzfarben gewesen. Das konnte man noch dort erahnen, wo die abgehängten Bilder der Herrschaften von einst ihre Spuren hinterlassen hatten. Jetzt, wo der Stoff durch die ständig aufgezogenen schmuddeligen Gardinen den ganzen Tag der Sonne ausgesetzt war, sah die Bespannung eher graubraun und verblichen aus. Trotzdem bemühte sich die Tapete ganz offensichtlich immer noch, dem Raum eine Spur der ehemaligen Eleganz zu verleihen. Aber auch die Holzverkleidungen der Fenstersimse und Heizungen waren fleckig und stumpf. Dunstige Tristesse hing in den staubigen Winkeln des Hauses, in dem ständig ein Geruch von Makkaroni, Tomatensoße und Malzkaffee schwebte, der aus der schlecht belüfteten alten Küche herauf zog.

Den Genossen schien das alles nichts auszumachen, aber Rahel erschien die Kulisse, in der diese Leute tagten, irrwitzig und lächerlich. Sie hatten Gebäude erobert, mit denen sie nichts anzufangen wussten. Diese Räume zeigten den kommenden Verfall dieser Gesellschaft schon Jahrzehnte vor ihrem Untergang an, aber niemand bemerkte es.

Da saßen sie nun in ihren gelblichen, abgegriffenen Kunststoff-Büromöbeln und hielten über Rahel Gericht. Das Urteil schien bereits fertig, bevor es überhaupt losging. „Margit, so einfach kriegst du mich nicht!", nahm sich Rahel im Stillen vor, aber ihr war übel und ihr Magen krampfte schon seit Tagen, als sie die Aufforderung zum Gespräch schriftlich zugestellt bekommen hatte.

„Ihr Brief ist ideologischer Schwachsinn, vom Schlage Courths-Mahler!

Gänseblümchen-!" Walter sprach das Wort laut und langsam aus, als handele es sich um eine Geheimformel: „Die Kollegin will nicht auf Gänseblümchen am Wegesrand treten! Aus pädagogischen Gründen! Und dann weiß sie genau, wie der Weg zum Sozialismus geht! Also diesen Quatsch muten Sie uns zu? Wir haben weiß Gott anderes zu tun, als so etwas lesen zu müssen.

Wir erwarten, dass Sie sich bei Genossin Hammersbacher entschuldigen! Sie ist eine unserer Besten, von der Sie noch sehr viel zu lernen haben!" Walter hieb mit der Faust auf den Tisch. Seine Stimme überschlug sich fast: „Viel zu lernen, jawohl!"

„Falls sie noch dazu kommt, Genossen, falls! Meine Meinung kennt ihr ja zu dem Problem! Ich habe euch vorher gewarnt, jetzt habt ihr den Salat!", ließ Gerhard vernehmen.

Er war zuständig für Ordnung, Sicherheit und Zivilverteidigung an der Medizinischen Fachschule und war wütend, dass Gerda ihre ehemalige Schülerin, ihn übergehend in die Schule gebracht hatte, nur weil sie den Chefarzt der städtischen Klinik hinter sich wusste.

Wieder kroch in Rahel das kalte Gefühl den Hinterkopf hinauf. Was war hier eigentlich los? Noch nie hatte sie solch eine Bedrohung gespürt. Aber sie warf mit einer kurzen Geste ihren Kopf nach hinten: „Ich entschuldige mich nicht. Ich habe der Genossin nur helfen wollen. Sie war in meiner Klasse in Schwierigkeiten. Sollte sie das beleidigt haben, tut es mir leid. Aber mir ging es um ein pädagogisches Problem!" War sie, Rahel, das, die solche Worte jetzt gesagt hatte? Ihr Kopf hämmerte wie rasend.

Ja, sie war das! Und ihre Wut besiegte die Angst. „Ich lasse mich doch hier nicht abschlachten, wie ein dummes Lämmchen! Niemals! Nicht von diesen komischen Bonzen und ihrer Meisterschülerin!", nahm sich Rahel vor. Aber ihr Magen schmerzte unerträglich. Sie beugte sich etwas nach vorn, drückte sich die Fäuste in die Magengrube, und das half ein wenig. Irgendwo draußen jubilierte eine Amsel und der Straßenlärm eroberte in Wellen das Zimmer. Walter stand auf und schloss die Fenster.

„Das kann man doch nicht auseinander dividieren! Pädagogik, da kann ich nur lachen!", schrie Gerhard. „Hier steckt mehr dahinter! Merkt ihr denn das nicht?"

„Nun lasse doch mal die Kirche im Dorfe, Gerhard. Du hast wohl noch nie einen Fehler gemacht? Kollegin Bach ist noch neu und unerfahren und du fährst hier Geschütze auf, die einfach deplatziert sind!"

Rahel horchte auf. Da hatte sie wohl eine Verbündete in dieser Schulleitung?

Es war Annegret, die Psychologielehrerin, Gerdas Freundin.

„Eben, das ist ja meine Rede!", brüllte nun auch Walter. „Kaum ist sie hier, belehrt sie unsere beste Genossin! Das muss doch auch dir eingehen, dass das unmöglich ist!"

„Mir geht etwas ganz anderes durch den Kopf, nämlich warum ihr das hier so hochspielt!", erklang wieder Annegrets schnarrende Raucherstimme.

„Genossen, das gehört in ein anderes Gremium. Wir klären das nicht hier und nicht vor ihr!"

Zum ersten Mal an diesem Tag sprach Margit. Ohne jede emotionale Regung. Leise und bestimmt. Sofort verstummten alle und nickten. Nur Annegret nestelte an ihrem Feuerzeug herum. Zeit für die nächste Zigarette.

„Sie können gehen!", war das Letzte was Rahel von Walter zu hören bekam.

Rahel fühlte sich nach diesem Gespräch wie vor den Kopf gestoßen. Zunächst war sie nur wütend auf Margit. Viel mehr aber beschäftigte sie der Ausspruch Walters, sie sei eine Courths-Mahler-Type. Rahel hatte „Kurt Mahler" verstanden und fragte danach ein wenig ratlos bei ihren Kabarettfreunden herum, ob jemand einen Kabarettisten Mahler kenne, offensichtlich ein Klassenfeind, über den sich Walter ärgerte. Sie wollte ihn gerne lesen, fand aber keinen solchen Autor in den Verzeichnissen. Niemand kannte ihn und Rahel verwünschte ihre Unwissenheit.

Bis sie eines Tages den ganzen Vorfall Gerda erzählte. Gerda hatte sich vor Lachen ausgeschüttet und gesagt: „Das alles weiß ich schon. Es ist eine Sauerei, was der Walter da mit dir macht. Wenn du wissen willst, wer die ist, da musst du mal den „Ochsenkopf" einschalten. Es läuft gerade eine Serie von der Courths-Mahler!"

Rahel wohnte mit Johannes nach sieben Jahren Wartezeit endlich in einem gerade fertiggestellten Neubauviertel. Natürlich ohne West-Antennen! Und nun hatte sie ein Problem: Rahel brauchte eine Antenne für den Sender „Ochsenkopf". Johannes, inzwischen zehnjährig, wusste Rat und war überglücklich, dass seine Mutter nun endlich auch „Westen gucken" wollte.

„Der Urgroßvater hat noch eine auf dem Boden", frohlockte Johannes. „Mutti, ich fahre am Sonnabend hin und hole sie!"

„Das wirst du schön bleiben lassen! Du kannst doch nicht mit einer Ochsenkopf-Antenne in den Armen mit der Bahn von den Urgroßeltern bis hierher fahren!" Ein Auto hatten sie nicht, aber es war schon zwölf Jahre bestellt. Rahels Großeltern wohnten noch immer in Dideritz, Unterland. Woher Johannes von dieser Antenne wusste, die der Großvater offensichtlich nicht brauchte, das musste sie wohl nicht erforschen.

„Mutti, kümmere dich um nichts, Lutz und ich organisieren das schon!" Lutz war sein Freund und der hatte schon lange eine perfekte West-Antenne, zu Hause hinter der Gardine. Also waren Johannes und Lutz zum Urgroßvater gefahren. Dort hatten sie die fast zwei Meter lange Metallschlange mit Urgroßmutters Hilfe in eine eingewickelte Gardinenstange verwandelt und so unerkannt und unbeschadet nach Geranienburg in Rahels Wohnstube gebracht.

Am Sonntag, sechzehn Uhr, sollte das Ganze zu sehen sein, aber obwohl Großvater alles schon mit Kabeln und Steckern versehen hatte und auch die Antennenbuchse perfekt funktionierte, sahen Johannes und Rahel in ihrer Stube nur schwarzweißen Schnee und hörten hinter Wasserfallrauschen ab und zu einige schwulstige Wortfetzen. Rahel wanderte mit der Antenne in der ganzen Erdgeschosswohnung herum, vergeblich. Der Film lief schon eine halbe Stunde als Johannes meinte, man solle diese doch hoch- und aus dem Fenster halten. Die Fenstervariante lehnte Rahel ab, aber dann holten sie die Treppenleiter aus dem Keller. Ganz oben an der Decke, direkt hinter dem Schlafzimmerfenster kam plötzlich der Film in ihre Wohnung. Johannes klemmte sich auf die letzte Sprosse der Leiter und hielt unter großer Kraftanstrengung stöhnend die Antenne gegen die Fensterscheibe. Er musste nicht lange halten. Nach etwa zehn Minuten hatte Rahel genug gesehen! Sie wurde zornig, sehr zornig!

Rahel spielte nun seit sechs Jahren nebenberuflich Kabarett und schrieb Texte, welche die alteingesessenen Kabarettfürsten der DDR für passabel genug hielten, ihr einige der begehrten Trophäen zukommen zu lassen. Und dieser unsägliche Brecht-Haar-Verschnitt erdreistete sich einen solchen Vergleich anzustellen! Rahel schwor ihm insgeheim Rache! Oh, sie würde ihn und seine Beton-Kulturbanausen in ihren Texten so lächerlich machen, dass er nicht wieder hochkommen würde! Rahel wollte sie zwingen, ihr zu applaudieren. Sie sollten sich selbst auslachen, ohne es zu merken! Sie war ja so wütend! Aber Walter entging ihrer Rache. Die Genossen erledigten ihn selbst. Er war für das neue Zeitalter der Honeckers einfach zu peinlich.

6

Rahel wusste zwar nun, dass sie Feinde an dieser Schule hatte, die offensichtlich von Anfang an dagegen gewesen waren, dass sie zu ihnen als Lehrerin kam, aber seit diesem Tag im Lehrerzimmer spürte sie auch, dass es Kräfte gab, die ihr helfen wollten, nur deren Beweggründe kannte sie nicht. Von diesem Ereignis an war aber auch Gerda Pankras klar, dass ihr Plan, Rahel als ihr zweites Ich in die Schule einzuschleusen, auf sehr wackligen Füßen stand. Zwischen Rahel und Margit gab es seit der „Aussprache" nur noch eine stille, verbissene Feindschaft, die darin bestand, dass Rahel sich bemühte, diese Genossin nicht zu beachten, während Margit versuchte, wenn es irgend ging, Rahel Fehlverhalten nachzuweisen. Tagtäglicher Kleinkrieg um Klassenbucheintragungen, um Rahels Schüler, die angeblich nicht sozialistisch funktionierten, um den täglichen Nachweisversuch ihres Versagens als Klassenleitung. Fast hätte Margit Hammersbacher ihr Ziel schon 1975 erreicht, aber die kommenden Jahre geriet ihr Plan etwas außer Kontrolle.

Rahel konnte studieren, Kabarett spielen, Lehrerin sein und bekam bald nahezu jede Unterstützung.

Seltsame Dinge hatten sich zugetragen. Einige Monate nach jener Sitzung wurde Walter, nicht ganz freiwillig, in den Ruhestand versetzt, und nach einigen „Stellvertreter-Etappen" übernahm ein neuer Genosse die Schule. Der neue Direktor, der eigentlich Bauingenieur war, hatte zunächst Anderes zu tun, als sich um Margits „schwarzes Schaf" zu kümmern. Er musste den Machtkampf gegen die alteingesessenen „Ulbrichtkader" erst einmal gewinnen. Das war sein Auftrag, und den nahm er ernst. Fast zeitgleich mit ihm kam der neue ärztliche Direktor des städtischen Krankenhauses. Er war in Moskau ausgebildet worden. Honecker wechselte die Führungen in den Bezirken aus.

Die Altkommunisten und Ulbricht-Getreuen mussten der neuen Garde weichen. Und wie immer zog die Staatssicherheit geschickt aus der zweiten Reihe heraus die Fäden.

Sie war anders, die neue Elite! Nicht mehr so schwerfällig wirkend und schon ein wenig managermäßig daherkommend. Das war jedoch nur die tarnende Fassade. Die Neuen waren noch gerissener und skrupelloser als die Altkommunisten um Ulbricht und vor allem flexibler! Ein Umstand, der ihnen eineinhalb Jahrzehnte später, als die Mauer fiel, sehr zum Nutzen gereichte.

Der Tatsache, dass die neuen Genossen in den Jahren 1975 bis 1979 zu sehr mit sich und ihrer Etablierung beschäftigt waren, hatte Rahel es wohl zu verdanken, dass sie an ihrer Schule in relativer Ruhe arbeiten und studieren konnte. Aber Margit hatte nicht aufgegeben! Ihr sollte noch gelingen, was sie sich gegen Rahel vorgenommen hatte, damals, als Rahel neu in die Schule gekommen war.

Das Ganze hätte eigentlich Jahre so weitergehen können, wenn nicht Karl, dem neuen Direktor der Medizinischen Fachschule, eben irgendwann einmal aufgefallen wäre, dass die Bach Kabarett spielte und er eigentlich nichts davon hatte. Die Bach heimste republikweit Beifall ein, war mit diesem Ärztekabarett erfolgreich und beliebt, und bei ihm machte sie außer ihrem normalen Job keine Kulturarbeit! Das ging nicht!

Im Herbst 1978 war ihm dann eine Erleuchtung gekommen, wie er die Bach packen konnte.

Erich Honecker hatte in der Bezirksstadt seinen Besuch angekündigt, denn er wollte das neue „Parteilehrjahr", das Pflichtstudium der Lehren von Marx und Engels (oder besser, was die SED daraus gemacht hatte), dem sich alle SED-Mitglieder immer wieder zu unterziehen hatten, „einläuten". Er nutzte diese Muster-Auftaktveranstaltung stets, um eine wegweisende Rede zu halten. Meistens kündigte er eine bis dahin streng geheim gehaltene Neuerung an, damit diese Rede immer mit Spannung erwartet wurde.

Natürlich bereitete sich der gesamte auserwählte Bezirk auf diesen Besuch vor! Und dieses Mal hatten die Kabarettisten in

Geranienburg einen besonderen Leckerbissen parat! Sie priesen die Stadt und ihr Umland als den „Straßenrandsaubersten Bezirk" und hatten überall das schallende Gelächter auf ihrer Seite. Im Jahr vorher hatte nämlich Honecker bei seiner Autofahrt in eine auserwählte Bezirksstadt in den Norden kritisiert, dass an den Rändern der Straßen zu viel hohes Gras stünde. Gras, das der Volkswirtschaft als wertvolles Futtermittel entginge, und er hatte seine Genossen Landwirtschaftsbonzen angeschnauzt, ob man sich denn solche Schlampereien leisten könne!

Flugs wurden in aller Zukunft schnell alle Straßenränder der Wege, durch die Honecker im Land zu fahren beabsichtigte, in Nacht- und Nebelaktionen vom Gras befreit.

Wochenlang wurden außerdem Zäune gestrichen, Straßenlöcher zugeschüttet, Transparente bemalt, Häuserschmuck an die Hausgemeinschaften ausgegeben und Chöre und Singgruppen trainiert, damit sie, an den Straßen stehend, die auserwählten Genossen aus Berlin begrüßen konnten.

Auch Karl hatte von der Bezirksleitung der SED wieder seine Anweisungen mit den Plänen für die Schule erhalten.

Sie hatten mit den Schülern der Schule an der Allee des Bergmanns und dem Platz des Friedens Aufstellung zu nehmen. Winkelemente und Transparente mit begeisterten Aufschriften waren anzufertigen, und der Chor hatte zusammen mit dem Theaterchor und dem Chor des Elektronik-Betriebes im Festsaal des Theaters, in dem das Ganze stattfinden sollte, drei Hymnen zu singen.

Und jetzt kam es! Der Auftrag an den Schulleiter war unmissverständlich: Eine Singgruppe hatte an zehn verschiedenen Punkten in der Stadt mit Jugendliedern in FDJ-Kleidung vorher richtig Stimmung zu machen und sich dann anschließend in der Allee des Bergmanns mit einzureihen, wenn Honeckers Autokolonne durchfuhr. Die Genossen im Bezirk hatten alles bedacht! Der Alte war unberechenbar! Manchmal fiel es ihm ein, anhalten zu lassen, und dann musste ihm sofort und spontan ein Ständchen gebracht werden! Genug Amateurgruppen gab es ja bereits, und die wurden an den Punkten aufgestellt, wo die Gefahr, dass er halten könnte, am größten war.

Als Karl diese Anweisung las, wurde er wütend, sagte ein unanständiges Wort und rief nach der Kattmann, denn die Schule hatte alles, nur keine dieser Jugend-Singgruppen, die gerade in der Republik sehr in Mode kamen. Genossin Kattmann war nicht nur die beste Freundin von Margit Hammersbacher. Sie war auch „Instrukteurin für Kultur und Sport" und ein Urgestein der Schule. Sie war eine der wenigen alten Genossinnen, die den Machtwechsel zu Honecker schadlos überstanden hatten. Die Kattmann war schon Margits und Rahels Sportlehrerin an der Schule gewesen, und Rahel wusste genau, dass sie eine der Lehrerinnen gewesen war, die gegen ihre Einstellung gestimmt hatten. Helga Kattmann war eine robuste, eher männlich wirkende Frau in den Fünfzigern. Sie war nicht nur für Kultur und Sport zuständig, sondern auch für die DRK-Ausbildung von Lehrern und Schülern.

Die Kattmann hatte sich damals nicht nur an Rahels Faschingsumzug erinnert, sondern auch daran, dass Rahel als Schülerin allerlei Schabernack in der militärisch organisierten DRK-Ausbildung getrieben hatte. Und sie teilte natürlich Margits Meinung, dass die Bach keine sozialistische Lehrerin sein konnte.

Genossin Kattmann war nicht gerade begeistert, als sie den Grund hörte, weswegen Karl Oberst sie gerufen hatte. Kultur war nicht ihre Sache. Kultur hing zwar mit ihrer Planstelle Sport zusammen, aber für sie war es Kultur genug, den jährlichen Maiumzug zu planen und durchführen zu lassen.

„Was haben die sich bloß da oben wieder mal gedacht?", jammerte Karl die Kattmann an. „Drei Wochen vor der Angst! Spinnen die? Was machen wir denn jetzt, um Gottes willen? Haben vielleicht die kleineren Krankenhäuser im Umfeld eine Singgruppe? Wieso müssen wir jetzt eine gründen?"

„Karl, das kannst du vergessen. Die kleinen Häuser leisten sich das nicht. Der ganze Spuk kommt aus Berlin, da gibt es so eine Star-Truppe, und jetzt wollen unsere hier auch schnell eine!"

„Ja, und was machen wir jetzt? Unser Chor muss ja mit ins Theater!" Karl war die helle Verzweiflung.

Die Kattmann grinste: „Ich habe da so eine Idee ..."

Karl horchte auf: „Raus damit, wir haben nicht mehr viel Zeit, kennst du eine Gruppe? Die holen wir her, egal was es kostet!"

„Nee, das ginge nicht! Das kriegen die raus. Stell dir bloß vor, Honecker steigt aus und begrüßt die Singgruppe in unserem Block, und dann sind die von ganz woanders her. Da kannst du deinen Hut nehmen und wirst in ein Kaff hinter Schwerin versetzt. Wir müssen schnell selbst eine Gruppe bilden!"

„So ein verdammter Mist! Wie soll denn das gehen, in drei Wochen! Der Chor probt ja nun auch wie verrückt! Ich kriege doch jetzt niemanden her! Die haben doch alle denselben Stress wegen diesem Scheiß Besuch!"

„Halte die Klappe und mach nicht so laut, wir haben doch die Bach."

Karl stutzte ungläubig: „Die Bach spielt doch nur Kabarett und muss vielleicht mit ihrer Truppe auch raus."

„Das glaube ich nicht, außerdem gehört sie zu unserem Kollektiv, und da musst du dich eben mal stark machen, bei den Genossen der Wismut."

„Das wäre zwecklos, die sitzen am längeren Hebel, aber ich kann ja mal mit der reden. Denkst du, dass die das kann?"

„Es heißt ja, sie würde dort auch singen, also muss sie das packen! Da kann die Dame gleich mal zeigen, was sie wirklich drauf hat. Statt auf der Bühne zu zwitschern und mit ihrem kleinen knackigen Arsch zu wedeln, soll sie mal lieber Jugendarbeit vom Feinsten vorführen!"

„Sei nicht so eifersüchtig", knurrte Karl, „deiner ist auch nicht zu verachten und er hat den Vorteil, dass ich ihn besser kenne!" Karl kniff ihr schnalzend in die Oberschenkel. „Es darf aber nichts schief gehen, wenn die uns blamiert, gehen wir baden! Du weißt, was uns passiert, wenn die versagt!", warnte er.

„Mach ihr anständig Feuer unter dem Hintern, dann schafft die das!"

Als Rahel an diesem Morgen zu Karl gerufen wurde, ahnte sie nicht Gutes. Karl aber war ausnehmend freundlich. Er war etwa Mitte vierzig und ein feister aschblonder Bacchus-Typ.

Rahel musste bei Begegnungen mit ihm immer einen leichten Widerwillen unterdrücken. Er trug nur braune, meist abgewetzte Anzüge, und sein Händedruck war lasch und feucht.

Karl allerdings empfand bei Rahel das ganze Gegenteil! Eigentlich war sie ihm zu mager, aber irgendwann würde er diese widerspenstige Geiß vernaschen, da war er sich sicher! Und während sie sich setzte, tasteten seine Augen lüstern ihre Gestalt ab.

„Kollegin Bach, wir haben einen wichtigen Auftrag für Sie!" Und dann erläuterte er ihr lang und breit den bevorstehenden Honecker-Besuch. Rahel nahm nun an, sie solle mit ihrer Klasse Transparente malen. „Nein", sagte Karl. „Sie spielen doch Kabarett, und nun erwarten die Genossen von Ihnen, dass sie an unserer Schule eine Singgruppe gründen! Und dann haben Sie die große Ehre, vor unserem Staatsratsvorsitzenden mit Ihrer Gruppe zu singen! So eine Chance hat man nur einmal im Leben!"

„Wann und wo soll das sein?"

„Na, ich habe Ihnen doch erklärt, wann der Staatsratsvorsitzende hierher in unsere Stadt kommt! In drei Wochen, am vierten Oktober!", antwortete er milde, aber schon leicht ungehalten. Diese ganze Sache war ihm zuwider! Er hatte sich hier an dieser Medizinischen Fachschule mit so vielen Dingen herumzuschlagen und nun musste er dieser zickigen Bach auch noch eine Singgruppe einreden! „Wenn die sich querstellt, drehe ich ihr den Hals herum", nahm er sich vor.

„In drei Wochen! Eine Singgruppe aufbauen und mit einem Programm auftreten lassen? Ich soll das machen?"

„Ja, Frau Bach, Sie sollen das machen. Die Genossen vertrauen Ihnen!"

„Welche Genossen?"

„Die Genossen der Bezirksleitung der SED!"

„Die kennen mich doch gar nicht!"

„Doch!"

„Nein!", beharrte sie.

„Sie spielen doch Kabarett! Das hat sich herumgesprochen!", log Karl schmeichelnd.

„Dann müssten die weisen Genossen in der Bezirksleitung doch wissen, dass es einen Unterschied zwischen Kabarett und Singgruppe gibt! Herr Oberst, ich kann das nicht! Ich bin doch keine Chorleiterin! Ich kann keine einzige Note!", log Rahel verzweifelt. „Ich kenne auch keine Singgruppenlieder!"

„Na, das ist aber schlimm genug!", wetterte da der Schulleiter. „Unsere Lehrer sollten die Jugendlieder der Republik schon kennen!"

Arschloch, feistes!, dachte Rahel. *Du denkst wohl, ich stelle mich als Kabarettistin an den Straßenrand und singe Honecker „Auf, auf zum Kampf!" ins Ohr!*

„Sie können singen, und es gibt eine Menge Schüler, die das auch können – und die kennen wiederum Lieder! Suchen Sie die geeigneten Schüler aus den Klassen der Theorie-Kurse, die gerade hier sind, heraus, und dann los!"

„Herr Oberst, ich habe in dieser Woche vierzehn Stunden Psychologie und etliche in Anatomie zu geben, wie soll das gehen?"

„Das hier hat absolute Priorität! Sie und alle Schüler, die mitmachen, sind sofort von allen anderen Aufgaben freigestellt!"

„Vom gesamten Unterricht?"

„Vom gesamten Unterricht!"

„Drei Wochen?"

„Ja, verdammt noch mal! Die Ehre von uns allen hängt davon ab!"

„Ich kann das nicht!", bäumte sich Rahel ein letztes Mal auf, schon wissend, dass es völlig aussichtslos war.

„Das will ich nie wieder hören! Wenn man will, kann man alles. Proben Sie Tag und Nacht und dann singen Sie!"

„Wie viele?", fragte Rahel gottergeben.

Karl schaute erschrocken auf. „Moment." Er nahm den Telefonhörer ab. „Helga, hast du eine Ahnung, wie stark dieser Oktoberklub in Berlin ist, zahlenmäßig meine ich?" Helga Kattmann hatte offensichtlich keine Ahnung. „Nehmen Sie etwa fünfundzwanzig Mädchen, und die sollen laut genug singen, dass man's auch hört!"

„Das wäre dann ein Chor!"

„Na gut, dann fünfzehn, aber nicht weniger!"

Das ist ein Kabarettstück für sich! So doof können die doch gar nicht sein!, dachte Rahel verzweifelt, als sie das Direktorenzimmer verließ. *Das geht niemals gut! Es wird die größte Pleite meines Lebens! Lieber Gott, hilf mir! So viel Dummheit kann doch gar nicht regieren!*

Aber sie regierte, und Rahel gründete eine Singgruppe! Und zum ersten Mal in ihrer Berufslaufbahn machte sie sich bei ihren Schülern unbeliebt, denn selbst das verlockende Angebot, drei Wochen unterrichtsfrei, lockte keine Schülerin in ihre Singgruppe. Sie warb vergeblich in der Klasse der Krippenerzieher und bei den Kinderkrankenschwestern, weil die ja auch wegen musischer Fähigkeiten eingestellt worden waren. Dann musste Karl her, und die Kattmann.

Die beiden verdonnerten die gesamte Klasse der Krippenerzieher zum Singen. Wer sich weigerte, durfte am Wochenende nicht heimfahren und musste unter Leitung der Internatsleiterin in den Wohnheimen saubermachen. Das half!

Maulend standen dann schließlich achtundzwanzig Mädchen vor Rahel auf dem Sportplatz, nachdem der Parteisekretär nochmals eine schallende und motivierende Rede an ihnen versucht hatte. Rahel war klar, dass man niemanden zum Singen zwingen darf. Da kam ihr jene Idee, welche so schwerwiegende Folgen für ihr ganzes Leben haben sollte: „Ihr wisst doch, dass ich auch Kabarettistin bin!", lockte sie die Mädchen aus ihrer Abwehr heraus. „Wenn wir das hier gut machen, gibt es für diejenigen von euch, die mit mir weitermachen wollen, zwei Möglichkeiten: Erstens bekommen sie Karten für mein Kabarett und zweitens können die Begabtesten dort mitspielen!"

In die Gruppe kam Bewegung, einige wandten sich ab, andere scharten sich um Rahel. Zum Schluss kamen noch einige Kinderkrankenschwestern, deren Klassenleiterin sie ja war, dazu. Zumindest schaffte sie es, dass nun alle bereit waren, einige Volkslieder mit ihr zu singen und bald schallte es zum Leidwesen derer, die in der Schule büffeln mussten, über den Sportplatz: „Horch, was kommt von draußen 'rein, holla hie, holla ho!"

Sie verbrachten den ersten Tag nur mit dem Durchtesten des Liedschatzes, den jeder so drauf hatte, und da mildes, sonniges Frühherbstwetter war, beneideten bald alle Klassen, die in den Hörsälen schwitzen mussten, die knapp dreißig Auserwählten draußen auf der Wiese.

Rahel hatte Karl und die Kattmann überzeugen können, dass ihre neue Singgruppe, die nach einem Auswahlverfahren dann schließlich aus vierzehn Schülerinnen bestand, nicht nur Kampflieder, sondern auch Volkslieder singen durfte.

Am dritten Tag des Trainingsmarathons gestand ihr Carmen Bodechtel, eine blondgelockte, etwas stramme Schülerin, dass sie Gitarre spielen könne und daheim in ihrem Städtchen in einer Singgruppe sei. Carmen brachte nun auch ein Heftchen mit den im Moment gängigsten Singgruppen-Liedern mit. Die sang sie dann mit einem feinen hohen Stimmchen sehr leise der Gruppe vor, und Rahel hatte alle Mühe, ihr und den anderen, die den weinerlich süßen Tonfall gerne nachgeahmt hätten, klar zu machen, dass es ein wenig frischer und erheblich lauter gehen müsse. Der momentane Hit aller DDR-Singgruppen wurde auch geübt, und bald donnerte es zum größten Vergnügen von Kattmann und Co. fast perfekt über den holprigen Rasen: „Da sind wir aber immer noch – und der Staat ist noch da, den Arbeiter erbau'n, – das Land, es lebt, – es lebe hoch, – weil Arbeiter sich trau'n!"

Aber den „Schönsten Wiesengrund" besangen sie auch, und da konnten die Genossen nichts dagegen haben. Der erste Chor der Russen, der in Berlin nach Kriegsende sang, hatte dieses Volkslied zum Mythos des sozialistischen Kulturerbes in der DDR werden lassen.

Sie schafften die erforderliche Lautstärke, indem Rahel die Gruppe an die Längsseite des Sportplatzes stellte und sich selbst an das gegenüberliegende Ende. Alles, was sie nicht verstand, wurde gnadenlos wiederholt. Am Ende der drei Wochen hatte sie eine lustige, laute und leidlich gut singende Gruppe zusammen, die sich hören und sehen lassen konnte.

Am Tag des Ereignisses wurde Rahel mit ihren Schülerinnen von der Kattmann in funkelnagelneue FDJ-Blusen – das war die Kleidung der DDR-Jugendorganisation – gesteckt und zusammen mit den Mädchen auf einen kleinen Lastkraftwagen verfrachtet.

Der Fahrer hatte den Stadtplan und wusste die entsprechenden Haltepunkte, wo gesungen werden sollte. Sie sangen, wo immer sie aufgestellt wurden, aber die Stadt ging vorbei und nahm kaum von ihnen Notiz. Ein jüngerer Mann warf ihnen schließlich ein Markstück vor die Füße. Das machte die Mädchen doch traurig. Rahel tröstete sie mit dem nun folgenden großen Ereignis, aber gerade das wurde der größte Reinfall des so aufwendig vorbereiteten Tages. Es regnete in Strömen, als der Staatsratsvorsitzende durch die Stadt fuhr.

Die Mädchen standen mit Rahel völlig ungeschützt in ihren blauen Blusen an der zugeteilten Wegkreuzung, denn die Jacken waren im Wagen geblieben, der in gebührendem Abstand irgendwo parkte. Carmen Bodechtel weigerte sich vehement ihre Gitarre, ein wertvolles Erbstück, in dem peitschenden Regen auszupacken.

Als der Konvoi mit dem Staatsratsvorsitzenden vorbeifuhr, sahen die Mädchen nur einen Hut und einen nassen, winkenden Anzugärmel. An Singen war nicht zu denken.

Der kleinen nassen Mädchengruppe, die nun deprimiert zum Lastwagen eilte, sah man nicht an, dass sie ein Jahr später eines der erfolgreichsten Jugendkabaretts der DDR werden sollte.

7

Nichts im Leben ist schlimmer, als wenn der sicher geglaubte Erfolg nicht stattfinden kann. Die Mädchen saßen schweigend und frierend im Lastauto, das sie zurück in die Schule schaukeln sollte. Rahel dachte mit Grausen an die ausgefallenen Unterrichtsstunden und an Karl, der nun kein Dankschreiben im Namen des Staatsratsvorsitzenden aus der Bezirksleitung der SED erhalten – und seine schlechte Laune bestimmt an ihr auslassen würde. So konnte sie die Mädchen nicht entlassen. Sie wankte im LKW nach vorne und klopfte an die Fensterscheibe zum Fahrerhaus. Die wurde zurückgeschoben. „Hast du noch eine Stunde Zeit für einen heißen Tee bei mir zu Hause?", fragte sie den Fahrer. Der missverstand zunächst und nahm erst einmal Rahel kurz auf's Korn. „Wir fahren mit den Mädchen zu mir und dann erst in die Schule!", erläuterte Rahel dem etwa zwanzigjährigen Rotschopf ihren Plan.

„Ist gut, ich kann", war die karge Antwort. Die Mädchen nahmen die Einladung dankbar an. Beim Bäcker kauften sie schnell noch drei Tüten Berliner Pfannkuchen und Blätterteig mit Quarkfüllung.

Johannes staunte nicht schlecht, als er die Tür öffnete und plötzlich fünfzehn Baublusen in die kleine Wohnung drangen. Aber er kannte seine Mutter. Solche Schülerbesuche waren keine Seltenheit. Der heiße Pfefferminztee und das gemütlich enge Beisammensein löste bald die Spannung auf, und nun taten sie das, was am Straßenrand misslungen war.

Bald drangen aus den Fenstern einer kleinen Erdgeschosswohnung in einem Plattenbau der Stadt Geranienburg wunderschöne alte Volksweisen, worüber so mancher Werktätige, der vorbeiging, wohlwollend schmunzelte. Rahel versicherte den Mädchen, dass sie trotzdem ihr Versprechen halten und sie alle einmal mit zur Kabarettprobe mitnehmen wolle.

Karl und die Kattmann nahmen die Pleite mit dem Honecker-Besuch gelassener hin, als Rahel befürchtet hatte. Allerdings überließen sie es Rahel allein, wie sie nun den versäumten Stoff in die noch verbleibende Zeit bis zum Frühjahr einfügen würde.

Zur nächsten Probe ihres Kabaretts trug Rahel ihr Anliegen, die Mädchen zuschauen zu lassen, Günter, dem organisatorischen Leiter des Wismut-Kabaretts vor und erzählte die ganze Begebenheit.

„Was, du hast eine Singgruppe? Mensch, prima! Das muss ich gleich oben berichten! Wir haben doch im Dezember Klinikfest! Da kannst du mit denen auftreten! Wir spielen ja auch und da haben wir gleich noch einen Programmpunkt!" Rahel war zwar nicht so ganz wohl bei dem Gedanken, aber dann hätten die Mädchen wenigstens nicht umsonst geprobt!

Und so geschah es dann auch. Die Mädchen durften an den Proben für das Klinikfest teilnehmen und Rahel schlug damit gleich zwei Fliegen mit einer Klappe: Ihre Schülerinnen erlebten ihre Lehrerin als Kabarettistin und sie hatten endlich selbst einen Auftritt.

Die Mitarbeiter und Patienten der Wismut-Klinik sparten am elften Dezember 1978 nicht mit Beifall, und weil die Lokalpresse und führende Genossen aus den Kulturbereichen der Gebietsleitung der Wismut und der Stadt- und Bezirksleitung anwesend waren, fand sich die Lehrerin und Kabarettistin Rahel Bach mit ihrer Singgruppe plötzlich in allen Zeitungen wieder.

Und das hatte Folgen, denn jetzt horchten die professionellen Kulturfunktionäre in der Stadt und der SDAG Wismut auf. Im Januar 1979 fand ein Leistungsvergleich aller Singgruppen der SDAG-Wismut statt und Genosse Karl Oberst, der Direktor der Medizinischen Fachschule Geranienburg-Oberland kam nun mit seiner Schulsinggruppe doch noch zu seinem Ruhm! Er erhielt die Delegierung der Gruppe für diesen Wettstreit höchstpersönlich vom obersten Kulturbonzen der Wismut. Karl machte diesen Vorgang zu einem Ereignis für die ganze Schule und ahnte damals noch nicht, dass er von nun an ein heißes Jahr lang ständig wegen der Bach auf den roten Teppich musste. Und nicht nur

Karl! Margit, die Rahels Erfolge verbissen und schweigend mit ansehen musste, war nun am Ziel ihrer Träume. Endlich war sie zur Parteisekretärin eines der größten Krankenhäuser Oberlands in der DDR gewählt worden und somit unmittelbare Kommandozentrale, auch für alle Genossen der Schule. Niemals würde das diese Kabarett-Reese schaffen, die nicht einmal annähernd ahnte, wie hoch sie, Margit Hammersbacher, nun über ihr stand!

Rahel bekam das alles nur am Rande mit. Es interessierte sie wenig. Sie war froh, dass Margit aus der Schule weg war. Sie nahm es fast wie einen kleinen Sieg, den sie ihrem Erfolg zu verdanken glaubte. Ein fataler Irrtum! Aber im Moment gratulierte ihr auch Margit mit laschem Händedruck zur Delegierung. Alles, was die Bach an Ruhm einfuhr, konnte Margit ja bestens auch für sich verbuchen! Schließlich hatte die Bach bei ihr hospitiert! Schließlich war sie es, die ihr die Lehrprobe abgenommen hatte. Mit Eins bestanden. Na und? Sie war die Parteisekretärin! Und von nun an würde ein Wink genügen und das flotte Leben dieser leichtsinnigen Schauspielerin hätte ein jähes Ende. Oh, wie sie das genoss! Allein schon der Gedanke, dass es so sein könnte, reichte Margit Hammersbacher zunächst völlig aus. Sie hatte übrigens ja auch Wichtigeres zu tun!

Mit heißen Kampfesgrüßen versehen und in Begleitung der Lokalpresse fuhren Rahel und ihre Mädchen zum Liederwettstreit – und kamen als Sieger des gesamten Wettbewerbes wieder.

Vorher waren alle noch zu Gast bei den sowjetischen Genossen und nahmen zum ersten Mal an einem Festessen zu „Ehren der Kulturschaffenden" der Wismut, also des Uranbergbaues in der DDR teil. Und sie kamen aus dem Staunen nicht heraus: Kleine Halberstädter Partywürstchen in Tisch-Kupferkesselchen, Thunfischsalate, kalte Braten und alle Sorten feinsten Schinkens. Kleine Torten, Obst, Bananen, einfach so zum essen! Die Singgruppe schlug sich mit allen anderen Werktätigen den Bauch so voll, dass ihnen schlecht wurde. Rahel aß zum ersten Mal in ihrem Leben kleine merkwürdige würzige dunkle Eier, die sich als schwarze Oliven herausstellten. In Kombination mit russischem Sekt hatten sie später eine verheerende Wirkung in Rahel. Den Kulturfunktionären und sowjetischen Genossen schien der Vorrat an Delikatessen nicht auszugehen. Die etwa einhundert ausgesuchten Volkskünstler und doppelt so viele Funktionäre genossen diesen Ausnahmezustand sichtlich. Rahel staunte und schlemmte mit. So ging es also „da oben" zu?

Zu Hause angekommen, begann nun für Rahel und die Mädchen ein Balanceakt zwischen Ausbildung, Privatleben und fast wöchentlichen Auftritten zu allen möglichen Anlässen im Umkreis der Stadt. Für Rahel lief daneben auch noch der ganz normale Kabarett-Alltag, ebenfalls mit festen Proben und Auftritten.

Beruflich war sie etabliert. Ihr Fachschul-Studium hatte sie erfolgreich abgeschlossen. Im September 1980 sollte das weiterführende Studium zum Hochschulabschluss an der Humboldt-Universität in Berlin beginnen.

Johannes war im Abitur und wollte Pilot werden. Seiner Karriere stand nichts im Wege.

Es schien nur noch aufwärts zu gehen! Rahel arbeitete sich von Erfolg zu Erfolg, und die Kattmann samt Margit wurde still. Notgedrungen applaudierten sie ihrer erfolgreichen Kollegin, deren Aufstieg offensichtlich nicht zu bremsen war, weil auch Karl, der als Schulleiter dieser tollen Lehrerin ja immer ein Teilhaber ihres Ruhmes war, nun alles tat, um Rahel zu unterstützen.

Sie sangen vor Soldaten, Seniorenvereinen und in Kliniken, bei Wohngebietsfesten, in Schulen, und so langsam wurde es ihnen langweilig.

Da kam im Sommer 1979 die Gelegenheit, Erich Honecker in Berlin leibhaftig zu sehen.

Begleitet von einem riesigen Presserummel wurde Rahels Gruppe zu einem „Republikfestival der Jugend" nach Berlin delegiert.

Tausende Jugendliche wurden getreu dem römischen Motto „Brot und Spiele" mit Güterzügen in die Hauptstadt gebracht. Alle Schulen Berlins dienten an diesem Wochenende im August 1979 als Jugendmassenquartiere und in den großen Stadien und auf den Plätzen der Stadt Berlin lief die Schau „Jugend im Sozialismus" ab.

Rahel fand sich mit ihrer Gruppe in Berlin-Lichtenberg wieder. Eine Anhöhe wurde zum „Liederhügel" und dort, wie auch in der gesamten Stadt, lief ein bis ins Detail durchorganisiertes Lieder- und Kulturprogramm ab.

Dieses Augustwochenende zeigte sich mit tropischen Temperaturen und die Organisatoren hatten zusammen mit der Armee nur noch eine Hauptaufgabe: Tee kochen und kühlen. Andere Kaltgetränke waren schon am ersten Tag ausgegangen. Höhepunkt des Treffens war ein Vorbeimarsch aller delegierter Jugendlicher an der Regierung der DDR.

Stundenlang mussten die Jugendlichen in praller Sonne auf das Signal ihres Defilees warten. Die Bevölkerung Berlins half, indem sie eimerweise Wasser aus allen Stockwerken auf die Jugend da unten ausgoss, die es mit Gejohle und Freudentänzen begrüßte. Die stramm gebügelten, langärmeligen FDJ-Hemden waren längst ausgezogen und hingen nass und schlampig an den Hüften ihrer Träger. Als sich Rahels Zug nach Stunden endlich in Bewegung setzte, forderte der Lautsprecher vergeblich, die Kleiderordnung wiederherzustellen. Kurz vor der überdachten Tribüne zogen dann die Ordnungskräfte einige zu mutige BH-Trägerinnen aus den Reihen. Der Rest der Republik an den Fernsehschirmen sollte so etwas nicht sehen.

Dann sah Rahel ihren Staatsratsvorsitzenden und seine Frau zum ersten Mal, und das Ganze mutete an wie eine Filmposse: Margot Honecker trug eine helle Bluse mit gebundenem Schlips und hatte lila-graues Haar. Er trug einen hellbeigefarbenen Anzug und einen Hut in der gleichen Farbe. Beide sahen eher aus wie Mafiosi, aber es waren die Führer der Arbeiterpartei, die da mit immer gleichen, puppenartigen Bewegungen ihre Jugend grüßten.

In der Heimatstadt angekommen, wurden die Mädchen prämiert und den anderen Schülern in den Klassen als Vorbilder hingestellt. Dabei konnten sie eigentlich nur zwanzig Lieder singen und sie recht lustig und treffsicher darbringen. Rahel aber missfiel die Tatsache, dass sie immer mehr in ein Genre rutschte, in dem sie sich nicht wohlfühlte.

8

Die Gruppe abzuschaffen, ging auf Grund deren Erfolges nicht mehr, und das wollte sie auch ihren Schülerinnen nicht antun. Und nun war es wieder ihr Direktor, der sich in seiner Eitelkeit irgendwann erinnerte, dass diese Singgruppenleiterin eigentlich Kabarettistin war.

Anlass seiner aktuellen Erinnerung war die diesjährige Direktorenkonferenz. Er war dieses Jahr Gastgeber für alle Schuldirektoren von Medizinischen Fachschulen der DDR.

Zu diesem Anlass brauchte er einen Knüller! Etwas, das keine Schule zu bieten hatte! Singgruppen, die immer die gleichen Lieder heruntenudelten, und Chöre hatten inzwischen fast alle Schulen, aber ein Kabarett?

Also musste Rahel im Oktober 1979 wieder beim Genossen Oberst im Dienstzimmer antreten. Dieses Mal gab er sich echt Mühe, sich von seiner charmantesten Seite zu zeigen, aber zu seinem Erstaunen brauchte er gar nicht viel Überzeugungsarbeit zu leisten. Seinem Wunsch, dass die Gruppe mit einem kleinen Kabarettprogramm bei der Direktorenkonferenz auftreten solle, kam Rahel sehr gerne nach, und schnell waren auch die Mädchen begeistert. Wieder begann ein Probenmarathon. In diesem Fall jedoch in der Freizeit nach Schule und klinischem Praktikum.

Aber inzwischen hatte der Erfolg süchtig gemacht und die Gruppe probte mit Begeisterung für einen Auftritt, der gewiss bald in Vergessenheit geraten wäre, wenn nicht genau der Genosse Lokalreporter, welcher schon über Rahels Gruppe in der Zeitung berichtet hatte, ehe sie nach Berlin fuhren, nun in der Schule auch über die Direktorenkonferenz hätte schreiben müssen.

Der Artikel über eine spritzige neue Kabarettgruppe an der Medizinischen Fachschule Geranienburg gelangte in die Bezirksstelle für Kultur, die gerade den „Kulturausscheid der Kabarettgruppen" im Bezirk Oberland vorbereitete. „Was, da existiert ein Jugendkabarett in der Medizin, und wir wissen das nicht?", wetterte Genosse Erler, der verantwortlich war für die „Darstellende Volkskunst". „Jutta, du nimmst sofort Kontakt mit denen auf. Wenn die vorzeigbar sind, dann holen wir die mit zu den Kabaretttagen! Es wird sowieso Zeit, dass da mal ein frischer Wind hereinweht! Aber pass auf, dass die sauber und klassenfest sind! Nicht dass wir einen ideologischen Reinfall erleben! Besorge mal die Texte, die müssen wir vorher unter die Lupe nehmen! Wer ist denn da überhaupt künstlerischer Leiter?"

„Kenne ich nicht", antwortete Jutta achselzuckend, „irgendeine Lehrerin, die soll wohl aus der Singbewegung kommen."

So kam die Genossin Jutta Bogenauf zu ihrem Auftrag, der ihr neben viel Arbeit und Teilhabe am Ruhm, auch das größte Problem ihrer Laufbahn als Kulturfunktionärin bringen sollte.

Rahel wunderte sich nicht, dass sie einige Tage, nachdem der Zeitungsartikel über ihren Kabarettauftritt in der Presse erschienen war, eine Einladung zu einem Gespräch ins Bezirks-Kulturkabinett erhielt. Es gab Sekt und belegte Brötchen, was Rahel auch nicht mehr erstaunte. Kultur und Genuss schien in den oberen Etagen der Kultur zusammenzugehören und Genosse Erler, ein gutaussehender dunkelhaariger Endvierziger mit einem entsetzlich breiten Ortsdialekt, machte auch sofort klar, was er sich im Falle Rahels, die er begeistert empfangen hatte, noch so alles vorstellte! Er duzte sie sofort, obwohl er längst recherchiert hatte, dass Rahel nicht in der Partei war.

„In der Partei" bedeutete immer die SED, obwohl es noch andere Parteien gab, aber die waren nur als demokratisches Feigenblatt angeschafft worden, damit man nach außen ein Mehrparteien-Wahlsystem vorzeigen konnte. Aber was außen war und wem man damit imponieren wollte oder musste, war den Genossen wohl nie so ganz klar.

Nach diesem Nachmittag war für Rahel nichts mehr, wie es vorher war. Obwohl sie die Annäherungsversuche des Genossen Erler ziemlich ruppig abgewehrt hatte, stand für Erler fest, dass er diese Gruppe fördern wollte. Jugend war selten im Genre Kabarett. Die Gruppen, die sich jährlich mit immer ähnlichen und ziemlich langweiligen Programmen zu den Wettbewerben meldeten oder von ihren Betrieben dazu delegiert wurden, waren schon Jahre im Geschäft. Man kannte sich. Und die Siegertrophäen, die immer auch mit einigen Geldprämien versehen waren, wurden abwechselnd verteilt. Neulinge hatten sich hinten anzustellen und nach einigen Jahren treuer Kulturarbeit im Sozialismus kamen dann auch diese Gruppen zu Medaillen und Urkunden.

Das alles wusste Rahel noch nicht, als sie nun ihre Schülerinnen im Januar 1980 für einen Auftritt beim Bezirkswettbewerb der Kabarettgruppen vorbereitete. In wochenlangen Nachtaktionen hatte sie die Texte geschrieben, weil sie etwas anderes als die faden Nachspieltexte der Profis auf die Bühne stellen wollte. Sie schrieb die Texte und Pointen ihren Schülern direkt auf den Leib, und in den Proben wurde so lange daran gefeilt, bis sie ihren Mädchen und zwei eiligst noch rekrutierten Jungen aus der Klasse der Zahntechniker ohne Probleme als etwas ganz Eigenes, Persönliches von der Zunge gingen. Wie Regiearbeit gemacht wird, hatte sie sich jahrelang von ihrem Kabarett-Regisseur abgeschaut. Und sie hatte ihren Brecht gelesen – und immer wieder kopiert, was sie auf anderen Bühnen sah.

Rahels Gruppe aber ahmte nichts nach und kopierte nichts, weil sie Satire gar nicht kannte. Sie spielten sich selbst, übernahmen begeistert Rahels Aussagen, weil die ihre Sprache kannte, und hier lag vielleicht das Geheimnis ihres so schnellen kometenhaften Aufstiegs.

Auch von diesem Wettbewerb kamen sie als Sieger heim. Die Genossen hatten sich ausgeschüttet vor Lachen, ob dieser frischen, frechen Gruppe, die kein Blatt vor den Mund nahm und die Probleme der Schule und der Kliniken, aus denen sie kamen, so treffend karikierten.

Sie verziehen Rahel kleine bissige Seitenhiebe auf die Funktionäre und ein verstaubtes System von Abhängigkeiten.

Man würde diese kabarettistische Lehrerin schon in den Griff kriegen. Da war man sich ganz sicher! Wichtiger waren ihre Begabung und eine scheinbar unerschöpfliche Quelle von Einfällen! Sie feierten die neue Gruppe und delegierten sie mit großem Presserummel zum Republikausscheid der Kabarettgruppen in einer der großen Städte der Republik.

Es war April 1980.

Dort sah Rahel sie zum ersten Mal! Die große Dame des DDR-Kabaretts mit der herrlich kehligen Stimme, die schneidend, sanft und so alles beherrschend sein konnte. Ihre blonde Mähne, ihre stahlblauen Augen, ihr blauer Seidenschal!

Rahel, die kleine unbekannte Piaff aus der Provinz des Ostens, war fasziniert und sprachlos!

Katharina ertrug mit absoluter Größe das Mittelmaß um sie herum, und sie schnappte sich sofort begeistert Rahel, witternd, dass diese junge Frau noch all die Neugier und Ideale in sich trug, die sie selbst schon längst einer wohlbeobachteten und sicheren DDR-Karriere als Hofnärrin des Regimes geopfert hatte. Katharinas Kämpfe mit den Kultur- und anderen Genossen waren abgesprochene Scheingefechte, die nur ihrem Image dienten. Sie hatte den obersten Kulturchef der Partei ihres Bezirkes geheiratet und war somit immer auf der sicheren Seite. Sie konnte hoch pokern! Er würde sie immer retten. (Nach der Wende bekam Genosse Zorros schnell noch die Kurve, und so wurde Katharina, wenigstens kurzzeitig, Gattin eines Ministers der Übergangsregierung. Ein Posten, den er in der DDR sowieso eines Tages erhalten hätte. Trotzdem hätte sich Genossin Katharina Zorros wohl nie vorstellen können, wie sich die Dinge später wirklich entwickeln würden.)

Diese Frau schien vor allem fasziniert von sich selbst zu sein! Sie machte aus sich und ihrem Kabarett eine Art ritualisierte Philosophie, der sich auch Rahel nicht entziehen konnte. Begeistert hingen ihre Augen an den Lippen dieser Frau, aus denen anscheinend ohne Mühe stundenlang nur Literaturwissenschaft vom Feinsten, samt humoristischen Einlagen sprudeln konnte. Rahel empfand es als angenehm, dass Katharina „menschelte" und nicht jene intellektuelle distanzierte Überheblichkeit zur Schau trug, wie so viele Intelligenzprotze in ihrem Umfeld. Aber die Frau war nicht nur eine hervorragende Dramaturgin, sie war eine perfekte Schauspielerin, deren Rolle allerdings nicht endete, wenn sie die Bühne verließ.

Rahel hatte bis dahin also Medizinpädagogik studiert, neugierig Brechts Dramaturgie und alle möglichen Klassiker in sich hineingestopft, weil sie meinte, nicht genug zu wissen, aber in Katharinas Nähe fühlte sie sich entsetzlich klein und ungebildet.

Sie würde wohl nie hinter deren Geheimnis kommen, wie man so viel in so wenig Lebenszeit lesen, verarbeiten und gekonnt verbreiten konnte!

Und Katharina kannte ihre Wirkung! Noch wusste Rahel nicht, wie perfekt diese Frau auch bluffte und wie schwer erkämpft ihr Ruhm war, der täglich am seidenen Faden neu gesponnen werden musste.

Rahel ahmte die Kabarettfürstin noch lange nach. Selbst deren Sprache übernahm sie unbewusst bei Auseinandersetzungen mit den Genossen. Denn irgendwann später hatte sie, Katharina Zorros, Rahel Bach ihre Freundin genannt, und so etwas nahm Rahel sehr ernst.

Aber für die promovierte Kabarettistin war Rahel aus der Provinz nur eine Figur in ihren Spielen, mehr nicht. Für Rahel allerdings wurde sie für Jahre zur Leitfigur – und dann zu einer der größten Enttäuschung ihres Lebens.

Erst viele Jahre später, nach der Wende, erfuhr Rahel, die bis zuletzt an Katharina geglaubt hatte, selbst dann noch, als sie im Fernsehen Katharinas Anbiederungsversuche an die neue Macht in Berlin sah, dass Katharina auch für die Staatssicherheit gearbeitet hatte. Und Rahel bekam, als sie das Selbstmitleid dieser Frau vor der Kamera erleben musste, ein schales, bitteres Gefühl im Mund. Wo war sie geblieben, die Größe der Katharina Zorros, die Rahel so sehr bewundert hatte?

Der Verlust von Freunden, die keine waren, die sie fallengelassen hatten, einfach vergaßen über ihren eigenen Problemen, war später, nach der Wende, das schlimmste Trauma, das aus dieser Zeit auf Rahel lastete.

Jetzt aber, im Jahr 1980, feierte Katharina, die große Kabarettistin, noch sich selbst und alle, die sie für Momente aus dem grauen Schattendasein des DDR-Alltags hob. Und das tat sie nun auch mit Rahel!

Die Kabarettstudenten in Weiß begeisterten die angestaubte Kabarett-Szene der DDR, und als die einwöchige Show, zu der sie alle vom Dienst freigestellt waren, zu Ende gegangen war, fuhren sie im Siegesrausch und mit der Delegierung zu den Arbeiterfestspielen 1980, die im Sommer im Norden der DDR stattfinden sollten, nach Hause.

Die Lehrerin und Kabarettistin Rahel Bach war oben angekommen! Auf einer ganz anderen Ebene, als die Parteisekretärin Margit Hammersbacher! Aber Rahel spürte – wollte –, dass diese Ebene ihr Leben sein würde. Hier wehte ein freier Wind! Hier trafen sich die großen Geister des kleinen Volkes der DDR!

Aber Rahel Bach aus der Provinz, die von den Auserwählten kam, hatte keine Ahnung, welche Posse sich hier die Hofnarren des Staates gegenseitig vorspielten! Die intellektuelle Elite des Staates hatte sich hier auf hohem Niveau arrangiert. Sie wurde begleitet und überwacht von Ihresgleichen. Man kannte sich. Die Stasi-Spitzel kamen aus den eigenen Reihen, im Offiziersrang und selbst absolute Kulturelite! Keiner ohne Diplom, viele promoviert. Handverlesen, denn die „Kulturfront" nahm die Staatssicherheit sehr ernst: Chefsache der beiden Brüder, die hinter Stasi-Mielke[5] den Apparat beherrschten.

Alltag fand nach Rahels Rückkehr in die Heimat nicht mehr statt, Privatleben auch nicht! Die Kulturbonzen und die Parteileitungen der Schule und des Leitkrankenhauses überschlugen sich. Vor allem aber interessierte sich nun auch die Staatssicherheit in Berlin für diese, aus der Provinz auftauchende Stargruppe. Denn so etwas hatte es noch nie gegeben: Eine Frau schlug in einem Jahr alle Rekorde – und das aus dem scheinbaren Nichts heraus! Rahel hatte, ohne es zu wissen, den schwerfälligen Überwachungsapparat der DDR außer Gefecht gesetzt. Das war möglich, weil sie zunächst aus dem Wismut-Bereich heraus agierte. Die Wismut hatte ihren eigenen, nur den Russen unterstellten Geheimdienst. Die städtischen Genossen hätten nie gewagt, das grüne Licht, das offensichtlich die Russen gegeben hatten, anzuzweifeln. Die Wismut-Sicherheit wiederum, hatte diese Gruppe noch nicht bei sich integriert und vorausgesetzt, dass die Geranienburger Schule das alles schon erledigt hatte, weil diese Schule eben städtisch war. Also wurden Rahel und ihre Gruppe eine ganze Zeit lang überhaupt nicht beschattet, weil eine Institution die andere blockierte! Jede Dienststelle dachte von der anderen, sie täte es! Eine fatale, aber für Rahel und ihr Kabarett beglückende Situation, von der sie allerdings keine Ahnung hatte.

Erst ihre Delegierung zu den Arbeiterfestspielen gab den Genossen in Berlin die Möglichkeit, nun ihrerseits aktiv zu werden. Denn von diesem Zeitpunkt an gehörte die Gruppe nicht mehr zur Wismut. Alle republikweit agierenden Gruppen, ob im Sport oder in der Kultur, waren hoheitlich der Stasi in Berlin zugeteilt, die dann die Spitzel-Aufgaben an die Bezirksdienststellen delegierte. Rahel hatte nunmehr die „Ehre", nichtsahnend von Offizieren aus Berlin professionell und unauffällig gecheckt zu werden. Die Genossen stellten sehr schnell fest, dass etwas unglaublich Schlampiges in Geranienburg passiert war: In Rahels Gruppe gab es einschließlich ihrer Person keine SED-Genossen und es waren auch keine IM[6] eingeschleust worden. Rahel war an die Spitze der DDR-Kultur-Leistungselite gekommen, ohne Segen des MFS.

Sie war als einzige Kabarettistin, Texterin und Regisseurin im Amateurbereich der DDR ohne Stasi- Check in einem Jahr nach oben gelangt. Und keiner wusste am Ende, wieso das ohne Partei und Staatssicherheit überhaupt gegangen war! Das sich selbst kontrollierende System hatte sich selbst übertölpelt. Es war ein Kabarettstück für sich und deutete die Pleite des Systems bereits 1980 an.

In Wirklichkeit war es für die Verantwortlichen aber alles andere als lustig! Das bekam zunächst die Bezirksverwaltung, danach auch die Stadtverwaltung des MFS und am Ende Margit Hammersbacher, Parteisekretärin des Bezirkskrankenhauses Geranienburg-Oberland von den Berlinern vorgehalten. Allseits bemühte man sich nun gewaltig um Schadensbegrenzung und alle schoben das Problem den Russen in die Schuhe, die schließlich lange genug die Gruppe betreut hatten. Allerdings war das genau die falsche Taktik, denn Stasi-König Markus Wolf und sein Bruder waren längst dabei, sich von den Russen freizuschaufeln und eigene Systeme aufzubauen. Jeder in seinem Bereich. Glasnost ließ grüßen.

Und während Rahel und ihre Schüler vor Freude tanzten, feierte man in der Bezirksverwaltung für Staatssicherheit in Geranienburg-Oberland die Delegierung der Rahel Bach auf ganz andere Weise und es gab auch keine Partywürstchen, nur Berge von Zigaretten.

„Wie stellt ihr euch das Ganze nun weiter vor?", wollte Oberstleutnant T. aus Berlin von den geranienburger Genossen wissen. „Die hat die Delegierung! Der Westen war mit in den Pressekonferenzen, und wenn die Bach jetzt dort mit ihrer Gruppe nicht auftaucht, haben wir die alle am Hals! Mindestens ein Junge der Gruppe ist schwul und hat Verbindung nach Schweden. Sieben Schüler haben Westverwandte, die begeisterte Glückwünsche herübertelefonieren. Seid ihr euch im Klaren, was da passiert ist? Die machen in Rostock Familientreffen! Dass die Bach noch von den ‚Auserwählten' beobachtet wird und ihre Mitgliedschaft in Brooklyn, USA nie gelöscht wurde, ist euch doch auch klar, oder? Außerdem schreibt die sich noch heimlich mit einer Tante in Westberlin. Und das, obwohl ihr Sohn Offiziersanwärter ist! Den letzten Brief haben wir aus Prag abgefangen! Welcher Volltrottel hier hat das zu verantworten?"

Der Volltrottel am Ende des Tisches schwieg betreten.

„Macht ihr das erste Mal Kaderbetreuung? Bei euren Sportlern seid ihr doch auch wachsam von Anfang an! Keiner kommt hoch, der nicht lupenrein sauber und bis in die Verwandtschaft zweiten Grades ohne Westkontakte ist! Braucht ihr hier – und das nach Biermann – Nachhilfe im Einmaleins? Die Bach ist entweder gerissen wie Biermann oder ahnungslos dumm! Wahrscheinlich beides! Auf jeden Fall wird die ab jetzt unser Spiel spielen oder es ist aus! Ihr habt Zeit bis zur Veranstaltung. Verhindern können wir es nicht mehr, aber wenn die nicht voll spurt, ist sie weg vom Fenster! Und das erledigt ihr dann bitte eleganter als bei Biermann! Wir schaffen keine Märtyrer mehr, verstanden? Bis zu den Spielen betreut sie Katharina Zorros mit ihren Genossen und ihr seht zu, dass ihr noch einige zuverlässige Leute in die Gruppe der Bach bekommt! So, wie die Truppe jetzt aussieht, fährt die nicht hoch nach Rostock! Wir brauchen alle Informationen, und zwar täglich! Gebt der Bach noch ein, zwei zuverlässige Genossen an die Seite und dann hat sie zu laufen wie am Schnürchen!

Genosse Erler, du arbeitest mit den Genossen vor Ort in dieser Schule! Die Genossen aus Leipzig und Dresden drängen auf einen Erfolg im Jugendkabarett, hier bei euch! Das lenkt von dem ewigen Biermann-Fuchs-Problem ab! Klärt ab, ob das zur Not auch ohne die Bach geht, falls die sich querstellt! Ihr bildet jetzt eine Arbeitsgruppe, die mich täglich auf dem Laufenden hält! Ich habe schließlich nicht nur dieses Problem am Hals, sondern die gesamten Spiele im Bereich Kabarett, und da braut sich was zusammen, sage ich euch! Hat die Bach überhaupt einen Partner? Oder ein Weib? Wer ist auf die angesetzt? Freunde? Umfeld? Was treibt der Sohn?"

Wieder betretenes Schweigen.

Oberstleutnant T. fuhr mit der Gewissheit nach Berlin, dass die geranienburger Genossen jetzt aufgescheucht genug waren, um ganze Arbeit zu leisten.

9

Aber das folgende Ereignis war zunächst überhaupt nicht geeignet, Rahel zu warnen, im Gegenteil, denn es sollte wie eine zauberhafte Liebesromanze beginnen.

Rahel saß etwas verloren zwischen ihren Kolleginnen und Kollegen. Oberst hatte den Ersten Mai im Juli nachfeiern lassen und dafür Karten im Profi-Stadtkabarett bestellt. Es hatte ewig gedauert, denn die Wartezeiten für Kabarettkarten waren enorm. Kabarett aber musste nun sein, denn nach außen sollte doch der Anstrich einer kabarettfreundlichen kultur- und kunstoffenen Schule gezeigt werden, und die Bach musste unbedingt vorgeführt werden. Er hätte sie am liebsten mit am Leitungstisch vorn gehabt, aber da saß schon sein eifersüchtiger Harem.

Dazu hatte er noch vier Kabarettisten ihres Kabaretts mit als Ehrengäste geladen, denn bald würden die ja zu den Arbeiterfestspielen fahren.

Für ein einfaches Kollektivfest war heute ungewöhnlich viel Prominenz gekommen. Weil die neue Sportlehrerin der Schule, die sich in letzter Zeit auffallend um Rahel bemühte, mit dem stellvertretenden Bezirksarzt von Geranienburg verheiratet war, saß dieser neben ihr.

Und die Schule bekam noch mehr unverhoffte Zuwendung vom Bezirk. Doktor Krastel hatte den neuen Bezirksarzt mitgebracht, was Rahel zunächst überhaupt nicht wusste. Erst Barbara, ihre Freundin und ebenfalls Kabarettistin, machte sie flüsternd auf ihn aufmerksam: „Schau mal, da vorn", sagte sie, während das Kabarettprogramm der Profis lief. „Der da, neben der Krastel, siehst du, das ist der neue Bezirksarzt. Frisch geschieden! Erste Sahne von einem Mann! Wird doch Zeit, dass du mal was anderes als Kabarett in den Kopf kriegst. Wenn ich zehn Jahre älter wäre ...!" Barbara leierte die Augen hinter ihrer Brille an die Decke und schnalzte mit der Zunge. Rahel schaute natürlich nicht hin! Sie spitzte nur unwillig den Mund. Beinahe hätte sie durch das Geschwatze die Pointe verpasst!

Außerdem ärgerte sie sich über den Tisch, an dem die Leitungen saßen. Dummes breites Lachen und Schwatzen kam von dort. Vor allem die Kattmann war nicht zu überhören und mehrere Male klatschte und lachte sie auch noch doof, wo nichts zu klatschen und zu lachen gewesen wäre. Rahel verachtete alle, die dort saßen. Mit ihrer Wichtigtuerei, mit ihrem knallbunten Verhalten!

Und dann sahen sie sich an.

Rahel hatte sofort den Atlantik im Bauch und griff vorsichtig mit ihren Händen nach vorn, ins Leere.

Zum Glück war gerade Klatschen angesagt. Er saß seitlich, zwei Tische vor ihr, fast auf gleicher Ebene mit der ersten Tischreihe. In Rahels Augen war das gleiche unendliche Erstaunen wie in seinen. Eine Hundertstelsekunde! Eine Ewigkeit! *Bernsteinaugen, er hat Bernsteinaugen, um Himmels willen! Und graue Schläfen!* Doktor Schwab war das, was man einen klassisch schönen Mann nennen konnte. Schlank, einsachtzig, schmales, interessantes Gesicht. Mitte vierzig und grau meliert, silbergrauer Anzug, kein Schlips, geöffneter Hemdkragen!

Die Anatomielehrerin in Rahel, und nicht nur die, blähte die Nüstern.

Er drehte sich ganz langsam zurück. Rahel blickte wieder zur Bühne. Zwischen ihnen baute sich ein Kraftfeld von ungeheurer Spannung auf, Rahel war starr vor Erregung.

Aber der Bezirksarzt spielte das Spiel nur verhalten mit. Er wusste auch, was mit ihnen geschehen war, aber er war gerade frisch geschieden und unendlich müde. *Nicht noch einmal!* Auch dann nicht, wenn da hinten die Liebe saß. *Noch nicht*, relativierte er dann doch etwas und ließ sich vom Programm fesseln, während Rahel voller Ungeduld auf den zweiten Blick wartete.

Der kam, als alle aufstanden, im Beifall. Während dieses Blickes lief ihr gemeinsames Leben ab, und Rahel wurde ganz ruhig. Es scherte sie nicht, dass beim gemütlichen Beisammensein danach der Tisch des Bezirksarztes umlagert wurde wie eine Festung. Sie wusste es. Er wusste es. Und sie beide machten hier nun nur ihren Job, bis sie gehen würden. Alles war so klar, so selbstverständlich!

„Mensch Rahel, du strahlst wie 'ne Fettbemme[7]!", sagte der eifersüchtige Torsten, der bisher alle Männer aus Rahels Dunstkreis immer weggebissen hatte. Die Prinzipalin gehörte ihrem Kabarett – und sonst niemandem!

„Lass sie doch!", knurrte Barbara, die ihn liebte. „Die kann sich doch auch mal verknallen!"

„Quatsch, ich hab mich nicht verknallt, aber ihr seid offensichtlich neugierig? Bissel Prominenz an unserem Tisch kann nichts schaden! Soll ich ihn herholen?", fragte sie ihre Kabarettisten und erschrak vor ihrer eigenen Courage.

„Das schaffst du nicht! Guck mal, wie die geile Kattmann und die neue Psychologietussi um den herumschwirren. Der arme Doc kriegt ja kaum noch Luft!"

Und tatsächlich beugte sich gerade die Kattmann girrend kichernd über ihn und er wich höflich aus, indem er sich anlehnte. Rahel schnappte den dritten, etwas verständnisheischenden Blick auf. Aber die Publikum gewohnte Rahel kannte solche Pflichtübungen zur Genüge.

Da erhob sie sich langsam. Sie trug ihr langes schwarzrotes Barfußkleid, das an den weiten, kaftanähnlichen Ärmeln kleine orientalische Ornamente hatte. Im Kleid wiederholten sich diese, immer größer werdend bis zu ihren Füßen, die zum Entsetzen der bestöckelten Schuldamen in einfachen „Jesuslatschen" steckten. Und das auch noch ohne Perlonstrümpfe! Ihre Bewegung blieb katzenartig, als sie auf den Tisch mit den verblüfften Genossen zuging. „Mein Kabarett hat gewettet, dass ich Sie nicht an unseren Tisch bringe!", log sie mutig.

„Ja?", fragte Doktor Schwab lächelnd zurück. „Sie sind Frau Bach, nicht wahr?" Er gab ihr im Aufstehen die Hand und hielt sie fest, während er die Kattmann, die missmutig seitlich vor ihm stand, bat: „Ach, ob Sie bitte mal den Stuhl herüberreichen, wir haben nichts zum Hinsetzen!"

„Aber gewiss doch, Genosse Bezirksarzt! Reicht mal den Stuhl rüber, der dort steht, für den Bezirksarzt!" Spätestens jetzt sahen alle, wen der Bezirksarzt Doktor Schwab noch immer in der Hand hatte. Der Stuhl wanderte über einige Köpfe im überfüllten Kellergewölbe, das als Zuschauerraum des urgemütlichen Kabaretts ausgebaut worden war, und dann setzte sich die braungebrannte Rahel, der man dadurch glücklicherweise nicht ansah, dass sie in Flammen stand, auf den Stuhl für den Bezirksarzt!

Wie lange sie sich gegenübersitzend geplaudert hatten, wusste Rahel später nicht mehr.

Irgendwann blickte Doktor Schwab auf die Uhr: „Ich denke, wir sollten jetzt eine Flasche Sekt zu Ihren Schülern bringen und uns einen Augenblick zu ihnen setzen!" Rahel erschrak. Alles und alle hatte sie vergessen, aber der Bezirksarzt hatte gesehen, dass die Gruppe gerade im Begriff war, teils missmutig, teils verständnissinnig grinsend, aufzustehen. Er winkte dem Ober, flüsterte ihm etwas zu und stand auf, um zu Rahels Gruppe zu gehen. „Ich habe schon von Ihren Erfolgen gehört. Ich halte Ihnen für Rostock die Daumen!"

Barbara lächelte verzückt: „Wir laden Sie ein, zu unserem Auftritt, oben bei den Spielen!", rief sie.

Der Ober brachte ein Tablett voll Sektgläser und sie stießen gemeinsam an.

Dann verabschiedeten sich die Kabarettisten und ehe der Bezirksarzt, der etwas unschlüssig dastand, wieder zum Genossentisch geholt werden konnte, sagte Rahel schnell: „Ich sollte jetzt auch gehen. Morgen habe ich lange Unterricht!"

„Darf ich mit, ich meine, darf ich Sie begleiten?"

Der Himmel und alle Engel jubelten – und Rahel hauchte: „Ich wohne am Ende der Stadt!"

„Ich auch!", strahlte er, und seine Müdigkeit war schlagartig verschwunden.

Das Kabarett war in einem alten ehemaligen Biergewölbe unter dem Rathaus der Stadt untergebracht. Winklige Gänge führten bis tief unter die Erde. Ein Teil der riesigen unterirdischen Anlage war erschlossen und hier zu einer der schönsten und urigsten Spielstätten des Ortes ausgebaut worden. Der Zuschauerraum war das ehemals größte Tiefgewölbe und fasste etwa einhundert Zuschauer. Man saß entweder auf Stühlen am Rand oder an Tischen im Raum. Dieses Gewölbe war der tiefste Punkt der Spielstätte. Um nach oben in die nächste Kelleretage zu kommen, die das Foyer mit Bar und Sitzplätzen beherbergte, musste man einen schmalen, ehemaligen Bierfass-Weg hinaufgehen. Er hatte gerade so viel Steigung, dass man ein Bierfass bequem nach oben bugsieren konnte. Der in den Fels gehauene Gang hatte eine niedrige Gewölbedecke. Man hatte fast alles original belassen, nur weiß getüncht. Es war also schon vor, aber auch nach den Vorstellungen immer eine Gaudi, diesen Gang, manchmal leicht gebückt, hintereinander passieren zu müssen, ehe man da ankam, wo man hingehen wollte. Rahel warf ihr Haar zurück, als sie übermütig vor Schwab den Gang betrat. Sie lief ihm voran nach oben und schwadronierte dabei glücklich herum. Gleichzeitig musste sie aber auch aufpassen, dass sie nicht stolperte. Sekt, Liebe, Jesuslatschen und der Bezirksarzt hinter ihr, dazu ein Leben voller Glück vor ihr, wollten in Balance gehalten werden!

Ach, hätte sie sich doch bei allem Glück nur ein einziges Mal umgeschaut, ehe sie losliefen!

Ein einziger Blick zurück in ihr Umfeld hätte alles verhindern können. Aber Rahel Bach sah nur Bernsteinaugen und den Weg nach oben in ein wunderbares Leben.

Als die beiden Liebenden sich verabredet hatten zu gehen, hatten die Kattmann, die neue Psychologielehrerin und die neue Schulsekretärin nur kurz einen Blick getauscht und waren unauffällig aufgestanden. Viel zu laut, viel zu schrill stolperten sie nun hinter Doktor Schwab her und mimten ein angetrunkenes, lustiges Trio. „Oh je, Herr Doktor!", lärmten sie ständig hinter Schwab, da kommt man ja ins Stolpern! Dürfen wir denn da mal vorbei?"

„Selbstverständlich, die Damen!", lachte er und machte Platz, damit sie passieren konnten und Rahel, die das Ganze erst jetzt mitbekam, hielt nun auch inne und schaute nach hinten, um sie vorbei zu lassen. Aber das wollten die Damen ganz und gar nicht. Die Psychologielehrerin stolperte nun erst einmal in die Arme des verblüfften Bezirksarztes, worauf die neue Schulsekretärin, eine ebenfalls frisch geschiedene, äußerst attraktive schwarzhaarige Frau in Rahels Alter, sich sofort und sehr herzzerreißend bei Schwab entschuldigte. Sie zog ihm die Jacke wieder zurecht, während die Kattmann sich breitbeinig in den Gang stellte und Rahel den Rücken zudrehte. Dabei lachte und gackerte sie, während sich der Bezirksarzt immer noch ahnungslos und lachend bemühte, die offensichtlich sturzbetrunkene Psychologielehrerin vom Hals zu bekommen. Jetzt fiel sie ihm auch noch vor die Füße! Die Schulsekretärin mit ihren schwarzen Mandelaugen entschuldigte sich brav, aber angetrunken für das peinliche Geschehen.

Rahel stand wie angewurzelt da. Wieso kam kein Blick von ihm zu ihr? Warum schüttelte er die Weiber nicht einfach ab? Jetzt hing auch noch die Sekretärin an seinem Hals! Diese ekelhaften Weiber! Und sie stand hier und konnte nichts machen!

„Doktor, wir wollten gehen!", sagte Rahel leise.

Da drehte sich die Kattmann um und schaute sie an. Sie lächelte nur mit einem Mundwinkel und krähte: „Der kann jetzt nicht! Siehste doch!"

Oh, wie sie diese Weiber hasste! Aber die Weiber wussten genau, was sie taten.

Rahel Bach wandte sich ganz langsam ab und ging nach oben. Am Ende des Ganges drehte sie sich noch einmal um. Es war hoffnungslos. Der Bezirksarzt war immer noch belustigt mit den drei Frauen beschäftigt. Rahel ging zur Bar und setzte sich einen Augenblick. Sollte sie hier warten? Nein, niemals! „Hallo Maria, wie geht es?", begrüßte sie die Barfrau.

„Ach – so lala. War die Vorstellung gut?"

„Hervorragend, ihr seid einmalig! Sag, kannst du mir einen Gefallen tun?"

„Jeden!"

„Da kommt gleich ein ziemlicher Typ den Gang herauf. Sollte der nach mir fragen, sagst du ihm, ich warte am Ende der Stadt?"

„Mache ich! Aber willst du dem das nicht lieber selber sagen? Vielleicht verläuft der sich unterwegs?" Die Kabarettistin schaute ihr viel zu wissend hinterher, als Rahel, den Kopf schüttelnd, aus Marias Keller stieg.

Draußen lag der Marktplatz in gedämpftem mildrosa Licht, denn die Stadtverwaltung hatte endlich die weißen Neonröhren aus dem historischen Stadtkern verbannt. Rahel lief die vier Kilometer bis zu ihrer Wohnung im Süden der Stadt und bei jedem Auto, das sich hinter ihr näherte, fuhr sie freudig zusammen. Aber er kam ihr nicht nach.

In dieser Nacht hat Rahel Bach viel geweint und nicht geschlafen, während der Bezirksarzt, als Kavalier, die sturzbetrunkene Schulsekretärin heimbringen musste, die sich ihren Kummer über ihren geschiedenen Mann bei ihm von der Seele weinte. Ach ja, sie war ja auch mal Arztgattin gewesen. Und zu Hause im gepflegten Ambiente verwöhnte sie den Bezirksarzt, der momentan bei Freunden untergebracht war, weil seine Frau das Haus beanspruchte.

Nach vier Wochen kündigte die Schulsekretärin plötzlich. Als Rahel ahnungslos Frau Schneider an der Rezeption fragte, fiel die aus allen Wolken: „Ja, wissen Sie denn das nicht, Frau Bach? Die hat's geschafft und heiratet morgen den Bezirksarzt. Aber mit der soll was nicht stimmen. Der gibt wegen ihr sogar seinen Posten auf! Stellen Sie sich das vor, und soll ich Ihnen noch was sagen? Die ist eifersüchtig auf Sie. Die sagt, sie geht wegen Ihnen! Wissen Sie, wieso?"

Rahel ging schweigend hinaus. *Warum, Bernsteinauge? Warum tust du uns das an. Es wäre die Liebe gewesen, und du weißt es.*

Rahel hat das Ausmaß der Intrige, welche diese Genossinnen damals inszenierten, um eine Verbindung der Kabarettistin mit dem Bezirksarzt zu verhindern, nie in vollem Umfang erfahren. Viel später erzählte man Rahel, dass Frau Schwab immer Sorge gehabt habe, dass ihr Mann doch noch zu Rahel gehen würde. Und als er während der Arbeiterfestspiele plötzlich eine Dienstreise in den Norden gemacht hatte, war sie ihr Leben lang der festen Überzeugung, dass er doch bei

Rahel gewesen war, obwohl er ständig seine Unschuld beteuert hatte.

Rahel hat Doktor Schwab, den einzigen Mann, den sie sofort liebte, nicht wiedergesehen.

Aber sie hat ihn auch nicht vergessen können, wegen der Narbe von ihrer Verletzung durch die Genossinnen, damals im Gewölbe. Und nie wieder fühlte sie das, was zwischen Schwab und ihr passiert war, bei einem anderen Mann.

Sie hob ihre Erinnerung an eine unerfüllte Liebe auf, als Vermächtnis und als Traum. Vielleicht half ihr gerade das, die kommenden Jahrzehnte zu überstehen.

10

Man stellte nun in der Schule plötzlich aufgrund dubioser Informationen fest, dass es mit Rahels Klassenstandpunkt nicht weit her zu sein schien. Sie hatte zwar bisher immer ihre Arbeit gut gemacht, aber als die Stasi die ersten Einschätzungen von den Genossen der Schule und des Krankenhauses über Rahel anforderte, kam deren große Stunde.

Von Rahels christlicher Erziehung wussten sie zu berichten, und dass Rahels Unterricht oft einen klaren marxistisch-materialistischen Standpunkt vermissen lasse. Man sei der Ansicht, dass Rahel romantisch-idealistischen Grundsätzen verfallen sei. Außerdem seien in Rahels Unterricht gefährliche Laissez-faire-Züge zu erkennen.

Und so kamen die Genossen der Schule auf die Idee, einige Genossen in die Kabarettgruppe zu schleusen, damit man die Sache besser unter Kontrolle behalten konnte. Doch so einfach, wie man sich das vorgestellt hatte, klappte das konspirative Geschehen nicht. Rahel und ihr Team waren inzwischen eine selbstbewusste und verschworene Gemeinschaft. Nur die Begabtesten, Zuverlässigsten hatten die Ausscheide geschafft und außerdem mussten sie ihre Ausbildung gut machen. Ab Note Drei in einem der Hauptfächer war Schluss mit lustig und den Proben!

Doch die Genossen wussten auch um Rahels Problem: Sie brauchte männliche Darsteller.

Während Rahel unter den weiblichen Bewerbern wählen konnte, musste sie bei einem Jungen, der ins Kabarett wollte, sofort zugreifen. In der DDR waren männliche Krankenpfleger die absolute Ausnahme. Bei den künftigen Zahnarzthelfern allerdings wurde Margit fündig. Dort saß Henry, Sohn eines Stasi-Offiziers aus der Nachbarstadt. Es bedurfte nur eines Anrufes beim Genossen Vater und eines kurzen Besuches zweier

Genossen aus der Bezirksstelle Geranienburg bei Henry. Danach hatten Margit und die Stasi einen neuen Informanten. Henry kam mit Gudrun, einer Klassenkameradin, zur Probe und offenbarte der ahnungslosen Kabarettgruppe und Rahel sein Herz für das Kabarett. Rahel suchte gerade wieder einmal händeringend männliche Darsteller und nahm deswegen auch in Kauf, dass Gudrun mit ins Kabarett kam. Die Genossen der Staatssicherheit waren begeistert von Margits Strategie. Mit dem kommenden Nachrücken jüngerer Schülerinnen nach dem Ausscheiden der Oberkurse, würde Margit den Bewerberstrom weiter nach ihren Vorstellungen regeln. Und bald würden zuverlässige Genossinnen und Genossen jede Regung in Rahels Kabarett ausspionieren und Margit und ihren Genossen berichten.

Als der Termin der Arbeiterfestspiele herangekommen war, konnte Rahel ein komplettes Kurzprogramm vorstellen. Alle Texte mussten Wochen vorher in sechsfacher Ausfertigung sowohl an den Organisationsvorstand als auch an die Kulturabteilung ihres Bezirkes abgeliefert werden. Von da aus ging alles nach Berlin und dort saß Katharina mit im Jury-Vorstand und sorgte dafür, dass Rahel unbeschadet alle Hürden nahm. Der Arbeitsaufwand der Vervielfältigung der Texte, von denen ja auch jeder Spieler und der Pianist ein Exemplar erhalten musste, wurde den Sekretärinnen der Medizinischen Fachschule auferlegt. Computer gab es noch nicht, und so wurde mit Schreibmaschine und Vervielfältigung über Matrize gearbeitet. Als Rahel dann die Endkorrektur las, fiel sie aus allen Wolken! Die Sekretärinnen hatten in guter Absicht Rahels Kabarettdeutsch „in Ordnung" gebracht, weil sie diesen, wie sie sagten, „Quatsch" unmöglich zu den Genossen nach Berlin schicken wollten.

Rahel bestand auf einer Wiederholung der Aktion und wortgetreuer Abschrift des gesamten „Quatsches", so, wie er dastand. Das steigerte nicht gerade ihren Beliebtheitsgrad bei den Sekretärinnen, die sich erst nach einem Machtwort des Direktors maulend in ihr Schicksal ergaben. Argwöhnisch hatte neben Margit auch die Kattmann alle Texte gelesen. Beider Urteil stand fest: Die Sekretärinnen hatten recht. Kabarett war sinnloser Quatsch, eine Clownerie, auf die der Sozialismus getrost verzichten konnte! Und sie beklagten Aufwand, Geld und die Blockierung von Personal-Ressourcen für diesen Blödsinn!

Die Texte aber wurden wohlwollend anerkannt, sowohl im Bezirk als auch in Berlin. Nur Margit und die Kattmann wunderten sich über die Freiheiten, die man Rahel durchgehen ließ. Und sie nahmen sich vor, das nicht auf sich beruhen zu lassen.

Kurz vor der Abreise nach Rostock kam eines Tages Rahels Pianist, den sie seit ihrem Erfolg für Honorar beschäftigen durfte, kleinlaut zu ihr. Man hatte ihm nahe gelegt, bei Rahel auszusteigen, weil seine Frau es angeblich so wollte. Ihr Arzt, ein Internist aus dem Krankenhaus, hatte ihr bei einem Besuch angedeutet, ihr Mann und Rahel hätten ein Verhältnis. Rahel war sprachlos, denn der Arzt, um den es sich handelte, war der Ehemann einer Kollegin, die Deutschlehrerin an der Schule war und außerdem die Chorleiterin und Pianistin des Schulchores. Rahel und ihr Pianist hatten natürlich keine Beziehung. Warum intrigierte aber diese Kollegin so infam, und was hatte ihr Mann als Arzt damit zu tun? Rahel konnte nicht wissen, dass die Genossin Schweinfurt für das MFS arbeitete und den Auftrag hatte, die Stelle des Pianisten einzunehmen, sobald dieser das Kabarett verlassen hatte. Rahel aber kämpfte um ihren Pianisten, der einer der besten im städtischen Theater war. Vergeblich! Nachdem auch der Genosse Intendant dort ein wenig nachhalf, resignierte der Pianist und gab auf.

„Du gibst ihnen damit recht", hatte Rahel verzweifelt geklagt, denn inzwischen hatte ihr der Direktor die Mittel für sein Honorar gestrichen und die Schweinfurt als die bessere Lösung avisiert. Zumal es ja eine Lehrerin der Schule sei! Das würde in Rostock bestimmt einen guten Eindruck machen!

„Der Eindruck zählt dort nicht, ich weiß, dass sie gut Chor begleiten kann, aber das Geklimper reicht nicht für das aus, was ich im Kabarett von ihr verlangen muss!", schimpfte Rahel. „Die weiß doch höchstens, wie Chanson geschrieben wird, aber nicht mehr!"

Rahel und ihr Kabarett mochten diese Frau von Anfang an nicht. Aber so sehr sie sich auch sträubten, sie konnten in der kurzen Zeit keinen anderen Pianisten auftreiben. Zwischenzeitlich half der Kantor der großen Kirche aus, den eine Kabarettistin mal angeschleppt hatte, aber der konnte die Tour nach dem Norden aus beruflichen Gründen auch nicht machen. Die Proben mit Genossin Schweinfurt waren eine Tortour! Aber so oft Rahel auch unterbrach und jede Nuance wieder und wieder mit ihr durchprobte, die Schweinfurt hielt mit einem stoischen Lächeln durch!

Und so fand sich schließlich ihre Gruppe mit dieser Frau ab, obwohl alle Unrat witterten.

Margit und Genossen unterwanderten Rahels Kabarett sehr schnell und mit Erfolg, ohne dass die auch nur den geringsten Verdacht schöpfte! Rahel hatte auch keine Zeit zum Grübeln. Die letzten Wochen vor dem großen Ereignis wurde die ganze Gruppe freigestellt und durfte in einem Ferienheim der Schule unweit der Stadt, an einem Stausee, rund um die Uhr proben. Zu diesem Zweck wurde extra das Schulklavier in das Heim gekarrt und musste auf Geheiß der Schweinfurt dort erst noch aufwendig gestimmt werden. Dass der eine der beiden Zahntechniker, den sie noch mit eingeschleust hatten, weder Lust noch Begabung zeigte, stellte sich sehr schnell heraus. Rahel brauchte aber die Jungen schon rein optisch für das Programm. Doch für sie stand fest, nach den Festspielen würde sie einige Spieler aus dem Kabarett entlassen. Dass es vorwiegend „die Genossen" waren, las sie Jahre später in ihren Unterlagen bei „Gauck". Da beschwerte sich ein IM klagend darüber, dass die Bach immer wieder „unsere" Genossen aus der Gruppe entferne. Aber Rahel hatte damals keine Ahnung, wen sie da „entfernte".

Die Proben verliefen durch die neuen Spieler und das langsame und bedächtige, nahezu sture Reagieren der Pianistin zäh und schweißtreibend. Rahel musste ihre ganze Energie aufwenden, um die Gruppe zur Höchstform zu bringen. Einen ganz leisen Verdacht, dass die Neuen bewusst verzögerten, schob sie zunächst als unsinnig weg. Sie konnte nicht wissen, dass die Neuen wohl ihren Auftrag direkt von Margits Genossen hatten und dass das alles schon lange vor Beginn des Finales in Rostock die Vorbereitung der Demontage der Kabarettistin Rahel Bach war.

Die Genossen in Berlin und auch Erler aus dem Bezirkskabinett für Kultur kannten das Verhältnis zwischen Rahel und Margit wohl nicht. Damit war ihnen auch nicht bewusst, dass Rahel von dem Moment an, als Margit von ihnen ins Spiel gebracht wurde, keine Chance mehr hatte. Denn Margit griff sofort zu. Noch einmal würde sie sich das Heft nicht aus der Hand nehmen lassen. Jetzt setzte sie ihre Leute auf Rahel an. Mit einem klaren Ziel. Und das hieß nicht: „Überprüfen, ob Rahel sauber war oder nicht", sondern: „Entlarven und unschädlich machen eines Klassenfeindes!" Schaffen von Tatschen! Und zwar schnell! Die Teilnahme an den Arbeiterfestspielen 1980 konnten Margit und die Kattmann wegen des landesweiten Interesses an Rahels Erfolg nicht verhindern, aber es gab nur eine Aufgabe: Dort in Rostock durfte die Gruppe auf keinen Fall den Erfolg bestätigen!

Eine Woche vor der Abfahrt zu den Arbeiterfestspielen, die Liste mit den Teilnehmern war längst schon bei den Organisatoren und bestätigt, kam Carmen Bodechtel, eine ihrer Hauptdarstellerinnen, zu Rahel und teilte ihr mit, dass sie nur dann mitfahren würde, wenn auch ihr neuer Freund mitkommen könnte. Rahel lehnte dies natürlich ab und baute auf Carmens Lust auf Erfolg. Aber ihre sonst so begeisterungsfähige Carmen reagierte plötzlich völlig anders. Schnippisch, fast zynisch stand sie auf und sagte nur: „Wir werden es ja sehen." Für einen Moment durchfuhr Rahel ein schlimmer Verdacht. Ihre Schülerin, mit der sie fast drei Jahre durch dick und dünn gegangen war, die von Anfang an mit ihrer Gitarre dabei gewesen war, schaute sie genauso triumphierend und lächelnd im Weggehen an, wie damals Margit, im Blauhemd, auf dem Appellplatz.

Eine Stunde später wurde Rahel zum Schulleiter gerufen.

In seinem Büro saßen die Kattmann, die Schweinfurt und eine junge Lehrerin, Genossin Gerber, aus dem Bereich Krankenpflege. Sie war die neue Flamme von Karl Oberst und Leitungsmitglied der FDJ.

Karl Oberst wirkte nervös und gestresst: „Frau Bach, die Lage ist die, dass wir wegen der Sicherheit der Schüler und der Brisanz, die dieses Unternehmen für uns alle hat, noch einmal mit den Genossen in Berlin verhandelt haben. Wir geben Ihnen deshalb einige erfahrene Genossinnen mit an die Seite. Die Genossin Kattmann wird sich um die Sicherheit kümmern, die Genossin Gerber, Sie kennen sich ja, wird Ihnen bei der Organisation helfen, sodass Sie sich voll auf die künstlerische Arbeit stürzen können. Außerdem fährt neben Frau Schweinfurt am Klavier, hahaha, nicht wahr, noch der Verlobte von Carmen Bodechtel mit. Er hat extra Urlaub genommen, um euch bei den technischen Fragen zu helfen. Er ist ein zuverlässiger Genosse und etwas männlicher Schutz tut euch gut."

Rahel schwieg entsetzt und dachte an Carmens Verhalten. Sie begriff, dass Verhandeln hier zwecklos war. Wochenlang hatte sie bei all ihrer Freude und dem positiven Stress, der sie umgab, das warnende Gefühl, welches in ihr Alarm schlug, verdrängt.

Jetzt saß sie also wieder bei den Genossen in deren gelben Kunststoffmöbeln und hatte sich Tatsachen zu fügen, die sie zunächst nicht mit Margit in Verbindung bringen konnte. Margit war ja weg. Hier agierte die dämlich borniert Kattmann und auf sie konzentrierte sich nun Rahels Zorn. *Kattmann du alte Hure! Alles erledigst du über das Bett! Und Oberst ist abhängig von deinem Schweigen!*, dachte Rahel hasserfüllt. Für Rahel war die Kattmann die Inkarnation von Geilheit, Dummheit und Macht! Was hätte Rahel ihr sagen können, in einer Gesellschaft, die offensichtlich solche Kreaturen zum Machterhalt brauchte und benutzte! Erst Jahre nach der Wende erfuhr Rahel durch Zufall, dass Carmens neuer Freund bei der Staatssicherheit gewesen war. Er hatte Carmen später geheiratet, und Rahel war 1989 nichtsahnend in das Haus neben ihnen eingezogen. Beide taten dann nach der Wende so, als würden sie Rahel nicht kennen. Aber eine Nachbarin wusste um seine Vergangenheit, die Rahel damals nie für möglich gehalten hätte, als er ihre beste Schülerin und Kabarettistin umkrempelte und als „technischer Berater" mit nach Rostock fuhr.

„Noch Fragen?", tönte die Kattmann leutselig. Rahel ging vor Wut zitternd und schweigend hinaus. So ging das also: Sie würde nächste Woche unter totaler Bewachung mit ihrem Kabarett in den Norden reisen!

Zunächst glaubte sie, nur die Kattmann, die Schweinfurt, die Gerber und dieser „Techniker" waren von Karl und Margit zur Kontrolle ausgesucht worden. Dass bereits einige ihrer Kabarettisten zu Margits Truppe zählten und Spitzeldienste leisteten, erfuhr Rahel erst Jahre später, andeutungsweise und bruchstückhaft. Gewissheit, wer wirklich für die Staatssicherheit Spitzeldienste geleistet hatte, würde sie wohl nie bekommen!

Und sie hatte auch bis lange nach der Wende nur eine Erklärung für diese plötzliche Veränderung mitten im Erfolg: Neid und Hass ihrer Kollegin Margit Hammersbacher, der Parteisekretärin des Bezirkskrankenhauses. Sie hatte die Hunde heiß gemacht und aufgehetzt! Alles andere waren die Folgen in einer nicht mehr aufhaltbaren Maschinerie.

Aber es war nicht nur Margit. Das System verkraftete Rahel und ihre jungen Leute nicht. Man zerschlug sie, weil sie sich nicht anpassten, sozusagen prophylaktisch.

Die letzte Probe vor der Abfahrt richtete Rahel so ein, dass die Pianistin erst später kam. So war sie kurze Zeit mit ihrer Gruppe allein. Als sie die nun mitfahrenden Lehrer bekannt gab, tobten die Kabarettisten vor Wut. Auch die Jungs schimpften tapfer mit. Rahel aber kämpfte um ihre Schüler und den Erfolg der Aktion: „Lassen wir uns doch nicht von ein paar kläglichen Bewachern einschüchtern, Leute! Das wird unser Auftritt! Wir haben die Chance, dass uns alle sehen! Dann sollen sie doch ruhig kontrollieren, wie sie wollen! Unseren Erfolg können sie nicht zerstören!" Rahel kämpfte den Kampf ihres Lebens! Sie konnte nicht zulassen, dass ihre Schüler, die ihr vertrauten, jetzt in dem Machtkampf, den ihr Margit Hammersbacher aufgezwungen hatte, zerrieben wurden. Sie redete, überzeugte, schaffte Vertrauen – und jedes Wort, alles, was besprochen wurde, gelangte am gleichen Tag zuverlässig zur Staatssicherheit, zu Margit und Karl Oberst.

Ihre Gruppe ließ sich motivieren. Mit einem: „Jetzt erst recht!" fuhren sie los.

Das Organisationskomitee in Kühlungsborn fiel aus allen Wolken, als Rahel mit ihrer Gruppe und zusätzlichen vier Personen ankam. Karl Oberst hatte geblufft und natürlich niemanden nachgemeldet. Aber die Kattmann spielte sich als Sicherheitsbeauftragte ihres Bezirkes auf und die Organisatoren zogen sich zur Beratung zurück. Katharina, die natürlich in der Jury war, kam entsetzt zu Rahel: „Sag mal, was ist denn bei euch da unten los! Wie können wir dir helfen?"

„Ich weiß es auch nicht", rief Rahel verzweifelt. „Die wollen uns fertig machen, habe ich das Gefühl, und ich weiß nicht warum! Ihr müsst nach den Spielen mal mit unseren Kulturbossen reden! Ich brauche Unterstützung! Ich muss mit meiner Gruppe aus der Schule dort raus. Dort regieren die Betonköpfe. Könntet ihr das regeln?"

Katharina sagte nichts und blickte sie nur nachdenklich und eine Spur zu wissend an. „Wir können uns nicht in die Angelegenheiten deines Bezirkes mischen. Aber ich versuche was! Du hörst von mir!", sagte sie und verschwand im Organisationsbüro.

Die Organisatoren hatten keine passenden Quartiere und wollten auch möglichst wenig Kontakt mit Rahels seltsamer Gruppe, in der es von unbekannten Bewachern, die sich auch noch ungeschickt auffällig benahmen, nur so zu wimmeln schien. Man kannte sich nicht, und schon allein das war in dieser Kabarettgemeinschaft ein Grund, vorsichtig zu sein.

Man steckte sie in ein Dorf, in ein ehemaliges Schulungsheim der dortigen Genossenschaft, weit ab vom lustigen Treiben in Kühlungsborn. Von der See war nichts zu sehen, nur kilometerweite Kuhweiden. Von dort wurden sie zu den Proben und Auftritten mit einem Bus abgeholt und sofort wieder weggefahren. Keine Ostsee, kaum Kontakte zu den anderen Gruppen. Man ging vorsichtig und abwartend auf Distanz.

Die letzten Proben vor dem Hauptauftritt verliefen trotzdem vielversprechend. Rahels Gruppe hatte den jüngsten Altersdurchschnitt und die alten Hasen der Kabarettszene schmunzelten beim Zusehen wie Großeltern, wenn die Enkel in ihrem Garten herumtoben. Keiner nahm ernsthaft an, dass sie einen der ersten Plätze bekommen würden. Es gab in der Amateurszene der DDR kaum Überraschungen. Einige Bezirke gingen fast immer leer aus, während Leipzig, Halle, Berlin und Potsdam regelmäßig als Sieger vom Platz gingen.

All das wusste Rahel nicht. Sie hatte alle Hände voll zu tun, ihre vor Begeisterung überschäumende Truppe beisammen zu halten. Die benahmen sich angesichts des Presserummels bereits so, als wären sie die kommenden Kabarettstars der Republik.

In den Proben, wenn Rahel Regie führte, letzten Schliff anlegte, kamen häufig Katharina und Heinrich vorbei. Sie waren ja die Chefs eines der beliebtesten Kabaretts in der großen Messe-Metropole. Heinrich sagte nicht viel. Er überließ das gerne Katharina, seinem Zugpferd. Wie oft hatte sie ihm und seiner Gruppe schon den Rücken frei gehalten und die Diskussionen mit den Genossen in Berlin geführt, wenn es wieder einmal politisch brenzlig wurde für ihr Kabarett. Heinrich und Katharina hatten schon früh erkannt, was Rahel da ahnungslos auf die Bühne gestellt hatte und sie wussten auch, wie es enden konnte in einem Bezirk, der gerade Biermann „erledigt" hatte. Sie hatten in der vergangenen Nacht mit ihren Genossen und Leitungen der Profikabaretts noch lange auch über Rahel beraten. Natürlich suchten sie eine Möglichkeit, wie man sie stützen konnte, ohne die Bosse in Rahels Stadt zu verprellen. Mit den Kulturgenossen im Partei- und Stasi-Apparat würden sie schon klarkommen. Man kannte sich, brauchte nur deren Eitelkeit zu befriedigen und die Spielregeln einzuhalten. Eine solche Stargruppe, von ihnen gefördert, würde ja auch ein blendend gutes Licht auf ihre kulturpolitische Arbeit werfen! Aber hier war ein neuer Träger aufgetaucht. Das Gesundheitswesen des Bezirkes Geranienburg mit einer großen Klinik, und diese Fachschule, die auch dem Unterrichtsministerium unterstand, das von Margot Honecker befehligt wurde.

Man würde Zeit brauchen, dort die Weichen für Rahels Unternehmen auf Grün zu stellen. Man musste die Jugendorganisation der SED, die FDJ, die Gewerkschaft und noch einige weitere Gönner im Bezirk mobilisieren. Und das alles musste man nun Rahel, diesem politischen Greenhorn, schonend beibringen! Rahel Bach, die keine Ahnung hatte vom Überlebenskampf der DDR-Kabaretts, welche den ständigen Balanceakt zwischen dem Auffangen der kritischen Töne der Bevölkerung und dem Befriedigen des Machtanspruchs der Staatsbosse perfekt beherrschen mussten, wenn sie erfolgreich sein wollten. Der Preis, den die Hofnarren der DDR zu zahlen hatten, war allen klar, nur Rahel Bach noch nicht.

„Wie du das machst, ist genial, aber du hast keine Ahnung von dem, was du da machst. Die liegen alle flach, wenn sie deine Gruppe sehen. Du bist eine seltsame Mischung aus Genialität und Naivität!", knurrte Katharina Rahel begeistert an. Heinrich schmunzelte nur in sein Bärtchen und brummelte: „Ich hab's dir ja gesagt, die hat's im ..." Worin Rahel es hatte und woraus sie schrieb und spielte, blieb in seinem Bärtchen stecken. Was sollten die Kabarettfürsten der DDR nun machen, mit diesem vor Temperament sprühenden Naturtalent, dem die Texte und Pointen nicht auszugehen schienen und das auch noch ein Händchen für die richtigen Spieler bewies? Rahel war ihnen ja schon als Spielerin in ihrem Wismut-Kabarett aufgefallen. Das Ärzte-Kabarett hatte sich vor einem halben Jahr ebenfalls um die Delegierung nach Rostock beworben. Als Rahel dann in einem langen grünen Nachthemd ein Chanson als durchgeknallte Gattin eines Parteibosses vortrug, sahen alle auf der Bühne eine neue Yvette Guilbert. Die Kabarettbosse schmolzen dahin und Heinrich war schon damals verhalten begeistert. Er hatte sein Bärtchen gezwirbelt und grinsend der Jury verkündet: „Wartet mal bis morgen, da stellt die ihre eigene Gruppe vor!"

Rahels Wismut-Kabarett schaffte mit den altbekannten Kabarettschnulzen nicht den Sprung in die Oberklasse. Sie mussten grollend zu Hause bleiben. Und das sollte später noch böse Folgen für Rahel haben.

Ein halbes Jahr hatten Heinrich und Katharina, nachdem die Delegierung feststand, die junge Kabarettgruppe begleitet, hatten behutsam Rahels einfallsreiche, aber chaotische Regie geordnet, ohne sich direkt einzumischen. Beide waren Vollblutkünstler, Literatur- und Theaterwissenschaftler mit jahrelanger Kabaretterfahrung. Sie ließen ganz bewusst Rahels junge Bühnenpflänzchen einfach in Ruhe wursteln und wachsen. Es würde noch Zeit genug sein, Rahel zu schulen. Nur musste sie erst einmal etabliert werden. Der Stall, aus dem sie da kam, schien dafür keine allzu guten Voraussetzungen zu bieten. Wie schlimm es bereits im Sommer 1980 um Rahel und ihr Kabarett bestellt war, konnten sich weder Heinrich noch Katharina vorstellen, obwohl beide mit dem Überwachungssystem im Kabarettgenre der DDR bestens vertraut waren.

Als die Scheinwerfer für Rahels Studentenkabarett in Rostock angingen, waren auch für Heinrich und Katharina alle Sorgen und Befürchtungen vergessen. Sie waren einfach nur Publikum, das sich fesseln und berühren ließ.

Rahel hatte ihr Kabarett für Entree und Finale in Weiß auftreten lassen und nutzte damit bewusst den beruflichen Farbeffekt für die wichtigsten Aussagen, die ihre Schüler nun so fordernd laut und mit umwerfend frechem Humor herunterbrachten.

Die Brüche in verhaltene Nachdenklichkeit während des Programms gelangen perfekt. Rahel saß unten und war vor Anspannung völlig verkrampft. Nichts um sie herum nahm sie mehr wahr! Jedes Wort sprach sie unbewusst mit ihren Spielern da oben mit! Tausendmal hatten sie jede Nuance, jede so wichtige Pause vor der Pointe wieder und wieder geprobt! Wann die Töne gehaucht, gerufen oder herausgeknallt werden sollten, hatte Rahel nicht bei Brecht studiert, sondern nur im Spiel wieder und wieder ausprobiert. Einfach ihrem Gefühl und dem ihrer Spieler vertrauend. Das Schlimmste wäre nun, wenn das hier ablaufen würde, wie ein wohlgeöltes Uhrwerk.

Aber ihre Schüler hatten es gefühlt und begriffen: Sie waren keine Schauspieler, die Rollen zu spielen hatten. Sie waren Kabarettisten, und was sie sagten und wie sie es sagten ... es war ihre Sache und ihr Anliegen! Sie waren es selbst und sie meinten es auch so! Ihr Spiel hatte einen Zweck! Sie wollten aufrütteln, treffen und betroffen machen. Und sie wollten verspotten mit aller Härte und List, die Rahel in die Texte gepackt hatte. Sie spießten den schwerfälligen und oft so sinnlosen Formalismus ihrer Umwelt lachend auf. Sie sangen und spielten sich in die Herzen der Jury mit ihrer Jugend und ihrer drängenden, frappierenden Ehrlichkeit.

Rahel Bachs Fragen an diese Gesellschaft von etablierten Bonzen, die schon 1980 nichts mehr ändern konnten und wollten in einem System, das sie geschaffen hatten, zum bloßen Machterhalt ihrer Selbst, bekamen für die Insider, die Rahels Situation in ihrer Schule nun kannten, eine beängstigende Aktualität!

Mochten die Kabarettfürsten vor und hinter der Bühne mit zu den größten Schlitzohren der DDR-Gesellschaft gehören, hier vor dieser noch unschuldigen Jugend, hier in diesem Moment, gehörten sie alle zusammen und hatten das gleiche Gefühl!

Die Gruppe nahm sofort die Welle der Sympathie, die ihnen von unten entgegenschlug, auf, und sie spielten besessen für dieses Publikum hinter der Scheinwerferbarriere, das sie nicht sehen, aber hören und spüren konnten. Rahel lehnte sich zurück. Es war geschafft! Diese Gruppe fühlte und spielte wie ein einziger Organismus und sie fingen die Bälle vom Publikum auf, als wären sie alte gestandene Profis! Im Hinterkopf lief die trainierte Dramaturgie ab und dann spielten sie sich frei, jeder nach seinen Fähigkeiten! Als Carmen ihren Song vortrug, den sie selbst mit der Gitarre begleitete, war es im Saal so still, dass Rahel an der Spannung fast kaputtging. Aber das Mädchen stand oben und hielt es durch, bis zum Beifall, der nicht enden wollte.

Im Finale kam die Gruppe noch einmal laut, provozierend und lustig, aber auch mahnend heraus und dann verschwand die weiße Schar nach vielen Vorhängen erschöpft und überglücklich in der Garderobe. Sie hatten es geschafft! Die Medaille war Nebensache! Rahels Schüler hatten das Schlüsselerlebnis der Bühne, den absoluten Erfolg beim Publikum, erlebt!

Über ihnen schwebte eine Wolke von Endorphinen und Adrenalin, jenen Substanzen, die ihre Körper da oben auf der Bühne produziert hatten und die sie ab jetzt immer wieder süchtig nach Erfolg und Beifall machen sollten.

Ihr ganzes Leben würden sie das nicht vergessen und alles, was nun noch kam, musste sich an diesem Erlebnis messen! Sie würden in ihrem Beruf Erfolge haben. Sie würden heiraten und ihr Leben gestalten. Aber einmal hatten sie da oben gestanden, auf diesen seltsamen Brettern, die für einen Augenblick die Welt bedeutet hatten, und waren mit ihrem Publikum eine verschworene Gemeinschaft geworden!

Die Gruppe hatte schon vor vielen Zuschauern ähnlichen Beifall erhalten. Aber hier, quasi vor der eigenen Gilde, mehr als das übliche Achtungsklatschen zu erfahren, das warf sie um! Als Rahel in die Garderobe eilte, waren Worte überflüssig. Sie umarmten und zerquetschten sich fast! Und Rahel rief nur: „Egal, was die da entscheiden, ihr seid die Besten."

Als sie dann in ihren Festklamotten nach der Pause wieder bei ihren Bewachern an den Tischen im Saal Platz nahmen, denen nicht einmal ein aufmunterndes Augenzwinkern gelang, hatten sich alle wieder einigermaßen gefangen. Sie schauten sich nun gelassen mit dem Gefühl, es bereits hinter sich zu haben, voller „Fachkenntnis" die Programme der anderen an.

Als die Jury die Bühne betrat, war es bereits kurz vor Mitternacht, und als sie bei den Trosturkunden der hinteren Plätze nicht aufgerufen wurden, stieg ihre Spannung bis zum Bersten.

Einige Goldmedaillen waren schon vergeben, als sie ihren Namen hörten.

Alles andere nahm Rahel nur noch wie hinter einem Schleier wahr. Die Lobesrede von Heinrich, hunderte Hände, die sie schüttelten, Umarmungen, Sekt und den Schrei der Kattmann: „Ich werde verrückt, die haben doch tatsächlich die Goldmedaille, ich brauche sofort ein Telefon!"

Die Gruppe tanzte und tobte bis in den Morgen. Sie hatten es der Kattmann und ihren erbärmlichen Bewachern gezeigt! Wer wollte sie jetzt noch bremsen? Künftig würden sie bestimmen, wer mit und bei ihnen spielte! Sie hatten gewonnen! Diese Scheiß-Schulbonzen hatten es nicht geschafft, sie zu bremsen!

Was ist Glück? In dieser Nacht wussten sie es.

Rahel war nun ganz oben! Mehr konnte man in der DDR nicht erreichen! Sie war Mitte dreißig und wirkte wie fünfundzwanzig. Hätte es in der DDR einen Broadway gegeben, sie hätte es auch dort geschafft und sich die Seele aus dem Leib gesungen! Die Kabarettleiterin trug ihr rotschwarzes Barfuß-Kleid, das sie selbst genäht hatte, und ihre dunkelbraune Mähne lag heute offen auf ihren Schultern Als sich der Rummel einigermaßen gelegt hatte, lief sie hinaus und die wenigen Meter bis hinunter zum Strand. Die dunkle See war ruhig und kleine Wellen leckten mit ihrem ruhigen, gleichmäßigen Plätschern den Sand.

Hinter ihr drangen Musikfetzen aus dem Kulturhaus, in dem sie gerade gefeiert worden war.

Zwischen den Strandkörben kam eine Gestalt auf sie zu. Es war Heinrich.

Monate vorher hatten sie für kurze Zeit einmal miteinander geflirtet. Er war sogar höchstpersönlich einmal nach Geranienburg gekommen, um ihr bei den Proben zu helfen. Zwischen ihnen hatte es sofort gefährlich geknistert. Aber Katharina hatte sich knurrend dazwischen geworfen: „Weil er seine Ordnung braucht, verstehst du! Der kann nicht auf zwei Hochzeiten tanzen! Julia ist zu sensibel, die würde das nicht verkraften. Hier bei uns steht zu viel auf dem Spiel! Das musst du verstehen!" Natürlich verstand Rahel erschrocken. Aber wegen Heinrich hatte sie sich danach noch mehr ins Zeug gelegt, als sie es ohnehin schon tat. Und immer, wenn er an Katharinas Seite zu den Proben erschien, durchfuhr es sie, als stünde sie wieder auf jener Grube in ihrer Kindheit im Garten ihres Großvaters.

Und nun kam Heinrich zu ihr an den nächtlichen Strand. Er war mit Julia verheiratet, die Rahel sehr mochte und die mit ihrer Wärme die gute Seele des Intellektuellenkabaretts in der großen Messe-Metropole war.

Heinrich tat zunächst so, als wäre ihre Begegnung rein zufällig: „Schön hier draußen! Was zum Abkühlen, stimmt's?"

Rahel nickte und legte den Kopf schief: „Deswegen bist du aber nicht hier, oder?"

„Nee, ich bin wegen dir hier draußen. Wir müssen kurz reden."

Wie Heinrich das sagte, jedes Wort ganz deutlich gegeneinander abgesetzt, machte Rahel sofort bewusst, dass dieser Mann nicht herausgekommen war, um sie am warmen Strand zu verführen. Die Frau in ihr bedauerte das sehr, aber Rahels Verstand war sofort hellwach.

Vor ihr stand einer der Kabarettfürsten der DDR und als solcher war er ihr also gefolgt.

Er stellte sich vor sie hin. Sie waren beide gleich groß und dann sprach er sehr leise, fast schüchtern und schnell auf sie ein: „Wir haben dir die Goldmedaille nicht ohne Besorgnis gegeben. Wir denken aber, dass du damit erst einmal eine Basis hast. Hoffentlich konnten wir dir helfen. Schaff dir Verbündete in Geranienburg. Allein schaffst du das dort nicht. Wenn du Probleme bekommst, rede mit Katharina. Ich muss wieder rein. Mach's gut!"

Mit einer kleinen zärtlichen Geste berührte er, der sie noch vor zwei Stunden im Saal vor allen stürmisch umarmt hatte, ihren Arm und ging. Jetzt erst sah Rahel den zweiten Schatten. Es war Julia, die Heinrich hinausbegleitet hatte. Für deren Bewacher war das Paar nur einmal gemeinsam an die frische Luft gegangen.

Rahel begriff sofort. Es milderte nicht ihre Freude am Erfolg, zumal sie nun genau wusste, wem sie ihn zu verdanken hatte. Aber ihrer Gruppe konnte und wollte sie die knallharte Wahrheit, dass die Medaille nur als momentaner Schutzschild vor den Betonköpfen in Geranienburg vergeben worden war, nicht sagen.

Heinrich war dabei nicht wohl zumute gewesen. Er war vorsichtiger als Katharina, die in der Jury alle Zweifler vehement an die Wand geredet hatte, als es um Rahels Gruppe ging. Was die Kabarettfürsten hier taten, war für Rahel nicht *nur* gut, es konnte auch gefährlich für sie werden.

Die Medaille aus Rostock war eine sehr deutliche und raffinierte Ohrfeige der Jury an den Bezirk Geranienburg-Oberland, der durch das Biermann-Drama total stigmatisiert zu sein schien. Die Stasi hatte die kritische Studentenschaft im Bezirk völlig zerschlagen und unter Kontrolle. Außer verordneter Kulturdiktatur kam aus dieser Ecke der DDR nichts mehr. Die Kultur und Kunst im Bezirk Geranienburg marschierte, bis auf wenige geduldete Enklaven in der bildenden Kunst, im Gleichschritt.

Und nun schickte ihnen Heinrich diese Rahel, die schon die kurze Leine der Staatssicherheit für alle Kenner sichtbar um den Hals trug, mit Gold dekoriert zurück. Eine heimliche und diebische Freude für jeden Kabarettisten. Was würde Rahel daraus machen können? Und wie würde der Apparat darauf reagieren?

Rahel führte im Norden noch viele Gespräche. Unauffällig wurden ihr von Katharina und Heinrich die wichtigsten Leute der Szene vorgestellt, die durchaus nicht homogen war, sondern sich auch untereinander konkurrierend beharkte. Sie lernte, wie man sich gegenseitig schnell und unbeobachtet etwas Wichtiges mitteilte. Wie man spürte, dass man beobachtet wurde. Wie man so tat, als merkte man es nicht, und sie erlaubte sich schon ab und zu den Spaß, sich unvermittelt umzudrehen und einen zu aufdringlichen Lauscher mit einer bedauernden Geste versehentlich zu anzurempeln. In den wenigen Tagen auf dem Glatteis der Kabarettszene lernte sie, sich sicher zu bewegen, souverän zu wirken, aber stets auf der Hut zu sein. Mit Katharina, die sie kurzerhand mehrfach aus der Landbaracke holte und dann jedes Mal die verdutzte Kattmann einfach stehen ließ, erlebte sie die Szene, wie sie war. Katharina schien es nichts auszumachen, ob jemand in der Nähe die Ohren spitzte. Sie machte einfach, was sie wollte. Oder sie spielte es so geschickt, dass es keiner anzweifelte. Die Gruppe durfte noch eine Woche nach den Spielen im Norden bleiben und hatte dabei schon die ersten Pflichtauftritte bei den Werktätigen zu absolvieren.

Rahel war einfach nur glücklich. Sie wusste inzwischen, dass es ein bewachtes, kontrolliertes Glück war. Sie wusste auch, dass sie künstlerisch erst ganz am Anfang stand. Aber wer wollte ihr jetzt noch den Erfolg wegnehmen? Das ganze Land war Zeuge, was geschehen war. Die Geranienburger mussten das akzeptieren! Sie war in einem Jahr als Texterin und alleinige Leiterin ihres Kabaretts, das sie selbst gerade gegründet hatte, durch alle Kulturausscheide des Landes gegangen, hatte alle Wettbewerbe gewonnen und die Goldmedaille geholt. Und das als Frau und Nichtgenossin in einem patriarchalisch ausgerichteten Kulturapparat der DDR!

Katharina hatte einmal gesagt: „Du musst so gut sein, dass sie dich brauchen, dass sie nicht auf dich verzichten können. Sei besser als deine Feinde. Dann müssen sie zulassen, dass du die Schweine im Sozialismus als Schweine kennzeichnest!" Rahel glaubte dieser Logik. Es war aber keine.

In Rahels Leben war es genau umgekehrt. Je besser sie wurde, desto gefährlicher erschien sie ihren Gegnern.

Als die Busse zur Heimreise vor die Baracke rollten, zögerten alle einzusteigen. Es ging zurück in den DDR-Alltag. Und auch Rahels Schüler spürten, dass sie auf einer „Insel" Urlaub bekommen hatten von dieser DDR. Für einen Moment hatte das Regime die Spiele zugelassen, sich selbst damit brüstend. Aber nun ging der Vorhang herunter und alle mussten zurück.

Die Kattmann und der Verlobte von Carmen hatten ein Auto aufgetrieben und waren schon am Vortag heimgeeilt. Es gab viel zu berichten und vorzubereiten.

11

Die nächsten Wochen, an Urlaub war in diesem Sommer nicht zu denken, vergingen damit, dass die Gruppe von Empfang zu Empfang, von Auszeichnung zu Auszeichnung geschleift wurde. Die Presse überschlug sich in der üblichen Weise. Den etwas verkrampften Festakt im Rathaus und in der Aula der Schule steckte die Gruppe gut weg, und sie absolvierten nun auch alle Pflichtauftritte vor den Werktätigen oder wer immer es war, ohne nennenswerte Verschleißerscheinungen. Sie waren jung, ihre Welt stand für sie offen, und in ihren Probenstunden schmiedeten sie Pläne für die nächsten großen Ereignisse. Das neue Programm sollte alles übertreffen! Sie hatten die ganz Großen des DDR-Kabaretts gesehen! Jetzt wussten sie Bescheid! Und auch Rahel hatte viele Ideen in sich aufgenommen.

Aber ihr war seit Rostock klar, dass die Zeit des naiven Glücksspiels vorbei war. Sie musste die Gruppe, sich selbst und den Erfolg sichern. Katharina und auch Gerda Pankras, die fiebernd von außen Rahels Drahtseilakt miterlebte, rieten Rahel dringend, in die Partei zu gehen, um den Hardlinern in ihrer Schule den Wind aus den Segeln zu nehmen. Rahel hatte in der Kabarettszene hervorragende Leute kennengelernt, die wie Katharina in der Partei waren, aber genau so dachten und fühlten wie Rahel. Und in ihrer eigenen Schule erlebte sie Annegret, sie war wie Gerda jahrelang erfolgreich tätig gewesen! Beide hatten nie ein Blatt vor den Mund genommen! Sie, Rahel, hatte ja auch noch die Berliner und Leipziger Genossen hinter sich. Was sollte also passieren? Es musste vielleicht einmal frischer Wind in die geranienburger Parteiszene! Rahel hatte mit ihrem Staat in diesem Sommer 1980 noch keine Probleme. Sie hatte ja alles, was sie wollte, erreicht! Die Zukunft lag sorgenfrei vor ihr. Die muffige Stimmung in dieser Schule und in den Krankenhäusern, die Betonköpfe um sie herum, das alles hielt sie für ein lokales, provinzielles Problem. Sie wollte den „besseren, freieren Sozialismus". Dafür war sie als Kabarettistin und Lehrerin angetreten und war 1980 noch der festen Überzeugung, dass nur die richtigen Leute in der regierenden Partei fehlten, die diesen starren Machtspuk in einzelnen Einrichtungen beenden könnten. Rahel hatte jetzt den Erfolg, der ihr garantieren sollte, dass sie auch einiges in der Parteiszene in Geranienburg verändern konnte. Vom Schicksal Biermanns hatte Rahel keine Ahnung.

Immer wieder hielt sie sich Katharinas Leitspruch vor Augen: „Du musst so gut sein, dass sie dich brauchen, dann lassen sie dich nicht fallen!"

Rahels Antrag auf Parteiaufnahme schlug wieder einmal in den Parteigruppen der Schule und des Krankenhauses ein wie eine Rakete, denn zeitgleich mit ihr stellte der gesamte harte Kern des Kabaretts, die pfiffigsten und begabtesten Schüler aus Rahels Oberkurs, den gleichen Antrag.

Margit schäumte innerlich und witterte Aufruhr und schelmischen Widerstand.

Wie sollte sie nun den Genossen und Genossinnen Spitzeln in Rahels Gruppe glaubhaft machen, dass diese neuen Genossen, die sie auch noch selbst aufnehmen musste, potentielle Staatsfeinde seien? Mit säuerlicher Miene leitete sie dann die Aufnahmeveranstaltung und landete den ersten Treffer gegen Rahel. Die Genossen nahmen alle ihre Schüler auf, sie selbst wurde wegen ihres „kritischen und zum Teil unkooperativen Verhaltens der staatlichen und Parteileitung gegenüber" abgelehnt.

Rahel traute ihren Ohren nicht! Jährlich wurden Werbeaktionen größten Ausmaßes gestartet, um Mitglieder in die SED zu bringen. Bei den Methoden war man nicht zimperlich, vor allem, wenn es darum ging, jemanden langfristig unter Kontrolle zu bringen. Aber Margit ging es gar nicht darum. Sie wusste, dass sie letztlich Rahels Beitritt nicht verhindern konnte. Es ging ihr einzig um die Demonstration ihrer Macht. Sie konnte nicht zulassen, dass Rahel jetzt nun auch noch problemlos in ihren Machtbereich einrückte und sie womöglich verdrängte!

Rahel nahm den Kampf lachend auf. Für sie war es ein Spiel geworden, diese Bonzen an der Nase herumzuführen. In den Proben, wenn sie mit ihren Schülern allein war, sprach sie ganz offen mit ihren Kabarettisten über ihre Taktik. Sie realisierte noch immer nicht, was sie seit Rostock eigentlich klar wissen musste, nämlich dass sie permanent bespitzelt wurde.

Dann schrieb Rahel Bach an Erich Honecker einen recht frech und lustig gehaltenen Brief, in dem sie sich über ihre Genossen an dieser Schule beklagte und forderte ihren Staatsratsvorsitzenden energisch auf, mal in Geranienburg aufzuräumen. Die könnten dort doch froh sein, wenn sie eine so erfolgreiche und kritische und für den Sozialismus streitende Genossin bekämen!

Wer auch immer in den Vorzimmern bei Honecker diesen Brief bearbeiten musste, er hatte wohl etwas Humor.

Vorher hatten natürlich alle Instanzen der Staatssicherheit das Briefchen, das Rahel ganz einfach mit der normalen Post nach Berlin befördert hatte, gelesen. Die Berliner schmunzelten, die Geranienburger tobten und fühlten sich zum wiederholten Male von dieser widerspenstigen Lehrerin vorgeführt: „Die verscheißert uns, merkt ihr das nicht? Die spielt uns nur was vor!"

Rahel Bach von den Auserwählten aber befand sich gerade auf Wolke Sieben der absoluten Glückseligkeit! Was interessierte sie es noch, was da einige borniert Genossen ihres Umfeldes wetterten! Sie hatte Freunde in Leipzig, Berlin, Dresden, Halle, Rostock, Potsdam und noch sonst wo! Ständig kamen Anträge für staatswichtige Auftritte bei Karl Oberst an. Jede Woche wollte eine andere Organisation die Stargruppe erleben und danach gab es wieder Medaillen und Auszeichnungen. Bald käme noch das Okay vom Zentralkomitee der SED oder von Honecker persönlich. Was wollte also diese klägliche, provinzielle Partei-Hammersbacher ausrichten. Was?

Rahel Bach unterlief in ihrer Schlacht der erste große Fehler: Sie überschätzte sich – und unterschätzte ihre Gegner.

Genossin Kattmann stellte als erste für Rahel die Normalität wieder her und damit für alle sichtbar auch die Machtverhältnisse. Es war Ende Oktober 1980. Rahel hatte wegen der vielen Auftritte den Antrag gestellt, in diesem Jahr nicht an der DRK-Ausbildung beteiligt zu werden. Vergeblich!

Seit neun Tagen musste sie nun schon das jährlich wiederkehrende DRK-Lager unter dem Kommando der Kattmann ertragen und sich täglich von ihr schikanieren lassen. Jeden Morgen zum Appell wurden sie und ihr Zug Objekt irgendwelcher Angriffe. Stets gewürzt mit einem Hieb in Richtung Kabarett. Oder dem spöttischen Hinweis auf die zukünftige Genossin Bach.

Aber heute war Abreisetag! Nur heute noch, und Zugführerin Bach konnte wieder zurück in die Zivilisation.

„Die Züge Eins bis Zehn in Reihen – aaangetreeeten!"

Die schneidende männliche Stimme der Genossin Kattmann überschlug sich vor Eifer! Aus den Baracken des Lagers kamen etwa zweihundert Mädchen und zehn Jungen in grauen Felduniformen gerannt. Rahel steckte in demselben harten, zerknitterten Baumwollgemisch, aus dem die Übungsuniformen des DRK gefertigt waren. Der chronische Materialmangel, in dem dieses Land generell steckte, zeigte sich auch hier, denn Rahels Schülerinnen mussten ja nicht auf den Aufmarschplätzen in den großen Städten der DDR vorgezeigt werden. Das hier geschah im Wald, in den Bergen des Oberlandes.

Die Schüler, und genauso ihre Lehrer, die für die Zeit der feldmäßig durchgeführten DRK-Ausbildung diese Uniform tragen mussten, bekamen nur getragene Kleidungsstücke. Sie mussten sich jährlich neu in die verschwitzten Uniformen ihrer Vorgängerinnen und Vorgänger hineinbegeben.

Jeweils zu Beginn ihrer Ausbildung, nach einem vierwöchigen Theoriekurs, ging es in die Kleiderkammer der Schule. Dort wurden die nicht gerade angenehm riechenden Uniformen, die nur selten gewaschen wurden, durch Blickmessung „angepasst". Pech hatte, wer groß und sehr stramm war. Die Mädchen halfen sich durch Aufreißen der zu engen und zu kurzen Hosenbeine. Die kleinen wickelten diese einfach hoch. Die Jacken waren entweder zu weit und zu lang oder zu kurz und gingen über manch üppiger Mädchenbrust nicht zu. Jeder trug seine eigenen Schuhe, da Stiefel oder Schnürschuhe aus dem Schulkontingent nicht bezahlbar waren. Und weil niemand seine guten Schuhe ruinieren wollte, war das, was nun aus den Hosenbeinen der Mädchen und der wenigen Jungen herauslugte, eine Katastrophe! Zur Komplettierung der Uniformen gehörte noch ein schlappes graues Kopfschiffchen, das keines der Mädchen aufsetzen wollte.

Der morgendliche Appell, bevor es zu den Übungen in das Gelände ging, gestaltete sich deshalb immer etwas lang. Genossin Kattmann hatte den Appell ganz bewusst vor das Frühstück gelegt. Sie kannte den Hunger, den dieses Lager verursachte, und hoffte, dass dieser die Schüler dazu veranlassen würde, ihrer Forderung nach einer ordnungsgemäßen Uniform zu entsprechen.

Sie wusste zwar um das Dilemma der Kleiderkammer, aber sie wollte sich nicht mit dem abfinden, was sie da allmorgendlich an Jämmerlichkeit zu sehen bekam. Das Barackenlager wurde immer Ende Oktober für die Unterkurse durchgeführt. Es befand sich in einem Tal nahe des Städtchens Birgis, mitten im Bergland, das Geranienburg umgab. Manchmal waren morgens schon die Wiesen bereift, wenn die Mädchen und Jungen schlaftrunken aus ihren kalten Baracken torkelten.

Alle Lehrer, die nicht krank oder schwerbeschädigt waren, wurden jährlich mit ihren Schülern in dieses Lager geschafft, das im Sommer als Kinderferienlager diente. Ihre Klassen verwandelten sich nun zu Zügen und die Lehrer wurden Zugführer.

Diese zehn Tage wurden jährlich wiederkehrend für die Kattmann zum Paradies, denn sie war die Kommandantin dieses Lagers und alle hatten sich ihrem Befehl zu fügen. Auch die Lehrer, und das genoss sie besonders, denn in der übrigen Zeit im Jahr war sie eben nur Sportlehrerin an der Schule und wurde oft heimlich von den Fachlehrern belächelt. Genossin Kattmann hatte ihren Beruf verfehlt. Ihre intellektuellen Fähigkeiten waren mäßig, ihre Fähigkeiten zu kommandieren dafür umso ausgeprägter. Wenn sie jedoch in freier Rede etwas darlegen sollte, bekamen stets einige Kollegen Probleme, weil sie das Lachen nicht verbergen konnten. Es war peinlich, ihr zuhören zu müssen.

Aber die Stasi-Genossen hatten besondere Aufgaben für ihre Genossin an dieser Schule vorgesehen, und sie war eine der Eifrigsten in der Befehlsausführung! Das hatte Rahel auch dieses Jahr zu spüren bekommen. Als IFKUS hatte die Kattmann allerdings nicht nur den Sport an der Schule zu organisieren und dieses Lager zu kommandieren. Sie war auch für die Planung und Durchführung des „Erster-Mai-Umzuges" zuständig, auf dessen Gestaltung die Genossen größten Wert legten, denn er fand im Gegensatz zu den Lagerereignissen vor den Augen der Öffentlichkeit statt.

Aber während am Ersten Mai nur ihre Arbeitsergebnisse für Genossin Kattmann sprachen, war sie hier im Lager die absolute Hauptperson. Und an diesem Morgen war sie das ganz besonders.

Die Kattmann kochte nämlich vor Zorn:

Ihr ganzer Stolz war zwischen zwei Bäumen festgeklemmt: Ein neuer olivgrüner Lada! Es war der letzte Tag des Lagers. Und da steckte ihr Auto genau zwischen zwei Kiefern, leicht schräg am Hang! Wer immer von den Schülern das fertiggebracht hatte, es war Kraft- und Maßarbeit. Vorm Kühler eine Kiefer, hinter dem Kofferraum eine Kiefer, nach oben der Hang, nach unten feuchte Sumpfwiese!

Es war unmöglich, dass die Kattmann ihr Auto aus eigener Kraft frei bekam!

Sie schäumte, denn alle Schüler, die nun versuchten, nach den Ereignissen des Abschlussabends gestern, ordentlich in Reih und Glied zu stehen, brachen beim Anblick des Autos oben am Hang und der tobenden Kattmann in ein nicht enden wollendes Gelächter aus!

Aber das war noch nicht alles! Mit jährlich wiederkehrender Regelmäßigkeit hatten gestern beim Einpacken der Materialien die verantwortlichen Lehrer wieder Verluste gemeldet. Dieses Mal hatte es Rahel mit ihrem Zug erwischt. Ihre Mädchen waren zum Einpacken bestimmt worden.

Und das war für die Kattmann heute Morgen das Ventil für ihren Ärger. Endlos lange korrigierte sie die Uniformen. Einige Mädchen waren sich des Ernstes der Lage nicht bewusst und kicherten in den hinteren Reihen. Sie hatten ihre Käppis entweder kess am Hinterkopf festgeklemmt oder sie trugen die Schiffchen feixend quer, wie die napoleonische Armee. Das sollte ihnen schlecht bekommen.

Die Kattmann ließ sie vortreten, zehn Liegestütze machen, und dann mussten sie die Käppis gerade aufsetzen. Und dann kam ihr Triumph: „Alle mal herhören!"

Es folgte eine halbstündige Rede, die Genossin Kattmann vom Blatt ablas. Die Schüler hörten sich die altbekannten Lobeshymnen über die Partei der Arbeiterklasse und die Wichtigkeit steter Verteidigungsbereitschaft vor dem Klassenfeind an. Sie, die Genossinnen und Genossen des Deutschen Roten Kreuzes der Deutschen Demokratischen Republik stünden in einer Reihe mit den Genossen der Volksarmee, der Kampfgruppen in den Betrieben und den Kampfgemeinschaften der Jugend der DDR in der Gesellschaft für Sport und Technik! Sie übermittelte gerade die heißesten Kampfesgrüße vom Genossen Gängenbart, dem obersten Parteiboss des Bezirkes, als der Direktor der Schule und der neue Schulparteisekretär mit ihren Autos vorfuhren. Sie überbrachten der frierenden und nach Frühstück lechzenden grauen Schülerschar die heißen Kampfesgrüße aller Schülerinnen und Schüler, und die wären gerade heute voll mit ihnen! Das wiederum glaubte niemand, denn es war Samstag, also für alle „Internatler" der Schule Heimfahrtag, wenn sie nicht gerade im Praxiseinsatz waren und Dienst hatten. Da die Mittel- und Oberkurse das Drama im Lager kannten und wussten, was die Kattmann am Abreisetag so drauf hatte, grinsten sie höchstens mitleidig bei dem Gedanken an ihre neuen Kommilitonen, während sie schon lange auf dem Heimweg waren, in die kleinen und größeren Ortschaften im Umfeld Geranienburgs. Dahin wollte die graue Schar nun endlich auch, zumal ihnen gesagt worden war, nach dem Frühstück kämen die Busse.

Aber die Kattmann hatte schlechte Laune. Eklige, schlechte Laune!

Erstens ärgerte sie sich über Karl Oberst, den Direktor. Sie hatte ihn schon gestern eingeladen, zur Abschlussfeier. Und jedes Jahr, seit er die Schule übernommen hatte, war er auch über Nacht bei ihr geblieben. Die Kattmann war ein athletisch gebautes Weib. Rahel imponierten am meisten ihre fußballerähnlichen Kugelwaden an leichten O-Beinen. Sie war schwarzhaarig und trug Messerformschnitt, so kurz, dass oft der Wind ihr tadelloses helles Kommandeurskäppi herunterblies, weil an den kurzen Haaren keine Klemme hielt. Unter starken Brauen, die gerade über den tiefliegenden kleinen schwarzen Augen lagen, fand sich das einzig Schöne an ihr: eine nahezu makellose gerade, klassische Nase! Vielleicht war ihr Mund einmal schön gewesen. Jetzt, wo sie das fünfzigste Lebensjahr bereits weit überschritten hatte, war er ein dünner, verkniffener, blasser Strich, den sie zu Feierlichkeiten stets ungeschickt knallrot nachzog.

Rahel war schon ihre Schülerin gewesen und bereits damals wurde hinter vorgehaltener Hand, teils bewundernd, teils spöttisch über ihre Männersucht gelästert. Heute also war mit der Kattmann nicht gut Kirschen essen. Sie hatte sich gestern Abend mit dem Gitarristen der Band begnügen müssen, und der Jämmerling hatte nach einigen Wodkas schließlich versagt.

Draußen versuchte inzwischen ihr Mann, ein dünnes blondes Wesen, der angeblich ein hohes Tier bei der Staatssicherheit sein sollte, den Wagen flott zu bekommen. Der Schulleiter hatte ihn mitgebracht, was die Laune der Kattmann nun erst recht nicht verbesserte. Damit schwand nämlich ihre letzte Hoffnung auf ein kleines Abschiedsgelage im intimen Genossenkreis.

Dass der Schulleiter inzwischen eine neue Flamme unter den neuen jungen Lehrerinnen der Schule hatte, die ebenfalls neben ihrem Beruf auch Genossen der Stasi zu Diensten war, wusste die Kattmann noch gar nicht, sonst wäre ihre Stimmung wohl noch unerträglicher gewesen.

Sie beendete den offiziellen Teil ihrer Rede mit dem Austeilen von Lob und Plaketten für die dispziniertesten Züge und für die Zeitschnellsten bei der „Schnuffi-Übung" (Das war das Üben eines Marsches in voller Atomausrüstung, in alten, zum Teil gebrauchsunfähigen, gummierten Atomschutzmänteln der Armee. Die Mädchen mussten in zwei Minuten diese Capes zuknöpfen, zu denen sie grüne Gummistiefel trugen. Dazu gehörte vorher das Aufsetzen der Gasmasken. Danach hatten sie einen Marsch nach Karte und Kompass zu absolvieren, dessen Höhepunkt das Überwinden eines Bächleins am Hängeseil war). Rahels Zug war der schnellste gewesen, weil Rahel, wissend um den Zustand der Kleidung, dieses Mal genügend Sicherheitsnadeln mit hatte und schnell allen half, deren Cape kaputt und damit laufhindernd war. Dann hatte Rahel nach dem letzten Kontrollposten hinter der Wiese eine Abkürzung gewählt und außerdem die drei korpulentesten und ein Mädchen mit Kreislaufproblemen heimlich schon vorher in die Nähe des Ziels platziert. Schließlich kannte sie seit ihrer Ausbildung das Gelände wie ihre Westentasche. Dann waren die Mädchen für sie – und um der Kattmann ein Schnippchen zu schlagen – quer durch die Wiesen geflitzt und hatten dabei noch einen Bauern in Gefahr gebracht, dessen Pferde vorm Wagen wiehernd ausbrachen, als sie die keuchenden Gummimaskenmenschen sahen.

„Ich zeichne den vierten Zug für seine Leistungen bei der Atomübung aus!" Die Mädchen grinsten Rahel verständnissinnig an, die mit eiserner Lächelmiene die Plaste-Plaketten für ihren Zug in Empfang nahm. „Ich weiß, du hast getrickst!", zischte die Kattmann Rahel an, die ungerührt weiterlächelte. „Irgendwann erwische ich dich, dann gnade dir ...!"

Rahels gute Laune war nicht zu erschüttern. In einigen Stunden würde sie zu Hause bei Sohn Johannes sein und einen Eimer Pilze einwecken und trocknen, den sie und die Mädchen trotz ausdrücklichen Verbotes durch die Kattmann heimlich während der Übungen im Wald gesammelt hatten.

Nun war es allerdings für die Kattmann Schluss mit lustig. Es hatte angefangen zu regnen und das kam ihr gerade recht: „Die Schulleitung bedankt sich im Namen der Arbeiterklasse bei allen, die dieses Lager wieder zu einem vollen Erfolg werden ließen, aber wie immer", und bei diesen Worten wurde ihre Stimme gellend und schneidend laut, „wie immer bilden sich einige wenige ein, sie könnten hier machen, was sie wollen! Dort oben steht mein Auto und hier unten fehlen genau elf Übungshandgranaten! Verantwortlich für das Fehlen dieser wertvollen Übungsmunition ist der soeben ausgezeichnete Zug der Genossin Bach! Ihr habt seit gestern nichts unternommen, die fehlenden Granaten aufzutreiben!" In Rahels Zug begann es hörbar zu rumoren, denn sie hatten die Granaten nicht verschwinden lassen, sondern waren nur eingeteilt, die Bestände aufzunehmen und einzupacken. „Ihr braucht gar nicht zu maulen, ihr hattet seit gestern Zeit, um euch darum zu kümmern! Jetzt haben alle unter eurer Nachlässigkeit zu leiden. Ich habe viel Zeit. Ihr bleibt so lange stehen, bis alle Handgranaten in der Mitte des Appellplatzes liegen und mein Auto ohne Kratzer wieder vor meiner Baracke steht. Die Genossen Lehrer bleiben bitte bei ihren Zügen und sorgen dafür, dass der Befehl ausgeführt wird!"

Sie drehte sich triumphierend zu ihren Genossen aus der Schulleitung um und lud sie zum Frühstück ein. Da hatte sie doch diesen Genossen Bürohengsten, diesen Sesselfurzern aus der Schule wieder einmal gezeigt, wie sie mit solchen Situationen fertig wurde! Dass gestern Nacht noch vor ihrer Zimmertür ein großer Haufen menschlicher Exkremente gewesen war, welche die sich öffnende Tür morgens auch noch breit fuhr, verschwieg sie. Rahel und alle anderen Lehrer blieben schweigend und frierend mit ihren Zügen auf dem Appellplatz zurück, als in langer Reihe die Busse zum Rücktransport der Schüler in die Schule einrollten. Die Fahrer begaben sich, wissend um die Rituale, gleich in den Speisesaal, um ebenfalls zu frühstücken.

„Die Kattmann, das ist keine Frau, sondern eine alte Sau", tönte es leise, fast schüchtern aus einer der letzten Reihen. Ringsum klatschte es plötzlich im Takt erst leise, dann immer lauter werdend und schließlich brüllte der ganze Appellplatz: „Keine Frau, alte Sau, keine Frau, alte Sau!" Von den nassen, regentriefenden Tannen an den Berghängen hallte das Echo gespenstisch zurück, aber aus der Tür des Speisesaales kam niemand heraus. Im Zug Fünf flogen Fäuste hoch: „Stürmt den Saal, wir haben Hunger." Sofort nahm die Menge das Signal auf und nun klang es im Chor: „Wir haben Hunger, haben Durst, wo bleibt das Essen, bleibt die Wurst!" Die Mädchen kreischten und warfen ihre Käppis in die Mitte. Einige begannen, die verhassten Uniformen auszuziehen und trampelten darauf herum, als Rahel in die Mitte des Appellplatzes ging.

Sie stand sehr dünn und verloren, mit herunterhängenden Armen auf dem großen Betonplatz, der voller großer Pfützen war. Hinter ihr hingen an ihren weißgetünchten Pfählen drei Fahnen nass und grau herunter. Die bewaldeten Hänge ringsum waren in Wolkenschwaden gehüllt und auf die Blechdächer der braunen Holzbaracken trommelte unablässig Regen.

Rahel schaute schweigend ihre Schüler an, bis der Lärm schließlich jäh verebbte. „So kommen wir nie heim", sagte sie fest und laut genug. Jedes Wort genau abwägend, gab sie ihren Schülern recht: „Wir haben hier alles gegeben und eine gute Arbeit gemacht! Wir hatten unseren Spaß! Mehr ist nicht drin! Am Montag sehen wir uns alle wieder in der Schule! Bis dahin macht's gut und jetzt holt bitte die verfluchten Granaten!" Die Menge raunte noch ein wenig unschlüssig, dann rollte aus nicht definierbaren Hosentaschen eine Granate nach der anderen zu Rahel.

Rahel zog ihre klatschnasse Jacke aus, obwohl sie erbärmlich fror. Langsam packte sie acht Granaten in die graue Joppe und sah die Menge an: „Ihr stellt euch jetzt leise und zugweise, beginnend mit Zug Eins, vor den Speisesaal. Ich hole euch sofort herein." Sie bemerkte noch die aufgerissenen, verdutzten Augen ihrer Kollegin aus Zug Drei, dann nahm sie ihre Last auf und ging schnellen Schrittes in den Speisesaal.

Jetzt war es Rahel, die kochte.

Helga Kattmann sah sie kommen, weil sie am Ende des Tisches saß. Die Fahrer waren in einer Ecke des Saales platziert. Alle sahen ziemlich erschrocken und blass aus, als Rahel vor die Kattmann trat und alle Handgranaten über den Tisch kullern ließ. Eine rollte auf den Schoß des Parteisekretärs, der instinktiv die Hände hob, als habe er vergessen, dass dies Attrappen waren. Der Rest der Granaten verfing sich zwischen Marmeladenschüsseln, Tassen und gekochten Eiern.

Kattmann sagte keinen Ton.

„Die Schüler werden jetzt hereinkommen, essen und dann nach Hause fahren", sagte Rahel bestimmt und blickte dabei sehr fest den Direktor an, der erschrocken nickte.

Sehr ruhig und freundlich wandte sich Rahel, die Kabarettistin, an Helga Kattmann: „Einige Jungs aus der Zahntechnikergruppe haben sich bereiterklärt, Ihr Auto aus seiner misslichen Lage zu befreien, Kommandantin Kattmann."

„Ist schon gut!", war alles, was die Kattmann hervorbrachte.

Rahel ging zur Speisesaaltür, öffnete sie und schrie lachend im Befehlston der Kattmann: „Alle Züge zum Essen fassen: aaangetreeeten!"

Für einen kleinen Moment hatten sie wieder einmal gesiegt. Ein Sieg, den Rahel teuer bezahlen sollte, denn Rahel Bach hatte durch ihren Widerstand der Kattmann bestätigt, dass ihr alles fehlte, was aus ihr eine standhafte SED-Genossin gemacht hätte. Noch immer fühlte sich Rahel stark und überlegen. Heute fuhr sie erst einmal richtig glücklich zwischen ihren laut singenden und johlenden Mädchen nach Hause zu Johannes und noch im Bus hatte sie einen Text für ihr Kabarett im Kopf, der die Erlebnisse des Lagers zum Inhalt hatte.

12

„Geh nicht in die Partei, geh nicht! Sie werden dich umbringen, du sagst es ihnen zu offen. Schau dir an, was sie mit mir gemacht haben, diese Schweine!"

Annegret, die Psychologielehrerin lag zusammengekrümmt auf ihrem Todeslager. Sie hatte noch vier Stunden zu leben. Jeder Atemzug, jedes Wort, das sie unter unvorstellbaren Qualen aus sich heraus rang, kostete sie einige Tage Leben, so sehr strengte sie das letzte Gespräch ihres Daseins, das nur wenig über fünfzig Jahre währte, an. Annegret lag schon einige Tage unter hohen Morphiumdosen im Dämmerschlaf und hatte während einer Weckzeit darum gebeten, Rahel zu rufen und dann nicht wieder gespritzt zu werden. Sie hatte etwas mitzuteilen, und es eilte.

Karl Oberst hatte Rahel aus dem Unterricht holen lassen. Die Station, auf der Annegret seit einem Vierteljahr lag, hatte es eilig gemacht. Dann war Rahel den Weg an den alten Schulvillen vorbei hoch in das städtische Krankenhaus gestiegen. Die Sonne des Spätherbstes schien durch die alten Bäume und bildete einen Dom von Strahlen. Es war einer jener Tage, die mit einem azurblauen Himmel und sanfter Herbstluft zum Wandern und Träumen einluden. Heute Morgen war schon Frost gewesen. Bald klammerten sich nur noch die Blätter der Eichen an ihre Zweige und ein neuer Winter sollte das Jahr beenden.

Rahel lief nicht allzu schnell, denn sie hatte ein schlechtes Gewissen. Wie alle Kollegen war sie vor und nach der Operation von Annegret öfter bei ihr gewesen. Als die Nachricht kam, dass sie es nicht schaffen würde, wollte Rahel es nicht mit ansehen. Die Berichte, welche die Kollegen mitbrachten, waren zu schockierend. Und so hatte sie sich davor gedrückt, ihre Kollegin zu besuchen.

Rahel betrat klopfenden Herzens das Zimmer und war auf alles gefasst. Aber das, was sie sah, überstieg ihre Vorstellungskraft. Sie hatte Annegret nun zehn Wochen nicht gesehen.

Die Lehrerin lag im Altbau der Chirurgie 3. Es war ihre ehemalige Station, auf der sie vor zwanzig Jahren Stationsschwester gewesen war. Als klar war, dass sie operiert werden musste, war es für sie selbstverständlich, dass sie nur dort liegen wollte.

Annegret war auf den Stationen schon zu Lebzeiten eine Legende. Sie gehörte zu der Handvoll ausgesuchter Schwestern, die in den Fünfzigerjahren die Medizinische Schule mit aufgebaut hatten. Sie waren meistens durch ihre Elternhäuser und durch die Erfahrungen des Krieges überzeugte Kommunistinnen geworden, die jedoch unter den konservativen und sehr kritischen Augen des übrigen Personals zuerst ihr fachliches Können unter Beweis zu stellen hatten, ehe ihnen überhaupt zugehört wurde. Annegret gelangte sehr schnell wegen ihres scharfen Verstandes, ihrer Geradlinigkeit und ihrer meisterhaften Rhetorik in die Führungsetagen der SED im Krankenhaus. So war es selbstverständlich, dass sie neben Gerda Pankras sehr bald eine der interessantesten Lehrerinnen der Schule wurde. Annegret hatte im Fernstudium Pädagogik und Psychologie studiert und war bei ihren Schülern genauso beliebt wie gefürchtet.

Während ihres Studiums hatte sie ihr Mann verlassen, die Kinder waren damals acht, fünf und drei Jahre alt gewesen, und die zog sie dann allein auf. Das hatte die höchstens einen Meter sechzig große Frau nach außen hin gut weggesteckt. Sie war sicher einmal sehr hübsch und immer sehr schlank gewesen. Das Haar hatte sie braungelockt um ein schmal geschnittenes Gesicht getragen, in dem ihre großen schwarzen Mandelaugen und leicht aufgeworfenen Lippen dominierten. Der Weggang ihrer Jugendliebe machte sie in wenigen Jahren zu der Frau, wie sie Rahel zunächst als ihre Schülerin und später als ihre Kollegin, kannte. Privatleben schien sie nicht zu haben. Bis spät abends hockte sie vor einem überquellenden Aschenbecher in ihrem Schulbüro, las oder schrieb unentwegt, sprang zwischendurch unruhig auf und durchmaß das Zimmer, rauchend mit dem Blick nach unten, und nur wenn sie den Rauch ausstieß, hob sie ihr inzwischen graugelbliches Rauchergesicht und blies den Qualm ihren Gedanken hinterher.

Ihre Psychologieunterrichtsstunden waren Vorlesungen der Sonderklasse. Auf jede Stunde bereitete sie sich neu vor, immer wieder, all die Jahre. Annegrets Leistungsanspruch an die Schüler war gnadenlos. Entschuldigungen galten nicht. Ihr Spott bei dummen Ausreden war gefürchtet! Wer konnte ihr noch etwas vormachen? Und das bei einem durchschnittlichen Schlafpensum von drei Stunden über Jahre hinweg. Nur ein paar Freunde wussten, dass Studium, Wäsche waschen und Hand- und Fingerpüppchen basteln als Zusatzverdienst ihr Nachtvergnügen war. Und Berge von Zigaretten halfen ihr durch diese Nächte.

Als Rahel noch ihre Schülerin gewesen war, sah man Annegret den Verfall noch nicht an. Die künftigen Krankenschwestern, Kinderkrankenschwestern und Krippenerzieherinnen zollten ihr schon damals Respekt, aber nur ganz wenige spürten hinter der so perfekten und nahezu fehlerfrei arbeitenden Lehrerin den Menschen. Rahel mochte Annegret sehr. Aber auch sie fürchtete den schnellen Spott und ihre absolute und oft zu ernste Geradlinigkeit. Annegret lachte selten. Nur während der Vorlesungen war sie plötzlich wieder die zauberhafte Frau, die sie früher einmal gewesen war.

Rahel wusste nicht, warum Annegret ausgerechnet sie heute zu sich rief, denn die Psychologin war nicht ihre Vertraute. Das war immer noch Gerda Pankras, und auch nach dem Weggang von Gerda war das Verhältnis zwischen Annegret und Rahel zwar sehr freundlich, aber nie persönlich geworden. Obwohl Rahel nie vergaß, dass es Annegret gewesen war, die sie am Anfang ihrer Zeit an der Schule bei jener ersten Auseinandersetzung mit den Genossen in Schutz genommen hatte.

Nun hatte sie Annegret ans Krankenbett gerufen und Rahel hatte gerade fassungslos deren Worte gehört. Rahel rang nach etwas Erklärendem, Tröstendem: „Annegret, du weißt doch, dass du an einem Bronchialkarzinom operiert wurdest. Niemand hat dich umgebracht. Du kennst doch selbst deine Diagnose gut genug!" Es war Rahel klar, dass Annegret in ihrer qualvollen Not Schuldige suchte. Außerdem stand sie unter hohen Dosen Morphium. „Plage dich doch nicht mit Rachegefühlen. Du kannst es schaffen, aber nicht, wenn du ständig haderst und dich quälst!" Aber Rahel spürte an den Gesten ihrer Kollegin, dass sie in den Wind sprach. Vor ihr lag eine Frau, die noch nicht bereit war zu gehen.

Und dann redete Annegret.

Rahel hörte entsetzt die Anklage einer Lehrerin, die von ihren eigenen SED-Genossen fallen gelassen worden war. „Ich war diesem Mistkerl von Parteisekretär schon immer ein Dorn im Auge", Annegret röchelte und versuchte ein höhnisches Lachen, „aber ich habe es ihnen gegeben! Die haben doch keine Ahnung vom Sozialismus! Dieser Betonbonze macht alles zunichte, was wir aufgebaut haben! Nur weil die in der Kreisleitung nicht wussten, wohin sie diesen kasernierten Volkpolizisten vom 17. Juni, diesen sogenannten Arbeiter-Kampfveteran, der vor Dummheit und Sturheit strotzt, schicken sollten, haben die ihn zu uns gesteckt! Im Braunkohlentagebau haben ihn die Kumpel nur ausgelacht, mit Recht! Und jetzt will der aus unseren Krankenschwestern, zusammen mit der Kattmann, Arbeiterkämpferinnen in DRK-Uniform machen! Du erlebst es ja jedes Jahr in der Grundausbildung. Und dieser Arsch von Direktor! Wie verkommen sind wir denn mit einem Mal? Ein Bauingenieur regiert unsere Schule! Sind die denn im Bezirk total verblödet? Ein Parteisekretär, der nicht einmal weiß, wie Herzrhythmus geschrieben wird! Und dann schicken die uns einen abgehalfterten Bauingenieur von der Wismut als Schuldirektor, der mir beibringen sollte, wie ich Krankenpflege und Psychologie berufsbezogen und sozialistisch zu unterrichten habe! Mir! Verstehst du? Wenn das Honeckers neue Garde ist, na dann Mahlzeit!"

Annegret rang nach Luft und wollte aufgerichtet werden. „Mach die Vorhänge zurück!", bat sie. „Diese Vorhänge sind genau so schmutzig gelb wie die Kacheln in der Pathologie. Rahel, ich will da noch nicht hin!"

Rahel nahm ihre schluchzende Kollegin in die Arme. Einen Moment lang hielt sich Annegret krampfhaft und hustend an ihr fest, dann ließ sie sich erschöpft fallen und setzte ihre letzte Botschaft an Rahel fort. „Nimm dich vor Karl Oberst in Acht. Er ist bei „Horch und Schnarch" Traue niemandem! Die heuern sogar unsere Schülerinnen für ihre Spitzeldienste an! Du kannst kein Wort im Unterricht fallen lassen, was dir so eine dann nicht im Munde herumdreht!"

Rahel hielt den Atem an. Was Annegret hier preisgab, hatte mit Fieber- oder Morphiumwahn nichts zu tun. Annegret hustete blutigen Schleim heraus. „Annegret, bleib ruhig! Du schadest dir!"

Wieder erklang das röchelnde Lachen der Sterbenden. „Diese Schweine! Und ich kann es ihnen nicht heimzahlen. Aber ich komme wieder hoch. Ich werde es schaffen!", bäumte sie sich auf. „Rahel, ich wünsche denen nur einen Tag meine Schmerzen! Nur einen Tag!" Sie schlug die Bettdecke etwas zurück und Rahel wusste vorher schon, was sie nun sehen musste. Annegret wurde schon einige Tage punktiert, und trotzdem wölbte sich aus ihrem ausgemergelten Körperchen ein Bauch, als wäre sie im achten Monat schwanger. Aszites, Bauchwassersucht! Was half den beiden Frauen nun ihr Wissen über die Krebsstadien und wie man sie bewältigt? Hier war eine Frau, die noch etwas zu erledigen hatte: Ihre Rache! Und die hatte eigene Regeln! Sie konnte und wollte das Todesurteil nicht annehmen, erst musste die Psychologin ihre Mörder benennen. Wenigstens das! Und mit einer ganz sicheren Witterung hatte sie sich dafür Rahel ausgesucht. „Der Tumor ist schon seit sieben Jahren auf den Röntgenbildern zu sehen gewesen! Sieben Jahre, verstehst du! Sie haben es mir nicht gesagt. Vor sieben Jahren war er noch ein Kirschkern! Jetzt bestehe ich nur noch aus Metastasen, diese Verbrecher!", hustete sie.

Die pflichtbewusste Raucherin war selbstverständlich jährlich in ihrem Krankenhaus zum Röntgen gegangen. Deshalb brauchte sie auch nicht zu den Pflicht-Röntgenaktionen zu gehen, die für die Bevölkerung stattfanden, und das war wohl ihr Verhängnis.

„Annegret, woher weißt du das?", fragte Rahel entsetzt, aber ungläubig.

„Ich habe doch Professor Meitheim, meinen früheren Chefarzt, der jetzt in der Universitätsklinik arbeitet, gebeten, hier meine Lunge zu operieren. Er hat sich alle Röntgenaufnahmen der letzten Jahre kommen lassen und dann getobt, dass die Wände wackelten. Aber dann hat er es doch gemacht."

„So eine Schlamperei, da müssen doch die Verantwortlichen bestraft werden!", empörte sich Rahel.

"Schlamperei, Rahel?" Annegret lag nun wieder seitlich verkrümmt im Bett. Eine andere Lage ließ ihr Bauch nicht mehr zu. Sie wimmerte nun nur noch leise: „Rahel, das war keine Schlamperei. Die haben mich einfach krepieren lassen. Ich habe ihnen zu oft die Hölle heiß gemacht und ihnen ihre ganze Borniertheit und Verlogenheit um die Ohren gehauen. Ich weiß zu viel. Und ich habe meinen Mund nie gehalten. Das hier war doch das gefundene Fressen für sie!

Nimm dich in Acht, Rahel. Das hier ist ein lebensgefährliches Spiel."

„Annegret, bei so einer Sauerei müsste doch der Chef des Röntgens und zahlreiche Ärzte mitgespielt haben, das geht doch gar nicht!"

„Viele Ärzte sind gar nicht nötig, nur einige Schlüsselpositionen und ein paar Handlanger. Meine Unterlagen verschwinden bestimmt einmal ganz schnell."

„Und Professor Meitheim, der könnte doch Anklage …?"

„Rahel, Gerhard hat mit mir getan, was er konnte. Wir haben uns, als wir noch ganz jung waren, mal geliebt. Er ist ein begnadeter Chirurg, aber er würde sich nie mit den Mächtigen dieser Welt anlegen. Das hat er schon bei Hitler nicht gemacht, als er noch Student war. Er operiert den Krebs. Die Ursachen sind nicht sein Problem!"

„Aber er hat dich doch mal geliebt!"

„Und jetzt liebt er seine Familie. Er hat schließlich was zu verlieren auf seine alten Tage. Er steht kurz vor der Pensionierung." Annegret schwieg erschöpft und keuchend.

Annegret, wo ist der Mann, der dich jetzt tröstet, wo sind deine Kinder? Ich kann doch hier nicht die Einzige sein, der du dich so anvertraust, dachte Rahel verzweifelt. Sie nahm ihre Kollegin vorsichtig in den Arm und strich ihr die verklebten Haare aus dem Gesicht. Erst jetzt fiel ihr auf, dass Annegret offensichtlich keinen Haarausfall bekommen und demnach auch keine Chemo-Therapie erhalten hatte. Sie wagte Annegret, die erschöpft röchelte, nicht zu fragen. Ihr Haar war weiß und nur an den Enden noch einige Zentimeter rotbraun gefärbt.

„Lass mich jetzt schlafen, Rahel, und grüße alle. Schick die Schwester herein. Ich will jetzt die Spritze", jammerte sie kaum hörbar.

Rahel streichelte sie und dann drückte sie ihre Wange an das heiße Gesicht von Annegret: „Ich kriege es raus, Annegret, und wenn es Jahre dauert, ich bekomme die Wahrheit heraus! Ich verspreche es dir! Morgen sehen wir uns wieder!"

Annegret öffnete die Augen, die ihr bei Rahels Berührungen zugefallen waren. Ihr schmal gewordener Mund zuckte und verriet, was die tränenlosen, tiefliegenden Augen nicht mehr zeigen konnten. „In der Schule, im Schrank von Gerda steht eine Reisetasche. Das ist alles für dich. Du machst meinen Unterricht weiter, wenigstens so lange, bis ich wiederkomme."

„Annegret, ich habe das nicht studiert!"

„Na und, dann wirst du es eben studieren! Geh jetzt und schließe die Vorhänge!" Annegret schloss die Augen und blieb zum Fenster gewandt liegen, als Rahel leise das Zimmer verließ.

Auf dem Weg hinunter nahm Rahel die Sonne wegen ihrer Tränen nicht mehr wahr. Sie wusste jetzt, warum Annegret ausgerechnet sie auserkoren hatte, und es machte sie wütend und hilflos.

Selbst wenn es wahr wäre, was Annegret da behauptete, niemand würde das glauben! Wie sollte man an die Unterlagen, die Röntgenaufnahmen herankommen? Nein, Annegret hatte eine so klare Diagnose und eine lupenreine Raucher- und Stressbiografie! Aber was wäre, wenn es tatsächlich so etwas gab? *Morgen werde ich Annegret bitten, dass sie sich ihre Röntgenaufnahmen aushändigen lässt. Vielleicht kann man jemanden finden, der das in Fotos umwandeln kann. Vielleicht gehe ich doch einmal zu Professor Meitheim.*

Rahel musste sich aus ihren Gedanken reißen. Sie hatte noch zwei Stunden Unterricht nach der Mittagspause zu geben. Aber als sie die Klasse betrat, war ihr klar, dass sie das heute nicht schaffen konnte. Unter dem Vorwand, den aktuellen Leistungsstand überprüfen zu müssen, verhalf sie ihrer Klasse zu einer zusätzlichen Klausur. Die Mädchen maulten zwar erwartungsgemäß, aber irgendetwas in Rahels Augen ließ sie verstummen. Bald war der Raum angefüllt mit räuspernder Konzentration und gelegentlichem Hüsteln. Rahel liebte diese spannungsgeladene Stille und wie sie heimlich voneinander abschrieben oder sich hinter vorgehaltener Hand etwas fragten.

Wenn sie am Fenster stand und sich plötzlich wieder umdrehte, bewegte sich die Klasse raschelnd und stühlerutschend, wie ein einziger Körper. Und jedes Mal, auch heute, musste sie lächeln, weil sie es selbst bei Gerda und Annegret als Schülerinnen ganz genauso gemacht hatten.

Annegret, da war sie wieder! Rahel wusste, dass sie ihre Kollegin nie vergessen würde.

Wir hätten schon viel eher miteinander reden müssen. Ich gehe jetzt jeden Tag hoch, nahm sie sich vor. Aber Rahel sah ihre große alte Lehrerin nicht wieder.

Annegret hatte sich nach Rahels Besuch ihr Morphium spritzen lassen und danach war sie nicht wieder aufgewacht. Einige Stunden später war sie gestorben.

13

Einige Wochen nach Annegrets Tod, anlässlich der Feier „Tag des Gesundheitswesens", heftete Margit Hammersbacher ihrer Genossin Rahel Bach unter dem nicht ganz einstimmigen Beifall der Genossinnen und Genossen der Medizinischen Fachschule das Parteiabzeichen mit Bittermiene und feuchtem Händedruck an die Bluse und schwor wieder einmal innerlich Rache.

Rahel konnte ja nicht ahnen, wie viele Gespräche Margit über sich hatte ergehen lassen müssen wegen ihr. Wie oft sie im Bezirk antreten musste, weil die Genossen in Berlin darauf bestanden, dass sie Rahel zu fördern habe. Und dann bekam sie auch noch gesagt, wie man mit so einer erfolgreichen Volkskünstlerin umzugehen habe. An die lange Leine müsse man so eine Künstlerin und hervorragende Pädagogin nehmen und sie nicht so plump beschatten. Sie solle ihre Leute zurücknehmen, das wäre jetzt nicht mehr ihre Sache. Das würden sie erledigen und zwar diskreter.

Margit hatte zerknirscht klein beigeben müssen. Allerdings nicht so, wie es die Berliner- und Bezirksgenossen vom MFS wollten. Und so beschatteten sicherheitshalber bald Genossen mehrerer Ebenen die Kabarettistin und frischgebackene Parteigenossin Rahel Bach: Die BV Geranienburg (Bezirksverwaltung für Staatssicherheit), die Kreisverwaltung für Staatssicherheit, die für die Stadt zuständig war, die Stasi der Wismut und Margits Truppe, und alle bespitzelten sich dann auch noch gegenseitig mehr oder weniger diskret. Man musste ja immer wissen, was die anderen im Schilde führten und vor allem, was die nach oben meldeten. Das alles lastete schwer auf Margit, weil sie Probleme hatte, die Übersicht zu behalten. Auch Karl hatten sie bearbeitet. Dieses Weichei war den Berlinern fast in den Hintern gekrochen und schwänzelte jetzt um die Bach herum wie ein geiler Bock! Die Bach aber führte ihn so geschickt vor, dass es der eitle Gockel nicht merkte! Sie, Margit, hatte sich das alles hier aufgebaut. Sie hatte ihre Leute fit gemacht, jetzt ihre Arbeit in der Schule genau nach ihren Anweisungen weiter fortzuführen. Bald war sie neben dem ärztlichen Direktor die mächtigste Frau des riesigen Krankenhauses mit allen angeschlossenen Einrichtungen. Und selbst der „Ärztliche" hatte zu parieren, wenn sie, die Partei, das so wollte! So weit hatte es Margit, die Kinderkrankenschwester gebracht! Alles war glatt und geplant gelaufen, bis dieses flatterhafte Weib auftauchte, alle zum Lachen und – noch schlimmer – zum Nachdenken brachte und die heiligen Ideale der Partei hinterfragte! Nein, sie würde nicht aufgeben! Sie würde den Genossen bis Berlin noch beweisen, dass sie alle zu Recht vor der Bach gewarnt hatte!

Das neue Semester hatte am fünfzehnten September begonnen, inzwischen war Weihnachen 1980. Für Rahel blieben nach all dem Rummel dann doch noch zehn freie Tage, die sie mit Johannes und einigen ihrer Schülerinnen des Oberkurses in ihrem Urlaubsquartier in Zdiar in der Hohen Tatra verbrachte. Sie fuhr schon seit vielen Jahren mit ihrem Sohn dorthin zum Bergwandern. Und beide genossen diese einzige Zeit des Jahres, in der einmal nicht Schule und Kabarett Rahels Zeit verbrauchten. Sie brieten am Lagerfeuer im Schnee fettige Würstchen. Brachen nach langen Touren fast zusammen, weil sie sich oft zu viel vorgenommen hatten. Verdursteten beinahe auf dem Berg Kriwan. Krochen bei fürchterlichen Gewittern hoch oben klatschnass und schlotternd vor Kälte zwischen die Steine, schutzlos die nächsten Einschläge abwartend. Standen keuchend bei zehn Grad Minus auf dem Rysi, dem Kultberg der Slowaken, und rutschten anschließend mehr auf dem Hosenboden riesige Schnee- und Geröllhalden hinunter. Wie man das bergsteigerisch richtig tat, lernten sie erst viele Jahre später in den Alpen.

Rahel hatte aber schon im vergangenen Jahr gemerkt, dass Johannes so langsam erwachsen wurde. Und so war es ihm dieses Mal sehr recht, dass seine Mutter eine Schar hübscher Mädchen mitnahm und er der Hahn im Korbe sein konnte. Als dann eines abends Gisa, ein hübsches schwarzhaariges Mädchen ihrer Klasse, und Johannes als Nachzügler erst zwei Stunden später als alle anderen von der Bergtour heimkamen, wurde Rahel nachdenklich.

Er würde bald eigene Wege gehen. Johannes hatte sich an der Offiziersschule in Kamenz beworben und dann würde sie endgültig allein sein. Aber Rahel wollte nicht so leben wie Annegret, die ihr ganzes kurzes Leben lang nur noch Arbeit und Vergessen gekannt hatte.

Da war Rahel nun mit ihren Kabaretts durch die halbe Republik getingelt, hatte keine Theaterpremiere, keinen Ball ausgelassen. Die Männer machten ihr Komplimente, die Ehefrauen gingen in ihrer Nähe eifersüchtig auf Distanz, aber Rahel blieb allein, bis auf kleine, belanglose Flirts, die manchmal in ihrem Bett endeten, bevor sie begonnen hatten. Sie war wie eine schöne bunte Wildkatze, die jeder gerne ansah. Doch Rahel passte in keinen Käfig. Und Männer, die mit solchen Frauen umgehen konnten, waren ebenso rar wie diese wilden, freien Tiere. Es gab niemanden, der ihr gerne nachgereist wäre, hierher in diese zauberhafte Bergwelt.

Rahel nahm sich vor, diesen Mann ganz bewusst zu suchen. Trotz des Fiaskos mit dem Bezirksarzt! Sie hatte beruflich und künstlerisch alles geschafft, was in so kurzer Zeit in der DDR möglich war. Jetzt wollte sie das alles mit jemandem teilen. Nächstes Jahr, das schwor sie sich, würde sie diesem Mann, den sie dann lieben würde, ihre Berge zeigen.

Aber Rahel Bach hat die Hohe Tatra nach diesem Urlaub nie wieder gesehen.

14

Der Absturz kündigte sich ganz langsam an. Ungläubig nahm Rahel die ersten Vorzeichen wahr. Sie brachte die Vorgänge zunächst überhaupt nicht in Zusammenhang mit Margit. Die thronte ja nun ganz oben im Parteidom. Und das war gut so. *Schön weit weg und ordentlich beschäftigt*, dachte Rahel. Aber während ihrer Abwesenheit in der Tatra, und weil Annegret nicht mehr gegensteuern konnte, hatten sich ganz offensichtlich die Hardliner und damit Margit bei Karl durchgesetzt.

Rahel stutzte zunächst nur, als sie ihre neue Arbeitszuteilung für das kommende Jahr im Januar 1981 aus ihrem Postfach nahm.

Das konnte ja wohl nur ein Irrtum sein! Sie war als Klassenleiterin der neuen Kinderkrankenpflegekurse eingesetzt worden, obwohl sie bereits die beiden Oberkurse hatte, die sie zum Examen im kommenden Frühjahr vorbereiten musste. So etwas gab es nie! Man war schon mit zwei Parallelklassen völlig ausgeplant und jetzt vier! Das war eindeutig ein Versehen! Aber es kam noch heftiger: Die Studienplanung gab ihr den Fächerplan des ersten Halbjahres. Danach hatte sie nun sieben Fächer in insgesamt elf Seminaren, einschließlich ihrer alten und neuen Klassen, zu unterrichten. Fünf Fächer hatte sie schon. Allein das war einsamer Rekord! Die meisten Kollegen gaben zwei, höchstens drei Fächer. Jetzt kam noch ein Teilgebiet der Chirurgie und Hygiene/Gesundheitsschutz dazu. Von Chirurgie hatte Rahel keine Ahnung. Sie war in etlichen Gremien, unterrichtete neben Anatomie und Annegrets Erbe, der Pädagogik, Psychologie, Beschäftigungslehre, Mikrobiologie/Infektionslehre und Orthopädie, dazu kamen noch Spezialthemen in Pflege, welche die jungen Medizinpädagogen in der Praxis noch nicht drauf hatten. Rahel hatte sich auf Neonatologie spezialisiert.

Karl und die Lehrplankommission mussten den Verstand verloren haben! Rahel wurde, obwohl die Luft im Lehrerzimmer warm stand, eiskalt, und ihr Magen krampfte. Ganz langsam ging sie in das Sekretariat: „Wo ist Genosse Oberst? Ich will ihn sprechen!"

Die Sekretärin war wohl in die neue Lage voll eingeweiht: „Der Genosse Direktor ist jetzt nicht zu sprechen. Wollen Sie einen Termin?", antwortete sie strahlend und dachte an die vielen Überstunden, die sie damals wegen der Bach und ihren blöden Texten hatte machen müssen.

„Ich will ihn sprechen und zwar jetzt sofort!"

„Na, so geht das aber nicht, verehrte Genossin!" Die Kattmann kam aus Karls Zimmer und schloss die Tür sofort wieder hinter sich. Dann baute sie sich so auf, dass Rahel nicht vorbei konnte. „Wenn Ihnen Frau Eiselt sagt, der Direktor ist nicht zu sprechen, dann müssen Sie das schon akzeptieren, nicht wahr? Genosse Oberst hat noch mehr zu tun, als jedes Mal aufzuspringen, wenn da ein Lehrer auftaucht."

„Aber hier ist etwas total schief gelaufen, das kann nur ein Irrtum sein! Außerdem fehlt in meinen Unterlagen das versprochene Delegierungsschreiben für die Humboldt-Universität! Er hat das schon vor meinem Urlaub vergessen! Nächste Woche ist Immatrikulation und hier scheint das totale Chaos zu herrschen!" Der Diplomgang war gesetzlich für die Fachlehrer im Theoriebereich vorgeschrieben. Im September 1980 war sie schon nicht dabei gewesen. Wieso war sie jetzt wieder nicht im Plan?

„Was, Frau Bach soll auch studieren?", mischte sich nun Frau Eiselt diensteifrig ein. „Habe ich da was vergessen? Ich hatte doch auf Anweisung des Genossen Direktor alles für die Frau Gerber fertig gemacht!"

Rahel traute ihren Ohren nicht. Die Gerber, die erst seit einem halben Jahr an der Schule war, ging an die Humboldt-Uni? War das ihre Belohnung dafür, dass sie Rahel in Rostock mit ausgelauscht hatte? Und was war mit ihr? Die wagten doch nicht allen Ernstes, sie fallen zu lassen? „Ich möchte jetzt sofort da hinein!" Rahels Stimme zitterte heiser, und die Eiselt duckte sich mit aufgerissenen Augen hinter ihre Schreibmaschine.

Aber Rahel hatte die Kattmann unterschätzt. Statt zu brüllen zog sie nur ihren schmalen Mund schief und redete auf Rahel ein, als hätte sie eine Fünfjährige vor sich: „Sie sind hier Lehrerin wie jede andere, Genossin Bach! Und Ihre vorrangige Aufgabe ist das! Wenn dann noch Zeit bleibt, können Sie Kabarett spielen, so viel Sie wollen. Und auch studieren!"

„Mit Ihnen habe ich das nicht zu besprechen, verehrte Genossin, und über meine fachliche Arbeit brauchen Sie mich nicht zu belehren. Da gibt es nichts zu meckern!"

„Das sehen ich und meine Genossen aber ganz anders", zischte die Kattmann und verschwand hinter der Tür, durch die wenig später schallendes Gelächter drang.

Rahel stand wie angewurzelt da. So – hatten sie das also eingefädelt! Sie waren ihre Arbeitgeber! Sie konnten die Schraube hochdrehen, bis sie keine Luft mehr bekam! Sie wollten sie also schuften lassen, bis sie umfiel und dann behaupten, sie habe versagt und Fehler gemacht, weil sie sich übernommen habe? Das konnten sie tun, ohne dass die Genossen in Berlin oder sonst wo ihnen da hineinreden konnten? Gründe, warum man die Genossin Bach dieses Jahr noch nicht zum Studium delegiert hatte, fanden sich viele. Ein Hauptgrund war dann wohl, sie nicht zu überlasten. Sie war ja so vorbildlich in der Kultur engagiert! In Rahel lief alles wie in einem Film ab, was in den letzten zehn Tagen, als sie in der Tatra war, hier an dieser Schule ausgeheckt worden war.

Die Genossen bereiteten „Der Widerspenstigen Zähmung" vor. Und es war wohl ein geradezu sportliches Vergnügen für Rahels Genossen zu wetten, wie lange es dauern würde, bis sie zusammenbrach. Aber so weit war es noch lange nicht! Sie sollten noch vor dieser Frau erschrecken, deren Körper man sicher zerbrechen konnte, aber nicht ihren Willen.

Ein makabres Machtspiel hatten Karl und seine Genossinnen da ausgetüftelt, wie man erst die Bach besser in den Griff, unter Kontrolle und dann zahm kriegen konnte. Man wollte sie zunächst disziplinieren, nur so viel, dass die alte Struktur wieder funktionierte.

Aber es rechnete niemand mit Rahels zähem und auch listigem Widerstand, der mit jeder Demütigung zorniger und ideenreicher werden sollte.

Mit diesen ersten Maßnahmen gaben die Genossen diese Frau nun zum Abschuss frei für alles, was danach kam. Die Demontage der Lehrerin und Kabarettistin Rahel Bach hatte längst begonnen, schon vor Monaten im Kabarettkeller, und lief nun weiter ab, heimtückisch und mit Machtmitteln, gegen die Rahel nur protestieren, aber nicht wirklich vorgehen konnte.

Es begann die Zeit der gezielten kleinen Schläge, die Rahel zermürben und ihren Willen brechen sollten. Zunehmend agierte Rahel kaum noch selbst, sondern reagierte auf tausend kleine Angriffe und wurde so permanent beschäftigt, sich gegen direkte und indirekte Vorwürfe wehren und rechtfertigen zu müssen.

Es war Januar 1981. Die Leiden der Rahel Bach sollten noch fast neun Jahre dauern, doch sie gab nicht auf! Das aber hatten ihre Gegner von ihr erwartet, und je mehr sie sich wehrte, desto enger wurde die Schlinge um ihren Hals. Schon jetzt rächte sich Rahels Entschluss, dass sie in die Partei gegangen war. Während in der „normalen" Arbeitswelt wenigstens noch nach außen hin die Arbeitsgesetze eingehalten werden mussten, regierte in der Partei die blanke Willkür der jeweiligen Parteibonzen. Das hatte Rahel nicht gewusst und auch nicht, wie man das Parteivolk mit Disziplinierungen, Parteiaufträgen und Strafmaßnahmen bei der Stange hielt. Parteidisziplin war Gesetz, und was das war, bestimmten die, welche die Macht innerhalb dieses Apparates an sich reißen konnten. Widerspruch war Aufruhr, und der wurde gnadenlos niedergeknüppelt. Und die Liste der Maßnahmen gegen die Widerständler in den eigenen Reihen war lang und ließ selbst Mord nicht aus. Zunächst aber ging es den Genossen nur darum, Rahel fügsam zu machen. Man hatte jahrelange Erfahrung und wusste genau, an welcher Schwachstelle man ansetzen musste.

Mit Spannung wurde die erste Parteiversammlung im neuen Jahr erwartet, die stets vor der allgemeinen Lehrerkonferenz stattfand. Margit gab sich höchstpersönlich als Gast die Ehre.

Die Formalitäten der Begrüßung samt Überreichungen von Blumensträußen zogen sich endlos hin. Genau so langweilig war der Rechenschaftsbericht und die Einführung einer neuen Parteisekretärin der Schule, die vorher niemand kannte und die das Ebenbild von Margit zu sein schien. Sie würde zukünftig Staatsbürgerkunde unterrichten, hieß es. Die Stasi stockte wieder einmal ihren Kaderstamm in der Schule auf. Dann wurden verdiente Genossen ausgezeichnet. Die medaillengewohnte Rahel ging dieses Mal leer aus. Danach wurden unter großem Beifall der Genossen die Delegierungen für die Fernstudien verlesen. Rahel war nicht dabei. Für sie hatte sich Margit einen besonderen Leckerbissen ausgedacht.

Lächelnd erhob sie sich von ihrem Platz auf der Tribüne. Sie sah blendend aus, in einem neuen teuren Kostüm. Die Parteisekretärin des Bezirkskrankenhauses von Geranienburg nahm einen Blumenstrauß aus dem Eimer und kam auf Rahel zu, die nun notgedrungen aufstehen musste.

„Meine besondere Anerkennung gilt Genossin Bach, die für dieses Jahr zugunsten einer jüngeren Genossin auf ihr Hochschulfernstudium verzichtete, weil sie nun, durch ihren Eintritt in unsere Partei, erst einmal die Kreisparteischule besuchen möchte. Es war schwirig, sie noch in den diesjährigen Lehrgang zu bekommen", log sie lachend, „aber ich habe es noch durchgekriegt, Genossen, und darüber bin nicht nur ich sehr glücklich, sondern sicher auch du, Genossin Bach. Du wirst dich würdig einreihen in die Lernbrigaden der werktätigen Genossen der Stadt Geranienburg, und dafür wünschen wir dir alle viel Erfolg!" Sie drückte der entsetzten Rahel den Blumenstrauß in die Hand und umarmte sie kalt lächelnd. Unter dem schadenfrohen Beifall der eingeweihten Genossen sank Rahel auf ihren Platz. Die langweilige Pflichtübung der Teilnahme an den Parteischulen und deren mieses Niveau kannten alle zur Genüge.

So war das also!

Rahel saß in der Falle! Sie war jetzt als Parteineuling Margit völlig ausgeliefert. Ein Parteiaustritt war nicht möglich, ohne dass sie ihre berufliche Existenz verlor. Auch Johannes wäre niemals an der Offiziersschule aufgenommen worden, würde offiziell oder nur andeutungsweise der Klassenstandpunkt seiner Mutter angezweifelt. Jeden Beschluss, den sie nun in dieser Parteigruppe stets einstimmig fällen würden, musste Rahel widerspruchslos mit tragen.

Die Januarsonne schien schräg in die kahlen Bäume, als sie nach jener Parteiversammlung müde und zerschlagen nach Hause ging. Nein, die würden es nicht wagen, sie zu demontieren. Sie würden sich doch vor der ganzen Republik blamieren! Sie musste jetzt nur klug sein und scheinbar auf alles eingehen, was sie verlangten. Die konnten sie doch gar nicht fallen lassen! Dazu waren sie zu eitel. Vielleicht wollten sie nur ein bisschen an ihr herumerziehen und sie dann in Ruhe lassen. Aber noch während sie sich diesen Strohhalm zurecht spann, glaubte sie schon selbst nicht mehr daran, sobald sie nur an Rostock dachte.

Johannes hatte Bratkartoffeln gemacht, die sie lustlos hinunterschlangen. Er hatte längst gemerkt, dass es seiner Mutter schlecht ging. Aber er kannte sie. Sie war bisher aus allen Schwierigkeiten wieder herausgekommen. So würde es auch dieses Mal sein, da war er sicher, obwohl sie ihm wohlweislich die Details verschwiegen hatte, als sie zu Hause über die „kulturlosen Betonköpfe" wetterte.

Ihre Mutter, der Rahels Zustand natürlich auch aufgefallen war, jammerte hilflos, weil sie nichts verstand: „Wieso musst du nun auch noch diese verrückte Theaterspielerei machen? Du hast so einen schönen Beruf. Du reizt sie ja zum Zuschlagen! Das ist gefährlich! Und dann ziehst du auch noch den Johannes mit hinein! Hör auf, dich mit denen anzulegen! Es sitzen schon genug im Knast! Du musst den Jungen groß kriegen, das ist deine Aufgabe und nicht der zweifelhafte Beifall von Leuten, auf die du im Ernstfall nicht zählen kannst!"

Aber Rahel war immer noch überzeugt, dass der Beifall laut genug war, um ihre Gegner zu übertönen. Sie musste nur so gut sein, dass die Genossen nicht auf sie verzichten konnten!

So jedenfalls hatte es Katharina ihr vorgelebt. Und was in Berlin und den großen anderen Städten funktionierte, würde ja wohl auch in Geranienburg gehen und noch dazu mit der offen gezeigten Unterstützung ihrer mächtigen Kulturfreunde in den großen Kulturzentren des Landes! Rahel nahm den Kampf auf. Sie musste die große Anzahl Fächer unterrichten. Karl blieb hart. Aber sie bekam keine neuen Kurse. Der Direktor verkaufte ihr das als Zugeständnis. In Wirklichkeit hatten auch da wieder Margit und die Kattmann ihre Finger im Spiel. „Die Bach bekommt keine neuen Kurse. Sie wird die Oberkurse zum Examen führen, die hat sie nun einmal sowieso versaut und danach sehen wir weiter. Jetzt soll sie sich erst einmal als Genossin bewähren. Deckt sie ordentlich mit fachlichen und gesellschaftlichen Aufgaben ein, dann werden ihr bald die Flausen vergehen." So lautete Margits Anweisung an ihre Leitungsgenossen im „Rat der Götter", und Karl setzte sie brav um. Es gab ja Annegret nicht mehr, die ihm ordentlich Contra gegeben hätte und Gerda, die Anatomielehrerin, war längst Professorin in der Nachbarstadt.

Rahel büffelte nachts, was sie am Tag unterrichten sollte, rannte morgens übermüdet in die Schule, anschließend war Kabarettprobe und abends Pflichtauftritte vor Betrieben, der Armee, irgendwelchen Kulturleuten und in der Landwirtschaft. Sie zählten ihre Zuschauer nicht mehr. Aber irgendwie schaffte sie es jeden Tag neu, ihre Aufgaben zu erledigen.

Heinrich und einige Genossen aus der Kulturszene in Berlin waren noch ein paar Mal in Geranienburg gewesen und hatten Rahel unterstützt, so gut es von außen ging. Sie konnten die Demontage durch die Stasi-Mafia in Geranienburg jedoch nur um einige Monate verzögern. Noch zwang Berlin die Geranienburger immer wieder, Rahel auftreten zu lassen.

Die Genossen an der Schule hatten daher begriffen, dass sie einen spektakulären Sturz Rahels nicht ohne ausreichende Gründe zustande bringen konnten.

Hatte doch auch eine Mehrheit der Genossen der Schule und des Krankenhauses dafür plädiert, mit der Bach geduldig zu arbeiten und ihren Erfolg für die Schule und das Krankenhaus zu nutzen. Margit und die Kattmann aber wussten, wie man Stimmung machen konnte.

In Rahels Klassen und in ihren Kabarettproben war nun im Frühjahr 1981 bald nichts mehr, wie es vorher jahrelang gelaufen war. In der Klasse der Zahntechniker störten ihre eigenen Kabarettisten gezielt Rahels Unterricht. In anderen Klassen kamen auffälligerweise einige Schüler stets zu spät in die Klasse, wenn Rahel zum Unterricht eingeteilt war. Rahel bekam aggressive Antworten, und die Störenfriede Spottbeifall. Nur ihre Oberkurse blieben treu. Dort hatte sie nach wie vor alle Schülerinnen hinter sich. Aber auch in Carmens Klasse, bei den Krippenerziehern, hatte Rahel mit Disziplinschwierigkeiten zu kämpfen. Manchmal hatte sie den Eindruck, als schaute Carmen sie überheblich, spöttisch und ein wenig verächtlich an, aber das Mädchen beteiligte sich nie selbst an der Störung des Unterrichtes. Rahel Bach, die eine der beliebtesten Lehrerinnen gewesen war, hatte jetzt zuweilen Angst, die Klassen zu betreten. Die Provokationen waren jedoch oft so plump, dass Rahel nun zum ersten Mal gezielte Absicht und Steuerung von außen vermutete. Zwecklos, zu Karl zu gehen und die Probleme offen zu legen. Er würde sie auslachen. Was sollte sie tun? Nun, sie war eine gute Pädagogin und irgendwie schaffte sie es immer, den Unterricht zu retten, denn sie merkte bald, dass es immer die gleichen Schüler waren, und die konnte sie auch bei ihren mittelmäßigen Leistungen packen. Das mussten sie hinnehmen und konnten sich nicht auf Margit berufen. Offenen Aufruhr zu stiften wagte Margit noch nicht.

Noch immer kamen aus allen Teilen des Landes Einladungen zu Auftritten des berühmten Jugendkabaretts und danach die entsprechenden Dankschreiben an den Direktor der Klinik oder an Oberst. Aber der Kampf gegen Rahel hatte begonnen, die Maschinerie hatte sich in Bewegung gesetzt. Sie selbst zweifelte allerdings selbst immer wieder. Vielleicht redete sie sich das alles nur ein! Sie war total überarbeitet, vielleicht war sie zu empfindlich, zu erfolgverwöhnt?

Rahel fuhr jetzt oft zu Katharina, berichtete ihre Probleme und holte sich Mut und neue Argumente. Katharina hatte auffällig wenig Zeit, pendelte ständig zwischen irgendwelchen Gesprächen, Proben und Auftritten hin und her. Außerdem war sie nervös und gestresst, weil ihr Mann wieder einmal in Moskau studierte. Aber sie hörte ihr zu und das war schon viel für Rahel. Es gab keinen anderen Weg als den des Erfolges! Sie durfte nicht versagen, nie Schwachstellen zeigen, dann würde es schon gehen.

Doch es blieb die Angst, und es schlich sich ein leiser Verdacht ein, dass ihre Gegner das Entsetzliche wagen und ihre Schüler gegen sie einsetzen würden.

15

Die Gewissheit kam mit dem nächsten wichtigen Auftritt des Kabaretts, der von der Organisation der Profi-Kabaretts in Berlin vorbereitet worden war.

Im März 1981 sollten sie zum ersten Mal profimäßig, also gegen Gage in den Räumen des Profi-Kabaretts in Geranienburg auftreten dürfen. Wochenlang hatten sie geprobt. Hatten sich auf die Verhältnisse der Spielstätte eingestellt, und Rahel hatte noch einige neue Stücke dazu geschrieben.

Die verantwortlichen Kulturfunktionäre hatten die Generalprobe abgenommen und das Programm abgesegnet. Wie immer zur Premiere, würde das Publikum aus handverlesenen Gästen und den Honoratioren der Stadt bestehen. Die Spieler hatten an diesem Tag dienst- und unterrichtsfrei bekommen und auch Rahel war am Vormittag zu Hause, weil sie noch einiges zu organisieren hatte und dann ab Mittag im Kabarett sein wollte. Sie saß gerade in der Badewanne und gönnte sich das wohlig heiße Vergnügen der absoluten Entspannung, als es klingelte. Missmutig schlüpfte sie in ihren Bademantel. Nein, das musste jetzt nicht sein. Diese halbe Stunde gehörte nur ihr!

An der Tür stand Henry, der Zahntechniker.

Seinen bleichen Gesichtszügen entnahm Rahel sofort nichts Gutes. „Bist du krank? Wie schaust du denn aus, komm rein!" Henry blickte etwas wild und gleichzeitig ängstlich drein, als er sich Rahel gegenüber auf den Sessel fallen ließ. Rahel raffte ihren Bademantel eng zusammen und kauerte sich auf ihr Sofa. „Erzähle, bist du krank?", wiederholte sie gespannt. „Kann ich dir einen Tee machen?"

Henry, der Sohn des Stasi-Offiziers war ein sehr schlanker blonder Junge. Er war achtzehn Jahre alt, sah aber wesentlich jünger aus. Er richtete sich sehr gerade im Sessel auf und wurde noch fahler im Gesicht. Seine Lippen schienen nur noch ein dünner Strich zu sein: „Ich bin nicht krank, aber ich teile dir mit, dass ich heute Abend nicht spielen werde." Henry sagte das in einem gekünstelten Hochdeutsch und blickte Rahel wild entschlossen an.

Rahel saß einen Augenblick wie versteinert da und schaute in das bis zur Unkenntlichkeit verzerrte angespannte, bleiche Jungengesicht. Nein, es war unmöglich! Das gab es nicht! Das würde selbst dieser Junge nicht fertig kriegen! Warum machte er das? Wo nahm er den Mut her, zu ihr zu kommen und ihr das zu sagen? Henry war doch immer einer, der sich lieber drückte, wenn es kompliziert wurde. Der saß doch jetzt auch schlotternd hier und machte etwas, worüber er sich gar nicht im Klaren war! In Rahel tobten Vermutungen und Emotionen. *Jetzt bloß nicht die Nerven verlieren. Den kriege ich noch herum! Der lässt sich doch heute die Premiere nicht entgehen, wo ihm die obersten Bonzen der Stadt Beifall spenden werden.* Außerdem wusste er doch genau, dass sie ohne ihn gar nicht spielen konnten. Er taugte zwar spielerisch nichts, aber Rahel hatte ihn in fast jedem Stück mit ein paar kleinen Sätzen eingebaut. Unmöglich, dafür jetzt noch eine Vertretung einzuarbeiten!

Rahel stand auf. „Warte hier einen Augenblick, ich will mir rasch etwas anziehen, schließlich hast du mich ja aus der Badewanne geholt", lächelte sie ihn ein wenig charmant an. So konnte sie etwas Zeit gewinnen.

Henry schwieg einen Augenblick verdutzt und verlegen. Dann sprang auch er auf: „Nein, ich gehe auch gleich wieder! Ich wollte dir das nur selbst sagen, auf Wiedersehen!"

„Nee Henry, so einfach geht das nicht! Ich glaube, dass du mir das jetzt erklären solltest!" Rahel verstellte Henry den Weg. Sie war erheblich kleiner als ihr Schüler. Rahel hatte zum großen Entsetzen der Lehrerschaft allen ihren Kabarettisten während der Kabarettarbeit das Du angeboten. Im Unterricht galt das jedoch nicht. „Wie stellst du dir das vor? Du lässt uns alle im Stich! Du weißt doch ganz genau, dass dein Verhalten ohne einen triftigen Grund der Boykott eines hochwichtigen kulturellen Ereignisses der

Stadt ist!" Rahel stand im Bademantel vor Henry und musste zu ihm hinaufschauen. Sie wollte aus dieser misslichen Lage heraus. Also setzte sie sich wieder auf das Sofa und bedeutete ihm, ebenfalls Platz zu nehmen. Henry blieb stehen, wo er war, den Kopf leicht nach vorne geschoben, und biss sich auf die Lippen. Rahel erhob sich nun auch wieder und verlor fast die Fassung: „Du bleibst also dabei? Du bringst es fertig, mit so einem ‚Nein, ich mache nicht mit' unsere gesamte Arbeit aufs Spiel zu setzen? Weißt du, wie ich das nenne, Henry? Verrat! Ganz schnöden billigen Verrat an deinen Kameraden und Genossen!" Rahels Stimme überschlug sich zitternd.

„Du bist der Verrat! Du!", schrie da plötzlich Henry schrill und hoch. Er stand zitternd mit geballten Fäusten vor Rahel, die erschrocken zurückwich. „Ich glaube an meine Genossen und an das, was mir die Genossin Hammersbacher gesagt hat! Irgendjemandem muss man ja vertrauen! Und wenn ich mich entscheiden muss, dann glaube ich meinen Genossen und nicht dir!"

Rahel, die viel zu schnell aus dem heißen Badewasser gesprungen war, musste sich am Schrank festhalten. „Genossin Hammersbacher hat dir bestimmt nicht gesagt, dass du heute nicht spielen sollst! Im Übrigen, auch ich bin deine Genossin! Und du hast doch selbst einen Verstand. Erzähle mir bitte, weshalb ich für dich unglaubwürdig bin und weshalb du uns plötzlich verrätst, sag es!"

Henry schwieg und senkte den Kopf.

Rahel rang nach Worten. Sie hetzten also tatsächlich ihre Schüler gegen sie auf! „Gut", sagte sie leise, „ich will dich nicht in einen Gewissenskonflikt bringen. Glaube deinen Genossen und lebe nach ihren Anweisungen, wenn du meinst, dass du damit das Richtige tust. Im Kabarett will ich dich nicht mehr sehen, wenn du am Abend nicht erscheinst. Und richte bitte Genossin Hammersbacher und wem du sonst noch verpflichtet bist aus, das Kabarett wird heute Abend spielen."

Henry verließ grußlos die Wohnung. Rahel stand in der Mitte ihres kleinen Wohnzimmers. Draußen klatschte Eisregen an die Fenster und an diesem seltsamen Tag wollte es nicht hell werden. Sie ging erneut ins Bad und stellte sich in ihre Badewanne. Dann ließ sie ganze Wasserfälle aus der Dusche über sich prasseln, abwechselnd heiß und kalt.

Danach zog sie sich langsam an, kochte sich einen Pfefferminztee und machte sich einige Butterbrote zum Mitnehmen fertig. Dann ging Rahel in das Zimmer von Johannes, der noch in der Schule war. Sie kramte in seinem Schrank und fand, was sie brauchte.

Als am Abend die Scheinwerfer angingen, staunten die Insider nicht schlecht, als sie plötzlich Rahel in Jungenklamotten mit Baseballkappe, das Schild frech nach hinten geschoben, entdeckten. Sie übernahm den Part von Henry, in den Sachen ihres Sohnes. Das war, da sie ja alle Texte selbst geschrieben und mit den Spielern geprobt hatte, überhaupt kein Problem. Intern hatte sie inzwischen dafür gesorgt, dass alle im Zuschauerraum von Henrys Verhalten erfahren hatten. Und in der Pause, zu der sie sich schnell umzog, nutzte sie dann auch noch viele Gelegenheiten, Henrys Begründung in Umlauf zu bringen. Rahel war blind vor Zorn. Und so nahm sie auch nicht wahr, dass ihr einige ihrer Gesprächspartner nicht glaubten. So etwas war schlicht unmöglich. Aber Rahel war sich nun sicher, dass Margit Ärger bekommen würde.

Sie erhielten viel Beifall an jenem Abend, weil es neben dem zusätzlichen Stress natürlich viel Gaudi machte, die Kabarettchefin mit ihrer Truppe zu erleben.

Rahel teilte den Vorfall am nächsten Tag der Schulleitung schriftlich mit und bat darum zu klären, ob und, wenn ja, in welcher Weise sich die Parteisekretärin des Bezirkskrankenhauses Geranienburg in organisatorische und künstlerische Angelegenheiten des Kabaretts der Schule einmischen könne. Gleichzeitig gab sie bekannt, dass der Spieler Henry Seifmann mit sofortiger Wirkung und nach einstimmigem Beschluss des Kabarettkollektivs aus diesem entlassen wurde. Auf ihr Schreiben erfolgte keine Reaktion.

Ich sage euch den Kampf an, Margit und Co! Ich werde euch mit euren eigenen miesen Waffen schlagen und dafür sorgen, dass ihr euch in euren eigenen Fallstricken, die ihr für mich ausgelegt habt, verheddert!

Es sollte Rahel noch mehrmals gelingen, Margits trägem und phantasielosem Apparat ein Schnippchen zu schlagen und es fing an, manchmal richtig Spaß zu machen, obwohl Rahel keine Sekunde zweifelte, dass ihre Arbeitgeber alle Machtmittel gegen sie in der Hand hatten.

Vorsichtshalber sicherte sie nun in zusätzlichen Proben alle wichtigen Rollen doppelt ab.

Aber auch das half, wie sich bald herausstellte, im Ernstfall gar nichts.

Viele Jahre später, im Jahr eins nach der Wende, las Rahel in den Unterlagen der Staatssicherheit den Bericht eines IM. Der Genosse beschwerte sich herzzerreißend über die Bach bei der Staatssicherheit und machte darauf aufmerksam, dass die Bach ständig „unsere Genossen" wieder aus dem Kabarett feuere, was ja bestimmt kein Zufall sei, und auch sonst sei die Bach ein ganz falsches und raffiniertes Stück, welches die Genossen gegeneinander ausspiele, was die Genossen in Berlin nur noch nicht durchschaut hätten, und der arme Schulleiter wisse gar nicht, wo ihm der Kopf stehe. Man hätte ja auch noch andere wichtige Aufgaben. Außerdem hätte sie ihre Parteiaufnahme erzwungen, obwohl die alten und erfahrenen Genossen gewarnt hatten. Insgesamt glaube man, die Bach verspotte die Partei und führe alle nur an der Nase herum. So also klagte Rahels Spitzel 1981, und sie hatte keine Ahnung, dass man sie inzwischen bis ins Bett ausschnüffelte.

Rahels Kabarettisten wurden umfunktioniert. Es wurde zur Gewissheit, als sie eine Einladung zu einer Festsitzung des Stadtrates der Bezirksstadt Geranienburg-Oberland anlässlich der Feierlichkeiten zum Ersten Mai erhielten. Wieder sollten sie als Kulturaushängeschild des Bezirkes erstrahlen und die ganze Veranstaltung eröffnen. Grund war sicher auch, dass der oberste Parteiboss des Bezirkes die Gruppe noch nicht gesehen hatte. Und wohl aus diesem Grund hatten sich Rahels Gegner diesen Tag auserkoren. Denn wenn sie sich dort als unfähige Leiterin erwies, war alles gelaufen!

Die Gruppe war startbereit und wartete in einem kleinen Seitenzimmer des großen Rathaussaales, der bis unter die reich geschmückte Barockdecke voller hochrangiger Gäste war, die gespannt herunterschauten. Rahel stand an der spaltbreit geöffneten Tür und hörte noch die Ankündigung und die Lobreden auf die Gruppe. Verabredet war, dass sie dann im Begrüßungsbeifall die Gruppe hinausschicken sollte. Der Saal hatte fünfhundert Sitzplätze und alle waren besetzt. An den Seiten standen noch Bedienstete, die keinen Platz mehr gefunden hatten.

Entsprechend stark war nun der Beifall, der das Signal zum Hinauseilen war. Rahel winkte ihrer Gruppe, da setzte sich plötzlich Carmen auf einen Stuhl und fing an, ihre Gitarre zu stimmen.

Die Pianistin saß längst draußen am Klavier und machte jedoch ein ziemlich gleichgültiges Gesicht, als das Kabarett nicht herauskam. Rahel hatte Carmen und ihre Gitarre ganz bewusst aus der Singgruppe mit in das Kabarettprogramm eingebaut. Das war umso nötiger, als klar wurde, dass die Schulpianistin nicht in der Lage war, Chansons zu begleiten. So wurde Carmen mit ihrer Gitarre unentbehrlich. Rahel traute ihren Augen nicht. Seit 1978 kannte sie nun Carmen. Hatte unzählige Proben und Auftritte mit ihr erlebt. Stets war die ehrgeizige und pedantische Carmen bestens vorbereitet gewesen. Und so dachte Rahel zunächst überhaupt nicht an Boykott. Es war eben ein Problem aufgetreten, ein Ton „verrutscht", und das Stimmen konnte ja nicht ewig dauern. Der Beifall war verebbt und der Verantwortliche für die Organisation kündigte die Gruppe nun zum zweiten Mal an, Carmen Bodechtel stimmte, zwar hochrot, aber seelenruhig weiter an den Saiten herum.

Der Organisator schaute nervös mit aufgerissenen Augen zu Rahel, die ihm bedeutete, dass etwas nicht in Ordnung sei. Endlos lang erschienen nun die Minuten. Im Saal machte sich unwilliges Gemurmel breit, Rahel flüsterte aufgebracht mit Carmen und die anderen Spieler waren bis zum Bersten erregt. „Was ist los, kriegst du das jetzt hin?"

„Was weiß ich, es braucht eben seine Zeit", war die gereizte Antwort. „Wenn ihr mich nervös macht, wird es gar nichts."

„Ja wieso stimmst du jetzt erst deine Gitarre?"

Und da antwortete Carmen wie eingeübt, mit zynischem Unterton: „Ich hatte vorher keine Zeit." Ganz ruhig, völlig gelassen kam diese Antwort, während draußen die Parteielite des Bezirkes Geranienburg-Oberland missmutig wurde. War da im Blick von Carmen verhaltener Hass?

Rahels Bauch, nicht ihr Verstand sagte ihr plötzlich, dass dieses Mädchen hier vor ihr falsch spielte, in jeder Hinsicht. „Du hast ab jetzt genau drei Minuten!", sagte Rahel dann so hart und scharf, dass sie vor ihrer eigenen zischenden Stimme erschrak. „Wenn du dann nicht fertig bist, spielt das Kabarett heute ohne dich!"

Barbara, ihre begabteste Spielerin, fuhr Rahel aufgeregt an: „Mensch Rahel, das wird ein Chaos!"

„Ihr schafft das", flüsterte Rahel. „Passt auf, ich verschaffe euch eine Atempause! Wir schmeißen alle Solos von Carmen raus und in die anderen Rollen gehe ich mit rein, wie damals, als uns der Henry versetzt hat. Jetzt beruhigt euch alle, ich gehe erst mal raus." Carmen, die jedes Wort gehört haben musste, stimmte ungerührt weiter ihre Gitarre.

In den erregten Ruf eines leitenden Genossen aus der ersten Reihe, „Genossen, dann lasst uns doch mit Punkt zwei der Tagesordnung beginnen!", schritt Rahel mit dem strahlendsten Lächeln, das sie gerade noch fertigbrachte, vor den verblüfften Saal und hielt die charmanteste und schmetterndste Entschuldigungsrede ihres Lebens. Von einer fossilen Gitarre, die bis heute durchgehalten hatte und von dem Werdegang ihres Kabaretts sprach sie und sie berichtete sozusagen aus erster Hand von den Arbeiterfestspielen und sie vergaß auch nicht, sich bei ihren Förderern zu bedanken. Dass dies alles auch ein mit Schwierigkeiten gespickter Weg sei, weil nicht jeder die schöne Nebensache Kunst und Kultur verstehe, musste sie unbedingt noch loswerden, und dann schwor sie den Saal auf ihr Kabarett ein, mit dem sie gleich erleben würden, wie toll dieses einmalige Kollektiv auch mit Schwierigkeiten fertig würde. Sie wünschte allen ganz viel Spaß und dann verschwand sie, nur für die erste Reihe sichtbar schweißnass und zitternd, aber zauberhaft lächelnd wieder im kleinen Zimmer, während draußen ein sehr wohlwollender Beifall aufbrandete.

Carmen stimmte noch immer die Gitarre, aber die Gruppe stand nun lynchbereit um die Verräterin, denn inzwischen war allen klar, dass es Absicht war! Doch Rahel Bach ließ niemandem mehr Zeit für Emotionen!

„Achtung, Entree!". Sie gab der verdutzten Pianistin das Zeichen und ging, auch für den Saal sichtbar, mit hinaus. Ganz egal, was Carmen jetzt tat, sie würden das jetzt hier schaffen oder sie waren ihre Medaille nicht wert!

Als wäre nichts gewesen, kam jetzt ihr Kabarett komplett mit Carmen, die sie einfach hochgerissen hatten, nach vorn gerannt und überrollte mit einer umwerfenden Spiellust den Saal, in dem nun eine Stunde lang die Lachsalven und stillen Momente einander ablösten. Der Auftritt wurde wieder ein voller Erfolg. Aber noch während sie sich im Beifall verbeugten, kroch in ihnen eine unendliche Beklemmung hoch. Sie zögerten, das Podium zu verlassen und kosteten noch den letzen Klatscher aus, ehe sie mit gesenkten Köpfen in die keine Bude zum Umziehen gingen.

Carmen hatte sich letztlich dem Gruppenzwang gebeugt und auf der Bühne ihr Vorhaben aufgegeben. Auch sie hatte dann hervorragend gespielt, denn im Rampenlicht zu lügen, dazu war sie nicht professionell genug. Rahel hat nie erfahren, mit welchen Argumenten die Genossen damals diese hervorragende Spielerin kippen konnten, die immer mit Leib und Seele auf der Bühne gestanden hatte und außerdem eine der besten Schülerinnen der Schule war.

An diesem Tag hatten Rahel und ihre Gruppe noch einmal über scheelen und hinterhältigen Verrat gesiegt und aus der von Margit und Genossen so perfekt geplanten Pleite einen Sieg gemacht.

Niemand ahnte zu diesem Zeitpunkt, dass dies der letzte öffentliche Auftritt dieses Jugendkabaretts war.

Doch schon im kleinen Zimmer im Rathaus wusste Rahel, dass die Gruppe jetzt am Ende der Belastbarkeit war. Sie gingen auf Carmen los, die sich beleidigt und heulend verteidigte, ihre Sachen packte und hinausrannte.

Rahel lud alle zum nächsten Samstagabend zu sich nach Hause ein. Sie mussten einen Weg suchen, der aus der Sackgasse heraus führte. Das sollte ein denkwürdiger Samstag werden. Und bis dahin war noch eine Woche Zeit.

Rahel hatte am nächsten Morgen nach dem Rathausauftritt fünf Stunden Unterricht.

In der Mittagspause kam die Kattmann in ihr Büro. Ihre Miene war kantig und ihr Blick ging starr und kalt über Rahel hinweg. „Du sollst sofort zu einem Gespräch in das Direktorzimmer kommen."

„Geht jetzt nicht, ich hab gleich Unterricht, bis 14 Uhr."

„Das haben wir geregelt. Du wirst vertreten."

„Von wem? Ich muss dem ja noch einiges übergeben!"

„Ich sagte doch, das ist geregelt!" Diskutieren war wieder mal zwecklos. Oh, wie hasste Rahel diese unendlich arrogante Frau, die so perfekt die unselige Kombination von Dummheit und Macht darstellte! Und wie schwach und klein fühlte sie sich manchmal zwischen diesen machtgeilen Menschen um sie herum, die mit ihrer lauten, gockelhaften und gespreizten Allwissenheit so grotesk und komisch wirkten! Und doch auch so bedrohlich! Wenn die den Mund aufmachten, logen sie ohne Skrupel, und wenn sie die Wahrheit sagten, glaubten sie sich nicht einmal gegenseitig!

Wieder musste sie in das Zimmer mit der vergrauten, ehemals rosenholzfarbenen seidenen Pfauentapete. Wieder stank es nach Zigarettenqualm und altem Staub, und wieder schien die Sonne durch die gelblich schmutzigen Gardinen. Nur der Direktor war ausgewechselt und Annegret fehlte, die sie gewarnt hatte: *Geh' nicht in die Partei, geh' nicht!*, und die nun schon lange tot war.

Es wunderte Rahel nicht, dass Margit drinnen saß und die neue Parteisekretärin samt dem alten Clan der Parteileitung der Schule. Das Wort führte heute wieder Karl.

„Genossin Bach, wir müssen mit dir reden. Es gibt Klagen und Beschwerden über deine Arbeit als Lehrerin und deinen

Führungsstil im Kabarett! Die Beschwerden wurden vorwiegend von Schülern und der Mehrheit deines Kabaretts geäußert. Würdest du bitte dazu Stellung nehmen? Im Übrigen ist das alles auch dem gesamten Lehrerkollektiv schon aufgefallen!", setzte er noch eins drauf.

Noch vor einem Jahr wäre Rahel empört hochgefahren, hätte Gegenüberstellungen, Gespräche mit den Betroffenen und Beweise verlangt, hätte sich mit diesen Leuten auf eine Auseinandersetzung eingelassen. Im Protokoll hätte dann gestanden, dass sich diese Genossin uneinsichtig gezeigt und auch noch diskutiert hatte. Rahel wusste längst, dass dieses Lehrerkollektiv zu allem Ja und Amen sagen würde, was man ihm auftischte. Und es gab nicht wenige, die der erfolgreichen Rahel den Ärger, den sie jetzt hatte, herzlich gönnten. Neid ist eine allzu menschliche Eigenschaft.

Und Rahel hatte längst begriffen, dass Recht und Gesetz, „die Würde des Menschen" und Ehrenrechte nur für diejenigen galten, die diese Genossen nicht nur akzeptierten, sondern sich widerspruchslos unterordneten. Und nun saßen wieder einmal die Repräsentanten des Regimes vor ihr und sprachen Recht nach ihrem Maß der Dinge.

Sie lächelte völlig ruhig und sagte mit einer Spur Spott im Blick: „Zunächst soll ich euch herzlich grüßen, von den Genossen des Rates der Stadt und des Bezirkes! Wir hatten ja, wie ihr wisst, gestern Abend einen ganz erfolgreichen Auftritt im Rathaussaal, in Anwesenheit der Genossen der Bezirksleitung. Die Genossen haben uns zugejubelt und das Tollste, liebe Genossinnen und Genossen: Carmens Gitarre war defekt, sodass sich der Auftritt um fünfzehn Minuten verzögerte. Und stellt euch vor, trotz dieser Panne, die ich dann mit einer kleinen Ansprache überbrückte, haben Carmen und das Kollektiv noch sehr erfolgreich gespielt! Wir haben tosenden Beifall bekommen und anschließend hat uns der Stellvertreter des Ersten Sekretärs noch persönlich in der Garderobe besucht! Und er lässt euch herzlichste Kampfesgrüße ausrichten!", log Rahel triumphierend lächelnd ins Gesicht von Margit.

Die Kattmann war die erste, die ihre Sprache wiederfand und die nun auch noch so dumm war, alles preiszugeben: „Ja, da sind wir aber ganz anders informiert worden!"

„Von Carmen?", fragte Rahel leise, mit einem langen Blick zu Margit. „Oder vielleicht – von Henry, oder war es Genossin Schweinfurt? Ist das eure ‚Mehrheit'?"

Margit war eine schlechte Schauspielerin. Sie wurde kreidebleich und gleich danach wie immer fleckig. Wenn herauskam, dass die Bach ihre Kader enttarnt hatte, noch bevor deren Karriere als Informanten richtig begonnen hatte, konnte sie einpacken. Das für heute geplante Schlachten konnte nicht stattfinden. Sie musste sich erst einmal Rat holen. Was wusste die Bach, und wer hatte nicht dicht gehalten? In Margit schrillten sämtliche Alarmglocken. Sie saß im Krankenhaus durchaus noch nicht fest im Sattel und das hier war ein Alleingang, der nur nachträglich abgesegnet werden würde, wenn sie die Bach erfolgreich als Versagerin und Staatsfeindin abstempeln konnte! Das berufliche Versagen allein würde nicht genügen, das konnte die Bach sogar noch gegen sie verwenden, weil sie, Margit, diese Bach nicht genügend unterstützt hatte. Und da war noch die große Beliebtheit der Bach. Das konnte, wenn sie nicht aufpasste, ein Bumerang werden!

Würde sie Rahel aber staatsfeindliche Haltungen nachweisen können, dann halfen der Bach auch keine Beliebtheitsmehrheiten, dann würde man zuschlagen können. Aber so weit war es wohl noch nicht. Die Bach erwies sich als schlauer und raffinierter, als Margit gedacht hatte.

Margit nahm sich vor, zukünftig anderen die Arbeit gegen die Bach zu überlassen und nicht mehr selbst so oft in Erscheinung zu treten. Ginge etwas schief, dann wäre sie nicht direkt betroffen.

Die Genossen Lehrer der Parteileitung ahnten nichts von Margits Gedankengängen und staunten nicht schlecht, als ihre Parteizarin plötzlich sehr moderate Töne anschlug: „Rahel, wir wollten ja nur mal darüber reden, ob das Ganze nicht vielleicht eine zu große Belastung für dich darstellt."

Rahel dachte gar nicht daran, die Friedenspfeife zu rauchen. Sie hatte Margits Stimmungswechsel sofort bemerkt. Das beruhigte sie gar nicht, im Gegenteil. Sie war traurig und aufgebracht und zugleich hilflos und gekränkt über die Machenschaften ihrer Kollegen und Genossen. Dass Kabarettmitglieder für die Stasi arbeiteten, wusste Rahel damals noch nicht. Sie glaubte, solange sie an der Schule war, an eine rein persönliche Verschwörung des Margit-Clans, also an ein Komplott der Parteibosse gegen sie. Die Staatssicherheit war für Rahel damals etwas Fernes. Die war zuständig für Staatsfeinde, also weit weg, denn hier in der Schule gab es ja keine Kollaborateure.

Aber es stand für Rahel nun zweifelsfrei fest, dass Margit Schüler und offensichtlich auch Lehrer gegen sie aufbrachte und die Kattmann und Karl eifrig mitmachten.

„Für mich stellt sich die Frage, ob ihr dieses Kabarett überhaupt wollt!", erwiderte Rahel.

„Wollen oder nicht, es ist nun einmal da, nicht wahr, aber die Ausmaße, die das Ganze annimmt, das ist doch alles viel zu groß für unsere Schule, nicht wahr Genossen? Eine Nummer kleiner wäre auch noch groß genug! Wir brauchen kein Republikspitzenkabarett, nicht wahr, Genossen?", tönte die Kattmann und blickte sich Beifall heischend in der Runde um.

„Ja, wie hättet ihr es denn gern? Ein halbes Pfund Kabarett? Oder hundert Gramm? Genossen, ich mache es ganz oder gar nicht! Ich verlange von euch nicht, dass ihr das versteht, aber ich kann vom Kabarett und mir nicht die Hälfte wegschneiden, nur weil ihr's gerne etwas provinzieller hättet." Das saß! Rahel teilte aus, was wirklich nicht besonders klug war, aber es hatte sich zu viel angestaut. „Ich sehe, ihr seid mit uns überfordert. Das ist kein Problem, Genossen! Ich werde euch von uns befreien! Es gibt genug andere Träger, die sich die Finger nach uns ablecken würden, und Medizinpädagogen werden auch woanders gebraucht!"

Die blasse Margit wurde wieder einmal fleckig. „Ach ja?", gellte sie Rahel an. „Und du glaubst, das lassen wir zu?"

Die Kattmann sprang auf: „Ich habe es euch gleich gesagt, die fällt uns in den Rücken! Die ist nicht kooperativ, die will nur ihren Willen durchboxen, die große Dame, und wir haben den Scheißärger auszuhalten! Ich mache das nicht mehr mit, das ist ..."

„Genossen", jetzt spielte Karl Oberst den souveränen Schulleiter, „wir werden doch eine Lösung finden. Kommt mal auf den Teppich!"

„Dein IFKUS hat gerade klar gemacht, dass der Teppich für uns alle zu klein ist, und der Meinung bin ich auch! Genossen, ich werde mir euer Gespräch durch den Kopf gehen lassen, mich mit dem Kabarettkollektiv und den Genossen im Kulturbereich beraten. Unter den Bedingungen, die ich im Moment hier habe, kann ich weder als Lehrerin noch als Kabarettistin weiterarbeiten! Ich habe begründeten Verdacht, dass meine Arbeit hier sabotiert wird, und seid euch gewiss, ich bekomme heraus, wer dahinter steckt! Wir wollen nichts anderes, als unsere Arbeit richtig gut machen! Allen zur Freude! Und unserer Schule hat das auch nur gut getan! Aber was sich jetzt hier abspielt, ist unerträglich! Genossen, das muss ich mir nicht antun!

Ich stelle jetzt Bedingungen für eine weitere Zusammenarbeit! Die bekommt ihr von mir schriftlich. Und wenn dann der Krieg gegen mich weitergeht, melde ich den Gesamtvorgang nach Berlin. Und dann gehen wir hier weg – unter Aufklärung der hiesigen Umstände!" Rahel pokerte hoch, aber sie hatte keine Wahl mehr.

Es war ihr letzter Versuch, das Ruder herumzureißen und Margit in die Defensive zu bringen. Die aber erstarrte zur Salzsäule. Sie würdigte Rahel keines Blickes mehr. „Ihr habt das alles gehört, Genossen? Man stellt Bedingungen! Wir werden das alles in der Leitung beraten. So, wie sich das diese Genossin vorstellt, wird das nicht laufen! Da werden wir noch einiges zu entscheiden haben. Die Sitzung ist beendet!"

„Du kannst gehen, Genossin Bach", knurrte Karl.

16

Rahel wusste nun, dass es an der Schule nicht weitergehen konnte, aber noch immer begriff sie nicht, dass sie das gar nicht entscheiden konnte. Noch glaubte sie, auch in Geranienburg genügend Gönner zu haben. Das mochte stimmen. Die Macht jedoch hatten die nicht. Unter völliger Verkennung der realen Machtverhältnisse im Sozialismus der DDR, begann die Lehrerin und Kabarettistin Rahel Bach nun den Sisyphuslauf durch alle möglichen Instanzen, um sich und ihr Kabarett zu retten.

Am nächsten Tag saß sie vor dem Direktor des Bezirkskrankenhauses Geranienburg, schilderte ihm die Zustände an der Schule und bat ihn, die Trägerschaft des Kabaretts zu übernehmen. Chefarzt Dr. Kunzmann hatte schweigend zugehört und ihr dann sehr förmlich und zugeknöpft erklärt, dass das Haus derzeit nicht an einem Kabarett interessiert sei. Er sei der Meinung, dass das Kabarett an der Schule ganz gut aufgehoben sei. Sie solle doch, wenn es Probleme gäbe, dies mit ihren Genossen in der Schule klären. Er könne da leider nichts machen.

Rahel hatte nichts anderes erwartet. Margit war ja seine Parteisekretärin. Aber sie musste für das, was sie vorhatte, den Dienstweg gehen und durfte auf der Leiter, die sie nun abklappern wollte, niemanden übergehen.

Als Nächstes holte sie sich einen Gesprächstermin bei der Kreisärztin, Frau Medizinalrat Dr. Laufrad. Diese hatte ihren Amtssitz mitten in der Stadt in einer alten Villa. Rahel war pünktlich, auf die Minute!

Als sie sich im Vorzimmer anmeldete, wurde sie aufgefordert, draußen zu warten.

Rahel wartete eine Stunde lang. Plötzlich ging die Tür der Kreisärztin auf und Margit kam mit dem ärztlichen Direktor heraus. Beide gingen geschäftig flüsternd an Rahel vorbei. Margit nickte Rahel kurz zu. Der ärztliche Direktor hielt das nicht für nötig. Dann stiegen beide die prachtvoll gestaltete alte Treppe hinunter und Rahel war wieder allein. Die Kreisärztin ließ sie noch eine halbe Stunde warten und Rahel ahnte, was sich nun hinter der Tür abspielte.

Die Kreisärztin holte sich Order für das Gespräch. Sie hatte noch den Telefonhörer in der Hand, als die Sekretärin Rahel hineinrief.

Die Kreisärztin hatte eine geräumige Ledersitzecke, aber sie verschanzte sich hinter ihrem riesigen alten Schreibtisch, und so blieb Rahel nichts weiter übrig, als auf dem Stuhl davor Platz zu nehmen.

Frau Medizinalrat Dr. Laufrad war eine etwas mütterlich wirkende Matrone. Sie war mittelgroß, füllig und um ihr rundliches Gesicht lockte sich eine braune langweilige Dauerwelle.

Die Sekretärin steckte noch einmal den Kopf herein und fragte, ob sie Kaffee machen solle. Die Medizinalrätin machte eine schnelle Abwehrbewegung. Das hier wollte sie schnell hinter sich bringen. Rahel wurde nicht gefragt.

„Ich hörte, Sie haben Probleme mit Ihrem Umfeld, mit Ihren Kollegen und Genossen? Was soll ich da für Sie regeln? Sie waren ja wohl auch schon in der Angelegenheit vergeblich bei Chefarzt Kunzmann?" Die Kreisärztin, mit der Rahel schon unzählige Male bei Veranstaltungen zusammen gesessen und geplaudert hatte, war heute nicht wiederzuerkennen. Ihr Gesicht spiegelte wider, was soeben im Leitungskreis besprochen worden war. Die Kreisärztin war sichtlich verärgert, dass sie in den leidigen Vorgang, der sich an dieser Schule abspielte, nun durch Rahel mit hineingezogen wurde.

Rahel spürte sofort, dass sie nun auch hierher vergeblich gekommen war. Aber so schnell wollte sie nicht aufgeben. Hatte schon der „Ärztliche" keinen Mut, etwas zu machen, weil er unter Margits Fuchtel stand, diese Frau musste doch so viel Intelligenz und Macht besitzen, Rahels Argumente wenigstens anzuhören und zu durchdenken!

„Frau Medizinalrat, es geht nicht um meine Probleme. Es geht um Jugendarbeit und darum, dass hier durch ein zu kurz gegriffenes Konzept der Schule eine erfolgreiche Jugendgruppe aufgerieben wird. Ich kann den Genossen in der Schule ihr Verhalten nur bedingt übel nehmen. Sie sind mit diesem Kabarett echt überfordert! Deswegen suche ich eben einen anderen Träger. Es wäre doch überlegenswert, wenn das Gesundheitswesen der Stadt insgesamt diese Gruppe übernimmt. Die einzelnen Arbeitsverhältnisse könnten bleiben, das Spektrum würde erweitert und damit das Kollektiv bereichert werden. Wir haben doch der Stadt einen vorzeigbaren Erfolg gebracht. Was sage ich Stadt, dem ganzen Bezirk ..."

„Frau Bach!", schnitt ihr die Kreisärztin kurzerhand das Wort ab, „was mit dem Kabarett geschieht, ist nicht Ihre und nicht meine Angelegenheit, sondern Sache der Schule! Das Kabarett gehört also uns beiden nicht! Die Schule, nicht Sie, hat den Erfolg ermöglicht und diese Einrichtung kann diese Arbeit durchaus weiter leisten! Wenn Sie sich mit der Aufgabe überfordert fühlen, dann wird sich jemand anderes finden, der diese Sache weiter macht. Schauen Sie, ich will Ihnen mal was zeigen!"

Die Kreisärztin stand auf und öffnete einen großen, gelblich angestrichenen Metallschrank, der die ganze rechte Seite des Zimmers einnahm. Die Türen knirschten blechern, als sie den Schlüssel, der an einem großen Schlüsselbund hing, im Schloss herumdrehte. Das alles tat sie sehr bedächtig. „Was Sie hier sehen, Frau Bach, ist die Stadt Geranienburg im Katastrophenfall! Hier liegen alle Pläne für den Tag X! Wenn ich heute sterbe, muss morgen mein Nachfolger quasi blind und ohne Übergabe aus den Unterlagen alles entnehmen und meine Aufgabe sofort fortsetzen können. Wichtig ist der Auftrag, nicht wir!"

Rahel war überwältigt! *Diese Inszenierung hätte glatt von mir sein können*, dachte sie. Besser hätte die Kreisärztin nicht demonstrieren können, was Prinzip dieses Staatswesens war!

„Wir alle sind ersetzbar, auch Sie, Frau Bach!", sagte die Ärztin leise, fast bedauernd. Im Grunde tat Rahel ihr entsetzlich leid. Der Tonfall ermutigte Rahel und sie stand langsam auf. Beide Frauen standen nun vor dem Stahlschrank. Rahel blickte auf die Kreisärztin hinunter, die einen ganzen Kopf kleiner war als sie. Rahel spürte ihren rasenden Pulsschlag zum Zerbersten in ihrem Hinterkopf.

„Frau Medizinalrat, ich habe eine Frage".
„Ja bitte!"
„Ihr Stellvertreter, welchen Beruf hätte der?"
„Na Arzt, selbstverständlich!"
„Aha."
„Was heißt ‚aha', Frau Bach? Zum Kabarettspielen sind wir hier nicht zusammengekommen!"

Die Ärztin spürte, dass Rahel ihr das Konzept entriss, das sie sich so schön zurechtgelegt hatte. Sie setzte sich schnell wieder hinter ihren Schreibtisch. Rahel blieb stehen. Sie übernahm jetzt die akzentuierte Sprache von Katharina, der Kabarettfürstin. „Frau Medizinalrat Doktor Laufrad! Sie können nur durch einen Arzt ersetzt werden. Ich nur durch einen Lehrer, was die schulische Seite betrifft und durch einen Texter, Regisseur, Dramaturgen und Kabarettisten, was das Kabarett betrifft.

Was sich abspielen wird, wenn Sie nicht sofort helfen, das sage ich Ihnen jetzt ohne Stahlschrank: Sie setzen einen Bäcker an die Spitze eines OP-Teams! Das zerstört nicht nur das OP-Team. Der Patient stirbt daran." Rahel setzte sich wieder und sprach sehr leise, während sie aus dem Fenster blickte: „Sie haben nicht recht und Sie wissen es! Wir sind einmalig, Frau Doktor! Jeder von uns allen ist wertvoll und eben nicht per Dekret eins zu eins ersetzbar! Hier ist etwas ganz Besonderes entstanden! Sie haben doch die Gruppe gesehen! Das ist unsere Jugend!"

Rahel stand erregt auf und beugte sich über den Schreibtisch. „Das braucht Schutz und Hilfe! Kunst ist ohne Mäzene aufgeschmissen, Doktor Laufrad! Und weder Genossin Kattmann noch Genossin Hammersbacher noch Genosse Oberst, der Bauingenieur, begreifen das! Ich mache denen keinen Vorwurf. Die wissen nicht, was sie kaputt machen! Denen geht es nur um ihre persönliche Macht! Aber Sie, Frau Medizinalrat? Sie können doch das alles nicht mit zerstören wollen! Wenn ich jetzt dort demontiert werde, stirbt diese Gruppe! Ich bilde selbstverständlich Nachfolger aus! Aber dazu brauche ich Zeit und jemanden, der uns die Horizonte weiter macht! Ich ersticke in diesem Mief, da oben an dieser Schule!" Jetzt war es aus mit Rahels Fassung. Ihr liefen die Tränen ungebremst über das hochrote Gesicht. Wütend wischte sie sich mit dem Ärmel ab.

Rahel hatte ganz bewusst Konrad Wolfs „Weiten Horizont" eingefordert. Die Ärztin merkte das sofort. Aber Genossin Dr. Laufrad war nicht befugt zum Handeln. Sie wusste um ihr verwanztes Büro und kannte ihre eigene Situation nur zu genau. Das Urteil über die Bach hatten offensichtlich schon andere gefällt. Mochten die sich damit herumplagen. Diese kleine Lehrerin würde auch noch begreifen, dass man nicht ungestraft mit der Staatsmacht seinen Schabernack trieb! Sie wusste, was jetzt auf die Bach zukam. Armes Hascherl. Aber sie war selbst schuld.

„Zeit, das war ein wichtiges Stichwort!" Die Kreisärztin blickte auf die Uhr. „Frau Bach, Sie sehen angegriffen aus!" Als Politikerin taugte sie wenig, wie sie gerade wieder selbst festgestellt hatte, aber die Ärztin konnte Rahel nicht anzweifeln. Also besann sie sich gerade noch rechtzeitig auf das Konzept, das sie sich vorher für Rahel ausgedacht hatte: „Ich meine, dass Sie doch mal etwas Abstand von diesen Dingen brauchen. Vielleicht sollten Sie doch eine psychologische Betreuung in Anspruch nehmen? Soll ich Ihnen einen Termin bei Professor Unger machen? Er ist eine Kapazität!"

„Danke nein, ich kenne den Chef der Nervenklinik!", wehrte Rahel entsetzt ab. „Frau Doktor, ich brauche Hilfe für die Gruppe und keinen „Jagdschein" für aufmüpfige Genossen!"

„Wie Sie wollen!" Die Kreisärztin biss sich auf die Lippen und beendete das Gespräch.

Ihr Bericht an alle Institutionen, einschließlich der Staatssicherheit, war dann hauptsächlich ärztlich indiziert. Sie empfahl psychotherapeutische Behandlung. Die Ärztin meinte wohl, dass dies die humanistischere Art der Liquidierung dieser unbelehrbaren starrsinnigen Genossin sei – und vor allem die elegantere. Rahel wäre nicht die Erste, die von den Genossen Psychiatern wieder zur Vernunft gebracht worden wäre!

Diese Strategie war viel Erfolg versprechender als der nervige Machtkampf der Genossin Hammersbacher mit dem Versuch über eine politische Demontage. Und Genosse Unger, der Chef der Nervenklinik in der Nachbarstadt, hatte ja durchaus gute Ergebnisse diesbezüglich aufzuweisen!

Rahel versuchte es in derselben Woche noch beim neuen Bezirksarzt. Der hatte keinen Termin frei. Sie schrieb Hilferufe an den Minister für das Gesundheitswesen und an den Träger der Arbeiterfestspiele, den Gewerkschaftsbund, an viele Kabarettkollegen im Profi-Lager. Allen beschrieb sie detailliert ihre Probleme und bat um Hilfe. Aber die Telefone waren schneller und die Berichte von der psychisch durchgeknallten Lehrerin in Geranienburg, welcher der Erfolg nicht bekommen war, machte in der DDR schnell die Runde. In den Krankenhäusern sorgte Margit für schnelle Verbreitung. Und nichts wurde schneller geschluckt als ein Gerücht. So wurde Rahel ohne Diagnose von einer Parteisekretärin, Grundberuf Kinderkrankenschwester, und beifällig nickend von der Kreisärztin der Stadt für verrückt erklärt.

Es wussten fast alle, nur Rahel nicht. Sie suchte Auswege und Verbündete, aber die schöne bunte Welt, in der Rahel so viele Gönner und Beifallklatscher hatte, existierte nicht mehr.

Die Bonzen, bei denen sie vorsprach, hörten sie stumm lächelnd an und zuckten argwöhnisch, meistens aber etwas mitleidig die Schultern. Das Ding war brandheiß, das sollten die in Geranienburg, dort an dieser Schule, mal schön selbst erledigen.

Und irgendwann erlag Frau Doktor Laufrad in Geranienburg doch der Versuchung, übernahm die Initiative und telefonierte mit dem Psychiatriepapst des Bezirkes.

17

Professor Unger, der Chef der Klinik für Neurologie und Psychiatrie langweilte sich genauso wie sein Auditorium. Die Weiterbildung der Medizinpädagogen des Bezirkes aber war Pflicht für beide Seiten. Heute war „Der Alkoholismus und seine Folgen" zu geben, und da es ein herrliches Gummithema war, konnte er nach Herzenslust belanglos herumphilosophieren und gab zwischendurch kund, dass er sich durchaus bewusst sei, hier nicht vor der richtigen Zielgruppe zu sitzen. Dass die Kreisärztin von Geranienburg ihm diesen Termin „reingedrückt" hatte um sich möglichst unauffällig einer potentiellen Patientin zu nähern, die man zur Weiterbildung verdonnert hatte, machte ihm die Sache zwar schmackhaft, aber sonst hielt er sein Hiersein für blanke Zeitverschwendung. Die eifrigen ehemaligen Krankenschwestern, die sich nun der Pädagogik verschrieben hatten, allerdings nicht. Die meisten schrieben jedes seiner Worte aufmerksam mit. Professoren waren in dieser Art von Weiterbildungen selten. Meistens delegierten die Chefs ihre Oberärzte zu diesen Tätigkeiten. Rahel Bach saß in einer der hintersten Reihen und begann, sich über den arroganten Kerl zu ärgern. Professor Unger war von fester Statur, etwa Anfang fünfzig und ein kleiner schwarzhaariger Mann mit Neigung zu einem Bäuchlein. Früher war er sicher ein gnadenloser Ehrgeizling gewesen, aber nun hatte er es geschafft und verteidigte höchstens noch vehement seine Burg, wenn ihm jemand den Rang streitig machen wollte. Seine ungeheure Redegewandtheit und Schlagfertigkeit waren berüchtigt, nicht nur in seiner Klinik. Dass ihn seine Oberärzte fachlich um Längen überragten, wurmte ihn permanent. Aber er hatte die Macht, dank seiner Verbindungen zu den Genossen. Allerdings bescherte ihm das immer mal wieder derlei Aufträge.

Dieser hier lag etwas am Rande seines Niveaus, und deshalb entsprach sein Vortrag seiner Stimmung. Denn eine Einweisung zu ihm in die Psychiatrie hätte man ja weiß Gott von Geranienburg aus auch anders organisieren können. Dass es um diese Lehrerein Kompetenzgerangel gab, war ihm bekannt. Und auch, weshalb die Kreisärztin nicht Nägel mit Köpfen machte. Die Kleine sollte nun „freiwillig" in die Psychiatrie geflattert kommen.

Romanische Typen, wie sie die Frau vor ihm verkörperte, waren schon sehr nach seinem Geschmack. *Carpe diem.* Man würde ja sehen, wie sich das alles entwickelte.

Aber Rahel ärgerte sich nicht genug, um aufmerksam zu werden. Der kleine fette Kerl war ihr einfach zu dumm, und sein Vortrag noch dümmer. Sie war mit großer Neugier hierher gefahren. Aber Neues konnte ihr der kleine schwarze Ballon da vorn nicht liefern. Jetzt wertete der auch noch seine Dienstreisen in die Sowjetunion aus, und erklärte viele seiner Kollegen dort erst einmal alle für alkoholblind, weil reiner Wodka dort eben Medizin sei! Und es sei ja so: Alkoholismus sei sowieso nicht heilbar. Dagegen in Kanada ..., also da habe er mal mit einem Kollegen ...

Rahel wurde es jetzt nun doch zu bunt. *Angeber, elender! Niemand von uns kann nach Kanada, du kleines Psychiatrie-Arschloch! Wenn du dort auch so laberst, sind wir bei denen als DDR-Provinzler gut blamiert!* Langsam schraubte sich ihr Zeigefinger hoch. Aber Unger ließ sie zappeln. *Hab ich dich doch an der Angel! Du kommst gleich dran, aber erst musst du noch mit dem Finger schnippen und ungeduldig zappeln.* Aber Rahel zappelte nicht. Ihre Hand ruhte auf ihrem Ellbogen und ihr Gesicht verriet, dass sie ihn durchschaut hatte. Der Zeigefinger fing an, sich in sein Hirn zu bohren.

„Ja bitte, Sie haben eine Frage?"

„Mehrere, Herr Professor!"

„Na, dann immer los, ich bin gespannt!"

„Ich auch, Herr Professor. Ich möchte nämlich erstens gerne wissen, ob man Ihnen gesagt hat, vor wem Sie hier referieren? Und zweitens, ob Sie das, was Sie hier kundtun, auch wirklich glauben?"

Professor Ungers Gesicht verlor seine runde Gemütlichkeit. Jetzt wusste er, warum er hier war. Das war eine Nummer zu stark für die Geranienburger.

„Natürlich weiß ich, wer Sie sind! Natürlich nicht einzeln, obwohl es mir ein Vergnügen wäre ...! Aber wie ordnet man Sie ein? Sie sind weder richtige Mediziner noch richtige Pädagogen, nicht wahr? Sorry, wenn ich da nicht gleich den richtigen Zugang fand. Und bitte noch mal die zweite Frage, wie war die doch gleich?"

„Es war die Frage nach der Sinnhaftigkeit unserer Arbeit! Herr Professor, was bedeutet nun für uns Mediziner und für uns Pädagogen ‚unheilbar'? Was mache ich mit dem Säugling einer Alkoholikerin, der bereits geschädigt ist? Ruhigstellen, und die Mutter wegsperren? Wenn Sie schon resignieren, was soll ich dann meinen Schülern erzählen? Alkoholismus gibt's nicht bei uns? Alles im Griff?"

Unger hatte noch eine Stunde. Von jetzt an hörten ihm alle gebannt zu. Und Rahel schrieb begeistert mit. Der Alte konnte also, wenn er wollte.

Kaum hatte er geendet, stellte er sich gesprächsbereit ins Foyer. Sofort war er umringt von den Damen des Seminars, und da sie ihn fast alle um Kopfeslänge überragten, hatte er Schwierigkeiten, Rahel zu erspähen. Die aber verspeiste scheinbar seelenruhig ihr Frühstücksbrot und sah sich vom Fenster aus die Enten im Parkteich unten an. Rahel witterte seine Neugier bis hierher. Und ihr Herz machte Bocksprünge. *Wenn der jetzt die anderen stehen lässt, wird es ein interessanter Tag*, dachte sie, und da war er schon neben ihr.

„Spielen Sie eigentlich auch einmal nicht Kabarett? Das eben war eine ganz gute Show!"

Wumm, das saß, und Rahel spielte die erstaunte Unschuldige, sehr schlecht. *Verdammt, der ist besser, als ich dachte! Endlich mal ein Kerl, mit dem es sich bestimmt gut streiten lässt.* Und ganz langsam zog sie die Rüstung an. „Sie brauchen sich nicht gleich einzuigeln", erwischte er sie wieder, „aber Sie haben ja recht, wir sollten aufhören, uns zu provozieren und uns mal in Ruhe unterhalten. Wie wär's, wenn Sie mal rüber zu uns in die Klinik kommen würden? Wir machen da ein paar interessante Projekte, unter anderem an Patienten mit Alkoholabusus!"

Rahel, es sollte jetzt aber klingeln!, warnte der Engel. „Sie wissen, woher ich komme?"

„Natürlich, Sie sind die Kabarettrakete aus Geranienburg, sagt man!"

„Kennen Sie Frau Doktor Laufrad?"

Unger biss sich auf die Lippen. Was waren das nur für Idioten in Geranienburg! Diese Aktion konnte er vergessen. Die Kleine wusste Bescheid, oder zumindest war sie nun vorsichtig genug, sich auf nichts einzulassen. Sollten die Geranienburger doch nun selbst zusehen, wie sie klarkamen. Das Ding hier vor ihm war zu heiß. „Natürlich, kenne ich. Also, Sie sollten sich das mal überlegen", wiegelte er schnell ab. „Zu mir können Sie immer kommen. Rufen Sie meine Sekretärin an wegen eines Termins!" Im Umdrehen wandte er sich noch einmal an Rahel:„Übrigens", und jetzt war er ganz Arzt, „wissen Sie, was ich sehe? Ich sehe keine Rakete. Ich sehe ein Segelflugzeug, das getragen werden möchte, bis es losstarten kann. Sie sind das bunte Huhn im weißen Hühnerhof. Und das ist Ihr Problem. Denken Sie mal darüber nach und lassen Sie sich helfen, ehe es zu spät ist." Er zögerte im Weggehen, aber Rahel war gewarnt. Sie überwand ihre Neugier, die wie ein warmer Regen über sie kam, und gehorchte ihrem Engel. Der kleidete sich in Regenbogenfarben und jubelte.

„Herr Professor!", rief sie ihm nach.

Unger schnippte hoffnungsvoll herum.

„Segelflugzeug stimmt nicht, aber das mit dem Huhn! Ich rufe Sie an, wenn ich noch mehr Probleme mit der Hackordnung bekomme!"

Die kapiert alles und nichts! Aber glatt zum Verlieben. Wie sie wohl duftet? Ich tippe mal auf den Atlantik bei La Rochelle! Professor Unger ging und hob nur kurz die Hand. Die Sache war noch nicht beendet. Aber eine Romanze mit der Kleinen war momentan zu zeitaufwendig. Irgendwann würde er sie sich holen, da war er sicher. Und er war wütend auf die geranienburger Dümmlinge.

Rahel schwebte in den nächsten Tagen auf den Flügeln ihres Engels. *Bist doch ein Segelflugzeug*, flüsterte er zärtlich, aber sie konnte ihn natürlich nicht hören.

Der Professor schwirrte noch einige Tage in ihrem Kopf herum, aber dann gab sie es auf, zusammenzufahren, wenn es klingelte, und ihr Engel war sehr zufrieden. Rahel war es aber nicht und zum Groll, dass der Professor versucht hatte, mit ihr zu spielen, kam immer mehr Zorn auf die Kreisärztin.

Verbittert blieb sie sich selbst treu und schrieb nun den Text, der wohl als einzige jemals von ihr verfasste Fabel den Genossen politisch so klar das Recht geben konnte, sie abzuschießen. Aber sie veröffentlichte ihn nicht. Sie schickte ihn, sozusagen als Resümee, an die Kreisärztin. Nichts hatte sie mehr verletzt als deren Angebot, sich für nicht ganz zurechnungsfähig erklären zu lassen!

Und dann noch die Aktion mit dem Professor! So dämlich war sie nicht, weiß Gott!

Auf Augenhöhe wollte sie dieser Frau Paroli bieten!

Die Kreisärztin fuhr sofort zu Gerda Pankras. Die beiden kannten sich selbstverständlich seit Jahren. „Lies das! Und dann müssen wir reden!" Sie gab Gerda Rahels Schriftstück, und Gerda setzte sich an ihren Küchentisch. Sie arbeitete zwar in der Nachbarstadt, aber ihre Wohnung in Geranienburg hatte sie behalten.

Und Gerda las:

„Das Märchen vom goldenen Gänslein"
(Kabarettstück für geschlossene Veranstaltungen.)

Es war einmal ein König, der holte sich ein Gänslein, das für sein Geschnatter im ganzen Land vergoldet worden war, an seinen Hof. Denn das Gänslein war schön und sehr beliebt. Der König aber war nicht schön, dafür aber stark. Und er hoffte, dass das Gold des Gänsleins auch ihn mit vergolden möge!

Das Gänslein schnatterte nun lustig und laut, wie es seine Art war, und trieb allerlei Schabernack.

Das missfiel dem Harem des Königs, aber vor allem der Königin. „Es kann ja ruhig gülden sein, aber nicht so entsetzlich laut singen", dachte sie und sperrte das Gänslein in einen goldenen Käfig. Dort sollte es täglich gerade Striche ziehen, aber das konnte das Gänslein nicht. Dafür sang es nun laute Klagelieder!

„Das ist aber eine undankbare Gans", sagte nun auch der König und er fragte seinen Kumpel, den Kaiser, ob er denn nicht Verwendung für das Gänslein hätte. Aber der Kaiser war froh, das Problem nicht am Halse zu haben. „Du wirst es schon zur Ruhe bringen", sagte er weise (Der Kaiser war klug, er hatte in der SU studiert). Und da das Gänslein nicht aufhörte zu schnattern und zu wehklagen, drehte er ihm täglich ein bisschen den Hals zu; nur so viel, dass es nicht mehr singen konnte.

Aber die Leute wunderten sich: „Warum singt denn das Gänslein nicht mehr?"

„Es ist böse und stellt sich krank! Schaut her, was ich ihm für ein güldenes Haus gebaut habe – und nun so etwas!"

„Oh", sagten die Leute, „hoch lebe der König!"

Bald darauf starb das Gänslein. „Macht nichts", sagte der König und ließ das Gänslein ausstopfen. Es bekam blaue Glasaugen, und er stellte es vor seinem Palast auf. „Sein Gold wird mich noch ein wenig bestrahlen!" Und so stand das güldene Gänslein vor dem Palast des Königs und schaute mit blauen Glasaugen ins Land.

Da kam ein Wanderer des Weges. „Warum ist es denn bei euch so still", fragte der Wanderer.

„Das wissen wir nicht", antworteten die Leute. „Frage den König!"

„Und warum singt denn hier keiner", fragte er weiter.

„Das wissen wir auch nicht, frage doch unseren König!" Da ging der Wanderer heim in sein Land, wo Sozialismus war.

Und auf dem Zaun saß sein Gänslein. Das schnatterte und krakeelte, dass es eine Freude war! „Mensch, hast du ein Glück, dass du im Sozialismus lebst!" Und da setzte sich das Gänslein auf seine Schulter und schnackelte ihm sein neuestes Liedchen ins Ohr.

Gerda blickte auf und sah zum Fenster hinaus. „Das bleibt unter uns, ja?"

Die Kreisärztin knurrte beleidigt: „Du bist gut! Wäre ich sonst hier?"

„Lass uns ein Stück spazieren gehen", schlug Gerda vor.

„Ja, ich habe das Auto mit. Weißt du was? Wir fahren ein Stück raus!", antwortete die Kreisärztin.

Die beiden Frauen wussten genau, weshalb sie erst durch die halbe Stadt kurvten, um dann unvermittelt hoch in den Stadtwald abzubiegen. Sie liefen erst eine ganze Weile durch den lichten Wald, und plauderten allerlei, bis sie sicher waren, dass ihnen niemand gefolgt war.

„Was machen wir mit ihr? Sie gerät völlig außer Kontrolle!", sagte die Kreisärztin.

„Ja, soll ich sie erschießen?", fragte Gerda erregt. „Es hat doch niemand voraussehen können, dass die sich in der Schule anstellen, wie die ersten Stalinisten! Das musste ja bei Rahel in die Hose gehen!"

„Komm, komm, du verteidigst die Kleine nur, weil du mit denen selbst noch eine Rechnung offen hast. Und sei ehrlich, sie sollte deine eigene Suppe dort auslöffeln, nichts anderes!"

„Willst du etwa behaupten, dass die sie jetzt wegen mir kaltstellen?"

Die Kreisärztin antwortete nicht.

„Und was machen wir nun?", wiederholte Gerda verzweifelt die Anfangsfrage.

„Du hättest ihr klaren Wein einschenken sollen, über alles, ehe du sie ins Rennen schicktest!"

„Na wie hätte ich das denn machen sollen, so ahnungslos, wie die war!"

„Dann hätte sie damals sofort gewusst, was läuft, und dann hättest du sie ganz oder gar nicht bekommen! Jetzt holt sie sich stückweise die Realitäten zusammen und ist nicht mehr zu bremsen! Du hast einen barbarischen Fehler gemacht, Gerda! Immer, wenn wir sentimental werden, passiert uns das!"

„Gut, gut Frau Doktor!", brummte die Professorin leicht beleidigt ob der Belehrung. „Aber ich kann sie nicht ausliefern, verstehst du das? Ich schaue nun schon die ganze Zeit zu, wie sie das Mädchen stückweise kaputtmachen! Die Berliner gönnen uns den Knatsch, wegen dem Biermann-Desaster und die Leipziger, denen sie hinterher rennt, verklapsen sie doch auch nur!"

„Ja, dein Kind, dein Herzblut, deine Schülerin, die Hochbegabte! Nee, Gerda! Das Baby ist längst erwachsen und kann sehr gut einschätzen, was sie jetzt anrichtet! Die haut nur noch wütend um sich, ohne Verstand! Wie soll man die bremsen, sag mir das! Das Beste wäre wirklich, man zieht sie erst mal aus dem Verkehr!"

„Marlies, das macht ihr nicht! Die kann nie wieder unterrichten! Vom Kabarett will ich gar nicht reden! Der Sohn von ihr will Pilot werden, Mensch, was hat denn das Mädchen verbrochen, sag es!"

„Muss ich das wirklich, ja? Sie hält die Spielregeln nicht ein, jetzt immer noch nicht, Gerda!"

„Marlies, lass mich mit ihr noch mal reden!"

„Alles, was du willst, Gerda, aber beeil dich! Die bringt es fertig und lässt das ihre Schüler spielen! Dann kannst du sie in Bautzen besuchen, falls sie es überlebt!"

Gerda ließ keinen Tag vergehen, dann saß Rahel an ihrem Küchentisch. Sie ließ zu, dass sich Rahel, wie immer, ihren Ärger von der Seele redete, aber dann musste auch sie mit Gerda in den Stadtwald, allerdings nun ohne Auto. Auf einer überschaubaren Lichtung stellte sich Gerda Pankras vor ihre ehemalige Schülerin hin. Sie sagte nicht viel. Gerda zog nur den Brief Rahels an die Kreisärztin aus der Tasche.

In diesem Moment – erst jetzt – begriff Rahel das System!

Die steckten ja wirklich alle unter einer Decke! War auch Gerda eine von denen, die sie nun in die Klapsmühle bringen wollten?

„Wenn du das veröffentlicht hättest, Rahel, säßest du jetzt im Gefängnis!", sagte Gerda scharf.

„Wer hat das alles erhalten und gelesen? Wollt ihr mich jetzt damit erpressen?"

„Rahel!", rief Gerda ungehalten. „Ja, es haben einige Genossen gelesen und sie haben sich kaputtgelacht! Niemand will dich erpressen, aber so, wie du dir das vorstellst, geht es nicht!"

Rahel hatte sich von Gerda abgewandt und riss einen Zweig von einem Busch: „Gerda, weißt du, was das Schlimmste ist?"

„Ich weiß jetzt nicht, was du meinst, Rahel!"

„Dieses Stück ist gar nicht zum Lachen." Rahel hatte den Kopf gesenkt, damit Gerda ihre Tränen nicht sah. „Ich glaube, ich hab's begriffen. Sie machen Leute wie mich immer kaputt. Bei Hitler hätten sie mich vergast und im Mittelalter als Hexe verbrannt, schon wegen meiner Nase", scherzte sie bitter.

Und es klang, als wolle sie sich bei ihrer alten Lehrerin entschuldigen.

Gerda wollte sie in den Arm nehmen und ihr endlich alle die Ratschläge geben, die sie sich für dieses Treffen vorgenommen hatte, aber sie kam nicht mehr dazu. Rahel riss sich los und rannte davon. Es war die letzte Begegnung mit ihrer alten Lehrerin.

Rahel konnte nicht mehr unterscheiden zwischen Freund und Feind. Dieser Frau hatte sie blind vertraut. Und nun sah sie nur noch um sich herum Verrat und Verräter.

Gerda versuchte noch lange über ihre Kanäle, Rahel zu helfen. Nur Rahel erfuhr es nicht mehr.

Die Genossin Prof. Dr. Gerda Pankras, Mutter eines Stasi-Offiziers und Gattin eines hochrangigen IM, überlebte die Wende nur wenige Monate. Sie starb an einem Schlaganfall und hat dadurch nicht erfahren, dass Rahel im Jahr 1992, lange nach der Wende, eine Fortsetzung des Märchens schrieb.

18

Innerhalb einer Woche musste sich Rahel nun zu der Erkenntnis durchringen, dass sie verloren hatte. Die Berliner zuckten traurig und erschrocken die Achseln. Es wäre ja zu schön gewesen. Aber im Bezirk Geranienburg-Oberland ging eben nichts, was woanders vielleicht noch toleriert worden wäre. Rahel war nicht die Einzige, die in jenen Jahren diesen Weg nahm. Damit tröstete sie Katharina. Und rannte von Probe zu Probe und von Auftritt zu Auftritt. Was hätte sie anderes tun können, als wenigstens ihr Haus zu retten, nicht wahr?

Noch aber war Genossin Rahel Bach Lehrerin an der Medizinischen Fachschule Geranienburg und Leiterin ihres Kabaretts! Und noch kämpfte sie verzweifelt um jeden Millimeter „Land" für ihre Gruppe, während Staatssicherheit und Partei schon ein neues Konzept für ein Kabarett ohne Rahel Bach austüftelten.

Es kam der Samstagabend, von dem später der Stasi-Spitzel berichtete, die Bach hätte die Gruppe in verschwörerischer Absicht zu Hause versammelt, um sie gegen die Genossen der Schule und die Partei aufzuhetzen. Rahel hatte eine riesige Schüssel Kartoffelsalat gemacht und es gab Wiener Würstchen und grüne Brauselimonade. Von den ehemals dreizehn Spielern waren nun noch sieben Getreue gekommen und sie waren nicht ganz ahnungslos und voller Erwartung!

Rahel sagte es ihnen nicht gleich. Sie sollten noch einmal mit ihr feiern! Ihre Schüler spürten zwar, dass etwas in der Luft lag, aber das Unglaubliche, Furchtbare, wagte keiner zu denken!

Rahel hatte alle Zeitungsausschnitte, Fotos und Auszeichnungen hervorgekramt und sie erzählten sich noch einmal all die Wahnsinnsstorys, die ihnen passiert waren. Geschichten von vergessenen Texten, von Versprechern und den Unsäglichkeiten nach den Premierenfeiern! Wie sie auf Katja gewartet hatten, die den Auftrittsort verwechselt hatte und dann doch noch mitten in die Vorstellung hereinplatzte, weil sich ein freundlicher Motorradfahrer fand, der sie schnell her brachte.

Wie Karli, der sich keinen Text merken konnte, seinen Text während einer Szene – in der er am Bügelbrett stehen musste – auf das zu bügelnde Hemd geschrieben hatte, nicht bemerkte, dass er dieselbe Passage nun schon das dritte Mal vom Hemd ablas, bis Petra, die verzweifelt auf ihr Stichwort gewartet hatte, ausrief: „Bügele weiter, mir fehlen sonst die Worte." Das Publikum und alle Mitspieler hinter der Bühne aber konnten sich nicht mehr halten vor Lachen.

Rahel sah sie alle vor sich: Barbara, ihr treuestes „Zugpferd", groß und stark wie Mütterchen Russland und sensibel wie eine Mimose! Gerda, Petra, Ines und Simone, Jürgen und Karli, der so klein war, dass sie ihn einmal zusammengefaltet in einem Papierkorb auf die Bühne geschleppt hatten. Sie erinnerten sich an jene Nacht in Berlin, als sie im Rausch der Delegierung für die Arbeiterfestspiele auf den Brunnen am Alexanderplatz geklettert waren und gemeinsam mit Rahel die „Arie der Russalka an den Mond" gesungen hatten, was dann die Genossen der Volkspolizei beendeten, allerdings nur um den Preis, dass diese selbst pudelnass gespritzt wurden.

Wie sie Kabarettlieder der anderen Gruppen bei solchen Gelegenheiten immer spontan zum Besten gaben, und so sangen sie dann auf der Polizeiwache dreistimmig und im Kanon: „Schaaaade, schade, dass wir's nicht versteh'n!" Todernst und unschuldig sangen sie es und trieben mit ihrer Schlitzohrigkeit die Genossen Polizisten zur Verzweiflung.

Wie sie nach den Proben für die Fernseh-Show in Halle im Hochhaus „Scheibe Drei" Petra, die sturzbetrunken ihren BH schlenkernd auf die Balkonbrüstung gestiegen war, ganz vorsichtig herunterholten und dann erst realisierten, dass es der zehnte Stock war.

Sie erinnerten sich lachend, wie Rahel die Gruppe in einem Kulturhaus auf der Treppe fürchterlich zusammengeschissen hatte, weil sie ihre Texte nicht gelernt, und dieses Publikum nicht geachtet hatten, weil es nur ein „kleinbürgerlicher Schrebergartenverein" gewesen war. „Züchtet Karnickel, spielt Skat, aber wagt es nie wieder, euch so auf eine Bühne zu stellen!", hatte sie so laut gebrüllt, dass die Genossen Kleingärtner unten im Foyer erschrocken zusammengefahren waren.

Wie sie Rahel zum Nacktbaden gezwungen hatten, weil sie ihre Kabarettleiterin nichtsahnend zum FKK geschleppt hatten, oben in Rostock, nach den Spielen!

Jeder hatte eine Story; und sie wollten nicht damit aufhören!

Drei Jahre hatten sie nun zusammen verbracht! Gelernt, geprobt, verzweifelt um die besten Einfälle gekämpft. Gesungen, gespielt und mit Hingabe auch noch ihren Beruf erlernt. Sie alle waren Rahels Kinder und genau so benahmen sie sich auch oft genug!

Zum Beispiel Torsten, der eines Nachts um halb drei vergeblich Einlass in ihr Bett begehrte, weil er wissen wollte, ob er nun schwul sei oder nicht, denn er war mehrfach in der Szene angemacht worden. Katja, die schwanger wurde und zweimal beschloss, abzutreiben und jedes Mal, Rahel an der Hand, wieder vom Tisch gesprungen war! Und dann hatten sie doch das erste „Kabarett-Baby" bekommen.

Wie sie Karli gesucht hatten, der in den falschen Zug gestiegen war, und wie sie gelitten hatten, als sie verraten wurden, von Henry und Carmen!

Rahels Magen krampfte sich wieder einmal zur Faust zusammen.

 Sie musste es jetzt machen! Sie selbst wollte und musste die Vertreibung aus dem Paradies vornehmen!

Mochte Genossin Margit Hammersbacher das Ihre tun. Den Triumph, ihre Gruppe aufzureiben, würde sie nie bekommen!

Mitten in das gedämpfte Plaudern sagte es Rahel dann: „Wir müssen uns trennen!"

Ines legte den Löffel in die Salatschüssel zurück. Sie schauten Rahel nicht an. Sie stierten auf den Tisch mit dem weißen

Tischtuch und dem Durcheinander von halb abgegessenen Tellern und benutzten Gläsern.

Rahel weinte und sie unterdrückte es nicht. „Ich musste das für uns alle allein entscheiden", sagte sie in die atemlose Stille. „Es ist die Wahl, die wir noch haben: Aufrecht zu sterben, oder – ihr wisst, was ich meine!" Rahel konnte nicht weitersprechen.

Ihre Schüler wurden in diesem Moment erwachsen! Ihre Blicke waren unendlich verzweifelt, aber verspielte Kinder waren sie von nun an nie mehr. In die beklommene Stille fragte jemand leise: „Keine Chance?"

„Doch", sagte Rahel, „ich habe einen Plan".

Sofort loderten die Feuer wieder in allen Augen! Es war doch klar, dass die Alte was in petto hatte! So kannten sie Rahel, und Johannes, der wegen seiner Mutter seit Wochen Höllenqualen durchlitt und mit am Tisch saß, griff sofort wie alle anderen den Strohhalm auf: „Erzähle, wie soll es weitergehen!"

„Die Parteileitung der Schule hat festgestellt, dass ich sowohl eine schlechte und unkollegiale Lehrerin als auch eine schlechte Kabarettleiterin sein soll. Das haben Schüler und Mitglieder des Kabaretts bestätigt."

Ihre Gruppe fuhr entsetzt auf: „Und den Schwachsinn sollen wir schlucken?" Barbara schrie es hinaus: „Die Schweine! Das waren die, bei Henry und Carmen! Rahel, weißt du, was los ist? Die Frau Hammersbacher hat uns alle einzeln zum Gespräch geholt und die Frau Kattmann und unsere Klimpertante waren auch dabei!" Alle nickten erregt.

„Wir wollten es dir erst gar nicht sagen. Sie haben wissen wollen, ob du uns schlecht behandelst und wie du zum Staat stehst, und dann fragten sie, ob wir es auch für richtig halten, dass du Carmen, Thomas und Henry entlassen hast. Ich habe gesagt, dass das mit Thomas ja nur vorübergehend sein soll, bis seine Leistungen wieder besser sind, und er hat ja schließlich das mit den Weinflaschen auf dem Kerbholz!" Die zarte kleine Ines hatte Tränen in den Augen – Thomas hatte bei einer Veranstaltung halbgefüllte Weinflaschen von einigen Gästetischen mitgehen lassen und anschließend im Internat bis früh gefeiert. Eine nach der anderen berichtete nun, was Rahel schon lange befürchtet, aber nicht für möglich gehalten hatte.

Und dann tauten noch die beiden Jungs auf: „Mir hat die alte Parteireese, die Kattmann, gedroht, dass sie mir die Armeekarriere im Sanitätsbataillon kaputt macht, wenn ich den Rausschmiss von Henry auch gut finde. Du hättest ihm mit deiner Maßnahme seine Zukunft im Wachregiment in Berlin versaut Und die Hammersbacher wollte, dass wir was gegen dich unterschreiben. Haben wir aber alle nicht gemacht!"

„Und was hast du zu denen gesagt?", fragte Ines gespannt.

Jürgen grinste: „Ich habe ihnen gesagt, wer mein Onkel ist. Da war Ruhe!" Jürgens Onkel war Oberstleutnant Dr. Hahnenburg. Und der war einer der Chefärzte im Leitkrankenhaus der Nationalen Volksarmee der DDR in Bad Saarow. „Bis dahin reicht der Arm der Kattmann und dieser Parteisekretärin nicht!", lachte Jürgen, aber seine Augen waren voller Tränen.

Rahel war überwältigt, aber sie wusste nun auch, dass es so nicht mehr weitergehen konnte. Ihre Gruppe hatte zu ihr gestanden, einzeln und geschlossen. Es hätte Rahel glücklich machen müssen, aber sie begriff nun, dass es höchste Zeit war, ihre Schüler von sich wegzusprengen. Sie hatten alle noch ihr Leben in diesem Land vor sich und sie durften niemals Margits Opfer werden! Aber vorher musste noch einiges geschehen. Denn sang- und klanglos untergehen, ohne Beweise, wer sie einmal waren, das konnte sie ihren Schülern nicht antun!

Es war, als ahnte sie, dass in ihrem Fall eine teuflische Taktik noch Jahrzehnte Erfolg haben sollte: Nach ihrem Verschwinden hatten Rahel und ihr Kabarett nie stattgefunden. Sie sollten ausgelöscht und vergessen werden, für immer!

Nun erzählte Rahel, was sie vorhatte. Zunächst mussten sie mit einer List an ihre Goldmedaille gelangen, die in der Glasvitrine des Direktors unter Verschluss lag, zusammen mit der Urkunde. Denn alles wollte sie ertragen, nur nicht, dass ihre Siegestrophäe vielleicht eines Tages dort klammheimlich verschwand!

„Barbara, das machst du gemeinsam mit Sabine! Ihr sagt, dass ihr eine Fotodokumentation zusammenstellen wollt und außerdem für jedes Mitglied einen Gipsabdruck machen lasst. Ich gebe euch ein entsprechendes Schreiben mit. Wenn wir aussteigen, nehmen wir unsere Goldmedaille mit. Sie dürfen das aber vorher nicht wissen, sonst bekommen wir sie nicht!" Ines quietschte begeistert, und alle hatten plötzlich die Glutaugen wüster Verschwörer.

Rahel, Rahel, was machst du da, warnte die tote Annegret und drehte sich wegen ihr wohl schon zum hundertsten Mal in ihrem Grab herum, und Rahels Engel trug Schwarz. Es sollte nicht das letzte Mal sein, dass er sich verzweifelt in seine Trauer hüllte.

Aber Rahel Bach wollte aufrecht sterben und nicht wimmernd und krank, geschunden, wie ihre alte Kollegin!

„Die Schule hat alle Vorschläge, die ich zur Weiterführung der Leitung des Kabaretts gemacht habe, abgelehnt. Der Schulleiter will Frau Kattmann als organisatorische Leiterin einsetzen. Was das heißt, wisst ihr."

„Die Schweine! Sollen wir zukünftig im Gleichschritt und DRK-Uniform zur Kabarettprobe abkommandiert werden?"

„Fakt ist, dass ich nur noch die sogenannte künstlerische Leitung habe. Das heißt, sie brauchen im Grunde nur noch meine Texte und die Regieeinfälle!"

Von den anderen Maßnahmen gegen sie erzählte Rahel ihnen nichts. Dass sie wieder keine Delegierung zum Hochschulstudium erhalten hatte, dass ihr mehr und mehr fachliche Aufgaben aufgebürdet wurden und jeder Fehler gesucht und hochgeputscht wurde. Noch immer hatte Margit keine fachliche Handhabe gefunden, doch Rahel spürte ihren Kräfteverfall. Sie wog noch dreiundachtzig Pfund, bei einer Körperlänge von einem Meter siebenundsechzig. Lange würde sie das nicht mehr durchhalten, das war ihr klar.

„Mutti – es ist nicht das …?", Johannes sprach nicht weiter. Seine braunen Augen waren schwarz geweitet. Sein Jungenmund blieb schmal verkrampft. Unter dem Tischtuch rang er die eiskalten Jungenhände.

Oh Engel, mein Junge, mein Junge, dachte Rahel verzweifelt. „Zu Ende ist es, wenn man sich aufgibt, Johannes! Ich will jetzt nur unbeschadet die Gruppe da herausholen! Dazu werden wir geschlossen und gemeinsam aus dem Kabarett austreten, während ich denen mitteile, dass ich die Leitung des Kabaretts per sofort nieder lege, es sei denn, sie akzeptieren unsere Bedingungen." Damit verband sich für Rahel die winzige Hoffnung, dass die Schulleitung dann nachgeben und umschwenken könnte.

„Wir bleiben privat als Gruppe zusammen, proben bei mir zu Hause und bereiten uns auf einen Neustart vor. Sobald ich einen Betrieb gefunden habe, der uns nimmt, geht es auch offiziell weiter. Ihr konzentriert euch jetzt erst einmal voll auf euer Examen! Ihr müsst damit rechnen, dass sie es euch besonders schwer machen! Aber danach seid ihr frei und nicht mehr der Schule unterstellt. Ihr schafft das! Wir haben bis jetzt alles gepackt! Eure Vornoten sind sehr gut! Durchfallen wird keiner!" Ihre Schüler nickten. Der mickrigste Strohhalm ist immer noch besser als totale Hoffnungslosigkeit! „Wichtig ist, dass wir in Verbindung bleiben und uns untereinander sofort benachrichtigen, wenn es nötig ist!" Das war allerdings das Schwierigste, denn Rahel und die meisten Gruppenmitglieder hatten kein Telefon, obwohl sie schon jahrelang angemeldet waren.

„Wir haben Telefon!" Gerdas Vater war Klempnermeister und Heizungsbauer.

„Prima! Gerda, frage mal zu Hause, ob wir uns immer alle bei dir melden können, und ich rufe dich zweimal in der Woche an. Damit sind wir alle immer gleichzeitig informiert, was los ist!"

„Rahel, meine Eltern wissen Bescheid!", sagte Gerda. „Die halten voll zu uns. Das können wir so machen!"

„Gut. Jetzt ist noch der Zeitplan wichtig! Erst, wenn Sabine und Barbara die Goldmedaille haben, gebt ihr euer Austrittsschreiben oben in der Schule im Sekretariat ab. Wer macht das?"

„Wir gehen alle zusammen nach der Schule ins Sekretariat, sobald wir wissen, dass die Goldmedaille draußen ist."

„Ich denke, wir holen das Gold am Montag", sagte Ines. „Danach rufen wir sofort Gerda an, dass es erledigt ist. Dann telefonieren alle mit Gerda am Montagabend. Ist alles gut gegangen, treffen wir uns am Dienstag nach dem Unterricht vor dem Sekretariat. Geht etwas schief, kommen wir zu dir, Rahel". Alle sprühten vor Eifer.

„Noch etwas ganz Wichtiges!", sagte Rahel. „Ihr seid bitte nicht wütend! Ihr seid ganz traurig, wenn ihr oben erscheint. Und ihr müsst mir versprechen, was immer auch passiert, ihr bleibt ruhig und sehr, sehr höflich! Lasst euch auf keinerlei Diskussionen ein! So, und nun lasst uns über unser Austrittsschreiben nachdenken!"

Bis weit nach Mitternacht klapperte Rahels alte Schreibmaschine. Alle unterschrieben das Original und jeder erhielt einen Durchschlag.

Am Montagmorgen meldete sich Rahel aus der Telefonzelle vor ihrem Haus krank. Dann zog sie sich an und ging zur Betriebsärztin.

19

„Na, Sie sind ja in einem herrlichen Zustand!" Rahel setzte sich nicht, sie stand vor der Ärztin. „Frau Doktor, ich rede jetzt mit Ihnen als Patientin. Aber ich rede auch Klartext! Ich werde an der Schule kaputt gespielt und sowohl die Kreisärztin als auch die Parteisekretärin unseres Hauses sind der Meinung, ich sollte in die Psychiatrie. So kann man das Problem natürlich auch prima lösen! Allerdings ohne mich! Freiwillig werde ich nicht in die Psychiatrie gehen! Und ich würde sehr warnen, das mit Gewalt gegen meinen Willen zu tun! Ich habe mich bis sehr weit oben, und sehr weit weg abgesichert!", bluffte Rahel vor ihrer Ärztin. „Aber ich bin im Moment einfach fix und fertig und arbeitsunfähig!" Sie hatte sich das alles vorher zurechtgelegt und geriet beim schnellen Sprechen völlig außer Atem.

„Schwester Rahel!", unterbrach Dr. Krauss ihre Patientin, aber Rahel redete und redete unentwegt weiter wie ein Wasserfall, bis die Betriebsärztin sie an beiden Schultern anfasste und fest ansah.

Rahel und die Ärztin kannten sich schon lange. „Rahel, ich werde Sie jetzt untersuchen. Einverstanden?" Etwas im Blick der Ärztin gab ihr sofort ihre Ruhe wieder und neben einer winzigen Hoffnung wagte sie so etwas, wie Vertrauen. Sie ließ jetzt alles widerstandslos mit sich geschehen. Die Ärztin ließ nichts aus.

Als Rahel ging, hatte sie einen Krankenschein für drei Wochen, wegen Hypotonie, Kachexie und totaler Erschöpfung, und sie bekam einige Überweisungen zu verschiedenen Fachärzten. Eine Überweisung in die Psychiatrie war nicht dabei. Die Fachärzte stellten ein Magengeschwür, eine entzündete Wanderniere und, neben ihrer Pollenallergie, ein hartnäckiges Asthma fest.

Die Betriebsärztin hatte natürlich längst Informationen über das, was man mit Rahel im Sinn hatte. Aber sie spielte das Spiel nicht mit. Sie war durchaus Kind ihres Staates, sonst wäre sie nicht in dieser Stellung gelandet. Und sie würde sich auch wegen Rahel nicht in Gefahr bringen. Aber wenn diese Kinderkrankenschwester da oben in der Parteileitung Rahel killen wollte, dann sollte sie das auch selbst verantworten und anweisen. Und so lange sie keine Anweisung zur Überweisung der Bach in die Psychiatrie hatte, war Rahel nur ihre Patientin. Also entschied sie eigenmächtig, aber durchaus Kraft ihres Amtes als Betriebsärztin, wie Rahel zu helfen sei. Zunächst brauchte die junge Frau erst einmal eine Atempause. Sollten die da oben doch ihre schmutzige Arbeit machen! Mit ihr hatte keiner gesprochen. Also war Rahel Patientin wie jede andere, und sie würde sich korrekt verhalten. Dass sie Rahel zu Fachärzten schickte, die ebenfalls in Ordnung waren, darüber verlor sie kein Wort. Man kannte sich in Geranienburg.

Rahel hatte zu verkraften, dass sie von nun an immer mit der Ungewissheit leben musste, nicht zu wissen, wer Freund oder Feind war. Ihr blieb gar nichts anderes übrig, als sich immer wieder auszuliefern, um dann erst festzustellen zu können, wen sie vor sich hatte. Ein riskantes Spiel, aber Rahel hatte keine Alternative! Diese Ärztin aber war weder Freund noch Feind. Sie war einfach Mensch und Ärztin und genau so verhielt sie sich und verschaffte damit Rahel ein wenig Luft – und Zeit zum Überleben. Rahel konnte zu diesem Zeitpunkt noch nicht ahnen, wie vielen Menschen sie in den nächsten Jahren ihr Weiterleben verdanken würde.

Und immer, wenn später die süße Versuchung lockte, aufzugeben, dieses unerträgliche Leben, das sie führen musste, wegzuwerfen, dann beschämten sie Menschen in ihrem Umfeld, die sie aufrichteten und sich dabei oft selbst in Gefahr brachten.

Sie brauchte dann nur an ihre Schüler und an Johannes zu denken – und an ihr Versprechen: *Wir kommen wieder! Uns kriegen sie nicht klein, wir schaffen das!* Dann stand sie wieder auf und machte weiter, lange Jahre, immer wieder.

Die Atempause nahm Rahel als Geschenk. Inzwischen erledigten ihre Schüler, was sie abgesprochen hatten. Natürlich wollte Oberst die Medaille nicht herausrücken. Er diskutierte und maulte erst ein wenig herum. Aber letztlich ließ er sich von Sabine und Barbara, die das Ganze wohl hervorragend gespielt hatten, überreden.

Als dann am Dienstagnachmittag sieben Kabarettisten das Sekretariat betraten und Jürgen still das Austrittsschreiben auf den Tisch der sprachlosen Sekretärin legte, war das auch für Oberst die endgültige Kriegserklärung! Das Maß war voll für alle! Die Bach hatte ihn, den erfahrenen Fuchs, von dem nicht einmal die Hammersbacher wusste, dass auch er für die Stasi arbeitete, so erbärmlich hereingelegt! Neunzehnjährige Mädchen hatten ihn übertölpelt, ihn zum absoluten Trottel gemacht! Er malte sich entsetzt aus, wie ihn seine Genossen auslachen, hochnehmen würden.

Die Medaille musste sofort wieder her! Noch bevor die anderen etwas merkten!

Und diese verdammte Bach hatte sich ganz schlau auch noch krankgemeldet! Nichts, gar nichts konnte er machen! Wieder war er auf die Hammersbacher angewiesen! „Scheiße, Scheiße, Scheiße!" Der Bauarbeiter in ihm kochte hoch. „Ich werde der dürren Ziege eigenhändig den Hals umdrehen! Die wird noch gekrochen kommen auf ihrer Hakennase, und dann mache ich aus ihr Hackfleisch vom Feinsten! So etwas macht man nicht mit Leutnant Oberst! Niemals, das garantiere ich der!", brüllte er die Pfauen der Seidentapete an. Diese nickten majestätisch, während draußen seine Sekretärin, die an der Tür gelauscht hatte, vor Schreck hinter ihre Schreibmaschine sprang.

Verzweifelt griff er zum Telefon: „Die haben die Medaille geklaut und sind alle aus dem Kabarett ausgetreten!"

Margit bekam leichte Kreislaufprobleme, denn sie kam gerade von einer Besprechung im Bezirk, bei der ihr unmissverständlich klargemacht worden war, dass man mit ihrem Verhalten in Sachen Kabarett nicht einverstanden war. Sie hatte gekämpft wie eine Löwin, hatte Schüler, Lehrer und Publikum zitiert, die belegen sollten, dass diese Bach mit der Partei der Arbeiterklasse ein falsches Spiel trieb und keinerlei Einsicht und Parteidisziplin zeigte. Aber die Genossen im Bezirk bestanden darauf, dass die Bach brauchbare Arbeit geleistet hatte, und das sagten auch die Genossen in Berlin. Und basta! Wenn sie, Margit, die Bach nicht disziplinieren könne, sei das ihr Problem. Die Genossen in Berlin legten großen Wert auf den Fortbestand des Kabaretts, vor allem im Hinblick auf die Arbeiterfestspiele 1984 in Geranienburg. Rahel sei wohl die einzige im Bezirk, die etwas für Geranienburg holen könne in dem Genre Kabarett. „Künstler musst du an die lange Leine nehmen", hatte ihr weise der Kulturboss des Bezirkes Geranienburg geraten.

„Lang oder kurz, die reißt jede Leine durch". Und damit kam Margit nun zu der gleichen Erkenntnis wie vor einigen Jahren Gerdas alter Kampfgenosse.

„Ach, das sehe ich anders", warf der Kulturchef weise ein. „Das muss man nur geschickt genug machen! Ich brauche übrigens die Gruppe am 7. Oktober in einer Großveranstaltung!"

Margit zog die Schultern hoch. Sie hatte sich kräftig in ihren eigenen Fallstricken verfangen! Jetzt sollte sie vor diesem Weib wieder wegen der Genossen aus dem Bezirk und denen in Berlin zu Kreuze kriechen! Dabei hatten sie doch alles schon so perfekt organisiert!

Und jetzt war offener Aufruhr an der Schule!

Margit Hammersbacher heulte still vor sich hin. Diese Bach versaute kontinuierlich ihr so schön geplantes Leben! Als ob sie nicht genug wichtigere Probleme hätte! Im Krankenhaus häuften sich in allen Bereichen die Antragsteller für eine Ausreise in den Westen. Vergangene Woche war ein Internist, dem sie selbst Staatstreue bescheinigt hatte, in Österreich geblieben, wo er anlässlich eines Kongresses hingereist war. Und sie hatte das auch noch befürwortet! Überall nichts als Verrat! Und jetzt musste sie noch die Bach bitten, weiterzumachen! Die Genossen im Bezirk hatten es gut! Was wussten die noch von der Drecksarbeit an der Basis!

„Hol mich mit deinem Auto ab, wir fahren hin!", sagte sie zu Karl, der froh war, das nicht allein erledigen zu müssen.

Rahel, die sich in der Küche gerade einen Tee machte, traute ihren Augen nicht. Vor ihrem Küchenfenster ihrer Neubauwohnung, die im Erdgeschoss lag, hielt der schwarze Lada des Direktors! Margit und Karl stiegen aus und kamen herüber, nicht ohne noch schnell und verstohlen die Fensterfront des Hauses zu checken.

Aber Rahel warf die Haare zurück! Es war zu Ende. Es gab keinen anderen Weg mehr. Rahel spürte keinen Triumph, als die Genossen wieder und wieder an der Tür klingelten. Sie war nur unendlich leer und traurig. Rahel Bach war nicht mehr imstande, diese Leute herein und an ihren Tisch zu bitten.

Die Art, wie sie kamen, signalisierte ihr, dass heute der Tag sein könnte, an dem sie ihnen ihre Bedingungen aufzwingen konnte. Es wäre ein Sieg! Vielleicht. Heute. Aber morgen? Was wäre morgen? Welchen Kuhhandel würde sie eingehen? Welchen Verrat hätte sie zu billigen? Welcher Preis wäre zu zahlen, für eine abgesegnete Karriere als Lehrerin und Künstlerin in der DDR?

Nein, Rahel Bach von den Auserwählten war auch jetzt durchaus keine Heldin! Sie war keine Revolutionärin wider diesen Bonzenstaat! Ihr Widerstand war nur menschlich erklärbar. Mit dem Staat hatte sie noch keine Probleme. Der Sozialismus war für sie eine verständliche, humane Gesellschaftsordnung, was seine Ziele betraf. Noch verstand sie ihr Dilemma als ein zwischenmenschliches. Noch meinte sie, dass Dummheit, Eifersucht und niedrige Machtinteressen an dieser Schule nur unglücklich zusammentrafen. Noch war sie überzeugt, dass „die oben" in Berlin klüger, besser, wissender wären als diese Kleingeister in ihrem Umfeld. Die hatten sie verraten, verkauft und benutzt! Alle! Und nie wieder würde sie denen trauen, nie wieder! Sie hatte ihre Lieder für sie gesungen, auf Akzeptanz hoffend. Sie hatte alle zufriedenstellen wollen. Und hatte sie nicht den Beweis erbracht?

Die weisen Brüder der Auserwählten würden nun wissend mit den Köpfen nicken, wenn sie erfahren würden, was Rahel passiert war! Logisch, würden sie sagen. Das war von Anfang an klar, würden sie schlussfolgern. „Wer sich in Gefahr begibt, kommt darin um!"

Aber sie hatten auch: „Liebet eure Feinde!" gepredigt. Und: „Tuet wohl denen, die euch hassen!"

Den Tätern die Wange ein zweites Mal hinhalten? Nach dem ersten Schlag?

Ach, Jesus, dachte Rahel, *höchstens dein Judas würde kein zweites Mal zuschlagen. Der hat's schon nach dem ersten Mal bitter bereut. Dem konntest du verzeihen. Dem schon, aber denen hier? Die tun das immer wieder! Und haben dabei immer recht! Vergeben? Vertrauen? Immer wieder? Mit mir nicht, nie mehr!*

Margit und Karl gaben nicht so schnell auf. Jetzt warfen sie hinten Steinchen an die Schlafzimmerscheibe. Rahel verschluckte sich an ihrem Pfefferminztee.

Wieder und wieder hatte sie sich in den letzten Tagen gefragt, wie sie entscheiden würde, wenn sie kämen. Es gab unendlich viele vernünftige Gründe, einzulenken. Johannes' Leben, das gerade begonnen hatte! Ihre Schüler brauchten sie! Und nicht zuletzt war sie krank und unendlich müde! Wenn sie jetzt nur ein wenig nach ihrer Pfeife tanzen würde, wäre endlich Ruhe! Nein, Rahel war nicht die glühende Heldin und Revolutionärin, die später, nach der Wende, angeblich so viele gewesen sein wollten! Sie konnte nur nicht über Verrat hinwegsehen, über gebrochenes Vertrauen und über die Vergewaltigung des freien Willens ihrer Schüler. Die Grenze dessen, was sie bereit war, den Genossen zu geben, war erreicht.

Tosender Beifall und das bequeme, bunte Leben in den Chefetagen der DDR lockte! Sie brauchte nur zur Tür zu gehen und alles wäre gut, aber Rahel Bach, die von den Auserwählten in die Welt gekommen war, konnte nicht mehr. Es war nicht Widerstand. Sie wandte sich nur ab für immer, ohne Worte, wie damals bei den Auserwählten, und es tat genau so weh.

„Mit gestutzten Flügeln kann man nicht fliegen", sagte sie leise durch die Gardine, als die Hammersbacher und Karl wieder in das Auto stiegen. Rahel weinte nicht, sie fühlte nichts. Sie war nur unendlich einsam. Und diese tiefe innere Einsamkeit wurde ihre treueste Begleiterin in den nächsten Jahrzehnten.

Es war der Tag, an dem Rahel Bach anfing zu schreiben.
Keine Kabarett-Texte.

Ihre Lyrik war bitter und unerträglich nackt und hilflos.

Abschied

bahnhofsbleich
noch
heiß
voneinander
gerissen
das
letzte wort
hängt
fahl
in
den
lippen
schrittzitternd
am
fenster
sind
wir
und
unsere
haut
schreit still
vorm
wind

20

Die Einladung zu einem Gespräch in der Bezirksparteikontrollkommission hatte Rahel eine Woche später in ihrem Briefkasten. Sie ging hin, obwohl sie noch krankgeschrieben war, und erfuhr dort, dass Margit Hammersbacher ein Parteiverfahren gegen sie in Gang gesetzt hatte.

Margit hatte die Maschinerie in Bewegung gebracht, und die war nun nicht mehr zu bremsen. Sie wollte ihren Sieg und nutzte ihre Mittel, trotz Order der Bezirksleitung. Die Hardliner der Schule, allen voran die Kattmann, bestanden auf die verhängten Sanktionen und darauf, dass Rahels eventuelle Forderungen gar nicht erst auf den Tisch kamen.

Genosse Merkel in der Bezirksparteikontrollkommission war ein väterlich wirkender älterer Herr. Einer, an dessen Schulter man tagelang heulen könnte, er würde es mit tragen. Dass er ein knallharter Bonze und Jurist war, konnte sich Rahel ohnehin denken. So langsam bekam sie einen Blick hinter die Fassade solcher Typen. Aber sie war schon froh, hier keine Kattmann oder Margit vorzufinden.

„Mensch, Genossin Bach! Rahel! Ich kann doch Rahel sagen? In was bist du denn da bloß hineingeschlittert?", drückte er sofort geschickt auf die Tränendrüsen. „Na, dann erzähle mal!", forderte er sie väterlich auf.

Rahel bemühte sich um Fassung und klagte: „Was machen die mit mir in so einem Parteiverfahren? Kannst du dir vorstellen, dass ich überhaupt nicht weiß, gegen was ich verstoßen haben soll? Die laufen doch echt nicht ganz rund da oben! Das Studium habe ich gut abgeschlossen, alle Aufgaben, die sie mir reingedrückt haben, habe ich gemacht, und das Kabarett kennst du sicher?"

„Ja", sagte er etwas hilflos. „Rahel!" Er suchte nach Worten. „Eigentlich ist es nicht üblich, dass wir jemanden vor oder während eines Parteiverfahrens beraten. Wir hier haben aber beschlossen, dir ein wenig Hilfestellung zu geben!"

„Also seid ihr sozusagen von meiner Unschuld überzeugt, oder wie? Wieso habt ihr nicht den Schneid und beendet diesen Spuk! Das alles ist so irrwitzig! Nur weil sich drei bis fünf Betonköpfe der Schule an mir austoben wollen, die uns den Erfolg nicht gönnen, muss ich das alles durchstehen und meine Schüler mit! Eine Sauerei ist das! Wer hat denn hier eigentlich mal was zu sagen, in dieser Partei?" Rahel war aufgesprungen und lief wie ein Tier im Käfig hin und her.

„Rahel!" Die schmächtige Frau tat ihm leid. Er wusste, was auf sie zukommen würde und er konnte es nicht aufhalten. Er war selbst Gefangener in diesem System und hatte nur zu funktionieren. Aber das hier stank ihm gewaltig. Er hatte detaillierte Informationen und wusste daher sehr genau, dass man Rahel voll ins Messer hatte laufen lassen. Und für ihn stand jetzt schon fest, was er nach dem Verfahren mit seinen Genossen in dieser Schule machen würde! Aber im Moment sah es sehr schlecht für Rahel aus, die sich offensichtlich noch gar nicht im Klaren darüber war, was das für Folgen haben würde.

„Das Verfahren findet statt! Das hast du dir selbst mit deinem Starrsinn eingebrockt! Laut Statut musste es deine Parteigruppe beantragen. Die sind korrekt vorgegangen! Wir begleiten nur den Prozess und bestätigen oder revidieren dann die Beschlüsse der Parteigruppen!"

„Das ist Inquisition!"

„Genossin Bach, alleine dafür kann ich dir ein Verfahren machen! Ich gebe dir den guten Rat, schütte dir vor deinen Genossen zentnerweise Asche auf dein Haupt und nimm erst einmal alles an, was immer sie dir auch vorwerfen! Danach werden wir weitersehen."

„Wann findet das statt?"

„Werde erst einmal gesund! Kuriere dich in aller Ruhe aus und dann meldest du dich wieder in deiner Schule!"

Rahel aber wollte es sofort! Sie wollte den Kampf jetzt und nicht irgendwann! Die Ärztin hatte jedoch dieses Mal

Order erhalten und musste dabei nicht einmal ein schlechtes Gewissen haben. Die Genossen brauchten Zeit für die Vorbereitung des Verfahrens. Also war es gut, wenn Rahel noch zu Hause blieb. Außerdem kochten die Emotionen noch zu sehr hoch! Ein großer Teil ihrer Kollegen, darunter etliche Genossen, war nicht mehr bereit, die offensichtlich schwer angeschlagene Kollegin weiter malträtieren zu lassen. Die Betriebsärztin überzeugte Rahel, dass sie noch zu instabil war, um solche psychischen Strapazen erfolgreich durchstehen zu können. Rahel stimmte sehr unwillig weiteren drei Wochen Pause zu.

Dann fuhr sie heimlich zu Katharina und heulte dort den ganzen Ärger und Kummer der letzten Monate heraus. Sie hatte furchtbare Nierenschmerzen und Katharina ließ heißes Wasser in die riesige Badewanne in ihrer noblen Stadtvilla, die noch ein wenig nach Jugendstil roch, sich aber dann doch zu mehr Bauhaus durchgerungen hatte.

„Mach dich nicht fertig wegen einem Parteiverfahren! Wir alle hatten mindestens schon eins! Das ist Ehrensache für Leute wie wir es sind! Du kennzeichnest als Kabarettistin die Schweine im Sozialismus: ‚Seht alle her, da läuft ein Schwein!' Da ist ja klar, dass die Schweinchen, wenn sie die Macht und die Gelegenheit haben, auch mal zurückbeißen. Aber keine Angst! So schlimm wird's nicht werden!" Sie gab Rahel noch in der heißen Wanne einen halben Liter warmes Bier. Danach war Rahel sofort sturzbetrunken und ließ sich von Katharina widerstandslos zu Bett bringen.

Katharina schlief wenig in dieser Nacht und sie telefonierte viel.

Als Rahel am anderen Tag zurück fuhr, war sie überzeugt, dass Katharina sie aus der Sache heraushauen würde. Aber Katharina Zorros Arm reichte nicht bis Geranienburg. Sie hatte nur versucht, für Rahel eine andere Arbeit in einer anderen Stadt aufzutreiben. Aber eine Lehrerin und Kabarettistin, die sich gerade in einem Parteiverfahren befand, traute sich niemand einzustellen. Das Ding war zu heiß. Und da half auch keine Fürsprache von Genossin Katharina Zorros.

Nach drei Wochen meldete sich Rahel gesund. Seit ihr Parteiverfahren lief, hatte sie ihre erschrockenen und entsetzten Kabarettgetreuen dringend gebeten, nicht mit ihr in Kontakt zu treten. Aber die dachten gar nicht daran, das einzuhalten. Jedem, dem sie begegneten, erzählten sie von der „Schweinerei", die da oben, in dieser blöden Schule mit ihrer Lehrerin gemacht wurde. Aber je lauter ihre Proteste wurden, desto hilfloser klangen sie, bis sie eines Tages ganz verstummten. Sie waren jung, verliebt und hatten gerade ihre Prüfung hinter sich gebracht. Jeder sah zu, wie er sein Leben in diesem Land auf die Reihe brachte, und das war schwer genug! Außerdem hatte sich Margit sehr um Rahels Kabarettisten und Schüler bemüht. Natürlich nicht, weil in ihr der Edelmut ausgebrochen war! Es sollte ihr nur niemand nachsagen können, dass sie Rache an Rahels Schülern üben würde! Und so landeten fast alle auf ihren Lieblingsstationen, auf denen sie gerne arbeiten wollten. Arbeit nach Wunsch! Ein seltenes Privileg in der DDR! Wenigstens das hatte Rahel, allerdings unbewusst, erreicht.

Das Parteiverfahren war an einem Freitagvormittag angesetzt worden. Zur großen Freude der Schüler waren die Theoriekurse, bis auf die Junggenossinnen und Genossen, schon am Donnerstag nach Hause geschickt worden.

Der Filmraum der Medizinischen Fachschule Geranienburg war ein fensterloses Minikino, und der Direktor war sehr stolz auf diesen Raum! So etwas hatte sonst keine Schule zu bieten!

Die Sitzbänke waren nach oben schräg gestaffelt, wie in einem alten Hörsaal. Der Raum fasste etwa fünfzig Personen. Allerdings mussten dann die oberen Türen offen bleiben, anderenfalls wären alle nach einiger Zeit in Atemnot gekommen. Eine Entlüftung gab es nicht. Der Raum hatte einen großen Vorteil, den man nun für Rahels Parteiverfahren nutzte: Er hatte dicke, abgepolsterte Türen. Für nettere Anlässe hätte man ja das Foyer nehmen können, das gleichzeitig Speisesaal war. Aber hier wurde ein Staatsfeind abgeurteilt, und das an ihrer Schule! Da musste man in den schalldichten Filmraum gehen, weil man ja nie wissen konnte, was die Bach noch so auf Lager hatte! Und es gab einen weiteren wichtigen Grund, den nur die eingeweihten Genossen kannten: Man konnte problemlos Abhörtechnik installieren. Das hier war heiß und brisant genug dafür! Ein fingierter Stromausfall am Vortag war der Anlass für Karl gewesen, die „Elektriker" zu rufen und auch im Filmraum alles überprüfen zu lassen. Die Genossen hatten ganze Arbeit geleistet. Und die Stasi konnte nun live den jämmerlichsten Schauprozess gegen eine Lehrerin, den es je in einer Medizinischen Fachschule der DDR gegeben hatte, mitverfolgen.

Die Luft war schon zum Zerschneiden, als Rahel den total überfüllten Filmraum betrat. Sie war auf die Minute pünktlich. Vorn, wo sonst die Filmleinwand heruntergelassen wurde, hatte man eine Art Podium aufgebaut. Dort saßen acht Personen. Darunter Karl und Margit. Außerdem waren da noch die neue Parteisekretärin der Schule und die Kattmann. Die anderen kannte Rahel nicht.

Rahel wurde aufgefordert, in der zweiten Reihe Platz zu nehmen. Diese und die erste waren völlig leer. Rahel hatte also allein das Podium vor sich und im Rücken, man saß ja hintereinander, die sich immer höher hinauf stapelnde Versammlung.

Im Raum war es dumpf und still. Ab und zu hüstelte jemand. Alle schauten gespannt nach vorn, wo das Präsidium diensteifrig in irgendwelchen Schnellheftern blätterte.

Rahel war schon seit dem Morgen völlig ruhig. Sie konnte nichts mehr tun. Was immer heute hier passierte, es würde nicht aufzuhalten sein.

Annegret hatte ja so recht gehabt, damals. Rahel war am Vortag zu ihr auf den Friedhof gegangen: „Ich wollte dich rächen, Annegret, und nun sitze ich selbst im Schlamassel." Aus Annegrets Grab war keine Antwort gekommen, als Rahel weinend auf der alten Steinbank vor ihr saß. Nur oben, in den alten Kastanien, ziepte ein Vogel. Aber als sie wieder nach Hause zu Johannes ging, waren ihre Angst und alle Unruhe verschwunden, und sie wusste nun, was sie denen zu sagen hatte.

Margit sparte sich seltsamerweise die ellenlangen Vorreden sonstiger Parteiereignisse.

Rahel hörte trotzdem kaum zu. Sie floh in sich hinein, aber sie schaute Margit aufmerksam, ruhig und interessiert an. Das

Gesicht der Rahel Bach war zu Stein erstarrt. Sie trug ihren Pferdeschwanz, wie immer, und einen goldbraunen Overall aus schimmerndem, breitem Cordsamt.

Johannes hatte darauf bestanden, dass sie sich das kostbare Teil kaufte, ehe sie nach Rostock fuhr.

Margits Anklagerede war lang. Bewiesen wurde nichts. Es war eine Schauveranstaltung für alle Anwesenden, sozusagen zur Abschreckung. Das Urteil stand sowieso schon fest. Margit war zufrieden. Sie hatte sich durchgesetzt. Auf die alten Haudegen in der Partei war eben doch Verlass! Denen brauchte man nur zeigen: „Das da ist dein Klassenfeind!" Und schon liefen sie los wie schnüffelnde aufgehetzte Hunde!

Rahel nahm von dieser Rede nur Satzfetzen wahr, die sie trotz der muffigen Wärme im Raum frieren ließ: „... und hat damit gegen alle Prinzipien des einheitlichen Sozialistischen Bildungssystems verstoßen ... verdient unser Vertrauen nicht mehr! ... Partei lächerlich gemacht! ... und schaut genau in diese Texte, Genossen, ich habe von Anfang an gewarnt ... Schüler gegen die Parteileitung aufgehetzt, Eigentum der Schule zu entwenden, Genossen! ... die Ehrenmedaille der Arbeiterfestspiele ... konspirative Treffen in der Wohnung ... die Genossen in Berlin falsch informiert ... Genossen, was wollt ihr beantragen?" Margit redete und redete, und im Raum knisterte die Spannung! Weil keiner antwortete, fuhr sie etwas irritiert fort. „Genossen, ich beantrage deshalb, Frau Bach ..." Margit musste nun doch unterbrechen, denn erst jetzt meldete sich, wie vorher abgesprochen, ein Stimmchen aus einer der Reihen. Eine ehemalige Schülerin aus Annegrets Klasse war es, die zum großen Erstaunen aller ohne Praxisjahre sofort in die Schule als Lehrkraft übernommen worden war, obwohl sie für diesen Beruf keine Voraussetzungen hatte. Sie war still, introvertiert und hatte keinerlei eigenes Rückgrat. Wenn sie sprach, verhaspelte sie sich oft, und das wissend, redete sie deshalb unerträglich langsam und monoton. Was dieses Mädchen einige Jahre nach Rahels Parteiverfahren dann zum Selbstmord trieb, hat Rahel nie erfahren.

Rahel stand von ihrem Klappsitz auf. Wenn die Genossen ihr etwas zu sagen hatten, dann sollten sie in ihr Gesicht sprechen und nicht ihren Nacken anschießen! Ihr war furchtbar schlecht. Sie bekam kaum Luft. Rahel stützte sich mit dem Rücken an die Lehne der ersten Reihe und blickte alle fest an, obwohl sie die Menschen nur wie durch einen Dämmernebel wahrnahm.

Der Raum war noch mit alten elektrischen Lampen der Sechzigerjahre ausgestattet, die an den Wänden angebracht waren. Richtig hell konnte es daher im Filmraum nicht werden, in dem ja auch meistens nur Kino geschaut wurde. Die Wände waren ebenfalls dunkel gehalten. In diesem düsteren Geschehen leuchteten Genossin Heidruns hellblonde Haare über einem hochroten Gesicht: „Ich sollte doch noch etwas ausführen!", begann sie mit zitternder Stimme. Sie stand auf, blickte unsicher um Unterstützung heischend zu Margit, die ihr aufmunternd zunickte. Dann setzte sie sich wieder hin und las mühevoll im Dämmerlicht durch ihre dicken Brillengläser ihren Beitrag ab.

Rahel sah jetzt erst, dass mindestens die Hälfte aller Lehrergenossen fehlte. Dafür saßen in allen Reihen junge Leute, die sie zum Teil aus den Jugendveranstaltungen kannte. Es waren nur Unterkurs- und Mittelkursschüler da. *Das ist nicht meine Parteigruppe!*, schoss es durch sie hindurch! *Die haben keine Mehrheit zusammenbekommen! Die wollen die Kontrollkommission linken!* Wo waren die anderen Genossen? Niemand hätte wagen dürfen zu fehlen! Was war hier los?

Erst Wochen später erfuhr sie heimlich von der Kollegin Schneider an der Rezeption, wo alle Lehrer ihre Anwesenheit in ein Buch eintragen mussten, dass sich fast die Hälfte der Genossen an diesem Tag krankgemeldet hatte.

Rahel reiß dich zusammen! Präge dir jetzt ein, wer da ist! Oh Gott, ich werde es wieder vergessen! Präge dir ein, wer da ist! Die Schweine sind gar nicht berechtigt, das hier zu machen! Sie sind nicht genug! Durch Rahels zermartertes Hirn schossen tausend Gedanken auf einmal.

„… musste ich feststellen, dass Genossin Bach ihre beruflichen Aufgaben in den Klassen nicht erfüllte … große Lücken im Fach Psychologie, das ich übernehmen musste!" Schlagartig reagierten Rahels Sinne wieder auf das, was dieses Mädchen von sich gab. Was erzählte die da für einen Schwachsinn? Das Ganze war jetzt drei Jahre her! Den erzwungenen Ausfall wegen des Honecker-Besuches hatte sie damals längst ausgeglichen! Sie, nicht dieses Mädchen, das zu diesem Zeitpunkt selbst noch Schülerin im Oberkurs der Krippenerzieher war! Die knallrote Beauftragte von Margit tat weiter leise und stockend, weil man ihr den Text erst kurz vor der Versammlung gegeben hatte, ihre Parteipflicht.

Rahel meldete sich empört. Es wurde ignoriert. Als sie trotzdem das Wort nahm, wurde sie nicht nur von Margit, sondern durch empörtes Gemurre aus den oberen Reihen, wo die älteren Genossen saßen, am Reden gehindert. *Gut denn, Herrschaften, laut Statut muss ich zu Wort kommen!*, dachte Rahel, *und dann lege ich los!*

Als Heidrun sichtlich erleichtert geendet hatte, nicht ohne vorher ihre tiefe Verachtung gegenüber Rahel auszusprechen, die noch niemals ihr Vorbild gewesen sei, meldete sich sofort die Kattmann.

Sie las ebenfalls vom Blatt ab. Auch sie bekräftigte ihre Verachtung, trotz der Tatsache, dass Frau Bach ein so erfolgreiches Kabarett geführt hatte, aus dem sie nun in verantwortungsloser Weise ausgetreten sei. Das zeige die ganze Haltung! Sie könne und wolle mit so was nicht mehr in einer Partei sein und fordere deshalb den Parteiausschluss.

„Bravo!" Tosender Beifall krachte von den schummerigen Rängen. Der Kinoraum brodelte vor Vergnügen, das war doch mal etwas! So schnell würde man derlei nicht noch einmal erleben!

Jeder wusste, dass damit die gesellschaftliche und berufliche Karriere der Bach zu Ende war. Margit strahlte. Und Rahel senkte den Kopf, aber nicht aus Reue, sondern um ihn zum Angriff zu heben. Sie drehte sich zum Podium und sprach eines der unbekannten Gesichter an. „Es ist in Gerichtsverfahren üblich, dass der Angeklagte zum Vorwurf gehört wird. Wie ist das in der SED?"

Das unbekannte Gesicht drehte sich zunächst zu Margit und flüsterte mit ihr. Dann nickte es. Margit, die heute sehr langsam und hochdeutsch zu sprechen bemüht war, sagte: „Du kannst jetzt sprechen, aber nur zur Sache!"

Rahel stand jetzt sehr gerade und ging an die Seite der Sitzreihe. Dann stellte sie sich seitlich so, dass sie sowohl das Plenum als auch die Versammlung ansprechen konnte.

„Genossen!"

Sofort ging ein unwilliges Raunen durch die Reihen. „Lasst sie doch reden!", rief es aus der Mitte.

Rahel war seltsam gefasst. Sie sprach leise, aber langsam und deutlich. Damit erzwang sie die Ruhe, welche sie brauchte, für ihre Abschiedsrede als Lehrerin und ihr kurzes Debüt in dieser Partei. „Genossen!", wiederholte sie. „Ein Genosse der Bezirksparteikontrollkommission hat mir geraten, hier Reue zu zeigen, mir Asche auf's Haupt zu streuen, deutsch gesagt, zu Kreuze zu kriechen! Und ich werde das auch tun", sprach sie in Margits verblüfftes Gesicht, „wenn ich erfahre, was ich eigentlich verbrochen haben soll!" Den aufkommenden Protest hieß Rahel mit einer beherrschenden Geste zu verstummen. Rahel, die erfahrene Bühnenfrau, wusste genau, welche Hebel sie ansetzen musste, um sich hier, vor dem miesesten Publikum, das sie je hatte, Gehör zu verschaffen. Margit rutschte unruhig auf ihrem Stuhl hin und her. Vor dem Moment, in dem Rahel das Wort bekam, hatte es ihr am meisten gegraut. Das war die unbekannte Variable in ihrem Spiel!

Rahel war noch lange nicht am Boden, das spürten jetzt alle, und einige begannen zu ahnen, dass Margit hier keine politischen, sondern persönliche Gründe trieben. Zum Ärger der MFS-Genossen und der Vertreterin der Bezirksparteikontrollkommission wurde Margit zu emotional.

Rahel begann: „Ich war gestern Abend am Grab unserer Genossin Annegret Bloch!"

„Das gehört nicht zur Sache!", tobte Margit. „Ich entziehe das Wort!"

„Nein. Lass sie reden!", klang es aus der Masse, die Spaß an dem Krimi bekam und gespannt auf die Fortsetzung lauschte.

Die Kattmann verdrehte Augen und Kopf und ließ ihre Faust laut auf den Tisch knallen. Dafür erhielt sie strafende Blicke von ihren Podiumsgenossen.

„Es gehört zur doch Sache!", beharrte Rahel. „Es hat mit meiner Parteiaufnahme zu tun! Annegret hat mir einige Stunden vor ihrem Tod, nachdem sie offensichtlich furchtbare Erfahrungen mit der Partei hier an unserer Schule und im Krankenhaus machen musste, die, wie sie mir versicherte, mit zu ihrem Tod beitrugen, von einem Parteieintritt dringend abgeraten."

„Genossen", schrie die Kattmann, „wollt ihr euch den Schwachsinn wirklich anhören? Lüge, alles Lügen!" „Lass sie aussprechen." Die Anweisung kam direkt vom Stasimann neben ihr.

„Ich bin trotzdem in die Partei gekommen, weil ich es nicht geglaubt habe! Ich dachte, ihr braucht ehrliche und kritische Leute! Der Erfolg des Kabaretts hat ja gezeigt, dass wir auf dem richtigen Weg waren. Ich kann hier nicht untersuchen, wer uns sabotierte und warum, aber ich verspreche, das kriege ich noch heraus. Ihr habt beschlossen, mich zu bestrafen, und ich werde es wohl nicht ändern können. Aber gestattet mir, vorher einige Fragen zu stellen!"

„Fragen werden hier nicht gestellt. Äußere dich zur Sache." Margit wurde trotz Dämmerlicht sichtbar rotfleckig.

„Ich habe, als ich damals vom Sterbebett der Genossin Bloch kam, am gleichen Tag mit Genossin Unger gesprochen und ihr alles von Annegret erzählt." Frau Unger war eine der Internatsleiterinnen.

„Genossen, das ist Verzögerung! Das hat nichts mit dem Fall, den wir hier besprechen, zu tun", rief nun auch ein alter Genosse aus dem Publikum.

„Hat es doch!", beharrte Rahel wieder. „Zwei Tage später verschwand diese Genossin in der Nervenklinik!"

Ungläubiges Raunen und entsetzte Blicke waren die Antwort.

„Ich selbst hatte vor einigen Wochen ein Gespräch mit der Kreisärztin Frau Doktor Laufrad! Die Kreisärztin – und wie ich hörte auch Sie, Frau Hammersbacher, sind beide der Überzeugung, ich gehöre in die Psychiatrie! Wenn ich aber angeblich nicht zurechnungsfähig bin, wieso erhalte ich dann hier ein Verfahren? Dann bin ich doch Patientin! Nicht wahr, Genossin Hammersbacher?"

Im Raum entstand tumultartiger Lärm. Margit beriet sich mit dem Podium.

„Genossin Bach, wie wir hier alle feststellen, hast du zu den dir zur Last gelegten Vorwürfen nichts zu sagen. Ich frage dich jetzt noch einmal, ob du die Kritik annimmst und was du zu tun gedenkst!" Eindringlich redete nun die Vertreterin der Kontrollkommission sowohl auf Rahel als auch auf die Schulvertreter ein.

Rahel aber fuhr unbeirrt fort. Nur dieses eine Mal konnte sie noch hier sprechen und dieses letzte Mal sollten sie für immer in Erinnerung behalten. Jetzt brauchte sie ihre ganze stimmgewaltige Ausstrahlung, um sich Ruhe zu verschaffen: „Ich soll Stellung zu den Vorwürfen nehmen? Bitte. Ja, es stimmt, ich habe Unterricht versäumt, aber viele hier wissen, warum das geschah! Weil ich den Auftrag vom Direktor dazu hatte, und ich habe es selbst wieder aufgearbeitet und nicht diese Genossin da! Ich habe mit Erfolg studiert und als Kabarettleiterin der Schule, der Stadt und dem Bezirk Ehre gemacht! Und was geschah dann? Meine Schüler wurden von der Schulleitung und der Parteisekretärin des Bezirkskrankenhauses Geranienburg-Oberland gegen mich aufgewiegelt! Es wurde versucht, Auftritte zu verhindern, nur um mir Versagen und schlechte Leitungstätigkeit nachweisen zu können und ich weiß nicht, warum das hier wirklich stattfindet, gen..."

„Es reicht!", schrie die Kattmann völlig außer Fassung. „Genossen, die lügt, und sie ist es, die hier alle aufwiegelt und zum Narren hält! Raus aus meiner Partei, sage ich! Mit so einer Biermann-Type wollen wir nichts mehr zu tun haben! Das schlägt ja wohl dem Fass den Boden aus! Die gehört raus aus der Schule! So was soll unsere Schüler nicht mehr aufhetzen!" Beifall und Getrampel antworteten ihr, und Margit lehnte sich erleichtert zurück.

Aber Rahel war noch nicht fertig. „Ich beantrage ein Parteiverfahren gegen den Direktor der Medizinischen Fachschule Geranienburg-Oberland und die Parteisekretärin des Bezirkskrankenhauses! Nicht ich habe die Parteistatuten verletzt, sondern sie!"

Das war ungeheuerlich und für einen Moment war es im Raum völlig ruhig.

Dann gellte ein Satz durch die Stille, hoch und schrill: „Das ist Solidarność! Solidarność, Genossen!", kreischte die Direktorin für Aus- und Weiterbildung des Krankenhauses, die Mitglied dieser Parteigruppe war. Sie schrie, als wäre gerade die Pest ausgebrochen.

Wieder brüllte die Meute los, da erhob sich hinten Paul, einer der dienstältesten Genossen der Schule. „Ich muss mich nicht extra vorstellen", begann er bedächtig im breiten geranienburger Dialekt, „aber ich will, weil hier einige Junge sitzen, mal sagen, wie es mir ergangen ist."

Rahel grauste, denn Paul erzählte die Geschichte seit Jahren.

„Meinen Vater, der hier Kommunist war, haben die Faschisten erschossen, in Buchenwald. Meine Mutter haben sie geschurigelt und mit uns Jungs fast verhungern lassen. Mir haben die Konterrevolutionäre das Bein zerschossen, am 17. Juni, als ich für die Arbeiterklasse und ihre Partei noch in der kasernierten Volkspolizei gekämpft habe! Genossen, ich habe einen Riecher für unsere Feinde! Und was immer diese …!", er machte eine Pause und schaute hasserfüllt zu Rahel, „… diese Dame hier vorgebracht hat, es stinkt nach Verrat! Genossen, die wagt es, unsere Leitungsgenossen zu kritisieren! Damit kritisiert sie die Partei! Und die Partei, Genossen, das sind wir! Und wir irren uns nie! Die Partei hat immer recht und nicht diese Dame da! Wer die Partei angreift, greift den Staat der Arbeiter und Bauern an, für den so viele gekämpft haben und gestorben sind! Das können wir niemals zulassen! Die muss weg, raus hier! Die versaut unsere klassenbewusste Jugend, unsere Zukunft!"

Paul, der Herz-Kreislaufprobleme hatte, ließ sich mit blauen Lippen völlig erschöpft und keuchend auf seinen Platz fallen. Aber er und nur er hatte wieder einmal die Schlacht geschlagen! Auf ihn war Verlass! Margit lief fürsorglich zu ihm, betupfte ihrem alten Kämpfer die Stirn und wies an, ihn an die frische Luft zu bringen. Die Genossen blickten voller Wut zu Rahel.

„Ich muss mich übergeben!" Rahel tastete sich zur Tür. Alles drehte sich. Auch ihr Kreislauf verweigerte nun den Dienst.

„Wir machen eine kurze Pause, aber alle anderen bleiben hier!" Margit brauchte einen neuen Start für die letzte Attacke.

Rahel lief zur Toilette im Erdgeschoss, weil die obere beim Filmraum wieder einmal kaputt war. Die Tür war verschlossen und sie musste den Schlüssel bei Frau Schneider holen. Die gute Seele in der Rezeption war voller Aufregung, aber auch sehr neugierig: „Oh Gott, oh Gott, Frau Bach!", flüsterte sie. „Was machen die denn da mit Ihnen? Seien Sie gewiss, es gibt viele hier, die darüber entsetzt sind, was die da mit Ihnen machen! Sie tun mir ja so leid! Sie sind doch eine so liebe Kollegin! Das sind alles die Hammersbacher und die Kattmann! Der Oberst muss denen ja aus der Hand fressen!"

„Seien sie still, Frau Schneider! Hier haben die Wände Ohren!" Rahels Brechreiz blieb, und sie rannte in die Toilette.

„Na und!", rief Frau Schneider trotzig hinterher. „Sollen sie doch! Ich gehe nächsten Monat in Rente!"

Rahel würgte sich fast den Magen heraus, aber der gab nicht mehr her als ein wenig grün-bitteren Schleim. Mehr war nicht drin. Rahel hatte das letzte Mal am Vortag unter großen Mühen etwas essen können.

„Rahel!" Draußen rief eine Frauenstimme. Es war Beate, die Klassenlehrerin der Zahntechniker. „Mach auf, ich will dir ja nur helfen!"

„Was willst du hier helfen, du hast doch miterlebt, was die hier inszenieren."

„Weißt du, ich will dir nur was sagen. Ich war voriges Jahr in einer ähnlichen Lage wie du. Ich hatte nur noch Angst!"

Rahel kam aus ihrer Toilette: „Und?"

„Ja und da bin ich rüber in die Psychiatrie. Du, die haben mir wirklich geholfen! Ich bin jetzt völlig angstfrei! Versuche es doch auch mal! Du hältst das doch hier nicht durch! Die machen dich sonst fertig." Die letzten Worte hatte sie nur gehaucht.

„Und jetzt bist du glücklich?" Rahel wischte sich den Speichel vom Mund.

„Ja Rahel, was bleibt uns denn anderes übrig?" Und ihre Augen glänzten seltsam groß.

„Komm!", sagte Rahel mit bitterem Geschmack. „Du willst doch nicht das große Schlachten versäumen?".

Als sie den Filmraum wieder betraten, wurde es Rahel wieder schlecht. Sie drückte sich die Faust in die Magengrube und setzte sich hin. Die Versammlung war inzwischen wieder eine ruhige und disziplinierte Angelegenheit. Das hatte die Genossin der Kontrollkommission fertiggebracht und verlangt, dass es ab jetzt streng nach den Statuten vorwärts gehen solle.

Margit forderte nun die Genossen auf, über den Antrag auf Partei-Ausschluss abzustimmen.

„Genossen", es meldete sich Ingeburg, eine der Staatsbürgerkunde-Lehrerinnen, die erst vor Kurzem an die Schule gekommen waren.

Margit wurde nun ernsthaft böse: „Wir hatte beschlossen, dass wir das hier jetzt ohne weitere Diskussionen zu Ende bringen!"

„Und ich will doch vorher noch etwas sagen", beharrte die Lehrerin. Die fremden Gesichter nickten alle beifällig. Denn ein Rausschmiss aus der Partei war vorher nämlich nicht beschlossen worden. Im Bezirk hatte man entschieden, dass die Bach einen gehörigen Denkzettel erhalten solle, aber man konnte sie keinesfalls aufgeben! Die Berliner hatten darauf bestanden, dass die Bach in der Partei – und damit unter Kontrolle blieb. Diese Schule mit ihren Nebenkriegsschauplätzen hing inzwischen allen Genossen in den oberen Instanzen ellenlang zum Hals heraus. Genossin Ingeburg Langner rettete also in letzter Sekunde die Situation für die Bezirksleitung.

„Genossin Bach!", wandte sich Ingeburg nun direkt an Rahel. Diese musste nun wieder hoch und sich zu ihr umdrehen. „Du warst immer mein Vorbild! Ich habe dich bewundert, wie du Beruf, das Kabarett und dein Leben insgesamt gemeistert hast. Jetzt bin auch ich tief enttäuscht von dir, aber ich meine, du solltest unsere Genossin bleiben! Wir alle machen mal Fehler und du kannst es schaffen, noch einmal zu beginnen! Mit uns zusammen! Ich bin nicht dafür, dass wir Genossin Bach aufgeben! Ich stelle den Antrag, den Antrag auf Partei-Ausschluss umzuwandeln in eine ‚strenge Rüge'! " Im kleinen, muffigen Saal ging nun ratloses, fast beifälliges Raunen um.

Margit, die man nicht informiert hatte, war völlig verblüfft. Ratlos sagte sie: „Ich stelle also fest, es gibt zwei Anträge! Zwei Anträge also." Sie wiederholte die Ungeheuerlichkeit, als könne man sie dadurch besser begreifen. „Stimmen wir also ab! Wer ist für den Partei-Ausschluss?" Es hoben sich fast alle Hände. Gezählt wurde nicht.

Klugerweise hätte sie jetzt beenden können, weil eine Mehrheit offensichtlich dafür war. Aber das passte nicht in die Gedankenstruktur der Margit Hammersbacher. Sie wollte ihren Triumph zählen können und stellte nun die Frage: „Wer ist für die ‚strenge Rüge'?" Es war fatal und überhaupt nicht mehr Margits Tag. Wieder hoben sich fast alle Hände. Sie schaute ratlos ins Gremium und alle flüsterten miteinander, während sich im Raum inzwischen jeder mit jedem lauthals über das Verfahren stritt.

„Genossen!" Nur die Kattmann konnte den Tumult noch übertönen. „Die außerordentliche Parteiversammlung ist hiermit beendet! Das Ergebnis bekommen wir nach dem Beschluss der Bezirksparteikontrollkommission! Die Parteileitungsmitglieder treffen sich bitte jetzt sofort alle beim Genossen Oberst!"

21

Es war Sommer 1981 und Genossin Rahel Bach, Kabarettistin, Aktivistin der Sozialistischen Arbeit, Jugendkulturpreisträgerin und Inhaberin von vielen anderen Auszeichnungen, war keine Lehrerin mehr.

Gleich am nächsten Tag hatte man sie ohne Begründung in das Internat der Schule strafversetzt. Die Prüfungen waren zu Ende, es waren sowieso Semesterferien. In den Internaten der Medizinischen Fachschule Geranienburg herrschte gähnende Leere. Nur wenige Schüler, meist solche ohne Elternhaus, bewohnten die alten Villen. Die Monate Juli und August dienten also dazu, in allen Räumen, die von den Schülern nicht direkt bewohnt waren, Großputz durchzuführen.

Und so war Rahel nun nur offiziell Internatserzieherin. In Wirklichkeit war sie jedoch Reinigungskraft. Während alle Lehrerkollegen in den Urlaub reisten, schrubbte Rahel den ganzen Sommer über Toiletten, Fenster und Fußböden. Die Gardinen wusch sie zu Hause in ihrer alten Waschmaschine, in der sich das Waschgut ständig um das Wellrad verhedderte.

Margit und die Hardliner der Schule nannten Rahels Entwürdigung „erzieherische Maßnahme". Arbeitsrechtlich konnte Rahel nicht dagegen vorgehen. Versetzungen innerhalb des Betriebes mussten hingenommen werden. Aber Rahel hätte sich sowieso nicht gewehrt. Es wäre sinnlose Kraftvergeudung gewesen.

Einige Wochen Toiletten schrubben – frohlockten die Genossen –, und die Bach würde alles tun, was sie wollten. Doch gerade diese Maßnahmen bewirkten genau das Gegenteil. Rahel war eine erfahrene Krankenschwester. Ihr machten Reinigungs- und Desinfektionsmaßnahmen nichts aus. Sie war immer auch eine gewesen, die sich körperlich plagen konnte und noch Freude daran hatte, weil es ablenkte von quälenden Gedanken.

Nur, dass sie nun nicht mit Johannes in die Hohe Tatra konnte, tat ihr unendlich weh! Denn Johannes hatte alles mit ertragen und jetzt war auch er am Ende. Ihr Sohn war nie einer, der es Rahel schwer gemacht hatte. Johannes fraß lieber alles in sich hinein. Er sah ja täglich, wie die Mutter kämpfte, litt, sich nicht schonte und immer wieder Auswege suchte.

Johannes versuchte, sein Leben nun selbst in den Griff zu bekommen. Er musste, um sein Abitur zu schaffen, schwer büffeln. Nichts fiel ihm in den Schoß, aber er jammerte und resignierte nicht. Er hätte im Falle eines Versagens bei seiner Mutter auch kein Verständnis gefunden. Was sie von sich verlangte, war auch für ihn gültig. So war sein Leben. Rahel war voller Liebe für ihren Sohn, aber auch knallhart in ihren Maßstäben! Und Johannes akzeptierte das, weil die Mutter es so vorlebte und Erfolg damit gehabt hatte. Republikweiten Erfolg!

Aber nun, da sie vor seinen Augen demontiert wurde und er nichts machen konnte, als hilflos zuzuschauen, war auch er furchtbar tief, ganz fundamental, verletzt und getroffen worden.

Johannes versuchte nun die gleiche Strategie, wie sie ihm seine Mutter vorlebte: Niemals versagen, immer das Beste aus sich herauszwingen und sich keine Schwäche leisten!

Durch die Demontage der Mutter aber, raubten die Genossen Rahels Sohn die gesamte Jugend.

Denn nur er konnte nun, indem er sich selbst aufbaute, auch der Mutter helfen, etwas Hoffnung zu entwickeln. Aber Johannes war gerade mal sechzehn Jahre alt, als die Welt der Rahel Bach zusammenbrach und damit auch seine! So wurde Johannes gezwungen, mit einem Schlag erwachsen zu sein.

Rahel konnte und durfte nicht zulassen, dass er sich gehen ließ. Sie musste ihn anspornen, oft zwingen, sich aus dem Strudel herauszureißen, damit sie nicht beide untergingen.

Und dabei musste Rahel im Alltag oft gnadenlos hart mit ihm umgehen. Und immer, wenn er dann mit hängendem Kopf losging, vergessene Besorgungen nachzuholen, immer wenn er wortlos seine Klamotten aufräumte, wenn Rahel sie aus dem Schrank gefeuert hatte, weil das Jungenchaos überhand nahm, immer, wenn er schweigend gehorchte, um Rahel nicht noch durch Unwillen aufzuregen, krampfte sich Rahels Herz zusammen. Dann ging sie manchmal nachts, wenn er schlief, heimlich an seine Liege und strich ihm über seinen kurzen Haarschopf, und er tat, als merke er es nicht.

Johannes hatte in diesen frühen Jugendjahren nur zwei Leidenschaften: Segelflug, und viel Fleisch mit Klößen essen! Und wenn alles im Leben der beiden aus den Fugen geriet: Rahel konnte ihren Sohn mit einer gebratenen Lamm- oder Putenkeule und herrlichen Thüringer Klößen selbst in den bittersten Stunden ein wenig Liebe und Geborgenheit geben. Aber in den letzten Wochen half auch das nicht mehr. Johannes zog sich fast völlig in sein Zimmer und an den Wochenenden auf den Segelflugplatz zurück. Sie sprachen kaum noch miteinander.

Und in Rahel Bach von den Auserwählten, die gelernt hatte, etwas zu ertragen, auszuhalten und lieber zu diskutieren als zuzuschlagen, die lieber still wegging, als sich mit Dummheit und Arroganz anzulegen, wuchs ganz langsam ein Gefühl, dass sie bis dahin noch nicht kannte: Hass! Ein tiefer, bohrender, und ein sehr geduldiger, lebenslanger Hass.

Eines Tages, schwor sie sich im Stillen, *zahle ich es euch heim! Ich war nie eure Gegnerin, jetzt seid ihr meine Feinde. Und ihr werdet mir teuer bezahlen, für das, was ihr meinem Jungen jetzt antut!*

Aber sie ahnte, dass es ein ohnmächtiger Hass und eine unerfüllte Rache bleiben würde.

Rahel konnte damals nicht wissen, wie oft sie noch hassen würde und wie leicht diese Pein gegen das war, was ihr noch bevorstand!

Das nächste Verfahren kam zwar folgerichtig, aber für Rahel völlig überraschend.

Sie fand einen Zettel im Briefkasten. Er stammte von Arthur Wiegand, dem organisatorischen Leiter des Wismut-Kabaretts: „Es ist zwar Sommerpause, aber wir machen zwischendurch noch eine Probe, bevor es wieder richtig losgeht! Wir treffen uns Freitagnachmittag, wie immer im Klubhaus!", stand auf dem Blatt Papier.

Rahel hatte sich auf die Begegnung mit ihren alten Freunden nach so vielen Wochen gefreut. Man spielte ja nun schon viele Jahre zusammen Kabarett. Sie hatte den Kabarettkollegen des Wismut-Krankenhauses nur mitgeteilt, dass sie lange krank war. Mehr nicht. Als sie das Klubhausfoyer betrat, hatte man eine lange Tafel weiß eingedeckt. Es gab Kaffee und Gebäck. Offensichtlich hatte man die anderen eher bestellt, denn es war, das sah man der Tafel an, schon reichlich zugelangt worden.

Als sie hereingekommen war, verstummten die Gespräche und man musste Rahel nun nichts mehr erklären.

Rahel wurde aufgefordert, an der Stirnseite Platz zu nehmen.

Die Gruppe, die sich versammelt hatte, war nicht groß – und sie war nicht unter sich. Auch hier saßen wieder zwei Männer, die Rahel nicht kannte und die sich auch nicht vorstellten, mit am Tisch. Von ihrem Kabarett waren nur wenige da. Sie sah den Schauspieler und nur einen Arzt. Es war Kai, der kleine Chirurg, mit dem Rahel einmal eine kurze, heftige Beziehung gehabt hatte, und drei Krankenschwestern, die erst wenige Monate im Kabarett waren. Die vier anderen Ärzte fehlten. Sie hatten Dienst. Einer hatte sich demonstrativ geweigert. Dann saßen da noch die neue schöne Parteisekretärin und der Kulturhausleiter. Wortführer war der Kulturhausleiter, ein feister und aalglatter Kulturbonze, der heute seinen großen Tag hatte.

Genosse Kunze las mit Siegermiene schmetternd vom Blatt ab. Rahel betrachtete derweil staunend die Gesichter der Menschen. Kai, ihr ehemalig heiß Geliebter, saß schweigend mit gesenktem Kopf da und wagte es nicht, Rahel anzuschauen. *Armer Kai, armer kleiner Kai*, dachte Rahel. *Beim Lieben hattest du auch immer so rote Ohren. Ein Held warst du noch nie und du bist auch nicht die größte Leuchte als Chirurg, aber so klein brauchst du dich nun wirklich nicht zu machen. Haben sie dich so erpressen können, dass du hier nun die Ärzteschaft vertreten musst?*

Genosse Kunze war gerade dabei zu begründen, warum man eine solche Frau, die als Lehrerin versagt und an ihrer Schule ein Parteiverfahren erhalten hatte, nicht mehr als Spielerin im Wismut-Kabarett dulden könne, da wurde die große Glastür aufgerissen!

Herein kam, nein er kam nicht, er stürmte herein: Doktor Dieter Schorn!

Dieter war mit Rahel einer der Begründer des Kabaretts gewesen. Er war ein begnadeter Arzt und einer der besten und beliebtesten Gynäkologen der Klinik. Daneben war Dieter ein hochbegabter Maler, was man von seinen schauspielerischen Fähigkeiten nicht gerade sagen konnte. Außerdem vergaß er ständig die Texte, aber Dieter, der kaum einen Meter fünfundsechzig maß, war ein so großer Mensch, dass allein seine Persönlichkeit auf der Bühne reichte, um ihm gebannt zuzuhören. Das alles würzte der Arzt mit einem herrlichen sächsischen Dialekt. Der Gynäkologe kam ursprünglich aus Dresden.

Dieter war nicht nur Rahels Arzt. Er war ihr Kummerkasten, ihr Freund in Notlagen und einfach immer ansprechbar, wenn Rahel es brauchte. Und trotz aller Hochachtung und Sympathie, oder vielleicht gerade deswegen, war es zwischen ihnen nie zu mehr gekommen. Als er zehn Jahre nach der Wende dann plötzlich gestorben war, brach Rahel zusammen. Als Dieter starb, war er gerade so alt wie Rahel. Wie gerne hätte sie ihn noch einmal umarmt und ihm für alles gedankt, was dieser kleine großartige Arzt für sie getan hatte.

Aber jetzt, wo er noch so quicklebendig wie zornig war, hätte das Rahel nie gewagt!

Dieter hatte über seiner weißen Dienstkleidung seine obligate und schon viele Jahre alte schwärzliche Lederjacke an. Die zog er nicht aus, trotz der heißen Luft im Raum.

Der Arzt ließ sich grimmig an der langen Tafel nieder und stierte nun ebenfalls hochrot auf die Tischdecke.

„Ich begrüße nun auch Doktor Schorn und finde es gut, dass du dich frei machen konntest."

Doktor Schorn schwieg und schaute noch grimmiger drein. Er hatte sich genau wie die anderen Ärzte extra zum Dienst gemeldet. Sein Kollege, mit dem er getauscht hatte, war eingeweiht, aber jetzt hatte ihn der Oberarzt persönlich ablösen müssen, damit er hier zu erscheinen hatte.

Unbeirrt fuhr nun Genosse Kunze fort, Rahels klassenfeindliche und auch unmoralische Haltung zu beschreiben, da tauschten der Schauspieler und der Arzt einen Blick. Die beiden waren seit Jahren befreundet. Der Schauspieler war im Gegensatz zu den Ärzten blassgelb und schien zu Eis gefroren zu sein. In seinem Mundwinkel hing wie immer seine kalte Pfeife, an der er heftig zog.

„... keine Vertrauensbasis mehr ... zutiefst enttäuscht ... erklären wir uns mit den Genossen an der Medizinischen Fachschule solidarisch ... solche Elemente müssen wir aus unseren Reihen entfernen ..." Da sprang Dieter Schorn plötzlich auf! Der Stuhl hinter ihm fiel scheppernd um!

Zitternd und hochrot sprach der Arzt, aber völlig beherrscht und leise: „Was macht ihr denn eigentlich hier mit Rahel Bach? Sie ist doch ein Mensch!"

Durch das betretene Schweigen hindurch ging Doktor Schorn die wenigen Schritte zu Rahel, die ihn völlig fassungslos anstarrte. „Komm Rahel, bei denen hast du nichts mehr zu suchen!" Er fasste sie fest unter der rechten Achsel und zog sie hoch. Erst jetzt merkte Rahel, was der Arzt längst wusste: Ihre Beine versagten den Dienst. „Hoch!", befahl er leise. Er schleppte sie aus dem schweigenden Raum.

Doktor Schorn stand kurz vor der Beförderung zum Oberarzt.

Der Kiesweg bis zur gegenüberliegenden Frauenklinik war für Rahel und den Arzt unerträglich lang. Er schaffte es noch, sie in sein Bereitschaftszimmer zu bugsieren, dann brach sie zusammen.

Weinkrämpfe und schüttelfrostähnliche Attacken durchschauerten Rahels Körper. Dieter packte sie auf seine Liege und sprach eindringlich auf Rahel ein: „Ich schicke dir jetzt Anne." Das war seine beste OP-Schwester. Rahel und Anne waren gut befreundet. „Anne spritzt dir einen Cocktail und dann schläfst du dich erst mal aus. Ich muss in den Kreißsaal! Da will wieder jemand auf diese bescheuerte Welt. Das können wir beide nicht mehr verstehen, was?"

Anne kam herein und umarmte sie. Mit ihrer verrauchten Stimme versuchte sie einen Scherz: „Mit dem Dieter kriege ich noch die Krise! Jedes Mal, wenn er Dienst hat, liegt hier eine, die sie geschafft haben. Mal ist einer Kollegin der Mann durchgebrannt, mal klappt's nicht mit der großen Liebe, mal wird eine zur Witwe, und alle sammelt er ein und macht den Seelentröster!" Dann schaute Anne, die attraktive superschlanke Blondine mit den braunen Rehaugen, Rahel prüfend und besorgt an: „Mensch altes Haus, mach dich doch wegen solchem Abschaum nicht so fertig! Die sind das doch nicht wert! Such dir 'ne andere Arbeit und geh hier weg! Die verdienen keine Tränen, die Arschlöcher. Und nun los, Hintern her! Ich verpasse dir eine Ruhepause!" Die Spritze wirkte nach wenigen Minuten. Dass Dieter ihr danach noch eine Infusion zur Stabilisierung des Kreislaufes anlegte, bekam sie nur noch im Halbschlaf mit. Sie fühlte sich hier einfach nur gut aufgehoben, geborgen und von Menschen umsorgt, die ihr seit Jahren vertraut waren. Dieter und Anne hatten sie nicht verlassen! Und die Tränen, die nun gelöster aus Rahel flossen, galten nicht ihren Feinden. Sie heulte, weil es sie doch noch gab, ihre wenigen treuen, alten Freunde.

Am anderen Morgen sorgte Dieter dafür, dass Rahel von einem Krankenwagen, der sowieso in die Stadt fuhr, nach Hause gebracht wurde. Sein Dienst ging noch bis zum kommenden Montagnachmittag. „Komm hoch oder ruf an, wenn es dir schlecht geht, versprich es."

Rahel versprach es, aber sie würde gerade jetzt nicht mehr zu ihm gehen. Er hatte für Rahel bereits Kopf und Kragen riskiert. Rahel würde es sich nicht verzeihen, wenn er wegen ihr Schwierigkeiten bekommen würde. „Ich schaffe das schon, die kriegen mich nicht klein, Dieter!"

Der Arzt ging in sein Zimmer und kippte sich zwei doppelte Cognacs hinunter. Er trank schon lange heimlich. Zu viel lastete auf seiner Seele, und zu groß war sein Anspruch an sich selbst.

22

Rahel hatte gehofft, dass der Spuk im Internat zu Ende sein würde, wenn das Herbstsemester 1981 losging, aber so schnell wollte Margit ihr Spiel nicht beenden! Zum großen Erstaunen aller Schüler war Frau Bach nun Internatserzieherin. Sie saß voller Langeweile ihre Wachdienste im Internat ab. Aber was die Tage auch brachten, Rahel war wie abgestorben.

Die Stadt hatte vom Absturz des Kabaretts nichts erfahren und so kam es vor, dass immer wieder Auftritte gewünscht wurden. Karl hatte den Sommer über die Semesterferien vorgeschoben, aber nun ging das nicht mehr. Sie hatten eine neue Kabarettleiterin engagiert und alle Spieler eingeladen, damit es ohne Rahel weitergehen konnte. Gekommen waren nur die Sympathisanten von Margit.

Man rekrutierte eiligst aus den neuen Klassen Spieler, die natürlich aufgrund des Namens der Gruppe begeistert zusagten. Nach den ersten Proben gab die Profi-Kabarettistin bekannt, dass sie mit so viel Unfähigkeit nichts anfangen könne. Man hatte ihr natürlich verschwiegen, dass das nicht Rahels Kabarett war! Rahel erhielt noch einmal persönlich eine Einladung für sich und ihre Spieler, als die Profikabaretts der DDR anlässlich der Kabaretttage der DDR in Geranienburg ihre Festveranstaltung im Theater gaben. Katharina hatte das organisiert zusammen mit Heinrich und Julia.

Als sich der Vorhang hob, verschlug es der Parteielite im ersten Rang die Sprache: Unten in der ersten Reihe, die immer den Kabaretts selbst für ihre Freunde und Angehörigen reserviert war, saß Rahel Bach mit ihrem kompletten Kabarett, ohne die Verräter. Aber es kam noch heftiger. Als Heinrichs Kabarett sich nach seinem Programm vor dem Publikum nach mehreren Vorhängen, in Reihe stehend, verneigte, traten plötzlich alle Spieler einen Schritt vor, drehten sich nach rechts und machten geschlossen eine Verbeugung vor Rahels Kabarett. Die obligate Verbeugung nach links ließen sie bleiben. Rahel stand fassungslos auf und alle ihre Schüler mit. Und dann verneigten sie sich ebenfalls, Beifall klatschend, während Heinrichs Gruppe hinter dem Vorhang verschwand. Rahel drehte sich, während ihr Herz trommelte, als müsse es das ganze Theater aufrütteln, ganz langsam um und schaute erst in den Saal und dann zum Rang hinauf.

Dann setzte sie sich. An diesem Abend hatten sich ihre Freunde von ihr verabschiedet, mehr ging nicht. In Rahels Kabarettisten keimte wieder so etwas wie Hoffnung auf. Aber es war zu Ende. Rahel versuchte vergeblich, sich und die Gruppe in einem anderen Betrieb unterzubringen.

Fast wäre es auch gelungen, denn es umwarb sie seit einigen Wochen ein kleines, flippiges Männlein, das sie an dem Abend im Theater kennengelernt hatte. Das Männlein hatte die stechend blauen Augen ihres Großvaters. Es trug auch einen bräunlichen Bart, allerdings um sein Kinn, das es immer beim Reden vorschob. Damit ähnelte es sehr dem „Tapferen Schneiderlein". Das Männlein, das jünger sein musste als Rahel, hieß Ingo Funke und war vor Kurzem in Unehren aus den Reihen der Stasi gefeuert worden, weil er die Regeln der Konspiration nicht eingehalten hatte.

Er hatte sich von seinen Kumpels fotografieren lassen, während er, statt die Republik vor Staatsfeinden zu schützen, mit Mädels herumfickte – ein Ausdruck, den er sehr gern benutzte –, und das bei einem wichtigen Motorradrennen im Bezirk! Aber das war nur der Auslöser. Das Männlein war einfach undiszipliniert und quatschsüchtig, und nach etlichen mahnenden Gesprächen setzten ihn seine Genossen an die frische Luft, oder genauer, als Wachmann und Beauftragten für Zivilverteidigung in den größten Elektronikbetrieb der Stadt. Es war der gleiche Betrieb, in dem Gerdas Gatte unauffällig seinen Dienst tat. Da aber Ex-Genosse Funke vorher bei „Horch und Schnarch" in der Abteilung der Bezirksverwaltung für Staatssicherheit gearbeitet hatte, die für Kirchen, Kultur und Sport, „Abteilung Eins" genannt, zuständig war, kannte er auch Rahel. Aber sie ihn natürlich nicht.

Ex-Leutnant Funke wurmte sein Rausschmiss gewaltig und er hatte nur ein Ziel: Er brauchte ehrenvolle Taten, oder besser gesagt, Untaten, um eventuell wieder zu Gnaden zu kommen. Seit der Schule war das Söhnchen einer alleinerziehenden Mutter für die Genossen tätig. Nur er konnte sich wie kein anderer in die verschiedensten Rollen oder Personen verwandeln und perfekt konspirativ arbeiten, meinte er. Oh, er würde es allen noch zeigen! Sein Ehrgeiz war gewaltig, aber der – und sein unruhiger Penis – wurden ihm immer wieder zum Verhängnis.

Objekt seiner selbsternannten Aufgabe und sexueller Neugier wurde nun Rahel, die er mittels der „Romeo-Methode" zu knacken gedachte. Rahel stand aber wirklich nicht der Sinn nach einem kleinen, flippigen Männlein!

Sie hatte Sorgen wegen Johannes. Der hatte sich bei den „Luftstreitkräften" als Pilot beworben, aber irgendjemand war dagegen. Er wurde zunächst nicht rechtzeitig zu dem Lehrgang delegiert, auf dem er vorab den Motorflugschein als Voraussetzung absolvieren musste. Dann wurde ihm gesagt, dass seine Unterlagen nicht auffindbar wären und zur Krönung des Ganzen wurde ihm eröffnet, dass er keine 100 % Sehkraft habe. Der Genosse Wehrbezirksarzt hatte ganze Arbeit geleistet!

Aber Johannes, der alles trug, alles ruhig und diszipliniert machte, hatte seit der vierten Klasse nur ein Ziel: Er wollte fliegen! Im Leben von Rahels Sohn gab es nie eine Alternative, seit dem Tag, als Rahel mit ihm einmal auf den Flugplatz gepilgert war und der Knirps die Vögel abheben sah! Johannes hatte sehr schnell erkannt, dass es Freiheit auf seinem Teil der Erde nicht gab! Nur beim Fliegen war er frei! Natürlich kannte er die Grenzen, aber von oben sah man sie weniger deutlich. Der Himmel hatte keine Mauer.

Rahel hatte ihren Sohn selten weinen sehen. Aber jetzt heulte der Abiturient, der seit seinem zwölften Lebensjahr jedes Wochenende auf dem Segelflugplatz verbrachte, wie ein kleiner Junge.

„Die haben gesagt, ich muss zu den Sandlatschern[8] gehen. Der Offizier beim Wehrbezirkskommando hat mich angeschnauzt! Wenn ich das nicht mache, dann soll ich Gülle-Fahrer werden!"

Rahel stand sofort in lodernden Flammen! Sie wusste, was sie jetzt vorhatten! Die wollten doch tatsächlich die Sippenhaft an ihrem Sohn austoben! *Die Schweine, die verfluchten!* Aber so schnell gab sich Rahel Bach nicht geschlagen.

„Johannes, wann ist der Termin für den Motorfluglehrgang?"

„Nächsten Monat! Mutti, das ist aussichtslos, wenn die hier nicht ihre Zustimmung geben!"

„Willst du Pilot und damit Offizier werden oder nicht?"

Johannes nickte verzweifelt und wischte die rote Nase an den Hemdsärmel. Er überragte seine Mutter bereits um einen halben Kopf.

„Merke dir für dein ganzes Leben: Als Offizier kannst du dir erst eine Niederlage leisten, wenn es keinen, aber auch gar keinen Ausweg gibt!" *Oh Gott*, dachte Rahel, *was rede ich hier bloß für einen pathetischen Scheiß.* Aber irgendwie musste sie ihren verzweifelten Sprössling jetzt aktivieren, sonst war seine Zukunft in diesem Land passé.

„Ja, was soll ich denn machen?" Johannes wusste, dass man ihm seine Karriere wegen Rahel zunichte machen wollte, aber das würde er seiner Mutter niemals vorwerfen. Er hatte ihr auch nicht gesagt, dass sie ihn schon in der zehnten Klasse anwerben wollten, für die Stasi zu arbeiten. Er hatte verbittert abgelehnt. Viel eher als seine Mutter hatte er begriffen, was mit ihr geschah.

„Wir gehen beide dorthin!", wetterte Rahel. „Das sollen mir die Genossen ins Gesicht sagen! Sehstärke unter Hundert, sagst du? Das werden wir sehen!"

„Mutti, das schaffst du nie!"

„Resigniere – oder werde Offizier!", schnauzte Rahel ihren Sohn an.

Johannes stöhnte. Oh, diese Mutter! Gab die nie auf? Aber sie war seine einzige Hoffnung, was sollte er sonst machen?

Rahel zog ihren Cord-Hosenanzug an und marschierte mit dem bleichen Johannes in das Wehr-Bezirkskommando in Geranienburg-Oberland. Es lag am Rande der Stadt im ehemaligen Sommersitz der Herrschaften von einst.

„Guten Tag, ich bin Genossin Rahel Bach." Sie hielt dem verblüfften Wachsoldaten am Eingang ihren Ausweis hin. Noch war sie in dieser Partei und wenigstens heute sollte es was nützen! „Melden Sie mich dem diensthabenden Offizier!" Johannes hatte ihr zwar den Namen und den Dienstgrad seines Betreuers im WBK genannt, aber Rahel wollte möglichst breit informieren, damit ein Einzelner nichts unter den Teppich kehren konnte.

Es dauerte keine fünf Minuten, da erschien ein junger Offizier: „Was kann ich für Sie tun?"

„Ich möchte Ihren Chef sprechen!"

„In welcher Angelegenheit?"

„Das sage ich ihm selbst! Und wer sind Sie?"

„Oh, Entschuldigung, ich bin Leutnant Schmiedel, geht es um Ihren Sohn?", schlussfolgerte er neugierig.

„Genau, und jetzt lassen Sie mich bitte zu Ihrem Chef! Hier ist eine richtige Sauerei passiert, und das muss ich ihm berichten!"

„Der ist aber nicht da, Sie müssen sich einen Termin holen!"

„Das machen wir jetzt! Mir reicht auch sein Stellvertreter – und der muss ja da sein!"

„Moment, äh, ja, also kommen Sie doch bitte mit herein und setzen Sie sich hier hin." Er geleitete die beiden in das große Foyer, in dem geräumige Ledersitzgruppen standen.

Rahel und Johannes versanken in den Polstern. Sie warteten etwa eine halbe Stunde und sprachen kaum miteinander.

„Wie viel Sehstärke hast du wirklich?"

„Immer 120 %!"

„Quatsch, das gibt es nicht. Das ist Fliegerlatein!"

„Doch, glaub es, ich habe Einhundertzwanzig!"

In dem Moment kam ein sehr gutaussehender, grau melierter Offizier die Treppe herunter.

„Oberstleutnant Koch, Frau Bach, was führt Sie hierher?", stellte er sich vor.

„Keine angenehme Geschichte, Herr Oberst. Das ist mein Sohn Johannes!" Der Offizier reichte nun auch dem puterroten Johannes die Hand.

„Oberstleutnant – Frau Bach! Oberst Born ist wirklich nicht da, aber jetzt gehen wir erst einmal hinauf!"

Dann saßen sie in seinem Dienstzimmer.

„Ich möchte Sie gerne erst einmal unter vier Augen sprechen!", begann Rahel noch vor dem Offizier das Gespräch. Johannes blickte seine Mutter grimmig an.

„Genosse Bach, wartest du bitte einen Moment draußen?" Johannes verließ den Raum, als hätte er einen Stock verschluckt.

„So, Frau Bach, nun erzählen Sie mal!"

Herr Oberstleutnant, waren Sie schon einmal in Bad Saarow?"

„Wieso, äh, ja!"

„Kennen Sie den leitenden Arzt dort?"

„Ja, schon!"

„Es ist Oberstleutnant Dr. Hahnenburg, nicht wahr?"

„Kann schon sein!" *Verdammt, was will die!*, schoss es durch seinen Kopf. „Ja und was hat das mit Johannes zu tun?", fragte er.

„Herr Oberstleutnant, wenn Sie hier nicht sofort einiges in Ordnung bringen, dann hat mein Sohn kommende Woche in Bad Saarow einen Termin bei Oberstleutnant Hahnenburg. Und dann bekommt er dort, aber zusätzlich und sicherheitshalber, noch von einigen anderen Ärzten meines Bekanntenkreises, einen Gesundheits- und Tauglichkeitscheck! Vor allem – der Augen! Ich bin noch nicht fertig, Genosse!", wehrte sie seinen Einwand ab. „Und jetzt möchte ich die Unterlagen meines Sohnes sehen, mit seinem Antrag für eine Offizierslaufbahn als Pilot bei den Luftstreitkräften, den ich mit unterschrieben habe. Oder soll ich die Kopie herkommen lassen? Im Moment ist die in meiner Ausgangspost. Ich schicke das alles mit einer saftigen Beschwerde nach Kamenz, nach Bad Saarow und zum Verteidigungsminister, wenn ich jetzt nicht sofort die Unterlagen sehe! Ich bin Medizinpädagogin und ich möchte Ihnen nicht sagen müssen, wieso ich Oberstleutnant Doktor Hahnenburg kenne!"

Was sie hier sagte, war der ungeheuerlichste Bluff ihres Lebens! Sie konnten hier nur siegen oder erneut untergehen, sie und ihr Sohn! *Wenn's dicke kommt, muss mir Jürgen helfen,* dachte Rahel verzweifelt, denn sie hatte den Namen des Chefarztes in dem Gespräch mit ihren Kabarettisten damals nur aufgeschnappt. Sie kannte ihn also gar nicht.

„Moment, Moment!" Oberstleutnant Koch kam nicht zu Wort!

„Und noch etwas!", schimpfte Rahel. „Welcher Genosse von Ihnen hat meinem Jungen damit gedroht, dass er Güllefahrer werden soll, wenn er darauf besteht, zu den Luftstreitkräften zu kommen? Genosse, ich habe nur diesen einen Sohn! Und ich leide jetzt schon Höllenqualen und stehe tausend Ängste einer Offiziersmutter aus, bei dem Gedanken, dass mein Junge brennend von Himmel fällt! Jeden Tag, an dem der bei euch fliegt, werde ich Angst haben! Viel lieber hätte ich ihn in einem sicheren Raketenbunker in Schneeberg oder, wenn's sein soll, auch bei den Panzern, aber nee, der will fliegen und sonst nichts anderes!

Güllefahrer!

Was ist das für eine Beleidigung der Arbeiterklasse! Diese Menschen tun eine schwere Arbeit, und nun sollen sie noch als Abschreckung dienen! Eins steht fest, ihr kriegt meinen Sohn nur, wenn er wird, was er werden will – und wofür ihr ihn seit sechs Jahren auf dem Flugplatz vorbereitet habt!" Rahel saß kerzengerade vor dem Offizier und sah ihn triumphierend an, während ihr Herz so heftig stolperte, dass Rahel meinte, man könne es bis zu seinem Schreibtisch hören.

Schweigen.

Dem Oberstleutnant hatte es die Sprache verschlagen. Meine Güte, die hatte Haare auf den Zähnen, konstatierte er achtungsvoll. Was für ein Weib! Nach einigen Minuten fasste er sich wieder.

„Frau Bach, ich weiß nicht, was da schiefgelaufen ist. Ich will mich jetzt auch nicht um eine Antwort drücken, aber ich muss mich erst sachkundig machen! Ich brauche ein paar Tage und ich muss die Sache prüfen. Wem haben Sie und Ihr Sohn schon davon berichtet?"

„Johannes hat es mir gestern erzählt! Und jetzt wissen Sie es, sonst niemand!"

„Gut!", sagte er mehr zu sich. „Ich versuche, Johannes zu helfen. Wir brauchen Piloten. und wenn er geeignet ist, dann wird er Pilot! Ich melde mich bei Ihnen in einer Woche. Versprochen!" Dann stand er auf und holte den schlotternden Johannes herein.

„Genosse Bach, du hast 'ne prima Mutter, aber dir muss ich sagen, dass ich dein Verhalten nicht billigen kann! Zukünftig hast du bitte den Arsch in der Hose, deine Sachen selbst durchzustehen, verstanden!" Johannes biss sich auf die Lippen, sagte nichts, nickte nur und schaute verstohlen und ein wenig hoffnungsvoll seine Mutter an, in deren Augen es gefährlich spöttisch blitzte.

Rahels Engel musste seine ganze Energie verwenden, aber es gelang ihm das eigentlich Unmögliche!

Johannes erhielt nach einer Woche die Abkommandierung zum Motorflug-Lehrgang und dort wurde bei einer erneuten Untersuchung seine komplette Tauglichkeit bestätigt. Oberst Born hatte in der Angelegenheit Bach nur drei Telefonate gebraucht, dann war er informiert.

Als Erstes pfiff er den übereifrigen Oberleutnant, der verwandtschaftliche Beziehungen zu Margits Mann hatte, zurück. Dann rief er den Verbindungsoffizier seines Sicherheitsdienstes an, damit dieser Verbindung zur Bezirksverwaltung des MFS aufnahm. Das letzte Gespräch führte er mit der Bezirks- Parteikontrollkommission. Und er erhielt die Antworten, die ihm ermöglichten, die Delegierung des Offiziersbewerbers Johannes Bach zu genehmigen. Alle Genossen hatten ihm bestätigt, dass den Angaben der Genossin Bach, die in ihrer Schule im Parteiverfahren stand, Glauben zu schenken sei.

„Haltet den Jungen da raus!", hatte der Alte aus der Kontrollkommission empfohlen. „Wir lassen die Bach in der Partei, und ihr werdet den Jungen nach Kamenz geben. Damit kriegen wir auch die Bach in den Griff, die liebt ihren Sohn über alles!" Und Johannes durfte fliegen.

Aber bis dahin war es noch ein weiter Weg.

23

Rahel war an dem Abend im Theater, als die Kabarettisten sich ein letztes Mal vor ihr verbeugt hatten, nach langen Monaten wieder mal ein wenig glücklich. Der Genosse Oberstleutnant Koch hatte sich zwar nicht mehr bei ihr gemeldet und Johannes musste ihr dann auch noch klar machen, dass sie sich bitte nie, niemals wieder in seine Angelegenheiten mischen solle, aber sie hatte ihrem Jungen den Weg freigeschossen.

Dass die Armee der DDR kein Abklatsch der Stasi war, und den Genossen Offizieren der Volksarmee die Spitzelei der Stasileute in den eigenen Reihen oft fürchterlich stank, wusste Rahel damals noch nicht.

Vielleicht verdankte es Johannes gerade einer solchen Situation, dass er seiner Mutter nicht hinterher geworfen wurde, auf den Müll der „Klassenfeinde des Sozialismus".

Und ausgerechnet in diesem Moment belästigte Rahel ein kleines, schwarzhaariges Männlein, mit einem rötlich-braunen Spitzbart!

Rahel stand gerade mit Barbara, ihrer Kabarettistin, am Tresen der Hausbar im Theater. Sie unterhielt sich mit ihr angeregt über die Vorstellung, als sie von hinten gerempelt wurde. „Oh pardon, schöne Frau, es ist verflucht eng hier! Ja ich denke, ich sehe nicht richtig! Rahel Bach! Leibhaftig! Endlich lerne ich dich persönlich kennen!"

„Wollen Sie ein Autogramm?", schnarrte sie das Männlein von oben herab an. Oh, wie sie solche billigen Anmachen hasste! Was war denn das für ein Witzbold und wie kam der hierher? Sicher so ein kleiner Parteiarsch aus der Kreisleitung, dachte sie. Der kleine Parteiarsch bewies Zähigkeit.

„Ja, das wäre auch schön, am liebsten ein Bild mit euch allen!"

„Da kommst du zu spät, Genosse uns gibt es nicht mehr, dank des Einsatzes hervorragender Genossen wie du einer bist, nicht wahr?"

Ingo Funke konnte seinen ersten Treffer landen: Er spielte gekonnt das blanke Entsetzen. „Genosse stimmt, hervorragend vielleicht auch, aber das, was du andeutest – nee wirklich –, damit habe ich nichts zu tun!" Der Kerl duzte sie weiter konsequent, aber ausnahmsweise log er nicht. „Allerdings habe ich von der Sache gehört, Sauerei, was die da mit euch gemacht haben!" Und das sagte er laut und hörbar für alle Umstehenden. „Ich bin genauso Kabarettist wie du!", begründete er jetzt sein vertrauliches Verhalten!"

„Na so was", mischte sich Barbara misstrauisch ein, „wir kennen dich aber gar nicht! Wo können wir dich denn bewundern?"

„Überhaupt noch nicht, ich bin erst seit Kurzem im Kabarett des VEB Interelektrik, weil ich dort arbeite!"

„Na, dann probe mal fleißig weiter!", beendete Rahel das Gespräch. Das Männlein umschwirrte die beiden Kabarettistinnen vergeblich, sie wichen geschickt aus und setzten sich dann zu ihren Profi-Freunden aus der Hauptstadt.

Richtig wütend wurde Rahel erst am nächsten Tag, als sie mit ihren Kolleginnen im Internat frühstückte und Frau Unger, die Chefin, hereinkam. „Da steht schon eine ganze Weile ein Kerl draußen auf der anderen Straßenseite und das morgens um zehn! Die Kerle müssen doch so langsam wissen, wann unsere Schüler Schulschluss haben!"

Rahel pflichtete dem bei und damit war es erledigt. Irgendwann würde das Mädchen seiner Träume schon erscheinen. Sie schaute nicht einmal aus dem Fenster, was sie lieber hätte tun sollen. Als sie gegen zwölf Uhr mit ihren Kolleginnen hinausging, um nach oben in das Hauptgebäude zum Mittagessen zu gehen, kam das Männlein ungeniert auf die Gruppe zu, begrüßte die anderen zwei Frauen höflich und drückte sich sofort neben Rahel, die vor Wut rot anlief.

„Hallo grüß dich, schön dich zu sehen! Bin gerade hier vorbeigekommen! Ach hier arbeitest du?"

Rahel blieb stehen, während ihre Kolleginnen verständnissinnig grinsend weitergingen. „Sag mal, hast du keine Arbeit?"
„Doch, aber heute habe ich frei!"
Jetzt erst war Rahel bewusst, dass sie den Kerl vor Zorn auch geduzt hatte! Aber das war schließlich nun auch egal. „Also dass das mal klar für dich ist, ich bin siebenunddreißig Jahre, in festen Händen und habe was gegen Kerle, die mir auflauern, okay?"
„Du siehst erheblich jünger aus!"
„Das weiß ich, und nun lass mich essen gehen!"
„Nur wenn ich heute Abend mit dir essen gehen kann!"
„Hau ab, oder ..."
Ingo Funke ging lachend in Deckung. „Vor welchen festen Händen muss ich denn nun Angst haben?"
Rahel dreht sich um und ging. Der war doch wirklich das Allerletzte! Als sie bei ihren Kolleginnen im Speisesaal der alten Villa ankam, waren die schon bei der Nachspeise. „Ist das deine neue Flamme?", fragte die Internatsleiterin. „Die Liebe muss aber sehr groß sein, der stand ja schon seit neun Uhr in der Früh vor dem Internat!" Rahel antwortete nicht. „Na, der ist aber erheblich jünger als du!", die Unger ließ nicht locker.

„Ja, aber im Bett ist er Klasse!" Damit hatte sie die Unger erst mal zur Sprachlosigkeit veranlasst, während ihre Kollegin Sonja Wiegand auf dem Stuhl hin und her rutschte und Rahel entsetzt mit aufgerissenen Augen anschaute.

Rahel wunderte es nicht, dass das Männlein sie nach Dienstschluss wieder vor der Tür begrüßte. „So, mein Lieber, raus mit der Sprache, was willst du von mir?", herrschte sie ihn an.

„Na wenn ich es gleich sagen soll, ich würde ganz gerne mit dir schlafen, du gefällst mir!"

Rahel Bach von den Auserwählten war nicht aufs Maul gefallen, weiß Gott nicht, aber jetzt schaute sie sich dieses Männlein zunächst erst einmal stumm an. So weit war sie nun heruntergekommen, dass es solch abstruse Individuen wagten – in Erwägung ziehen konnten –, sie so anzumachen! In ihr war nichts als Verachtung, aber nicht für dieses Männlein, sondern für sich selbst! Rahel begriff nun die Etage, in die man sie hinuntergestoßen hatte. *Gut, dachte sie voller Selbstironie, mal sehen, was der jetzt anstellt, um mich ins Bett zu kriegen. Männlein, du wirst dir deine Zähnchen noch fürchterlich an mir ausbeißen, aber mal sehen, was du jetzt machst!* „Alles hat seinen Preis, meint Brecht!", sagte sie dann mit einer Stimme, die an Ironie nichts fehlen ließ. Es war Katharinas Stimme.

„Alles was du willst! Ich hab mich fürchterlich in dich verknallt. Du, ich lass dich nicht wieder los!", sagte er mir einem unsagbar kitschigen Schmalz.

„Das wirst du jetzt müssen! Ich gehe jetzt nach Hause zu meinem Sohn und du verschwindest, sofort!"

„Aber wir sehen uns wieder!"

„Dann bügelst du bitte dein Hemd und kauf dir andere Hosen!" Das Männlein hüpfte froh davon, keine Spur von Ehre, Gewissen oder sonst irgendeiner Eigenschaft, weswegen eine Frau vielleicht geneigt wäre, verständnisvoll Gefühle zu investieren. *Mein Gott, was mache ich hier,* dachte Rahel. *Ich werde dem eine runterhauen, wenn der das nächst Mal aufkreuzt!*

Rahel, wer bist du eigentlich? Sei doch froh, dass sich mal einer um dich kümmert! Deine Ärzte kannst du dir abschminken. Wo waren die, als es dir dreckig ging? Außer Dieter war keiner zu sehen und zu hören!, lockte es in ihr.

Ach, lasst mich doch alle in Ruhe!

„Rahel, ich muss dich ganz dringend sprechen!" Es war Sonja, die kleine Internatserzieherin. Eigentlich hatte sie Krankenschwester lernen wollen, bis festgestellt wurde, dass sie an einer nicht beherrschbaren Allergie gegen Desinfektionsmittel litt. Und nun war sie bis zu ihrem Studienbeginn als Kindergärtnerin erst einmal solange im Internat als Erzieherin untergebracht worden.

„Was ist, Sonja, du siehst ja ganz schlecht aus!"

„Rahel, komm mit mir in den Garten!"

„Warum, wenn was ist, kannst du mir das doch gleich ...", plötzlich fielen ihr Gerda und der Waldspaziergang ein. „Gut, Sonja!" Sie setzten sich in die äußerste Gartenecke auf eine alte, verwitterte Holzbank.

„Rahel, was ich dir jetzt sage, muss unter uns bleiben! Niemandem darfst du sagen, dass du es von mir erfahren hast, aber ich muss dir das erzählen. Du tust mir so leid! Jetzt machen sie auch noch so was!" Sonja hatte sehr leise, fast flüsternd gesprochen. Sie hielt den Kopf gesenkt.

„Erzähl's mir, Sonja. Mich kann so leicht nichts mehr umhauen!"

„Der Junge, der dir hinterher rennt, heißt Ingo Funke, stimmt's?"

„Ja, aber ich hab nichts mit dem, ich wollte nur die Unger schocken!"

„Gott sei Dank! Rahel, halte den unbedingt auf Distanz! Der wohnt bei mir im Haus. Ist verheiratet und hat zwei Kinder! Aber das ist noch nicht das Schlimmste! Meine Mutti weiß von ihren Kollegen, dass beide, er und seine Frau, bei der Staatssicherheit arbeiten! Deshalb sollten wir vorsichtig sein und genau überlegen, was wir mit deren Kindern und mit ihnen schwatzen. Rahel, bitte, bitte, sag niemandem, dass ich dir das gesagt habe! Die lassen mich nicht studieren und meine Mutti schmeißen sie raus, sie ist Polizistin!"

„Sonja, ich danke dir so sehr!" Rahel schüttelte sich vor Ekel und Angst und sie nahm Sonja in die Arme. „Sonja, ich fürchte, ich sitze in der Falle, aber es ist gut, dass ich es jetzt weiß! Nie – niemals wird jemand erfahren, dass du mich gewarnt hast! Wenn du mich in Zukunft mit dem siehst, dann weißt wenigstens du, dass dies nicht mein Wunsch und Wille ist. Aber vermutlich muss ich das Spiel mitspielen und ertragen. Ich weiß noch nicht, wie ich das verhindern kann."

„Ich weiß, Rahel, du bist in Ordnung."

„Bleib noch ein bisschen hier sitzen, man braucht uns nicht zusammen zu sehen!"

Rahel stand auf und ging ins Haus. Sie schloss sich in die Toilette im Keller ein und weinte. Der Kampf ging also weiter! *Ihr elenden Schweine, ihr elenden Schweine! Wenn ich schon krepieren soll, dann werd' ich euch schwer im Magen liegen!*

Als das Männlein am Abend wieder vor dem Internat stand, brachte es Rahel sogar fertig, ihn anzulächeln. „Gehen wir ein Stück?", fragte sie arglos.

Aber das Männlein war erfahren genug, den Sinneswandel richtig zu deuten. Die Alarmglocken des selbsternannten Tschekisten Leutnant Funke schrillten laut genug: „Nanu, musst du heute nichts für Johannes einkaufen?"

„Ich erinnere mich nicht, dir den Namen meines Sohnes genannt zu haben!", schnauzte sie ihn an. „Übrigens hattest du mich ja zum Essen eingeladen. Das können wir gleich machen. Ich habe einen Riesenhunger!"

„Gut, vorausgesetzt, ich genüge kleidungsmäßig deinen Ansprüchen!"

„Für den Felsenkeller reicht es."

„Ich könnte mich auch noch umziehen!"

„Nein, wir gehen sofort!" Der Weg bis zum Stadtwald war nur einige Minuten lang und sie sprachen kaum ein Wort. Ingo Funke war klar, dass er enttarnt war, aber was wusste Rahel? Er musste das sofort herausbekommen! Noch mehr Ärger mit seinen Ex-Genossen durfte er sich nicht einhandeln, zumal er nicht wusste, ob die Bach noch von den Hauptamtlern beschattet wurde. Nun gut, das würde er herauskriegen. Wenn die sich nicht einmischten, war die Bach zum Abschuss frei, und dann war alles möglich. Aber nun musste er ganz vorsichtig sein. Die schnelle Nummer war nicht zu haben, das war klar.

Rahel Bach von den Auserwählten betrat Neuland. Sie war im Krieg. Ohne Waffen, ohne Strategie, ohne ihren Gegner einschätzen zu können. Sie hatte nur ihren Instinkt. Und der funktionierte perfekt. Mit diesem Kerl wollte sie nicht in den unbeobachteten Wald. Niemals! Wenn es so war, wie sie befürchtete, dann konnte die Kneipe aber auch abgehört werden. Alles, was er vorschlug, konnte zu Situationen führen, wo sie kontrolliert und ausspioniert wurde. Rahel hatte Angst. Kindliche, fürchterliche Angst! Sie hatte noch keine Ahnung von den Methoden dieses Apparates. Warum sie, und warum hörten sie nicht auf? Aber Rahel hatte nicht nur Angst! Sie fühlte einen namenlosen unbändigen Hass auf diese Menschen, die scheinbar alles durften, alles!

Und Objekt ihres Hasses war jetzt das Männlein! Er war vorausgegangen und hatte zwei Plätze ausgesucht. Als sie saßen, stand Rahel auf und wollte in eine andere Ecke des Raumes. Ingo ging lächelnd mit. „Hast du Angst, dass ich uns abhören lasse? Hat dir Fräulein Turm erzählt, dass ich bei der Bezirksverwaltung für Staatssicherheitsdienst arbeite? Mädel, der Tisch wäre dann egal! Ich hätte das Gerät doch bei mir!"

Rahel stand in Flammen. „Mir hat jemand was gesteckt, aber nicht die kleine Sonja! Hältst du die für so dumm? Du hast sie ja am ersten Tag mit mir gesehen!" Das schien Ingo einzuleuchten.

„Wer dann, komm, ich kriege es trotzdem raus!"

„Ist das ein Abendessen – oder ein Verhör?! Du wirst dich an gewisse Unsicherheiten gewöhnen müssen!"

„Rahel, das kann ich mir nicht leisten! Ich mache dir einen Vorschlag: Ich erzähle dir, wer ich bin und was mit mir ist, und du kannst dann entscheiden, ob wir zusammen weitermachen oder nicht, denn ich weiß, in welcher Scheiße du und dein Sohn stecken. Du kannst jemanden brauchen, der dir hilft!"

„Prima! Also ich bin überwältigt! Genosse Funke ist ausgezogen, Rahel Bach zu retten! Du glaubst nicht ernsthaft, dass ich dir das abnehme. Und noch etwas; Lass um Gottes willen meinen Jungen aus dem Spiel!"

„Gut, ich werde nicht mit ihm schlafen!"

„Großer Gott, aus welcher Gosse bist du denn gekrochen, du Abschaum!"

„Der Abschaum spendiert dir gerade ein Chateaubriand!"

„Angeber, so was kriegen die hier nicht auf die Reihe!"

„Warte es ab!" Das Männlein zog alle Register, aber Rahel war der Appetit vergangen.

„Was noch zu sagen ist, können wir uns auf dem Heimweg sagen!" Rahel stand auf und überließ es dem Männlein, dem Wirt klar zu machen, dass er seine Kalbslende nun selbst essen musste.

„Rahel, bleib stehen!" Sie dreht sich hasserfüllt um und sah ein, dass es kein Entrinnen gab. Der Kerl war trainiert wie eine Eisenfaust und rannte die fünfhundert Meter, die sie ihm voraus hatte, ohne danach zu keuchen. Es war inzwischen dunkel geworden. „Mädel, ich könnte dir hier in jeder Hausecke den Hals umdrehen und spurlos verschwinden! Ich könnte so vieles. Ich kann dir nicht verraten, was ich alles drauf habe. Wie soll ich dir begreiflich machen, dass es keinen anderen als meinen persönlichen Grund gibt, mich hier so um dich zu bemühen!"

„Und was kann ich noch tun, damit du begreifst, dass du deine Zeit verschwendest?"

„Es ist doch meine Zeit! Lass mich dir doch wenigstens erklären, worum es geht! Du kommst in diesem Land ohne meinen Schutz keinen Schritt weiter! Und dein Sohn auch nicht! Wie stellst du dir das zukünftig vor?" Rahel senkte den Kopf und weinte. Und Leutnant Funke hatte gesiegt. Er erzählte ihr nun seine Story: Nein, er sei längst nicht mehr beim operativen Team der Staatssicherheit. Er sei bei einer obligaten Übung beim Abspringen mit dem Fallschirm unglücklich gestürzt und nun sei er für Kampfeinsätze nicht mehr tauglich. Dann hätten ihn die Genossen verdeckt im Bereich Kultur/Sport und Kirchen eingesetzt und dort sei er auf sie, Rahel, aufmerksam geworden.

„Ich glaube dir kein Wort!", rief Rahel verzweifelt.

„Du bist aus Dideritz, deine Großeltern wohnen noch dort. Der Großvater hat Probleme mit den Bronchien, deine Großmutter und deine Mutter sind bei den ‚Auserwählten', du ..."

„Schweig!", schrie Rahel, aber das Männlein fuhr unbeirrt fort: „Dein Sohn Johannes wird nach dem Abitur an der Offiziersschule der Luftstreitkräfte in Kamenz studieren, er ist sehr gut in Deutsch, Literatur und Geschichte. In Mathe muss er sich noch etwas anstrengen. Seine derzeitige Freundin heißt Nora! Willst du wissen, was deren Eltern machen? Nein? In deinem Wohnzimmer, im rechten Teil der Anbauwand ‚Leipzig 4/1' hast du folgende Bücher! ..." Das Männlein hielt kurz inne, denn Rahel hatte ausgeholt, um ihrem Peiniger eine herunterzuhauen, aber Leutnant Funke fing ihren Arm ab, drehte ihn kurz um und Rahel um die eigene Achse. Dann riss er sie an sich und küsste sie, stieß sie sofort wieder weg und sprach im gleichen Tonfall weiter: „Meine Genossen setzten mich im vergangenen Jahr beim Motorradrennen in Bergenbach-Oberland ein. Da haben sie mir eine Falle gestellt und mich fotografiert, als ich Mädels fickte! Und deswegen haben sie mich ‚in Ehren' entlassen, verstehst du, in Ehren! Da bekommst du Dolch, Taschentuch und Ehrenurkunde und einen wunderbaren Job als Wachmann oder ZV Mann[9] in irgendeinem Scheiß-Betrieb! Verstehst du, Rahel Bach! Ich habe mir für die Truppe den Arsch aufgerissen, meine Knochen zerschlagen, und dann setzen die mich an die frische Luft, aber denen werde ich es zeigen! Ich habe alles hier drin, alles über alle!" Er hieb sich an den Kopf.

„Ja ich zerfließe gleich vor Mitleid, du Ärmster! Aber wenn du weißt, dass du nicht ...", es machte Rahel sichtlich Mühe, weiterzusprechen, denn sie kam ja aus einer völlig anderen Sprachkultur. „Also wenn du nicht ficken darfst, im Kampf für Frieden und Sozialismus, warum machst du es dann?"

„Ficken darf man, man darf sich als Geheimdienstmann nur nicht fotografieren lassen! Nie! Von uns wirst du seit unserem zwölften Lebensjahr keinerlei Fotos mehr finden!"

Arme Eltern, die werden sie alle versteckt haben, dachte Rahel. Sie waren vor ihrem Haus angekommen. In Rahel war kalte, eiserne Ruhe. „Du sagtest, dass du mein Wohnzimmer kennst?"

„Ich kenne nicht nur das Wohnzimmer!", bestätigte er ernst.

„Hast du einen Schlüssel von der Wohnungsgenossenschaft erhalten? Oder habt ihr einen Generalschlüssel?"

„So etwas Ähnliches! Aber ich komme auch ohne das alles hinein."

„Ach ja? Mach mal!" Rahels Küchenfenster war links neben der Haustür. Da nahm Ingo Funke Anlauf, sprang seitlich an der Hausmauer hoch auf ihren Fenstersims, hielt sich im gekippten Fenster fest, fuhr von oben in das Fenster, hebelte es aus und verschwand in der Küche.

Rahel nestelte fassungslos in ihrer Tasche nach dem Haustürschlüssel, da kam das Männlein strahlend aus der Haustür und sagte: „Da ich nun einmal da bin, könnten wir ja einen Tee trinken, Lady? Ich verspreche hoch und heilig, ich werde danach gehen!"

„Oh, da Sie ja offensichtlich bei mir ein- und ausgehen, bitte, lassen Sie sich nicht stören!"

„Ich weiß, wie dir jetzt zumute ist, ich hoffe, das wird sich bald ändern!"

„Was ist denn hier los?" Johannes kam schlaftrunken aus seinem Zimmer.

„Das ist Genosse Ingo Funke!" Johannes warf seiner Mutter einen vernichtenden Blick zu und dann verschwand er wortlos wieder.

Irgendwann nach der Wende las Rahel mal ein Filmplakat: „Der Feind in meinem Bett" – oder so ähnlich hieß es. Sie musste, als sie das sah, bitter lächeln und dachte: *Aus welchen Themen die doch Filme machen!*

Ingo Funke war nicht nur klein und durchtrainiert, sondern hatte auch einen Spitzbart, den er nur deshalb trug, um Insidern kundzutun, dass er nicht mehr bei der „Truppe" war. Denn, so hatte er Rahel mitgeteilt, es war bei der „Truppe" nicht gestattet, besondere Kennzeichen zu haben. Dazu gehörte neben auffälligen Körper- und Gesichtsmerkmalen auch ein Bart. Ingo Funke hatte neben diesem unaussprechlich hässlichen Bart auch einen kleinen, harten, aber stark verbogenen Penis. Was immer er von dem hielt, er benutzte ihn nun, um Rahel zu imponieren. Dazu hämmerte er hastig auf Rahel herum, als hinge von diesem Einsatz der Sieg des Sozialismus ab. Rahel wunderte sich, dass sie es nur mit Ekel, aber ohne Wutattacken oder Weinanfälle überstand.

Eins war ihr von dieser Nacht an klar: Irgendwann würde sie sein Teil in ganz kleine Scheiben schneiden. Vor seinen Augen. Sie verstand jetzt die wütenden Frauen in Zolas „Germinal". Aber Rahel wusste noch nichts vom sexuellen Dreck dieser Welt und glaubte, hier bereits die Grenze des Ertragbaren über sich zu haben. Aber es war noch lange nicht die Hölle.

Durch die musste sie später auch noch durch, und es war gut, dass es nicht einmal ihr Engel vorher wusste.

Ingo Funke war zu allem fähig, aber nicht pervers. Er bumste sich nur, und das ungeschickt und rücksichtslos, durch die Betten seiner Opfer. Im Falle Rahels saß er aber einem Irrtum auf: Seine Erfahrung war, wenn er „die Weiber" erst mal im Bett hatte, waren sie auch gefügig und man konnte sie besser „führen".

Bei Rahel hatte er sich allerdings verrechnet. Sie drehte sehr bald den Spieß um. Immer wenn er mit einem quieksenden Jauler seinen Orgasmus von sich gegeben hatte, war er weich und gesprächsbereit. Und das war sein Verhängnis. Rahel machte Kindchenschema mit Kerzenschein und Smetana oder Feuerwerksmusik. Manchmal ließ sie ihn zu Ravel hüpfen, obwohl ihr der Bolero dafür eigentlich zu schade war. Und dann staunte sie andächtig über die Geschichten von den „Tschekisten". Bald wusste sie, wo seine Frau eingesetzt war, welche Genossen für welche Bereiche zuständig waren, wie sie ausgebildet wurden. Hunderte kleine Informationen bunkerte sie in ihrem Kopf. Zunächst erst einmal ohne Plan. Dann begann sie heimlich, es aufzuschreiben. Die Hälfte dessen, was sie staunend und „bewundernd" erfuhr, war sicher die reine Erfindung, aber Prahlhans Leutnant Funke machte seine Fehler immer wieder. Immer, wenn Rahel auffuhr und schimpfte: „Du lügst, das glaube ich dir nicht!", dann bewies er die eine oder andere Begebenheit. Er zeigte ihr Ausbildungsplätze im Oberland, zeigte ihr Details des Überlebenstrainings. Dann machte er Rahel mit Mandrino Bergmann bekannt, einem aktiven MFS-Offizier. „Der ist klasse", schwärmte Funke, „der hat eine Journalistin der ‚Völkermacht' geheiratet und kann sie nun überall hin begleiten und abschöpfen!"

Armes Mädel!, dachte Rahel, und so wirkte sie auch. Immer elegant und ein wenig traurig. Aber sie schrieb fleißig unter Aufsicht ihres Gatten ihre Kolumnen für das Volksblatt, in dem der Mann von Margit Hammersbacher Parteisekretär war. Sie kannten sich alle.

Und zum Kaffee wurden sie zu Mandrinos Eltern eingeladen, die beide die Chefs der hiesigen Gemäldegalerie waren. Rahel fragte sich nun manchmal, ob es überhaupt in diesem Staate leitende Posten gab, die nicht mit MFS-Genossen besetzt waren. Eine Armee von Menschen, die nur dazu da waren, für diesen Staat, getarnt, die „Sicherheit" im Inneren zu gewährleisten. Vor wem musste da so aufwendig geschützt werden?

„Rahel, du hast ja keine Ahnung!", pflegte der allwissende Funke dann stets weise auf ihre Zweifel zu antworten. „Wir haben Genossen, die filtern nicht nur aus deinen Texten, also aus Worten deinen Klassenstandpunkt heraus. Meine Spezialität war die Rockszene. Der Klassenfeind schlägt wortlos, nur mit bestimmten Tonfolgen zu, und das müssen wir denen nachweisen, sie beschatten und sie aus dem Verkehr ziehen!"

„Und diese Töne bringen die Republik zum wackeln?", spöttelte sie.

„Sehr wohl, wenn wir nicht aufpassen! Frage mal Mandrino, was erst in der Bildenden Kunst los ist! Die arbeiten nur mit Metaphern und sind ziemlich frech! Mattheuer, der Maler, hat eine Barockskulptur in Leipzig auf seinem Balkon, und was denkst du, wie die dasteht? Die streckt uns den Arsch zu! Und die Leipziger Genossen lassen das auch noch zu!"

Rahel lachte sich kaputt: „Der ist prima! Haha, der ist so gut, dass er Narrenfreiheit hat!"

Funke fand das aber gar nicht zum Lachen. Und manchmal waren es winzige Fakten, die dann viel später Rahel halfen, den Vater ihrer Tochter zu enttarnen. Es begann mit Ingo Funke. Einmal hüpfte er zu einer Birke, riss ein Stück Rinde herunter, zog die Zwischenhaut ab und sagte: „Merke dir, das brennt auch bei stärkstem Regen. Das ist wichtig im Überlebenskampf draußen!" Und genau das tat irgendwann sein Nachfolger.

Jetzt aber musste sie zunächst das Männlein ertragen. Wenn sie ins Theater, ins Kino oder nur die Straßen entlang gingen, dann machte er sie auf verschiedene Menschen aufmerksam, beschrieb ihre Biografie und was er mit ihnen zu tun gehabt hatte. Eines Tages blätterte er in einem Stapel Hefte, die auf ihrem Schreibtisch im Wohnzimmer lagen. Weil eine Lehrerin ausgefallen war, durfte Rahel stundenweise in der Weiterbildung eine Klasse Krankenpflegehelfer, die ihr Examen außerdienstlich nachholen konnten, unterrichten. Er schlug ein Heft auf, staunte gar nicht sehr und sagte: „Sieh an, der Herr Mann! Will er doch noch ein bisschen höher hinauf, auf der Treppenleiter!"

„Kennst du den? Der ist ein hochbegabter Mensch! Wieso der nur Krankenpflegehelfer ist, wundert mich schon."

„Da braucht dich gar nichts zu wundern! Der kann froh sein, dass er nicht den Bahnhof kehren muss. Der gehört zur Kunze-Gruppierung, sein Oberarzt auch! Der arbeitet in der Nervenklinik, stimmt's?" Rahel nickte, aber verstand gar nichts.

„Schon mal was von Biermann gehört, Genossin? Sag mal, wo lebst du eigentlich?"

„Doch, der soll abgehauen sein, irgendein Liedermacher! Und der Witz ist, ich soll 'ne Biermann-Type sein!"

„Na, wenn wir dich nicht ausgebremst hätten ...!"

„Ach so? Warst du also doch beteiligt? Warum eigentlich, erklär's mir!"

„Du kommst doch aus der Medizin, nicht wahr, dann weißt du auch, was Prophylaxe ist, ja?" Funke legte das Heft weg. „Wir sind nach dem Prinzip vorgegangen: ‚Wehret den Anfängen'. Wir haben dich sozusagen prophylaktisch entsorgt! Der Chef der Nervenklinik, Professor Unger, ist übrigens unser Mann, obwohl er momentan stinksauer ist. Ich habe dem wegen Kontakten, die er nicht angegeben hat, eine Konferenzreise nach Kanada verhagelt!"

„Du? Ganz bestimmt! Du kleiner Fallschirmspringer wirst auf den großen Professor angesetzt, na, dass ich nicht lache!"

„Willst du wissen, wie sein Bad eingerichtet ist?"

„Mich ekelt es, nein, ich will es nicht wissen. Ihr bespitzelt euch also auch noch untereinander?"

„Klar, wir müssen doch wissen, ob unsere Leute zuverlässig sind! Vor einem Jahr hab ich dem ersten Sekretär Kultur meinen Schwanz auf den Schreibtisch gelegt, weil wir Informationen hatten, dass er schwul ist." Rahel schüttelte sich vor Ekel.

„Und, ist er's?"

„Ich hab's nicht geschafft", gab er zu, „aber wir brauchten was Kompromittierendes!"

„Du schwindelst, ohne rot zu werden! Der Hundertfünfundsiebziger ist lange passé!"

„Klar, aber nicht für einen Ersten Sekretär, wenn er verheiratet ist und Kinder hat!"

„Ihr seid alles ekelhafte Schweine! Und wieso erzählst du mir das alles?"

„Abhärtung", scherzte er, „nee, da gibt's einen anderen Grund!" Er zeigte auf das Heft. „Deswegen! Deine Texte sind nicht schlecht, ich wollte wissen, ob du Verbindung zur Kunze-Gruppe hast!"

„Aha, na prima! Und jetzt hat Sherlock Holmes die Wahrheit herausgefunden, ja? Honecker wird dir dafür den „Vaterländischen" an deine Hühnerbrust heften!"

„Hätte ja sein können. Immerhin war's die Überprüfung wert!"

„Wie schade, nun wirst du nicht wieder in Ehren aufgenommen, so ein Pech!"

„Wo kein Feind ist, da macht man einen!"

„Aha, viel Erfolg beim Schnüffeln! Eigentlich musst du mich ja anwerben. Hast du nicht Angst, dass ich das einmal deinen Genossen verkünde, was du hier so von dir gibst?"

„Wer wird dich schon ernst nehmen?"

„Die Genossen, die wissen, dass du gequatscht hast!", provozierte sie ihn.

„Du wirst nicht dazu kommen!"

„Also muss ich doch für euch arbeiten?"

„An dir sind wir nicht interessiert!"

„Warum nicht, ich bin doch ganz kämpferisch!"

„Du hast charakterlich nicht die Qualität, die wir brauchen! Du würdest doch, ehe du schießt, immer erst deinem Feind in die himmelblauen Augen schauen, weil du's verhindern möchtest, dass er schießt! Prinzip: Überzeuge deinen Feind vom sechsten Gebot: ‚Du sollst nicht töten!' Haha! In der Zeit hat der längst geschossen!"

„Und deshalb ballert ihr lieber prophylaktisch euren Feinden in den Rücken, auch wenn sich hinterher herausstellt, dass es ein Irrtum war?"

„Der Zweck heiligt die Mittel! Stalin hat nur so Moskau schützen können! Er hat die kleinen Städte vor Moskau ausgeliefert, um die Hauptstadt zu retten!"

„Und das alles findest du in Ordnung?"

„Mädel, was verstehst du davon! Wir haben Krieg, und ich bin an der Kulturfront!"

„Wann schießt du mir in den Rücken?"

„Mache ich nicht, ich denke mir was Eleganteres aus", scherzte er wieder.

„Na, immerhin bist du so nett, es mir vorher zu sagen!" Rahel konnte sich in ihrer kühnsten Fantasie nicht ausmalen, wie pervers sich Leutnant Funke noch an ihr rächen würde, als er sie ein Jahr später an den nächsten Peiniger übergab. Aber noch hielt er es für besser, sie in Ruhe zu lassen.

Rahel lebte von nun an wie in einem Alptraum. Es war für sie nicht mehr fassbar, was sie umgab. Dieses Männlein wollte ihr, warum auch immer, weismachen, dass dieses Leben hier eine staatlich regierte, „demokratische" Normalität war! Ein totaler, sich selbst überwachender Spitzelstaat? Warum dieser ekelhafte Irrsinn? Was wollte dieser Mensch von ihr? Allen, die sie vielleicht schon bis in die Badewanne ausspioniert hatten, musste doch inzwischen klar sein, dass sie keine Konterrevolution vorbereitet hatte und ihr auch jede Voraussetzung für ein solches Unterfangen fehlte!

Rahel versuchte verzweifelt, sich irgendeine Taktik zurechtzulegen, die ihr dazu verhelfen konnte, wieder das Heft des Handelns in die Hand zu bekommen. Sie konstatierte, dass sie diesen Kerl nicht loswerden konnte, und wenn das nun so war, dann musste sie versuchen dieses Männlein, so gut es ging, zu manipulieren. So, wie er sich darstellte, war er wohl ein wichtiger Mann. Sie saß in der Falle. Jetzt galt es, in dieser Situation zu überleben. Sollte er mal zeigen, was er drauf hatte!

Rahel erzählte ihm also, dass sie ihr Kabarett und sich in einem anderen Betrieb unterbringen wolle.

„Hol dir einen Termin beim Genossen Tscheulin!" Das war der Werkdirektor seines Betriebes.

Sie erzählte ihm auch, dass ihr das Hochschulstudium in Berlin verwehrt worden war.

„Wir studieren zusammen. Wir machen Philosophie, das können sie dir nicht ablehnen! Ich organisiere das!" Philosophie fand Rahel nicht so gut, zumal sie gerne ein Studium machen würde, wo Funke nicht mit konnte. Sie fuhr heimlich und allein nach Leipzig zur Theaterhochschule.

„Ich nehme Sie sofort", sagte Professor Benz, „da ist nur ein Problem: Niemand in Geranienburg wird Sie für ein Fernstudium ‚Theaterwissenschaften' delegieren. Also müssen Sie ein Direktstudium machen. Das habe nur ich hier zu entscheiden. Es ist für Sie die Chance, dem ganzen Drama in Geranienburg zu entrinnen. Machen Sie es, Frau Bach!" Aber Rahel konnte es nicht tun. Noch hatte sie Johannes in der Ausbildung und musste für ihn sorgen. Ein Studium mit einem mageren Stipendium konnte sie nicht machen, Johannes war wichtiger. Also musste sie unter der Fuchtel von Funke bleiben. Wenigstens so lange, bis Johannes fest in Kamenz war.

Ab Januar 1982 war Rahel Bach dann Ensembleleiterin im größten Elektronikbetrieb der Stadt und im Februar war die Immatrikulation für ihr Studium. Immer an ihrer Seite: Ingo Funke.

Margit hatte mit verkniffenen Lippen ihre Kündigung akzeptiert. Pro forma hatte sie ihr nun doch das Studium in Berlin angeboten und einige Tage später warb sie sogar der Chef der Bezirksakademie als Lehrkraft an. Lehrerin ohne Schüler, sozusagen! Kein Kontakt mehr mit der Jugend. Rahel lehnte diesen Kaufhandel empört ab und blieb bei ihrer Kündigung Also gab man sie frei, und Hammersbacher segnete sogar nun auch noch vor Rahels Weggang die Delegierung für ein Fernstudium Philosophie in Halle ab. Hauptsache, sie war die Bach endgültig los!

Rahel erfuhr erst nach der Wende, als sie Einsicht in ihre Akte nehmen konnte, dass Funke zunächst tatsächlich eigenmächtig gehandelt hatte. Aber die Genossen hatten ihn gewähren lassen, hatten also Rahel an jene Verbrecher ausgeliefert, die ihr Leben in der DDR schließlich völlig demontierten.

Rahel wusste jahrelang nicht, wer Funke wirklich war, aber mit der Zeit war es ihr damals egal. Das Männlein hatte übrigens keinerlei Einfluss auf ihre Einstellung gehabt. Der Werkdirektor hatte Rahels Gruppe früher gesehen und war von ihr begeistert. Er hatte sich über warnende Hinweise aus Margits Clan hinweggesetzt. Dazu kam, dass Gerdas Mann Rahel wärmstens empfahl. Gerda hatte also klammheimlich hinter den Kulissen die Fäden gezogen – und nicht Funke. Das Studium hatte sie ihm auch nicht zu verdanken. Ihr zuständiger Professor in Halle kannte Katharina Zorros, und so gab es keinerlei Einwände. Nur das Männlein an ihrer Seite störte alle etwas. Rahel glaubte noch lange, dass Funke die Fäden zog. *Zieh nur*, dachte sie manchmal hasserfüllt. *Irgendwann liefere ich dich wieder dort ab, wo du hergekommen bist!*

Sie war nach jener ersten Nacht, als ihr Widerstand an ihrem Küchenfenster brach und er siegesgewiss gegen Morgen davonhüpfte, zuerst eine Stunde unter ihre Dusche gegangen: *Wer mit Dreck umgeht, wird zwangsläufig auch schmutzig, aber es gibt Wasser!* Dann hatte sie ihren goldbraunen Overall angezogen und war in die Bezirksverwaltung für Staatssicherheit gegangen. Im Internat hatte sie sich krankgemeldet. „Guten Tag, ich möchte den diensthabenden Offizier sprechen!" Rahel hatte keine Ahnung, wie dort die Diensthierarchie aufgebaut war, also probierte sie es genau so, wie sie es bei der Armee gemacht hatte. Der junge Soldat, der mit eiserner Miene, Kalaschnikow im Anschlag, vor der Tür stand, ähnelte sehr Margits Sohn. Rahel wunderte nichts mehr. Der Soldat hatte Wache, aber er rührte sich nicht. Sie hielt ihm gerade ihren Ausweis vor die Nase, da wurde die Tür geöffnet.

„Kommen Sie bitte herein!" Sie befand sich in einem düsteren Vorraum und der Soldat, der sie hereingebeten hatte, schickte sie sofort in ein kleines Zimmer. Ihr fiel als Erstes auf, dass die Fenster vergittert waren. Dann schloss er die Tür, und sie wartete. Alles was an Gräuelgeschichten über die Stasi in Umlauf war, ging ihr durch den Kopf. *Wer sich in Gefahr begibt, kommt darin um!*, warnten die Geister ihrer Ahnen und ihr Engel!

Haltet euch raus da!, schimpfte Rahel innerlich. *Mit eurem Zaudern wäre Amerika nie entdeckt worden!* Ihr Engel zog sich beleidigt zurück. Zum Glück blieben wenigstens die Instinkte der Ahnen bei Rahel.

„Guten Tag, ich bin Oberleutnant Kretschmar!" Ein älterer, sehr gütig dreinblickender Rotkopf mit listigen Schweinsäuglein hielt ihr die Hand hin.

Ja, warum nennt ihr euch nicht gleich alle Funke?, hatte Rahel grimmig gedacht. *Gleich wird er mich fragen, was er für mich tun kann.*

„Was kann ich für Sie tun, Genossin Bach?"

„Genosse, ich habe Ihnen was zu melden! Entweder, ich habe jemanden vom Bundesnachrichtendienst an der Backe, dann überprüft das, oder ihr erklärt mir jetzt bitte, wieso ihr mich durch Leutnant Ingo Funke beschatten lasst. Ich bin kein Staatsfeind und diese Schmeißfliege ...!"

„Genossin Bach!", unterbrach er sie. „Wer, sagten Sie?"

„Ingo Funke!"

„Kenne ich nicht!"

„Soll ich nach Berlin fahren und dort Bescheid geben, was ihr hier so mit mir treibt?"

„Genossin Bach, was hat Ihnen denn dieser ... Ingo Funke, sagten Sie, erzählt?"

„Das erfahren Sie auf der Stelle, wenn Sie herausbekommen haben, wer Ingo Funke ist!"

„Warten Sie bitte einen Augenblick!" Rahel wartete etwa eine Stunde. Als es ihr zu lang wurde, wollte sie das Zimmer verlassen. Sie öffnete die Tür, da verstellte ihr der Soldat den Weg.

„Sie müssen drin bleiben!"

Nach einer endlosen Zeit kam der Offizier zurück. Als hätte es das vorherige Gespräch nicht gegeben, setzte er sich wieder zu Rahel. „So, so, der Ingo ist also bei Ihnen gelandet, so einer!"

Rahel hielt vor Verblüffung die Hand vor den Mund. Sie hatte keine Ahnung, dass im Nebenzimmer Funke war, den sie aus seiner Wachstube im Betrieb geholt hatten und ihm schnell die Story abgefragt hatten, die er Rahel aufgebunden hatte.

„Ist das euer Mann oder nicht!"

„Ja und nein, Rahel!", lächelte väterlich der Genosse und er erzählte nun Rahel deckungsgleich, was ihr Ingo am Vortag vorgelogen hatte. Tatsache war also, dass er bei „Horch und Schnarch" rausgeflogen war, und es stimmte wohl auch, dass der Junge ein unverbesserlicher Schürzenjäger war. „Sag uns Bescheid, wenn er Dummheiten macht oder wenn du dich überfordert fühlst. Er lebt übrigens in Scheidung! Du kannst jederzeit zu uns kommen!"

Das wird sich sehr in Grenzen halten, dachte Rahel, als sie damals gegangen war. Aber eins stand für sie damals schon fest: Sobald der Knabe etwas tun würde, was ihr schadete, dann würde sie ihn wieder dort abliefern. Und dazu sammelte sie nun heimlich alles, was er von sich gab.

24

Rahel war nun Ensembleleiterin des größten Betriebes der Stadt. Es hätte *die* Lebensstellung werden können, denn im Grunde beschränkte sich ihre Tätigkeit als „Leitungskader" auf die Teilnahme an Leitungssitzungen des Betriebes und Dienstbesprechungen mit den künstlerischen Leitern der einzelnen Ensembles. Der größte Betrieb der Stadt leistete sich einen Chor, ein Tanzensemble, ein Kabarett, mehrere Malzirkel und ein Arbeitertheater. Die künstlerischen Leiter waren ausnahmslos betuchte Profi-Künstler des Bezirkes. Alles lief ab wie ein Räderwerk. Rahel hätte sich nur eintakten müssen, was sie zunächst auch tat. Zu ihren Obliegenheiten gehörten auch Besuche bei den Proben.

Was sie sah, war zum Teil beachtliches Mittelmaß. Sie hatte sich fest vorgenommen, die Provinz da zu lassen, wo sie selbst sein wollte. Aber als sie die Proben des Kabaretts besuchte, versagten alle guten Vorsätze! Statt eines Kabaretts, fand sie ein gemütliches, rauchendes Kaffeekränzchen vor, das, am Tisch sitzend, sich unentwegt Texte vorlas. Geleitet wurde das Ganze von zwei Genossen Dramaturgen des Theaters, die sich nicht schämten, hier ohne Leistung Geld zu scheffeln. Geld, das sie als Ensembleleiterin zu genehmigen hatte. Mir ihrer Unterschrift! Auch das ertrug sie noch, denn sie wusste, was man von ihr erwartete. Sie hatte knapp drei Jahre Zeit, dann waren die Arbeiterfestspiele in Geranienburg. Mindestens das Kabarett sollte dann von Rahels Ruhm und Können profitieren. Sie wusste also, spätestens in einem Jahr wäre es aus mit der Beschaulichkeit der Gruppe. Dann würde man von ihr verlangen, dass sie das gesamte Ensemble nach oben bringt. Gerda hatte hoch gepokert, als sie das als Perspektive den Genossen des Betriebes gesagt hatte. „Wenn das jemand schafft, dann Rahel Bach", hatte sie dem Werkdirektor gesagt.

Rahel gab sich und allen einige Wochen Zeit, dann „läutete" sie die Vorbereitungszeit in allen Gruppen für die Arbeiterfestspiele 1984 in Geranienburg ein. Alle zogen begeistert mit, alle gaben ihre Programmvorschläge ab, nur aus dem Kabarett kam nichts. Als sie die Probe besuchte, hockte die Gruppe in Kampfstimmung vor überquellenden Aschenbechern. Ihre Dramaturgen hatten sie ordentlich aufgehetzt, weil sie Angst hatten, nun überprüft zu werden und im Leistungsmarathon der Vorausscheide aufzufliegen. „Wir wollen wissen, wie das wird! Wir sind hier, um Spaß zu haben, wir sind keine Leistungssportler. Und wir sind dagegen, dass deine Stars in unsere Gruppe kommen und uns an die Wand spielen!" Rahel redete mit Engelszungen, versuchte alles, sie zu begeistern, vergeblich! Sie wollten nichts mit ihr zu tun haben. Sie wollten ihr Kaffeekränzchen, sonst nichts!

Margit hatte gute Wühlarbeit geleistet. Es würde verdammt schwer werden. Zumindest schaffte sie es, die Gruppe zu einem Ausflug nach Dresden und Leipzig zu überreden und sich dort die Profis anzuschauen. Mit dem Versprechen, vorläufig nichts zu verändern, verschaffte sie sich erst einmal die nötige Zeit zum Anwachsen. Aber gegen Ende des Jahres drückte die Parteiobrigkeit feste Termine und Vorgaben in die Ensembles. Und damit musste sie handeln. Sie brauchte ein Programm für das Kabarett, damit sie es in die Ausscheide schicken konnte. Die beiden Dramaturgen brachten nun den Hoftexter aus dem Theater angeschleppt, der ein komplettes Programm versprach. Für viertausend Mark wollte er es machen und die beiden Dramaturgen versprachen auch, sich um einen Regisseur zu kümmern. Rahel Bach wurde schwindelig bei den Summen, die nun veranschlagt wurden, aber Geld spielte offenbar keine Rolle! Rahel wusste, dass dieses Kabarett niemals die Republikspitze erreichen konnte und kalkulierte die ersten Niederlagen ein, um dann ihren Spielern die Möglichkeit des Einstiegs zu geben. Nur deswegen war sie hier! Aber das wusste nicht nur sie. Der Proficlan des Theaters sah eine fette Geldquelle davonschwimmen, und es ging um viel Geld! Je näher die Spiele rückten, desto mehr Geld floss, das wussten sie. Und nun hatten sie diese Kabarettistin vor der Nase!

Wenn sie mitspielte, gut, wenn sie nicht zahlte, dann wusste man auch Rat.

Im März 1982 legte der Genosse Brunse vom Theater sein Programm vor. Siegesgewiss sagte er: „Die proben es schon mal vorab. Meine beiden Genossen machen einen Test, wie es sich bei ihnen anfühlt!"

„Ohne vorherige Prüfung und Genehmigung durch Kulturbeirat und mich, geht nichts in die Gruppen!" Rahel war sichtlich verärgert. Diese etablierte Arroganz, hier war sie wieder!

Rahel nahm den Text mit nach Hause und war nach wenigen Sätzen angewidert und entsetzt! Der gleiche Dramaturg hatte vor drei Jahren mit diesem zusammengestückelten Machwerk aus alten Profitexten der Szene in ihrem Wismut- Kabarett dafür gesorgt, dass die aus dem Wettbewerb flogen! Bereits damals hatte er offensichtlich die gleiche Summe kassiert.

Na warte, dachte Rahel. *Dich habe ich ganz schnell raus!* Sie ging unangemeldet zur nächsten Probe und wie sie erwartet hatte, saßen alle rauchend am Tisch und lasen gemütlich mit den beiden Genossen die schon vervielfältigten Texte.

„Ah, Genossin Bach! Schön, dass du kommst, wir proben schon das Festivalprogramm!", sagte scheinheilig Genossin Marber, die Dramaturgin. „Setz dich zu uns!" Rahel setze sich still lauschend hin, bis eine Passage kam, die sie selbst damals in ihrem Wismut-Kabarett spielen musste. Sie wartete ein Stichwort ab und spielte nun, etwa drei Minuten, gekonnt den ganzen Text. Alle starrten sie an. Das Kabarett bewundernd, weil sie dachten, Rahel hätte es schnell gelernt, aber die beiden Dramaturgen schwiegen entsetzt, weil sie jetzt begriffen hatten, dass Rahel nicht zu unterschätzen, geschweige denn, zu übertölpeln war.

„Die Texte könnt ihr nicht spielen!", sagte dann Rahel.

„Was? Na, die sind doch hervorragend, also das machen wir nicht mit!"

„Das ist Willkür!"

„Du willst nur deine eigenen Texte hier reinbringen! Nicht mit uns! Du beleidigst unsere Freunde vom Theater!"

Die Fetzen flogen, aber Rahel blieb ungerührt sitzen: „Ich hoffe für eure Freunde vom Theater, dass dies ein Missverständnis ist, wenn nicht, dann ist es ein erbärmlicher Betrug, der hier gerade versucht wird! Ich zahle für dieses Programm keinen Pfennig! Es ist fast deckungsgleich mit einem Programm, das schon einmal verkauft wurde, und damit ist meine Kabarettgruppe damals gescheitert!"

„Das müssen wir uns nicht anhören!" Die beiden Dramaturgen standen auf und verließen empört den Raum. Die Hälfte der Gruppe ging mit, dem Rest erklärte nun Rahel den Sachverhalt noch einmal. Sie glaubte, einen Anfang gemacht zu haben, indem sie die faule Brut entlarvte, aber es war das Ende.

Am nächsten Morgen musste sie beim zuständigen Direktor antreten. „Genossin Bach, du bist ab sofort deines Postens enthoben! Ich habe hier ein Beschwerdeschreiben des gesamten Kabaretts über Vorfälle in den Proben, und auch die anderen künstlerischen Leiter sind mit deinem Führungsstil nicht einverstanden!", log er ungerührt weiter, obwohl Rahel energisch widersprechen wollte: „Wissen Sie eigentlich, was da los ist? Das Theater ..."

„Ja eben, ich habe gestern Nacht noch einen empörten Anruf vom Intendanten erhalten, dass Sie hervorragende Künstler des Theaters, herausragende Genossen, beschimpft und beleidigt haben! Bilden Sie sich ja nicht ein, Sie können hier bei uns genauso handeln wie an Ihrer Schule! Es reicht, dass Sie das ganze Kabarett durcheinander gebracht haben! Jetzt ist Schluss! Ein für alle Mal!" Er ließ Rahel keine Zeit zu antworten. „Sie haben bis Mittag Zeit, Ihre Sachen zu packen und morgen melden Sie sich im Bereich Drei, bei Genossin Mittemeier!"

Rahel ging schweigend in ihr Büro. Ihre Sekretärin blickte kaum auf. Rahel war klar, dass inzwischen alle informiert waren. Sie kippte den Inhalt ihrer Schreibtischschublade in ihre Tasche und steckte schnell den bewussten Text dazu. Dann legte sie die Schlüssel auf den Tisch: „Erledigen Sie das bitte für mich, Frau Klein?"

„Ja, und alles Gute, Frau Bach!" Der ehrliche Ton der Frau ermutigte Rahel.

„Frau Klein, bitte, ich habe eine Frage."

„Ja?", erwiderte sie leise und ängstlich.

„Was ist der Bereich Drei, und wo ist das?"

„Der Bereich Drei ist in der Parkstraße, das rote Gebäude!" Frau Klein bemühte sich, gleichgültig und sachlich zu wirken.

„Und was ist dort?", fragte Rahel.

„Produktion, Frau Bach, die wickeln Kondensatoren."

Fast ein Jahr lang wickelte Rahel Bach nun Kondenstoren, sortierte Trimmer und lernte, was das war: Arbeit am Fließband. Sie wusste nicht, was die Betriebsleitung den Arbeiterinnen erzählt hatte. In den ersten Tagen war sie das begehrte Objekt ihrer Neugier, denn jeder wollte sie sehen, die abgestürzte „Künstlerin" und Genossin von „da oben" aus der Leitungsetage. Ihre Vorgesetzte am Band wies sie nur kurz ein, wie sie das Ölpapier um das Metallteil mit den Kupferdrähten zu falten und dann in die Hülse zu stecken hatte.

„Wie viel muss man am Tag machen?"

Die Vorarbeiterin nannte eine utopisch hohe Zahl. Am Abend des ersten Tages hatte Rahel keine Fingerkuppen mehr, sondern nur noch geschwollene blaurote Klumpen.

Nach vier Tagen kam die Vorarbeiterin erneut: „Frau Bach, ich bin Gabi. Nimm's nicht krumm, wir haben dich bissel verscheißert, aber du versaust uns hier die Norm. Mach langsamer!"

„Gut Gabi, ich bin Rahel, also wie viel?"

„Es reicht, wenn du dreihundertvierzig machst!"

„Ihr Sauhunde, und ich bastle mir hier die Finger blutig!" Alle am Band lachten und Rahel war aufgenommen. Sie war sogar ein wenig froh. Man ließ sie in Ruhe. Sie stopfte Kondensatoren in Hüllen und das bei vollem Gehalt eines Ensembleleiters. Sie hatte den ganzen Vorgang als schriftliche Beschwerde an den Werkdirektor geschickt, samt bewusstem Text, aber es holte sie niemand vom Fließband. Irgendwann kam das zweite Parteiverfahren. Es war nur eine kurze Sache zwischen Leuten, die Rahel nicht kannte. Wieder entließ man sie nicht, aber ihre Mitgliedschaft ruhte, und das war das Allerschönste! Sie musste nicht mehr an den Parteiversammlungen des Betriebes teilnehmen. Das kleine Männlein machte sich noch immer neben ihr breit. Seltsamerweise ließen sie Rahel weiter studieren. Auch ihr Arbeitsvertrag wurde nicht verändert, zunächst. Offiziell war sie also für ihre Mitstudenten immer noch Ensembleleiterin. In Wirklichkeit hatte man sie befristet in die Produktion strafversetzt. Offensichtlich wusste keiner, was man mit ihr machen sollte.

Das Studium wurde zum neuen Abenteuer ihres Lebens. Rahel kam in Halle nicht aus dem Staunen heraus. Dort wurden historische Fakten dargelegt und kommentiert, für die Rahel in Geranienburg garantiert das nächste Parteiverfahren erhalten hätte. Rahel lernte denken, lernte wissenschaftlich arbeiten, lernte, sich unter Klügeren und Gleichgesinnten durchzusetzen, lernte Katharinas Schau zu analysieren. Und das Männlein war immer dabei. Es trieb ein uraltes, klappriges Auto auf, was den Alltag etwas erleichterte. Aber Rahel wurde immer durchsichtiger und dünner. Früher gehörten ihr bei allem Stress wenigstens noch ihre Nächte selbst, war ihr Bett oft die einzige und intimste Zuflucht. Aber seit das Männlein sie traktierte, hatte Rahel nichts mehr. Zunehmend versagte ihr Körper, aber sie stand jeden Morgen auf und ging in die Fabrik, stopfte acht Stunden Ölpapier und Kondensatoren in die Aluhülsen und ging nach Hause, um zu lernen. Sie schaffte alles gut, nur das Fach „Logik" brachte sie zur Verzweiflung. Rahel wusste, dass nur das erfolgreiche Studium vielleicht eines Tages der Ausweg aus der Fabrik sein konnte! Vielleicht, irgendwann!

Aber ihr Körper konnte und wollte nicht mehr. Manchmal schlich sie zur großen Eisenbahnbrücke und schaute hinunter auf die Gleise. Manchmal nahm sie die große Zwanziger-Spritze zur Hand. Sie brauchte sie nur mit Luft zu füllen! Manchmal war der Gedanke an den traurigen Johannes, der bald versorgt und weg sein würde, nicht stark genug.

Eigentlich war es jetzt der Hass auf das Männlein, der sie immer wieder hoch riss und trotzig machte. Ingo Funke fickte längst in anderen Betten, und er machte auch keinen Hehl daraus. Die Bach hatte ihm den Einstieg in das Hochschulwesen ermöglicht, und damit hatte er nun Verbindung zu den Berliner Mitstudenten. Die Kulturszene in Berlin hatte es ihm angetan! Er suchte nur noch den geeigneten Zeitpunkt oder die geeignete Mitstudentin aus Berlin zum Absprung. Die Gelegenheit ergab sich im Sommer 1982.

Rahels Gesundheitszustand war Simai, einem Arzt aus Afrika, der in der DDR nun auch noch Philosophie studierte und der neben Rahel saß, nicht entgangen.

„Was hast du, Rahel? Du bist dünnes Bäumchen im Wind!"

„Wind ist untertrieben, Simai!"

„Musst du diese Ingo haben?"

„Nein."

„Schick ihn weg!"

„Geht nicht!"

„Ich werde erschießen!"

„Oh ja, bitte!" Sie lachten beide.

„Kannst Tränen laufen lassen!", sagte der Arzt.

„Auch zum Weinen braucht es noch Kraft!", entgegnete Rahel.

„Ich kenne hier Chefarzt! Er macht autogenes Training! Geh vier Wochen in den Semesterferien hin. Du schaffst sonst das hier nicht! Und du willst es schaffen, oder? Ich bin oft auch kaputt, aber ich muss hier schaffen! Brauche ich für mein Land! Du hast hier nicht Krieg und du hast Sohn, Rahel! Ich habe auch klein' Sohn, aber bei uns ist Krieg! Aufgeben ist nicht Lösung, damit dienst du Feind!"

„Ach, Simai, hier ist auch Krieg, nur ohne Fronten!"

„Ich weiß, Rahel! Ich rede mit Chefarzt!"

Sie sprach mit Johannes und der war froh, dass Rahel sich entschlossen hatte, in die Klinik zu gehen. „Aber was machen wir mit dem Funke?", fragte Rahel.

„Raus und Türe zu!"

„Du weißt, dass das nicht möglich ist!"

„Mutti, ich weiß alles, aber vertrau mir! Schmeiß ihn raus! Versuchs wenigstens! Ich bin sowieso in diesen vier Wochen zum Lehrgang!"

„Was machst du aber an den Wochenenden?"

„Na, ich komme heim, wie immer!"

„Ich will nicht, dass der dann mit dir allein ist!"

„Mutti, dem polier' ich die Fresse, wenn der hier frech wird!"

„Genau das befürchte ich! Dem bist du noch nicht gewachsen!"

„Mach den Termin und verlass dich mal auf mich, Mutti!"

Und Rahel ging zu Chefarzt Wertheimer.

„Herr Chefarzt, Sie können mich sofort wieder heim schicken. Ich will Sie nicht in Schwierigkeiten bringen! Sie sollen Folgendes wissen: Meine Genossen in Geranienburg wollen mich für verrückt erklären lassen, ich hatte zwei Parteiverfahren, bin Medizinpädagogin und Kabarettistin, aber jetzt Produktionsarbeiterin und studiere hier in Halle Philosophie!"

Chefarzt Wertheimer lachte schallend. „Das ist fürwahr eine brisante Mischung!"

„Bitte fragen Sie jetzt nicht, was Sie für mich tun können!", bat Rahel.

„Ich wollte Sie das gerade fragen!"

„Also, sagen wir's mal so: Ich will von Ihnen eine ehrliche und schonungslose Diagnose, ob ich verrückt bin oder nicht! Mir ist klar, was ich riskiere. Mir bleibt aber keine Wahl, Herr Chefarzt! Und noch mal, schicken Sie mich bitte weg, wenn es Sie zu sehr belastet."

"Ihr Studienkollege hat, entschuldigen Sie die Offenheit, aber unter Kollegen, verstehen Sie, – er hat mir schon ein wenig von ihnen berichtet."

„Das ist in Ordnung, Herr Chefarzt!"

„Frau Bach, wir machen hier eine offene Therapie, autogenes Training und einige Tests, wenn Sie es wünschen. Das ist keine übliche Station. Nachts zum Beispiel haben wir kein Personal im Haus. Es ist eher eine Art Kurbetrieb, aber wir sind dem Klinikum angeschlossen! Unsere Patienten haben alle Probleme. Ich würde Sie aber bitten, Ihr spezielles Problem mit Ihren Genossen in Geranienburg hier nicht zum Thema zu machen. Mit mir können Sie über alles sprechen, einverstanden? Und vorab, verrückt sind wir alle ein wenig, oder?"

„Ja", sagte Rahel.

„Immerhin studieren Sie Philosophie!", lachte er.

Rahel setzte nun Ingo Funke einfach vor die fertige Tatsache, und der war zutiefst betroffen! Er hatte Rahels Aktivitäten, die inzwischen viel von ihm gelernt hatte, nämlich nicht mitbekommen und nun witterte er zu Recht Unrat!

„Ich weiß, ich kann nicht verhindern, dass du die Wohnung betrittst, aber ich möchte dich trotzdem bitten, während meiner Anwesenheit nicht herzukommen. Ich meine das ernst!"

„Ha", lachte er etwas verunsichert, „und was, wenn ich es trotzdem mache?"

„Ich würde es dir nicht raten!" In ihrem Blick war etwas Drohendes, was er nicht einordnen konnte, und wenn er etwas nicht ausstehen konnte, dann war es Ungewissheit!

„Ich weiß einiges, was dir nicht passen könnte, wenn ich es in der BV erzähle!", drohte Rahel.

„Ach ja? Gut aufgepasst, ja? Schlampe, nimm dich in Acht! Manche liegen plötzlich tot im Bad!"

„Zu spät, Zwitschervögelchen, du hast die Rechnung ohne deine eigenen Genossen gemacht!"

Funke zuckte zusammen. „Ach komm, Alte! Frieden, ja? Ich gehe nicht in die Bude."

„Gut, ich verlasse mich drauf, übrigens, das Auto nehme ich mit nach Halle!"

„Alles, was du willst, mein Täubchen!"

Rahel lernte autogenes Training, was ihr sehr schwer fiel, und binnen Kurzem war sie für alle der Kummerkasten, nur von ihr wussten die Mitpatienten nichts. Sie machte alle Psychotests mit, die angeboten wurden, und führte ellenlange Gespräche mit ihren Psychiatern, oder was immer sie waren. Einmal brachte sie einer nach vier Stunden Exploration zum Weinen und darüber war der Arzt, der völlig erschöpft wirkte, sichtlich froh. Manchmal ging sie im Garten mit dem Chefarzt spazieren und nach drei Wochen fragte sie ihn dann: „Bin ich krank, Herr Chefarzt, bitte!"

Chefarzt Wertheimer blieb stehen und nahm ihre beiden Hände in seine: „Rahel Sie sind sehr gesund. Diese Gesellschaft ist es, die krank ist – und uns krank macht. Ich hätte Sie gerne hier, als Mitarbeiterin."

Rahel schluckte die Tränen hinunter: „Danke, Herr Chefarzt, ich überlege es mir!" Er hatte ihr die Insel angeboten, die offene Klapsmühle. Vielleicht war er ehrlich, vielleicht IM der obersten Etage. Rahel leistete sich kein Vertrauen mehr.

In der letzten Woche auf der Insel, es war ein Freitagabend, kam eine Schwester in Zivil in ihr Zimmer. „Frau Bach, Sie haben ein Telefonat!"

Ach nee, dachte Rahel, *es ist ja doch Personal da*! Sie wollte zum Münzfernsprecher im Foyer, aber Schwester Sabine schob sie ins Zimmer des Chefarztes. Auf seinem Schreibtisch lag der Telefonhörer.

„Es ist Ihr Sohn!", sagte sie und verschwand aus dem Zimmer.

„Mutti, du musst kommen, der hat unsere Wohnung ausgeräumt und ich hab ihn gerade noch erwischt und ihm eine in die Fresse hauen können, aber es ist schon alles raus! Der muss tagelang geräumt haben! Dieses Schwein! Soll ich die Polizei rufen?"

„Nein, Johannes. Ich komme morgen selbst, das melden wir woanders. Kannst du irgendwo schlafen?"

„Mein Zimmer hat er nicht angerührt, aber ich schlafe bei Lutz! Mutti, reg dich nicht auf, den kriegen die, und dann machen wir alle aus dem Hackfleisch!" Rahel musste sich am Schreibtisch festhalten. Wie lange sie da stand, wusste sie nicht.

Es klopfte und Chefarzt Wertheimer kam mit Schwester Sabine herein. „Ich habe lieber den Chef geholt", sagte sie fast entschuldigend.

„Ist schon gut!" Rahel fand sich nach einer Stunde in ihrem Bett und im Schlafanzug wieder.

Schwester Sabine saß an ihrem Bett. „Sie sind bissel kollabiert. Der Chef meinte, Sie sollten bitte heute Nacht nicht allein bleiben."

„Danke, Schwester Sabine, aber hier kann ich ja nicht noch mal umfallen. Ich bin sehr müde!"

„Ihr Sohn hat mir sagen müssen, um was es ging, sonst hätte ich Sie nicht ans Telefon geholt. Morgen müssen Sie mit dem Chef besprechen, was Sie tun wollen. Ich denke, Sie sind noch nicht so weit, zu gehen."

„Wir sprechen morgen weiter", bat Rahel. Sie wollte nur noch allein sein.

„Na gut, dann gehe ich hinunter. Unsere Patienten sollen eigentlich nicht wissen, dass immer einer von uns hier ist, wenn mal was ist, verstehen Sie?"

„Schwester Sabine, das war mir gleich klar! Gute Nacht! – Und danke!"

Rahel hatte auch Medikamente bekommen und das wirkte sich jetzt aus. Sie schlief auf der Stelle ein.

Plötzlich wurde sie jäh aus dem Schlaf gerissen, als sie vorn am Schlafanzug gepackt wurde. Eine Taschenlampe leuchtete ihr in die Augen! „Schlampe, wo steht das Auto? Fahrzeugpapiere! Raus damit!" Rahels Kopf dröhnte! Alles drehte sich. Das Medikament ließ sie nicht los. Funke schlug ihr links und rechts ins Gesicht, immer wieder! Rahel wollte schreien, da stopfte ihr Funke die Bettdecke auf das Gesicht. Rahel rang verzweifelt nach Luft. Er lüftete die Decke und hielt ihr den Mund zu: „Kein Muckser, oder du bist tot!"

Rahel wurde in einer Hundertstelsekunde ein Instinktwesen. Sie befürchtete, wenn sie es sagte, würde er sie töten oder mitschleifen. Ihre einzige Chance war, es nicht zu sagen, oder zu bluffen. Sie entschied sich in Sekundenschnelle für den Bluff. Vielleicht wusste er nicht, dass sie schon von dem Einbruch zu Hause erfahren hatte. „Das Auto steht bei Simai in der Garage, aber die sind in Urlaub gefahren. Deswegen konnte ich es hineinstellen!"

„Der Schlüssel?"

„Den hat der Mitmieter. Das ist eine Doppelgarage!"

„Die Fahrzeugpapiere, sofort!"

„Die hat Johannes!"

„Was! Wieso! Du Schlampe lügst!", zischte er.

Wieder kam die Decke über sie.

„Johannes hat mich hergefahren und er wird mich nächste Woche wieder abholen!", ächzte sie, nachdem er etwas locker ließ. „Ich darf wegen der Medikamente nicht fahren! Hol dir das Auto und lass mich in Ruhe, bitte!"

„Los, schreib eine Vollmacht, dass ich das Auto rausholen kann!" Es war auf Rahel zugelassen. „Und eine für Johannes! Wo hast du Papier?" Er kramte mit einer Hand in der Nachttischschublade. In diesem Moment klopfte es an die Tür und Schwester Susanne kam herein. Mit einem Satz sprang Funke auf sie zu, warf sie zur Seite und beide Frauen hörten nur noch, wie er ohne Vorsicht die Treppe hinunter rannte, dann klirrte eine Scheibe und danach war Stille.

„Ich wollte ja nur noch mal schauen, ob Sie schlafen! Oh Gott, Frau Bach, da muss ich sofort wieder den Chef rufen!"

„Gut, aber ich muss schnell ans Telefon!"

„Das kann ich nicht zulassen!" Rahel sprang aus dem Bett. *Woher bekommt man diese Kraft?*, dachte sie kurz. Sie packte Susanne am Arm: „Der kommt wieder, wenn er das Auto hat. Der will mich rausholen und umbringen! Wir haben nur Minuten Zeit, Susanne! Er hat begriffen, dass Sie allein hier sind! Der ist bewaffnet!", rief Rahel. „Ich muss sofort die Stasi anrufen!"

„Ja!" Susanne war wie hypnotisiert und rührte sich nicht von der Stelle.

„Das kommt von euren Scheißmeditationen! Los, ab in das Büro!" Susanne rannte willenlos neben ihr die Treppe hinunter. „Telefonbuch!"

Susanne bückte sich wortlos und holte aus dem Schreibtisch das Buch. Rahel sah alles nur verschwommen. Ihre Brille lag noch oben auf dem Nachttisch.

„Komm her, such unter „B" Bezirksverwaltung für Staatssicherheit! Hast du es? Wähle die Nummer!"

Sabine gehorchte schlotternd, der Ruf kam an. „Renne hoch in mein Zimmer, hol meine Brille, die liegt auf dem Nachttisch!"

„Ich gehe da nicht mehr hoch!"

„Nimm Müller mit!" Patient Müller stand verstört draußen. Er war bei dem Krach wach geworden.

„Bezirksverwaltung Halle, was kann ich für Sie tun?"

„Bitte kommen Sie sofort in die Bleibachstrasse drei, Klinik Chefarzt Wertheimer! Mein Name ist Rahel Bach! Ihr Genosse, Leutnant Funke, Bezirksverwaltung Geranienburg, hat hier einen Einbruch und Körperverletzung begangen! Er will mich umbringen, der kommt wieder!"

Als die Genossen, die den herbeigeeilten Chefarzt sofort aus seinem Zimmer verbannt hatten, morgens um sechs Uhr gingen, hatte Rahel alles, aber auch alles, was sie in den letzten drei Jahren erleben musste, berichtet. Die Genossen hatten wenig gefragt, hatten sie reden lassen. Keiner schrieb mit, nur manchmal machten sie sich Notizen. *Sie werden ein Tonband haben*, hoffte sie.

Nur bei Funke gingen sie in die Tiefe. Sie erzählte ihnen, wo er ausgebildet wurde, welche Dienststellung seine Frau inne hatte, wer für die Autobahnüberwachung der Teilstrecke Geranienburg zuständig war, wen Funke alles abgeschöpft und ausgelauscht hatte. Wer im Kulturbereich zu den IM zählte und wie Mitarbeiter des MFS Autos knackten und sich bei Westautos gerne und oft bedienten. Mochten die sie für verrückt halten, mochte Funke wiederkommen und sie töten, aber dieses Schwein wollte sie nicht nur kennzeichnen! Sie warf es den eigenen Genossen zum Fraß vor! Sie verabschiedeten sich mit Steingesichtern, ohne Regung und baten Rahel höflich um Stillschweigen, sie würden sich um alles kümmern.

„Ja und meine Wohnung?"

„Melden Sie das bitte, wenn Sie nach Hause kommen, unserer Behörde. Die regeln das!"

„Sorgen Sie bitte dafür, dass mich der Genosse nicht mehr belästigt, mein Sohn ist Offiziersschüler, er macht sich große Sorgen um mich!"

Ein Steingesicht taute auf und lächelte: „Das wissen wir!"

25

Sie warteten erst ab, bis Johannes am Sonntagabend wieder zum Vorbereitungslehrgang fuhr, dann entließ Chefarzt Wertheimer Rahel vorzeitig, auf eigenen Wunsch, am Montagmorgen. Sie legte Simai Fahrzeugpapiere und Berechtigungsschein sowie eine Vollmacht in den Briefkasten. „Du findest sicher einen Käufer für das Auto", schrieb sie ihm. „Es kostet fünfhundert Mark und steht auf dem Parkplatz des Personals, in der Zentralklinik." Dann ging sie zum Bahnhof, löste eine Fahrkarte nach Leipzig und lief dort stundenlang kreuz und quer durch die Stadt. Dann fuhr sie mit dem Bus nach Dideritz und von da aus mit dem Taxi nach Geranienburg. Sie hoffte, dass die Genossen das Männlein verhaftet hatten, sicher war sie sich nicht.

Rahel betrat ihre Wohnung nur zögernd. Zum Glück war sie vorbereitet und sie war bis zur Halskrause mit Psychopharmaka abgefüllt. Rahel stieg über Pappkartons und Papierfetzen durch den Korridor und ging in ihr Wohnzimmer. Ein Teil der Anbauwand war nach vorne gerückt, der andere Teil der Viermeterwand stand noch an seinem Fleck. Sie starrte auf die Wand, die völlig leer geräumt war. Mitten im Glasschrank stand ein einziges, fremdes Buch: Platonow, „In der schönen grimmigen Welt"

Das war die Botschaft des Ex-Leutnants der Staatssicherheit der DDR an Rahel Bach. Sie hat das Buch nie gelesen.

Rahel drehte sich um, die große Couch stand noch da, die Sessel und Tische, sämtliche Lampen und
der Inhalt aller Schränke fehlte. *Mein Nähkasten, wo ist mein Nähkasten*, dachte sie völlig hirnlos.

Rahel ging in ihr Zimmer. Alle Kleidungsstücke lagen herum. *Die Liege hat er mir gelassen, wie nett!*

Die Schubladen, in denen sie Wäsche und Handtücher aufbewahrte waren aufgezogen und leer.

Rahel ging apathisch ins Bad. Hier bot sich das gleiche Bild. Leutnant Funke von der Staatssicherheit der DDR hatte sich komplett für einen Neuanfang in Berlin eingedeckt.

Rahel kroch unter ihre Badewanne, zog das Anschlussrohr zum Abfluss aus dem Rohrschacht und fühlte in den Schacht hinein. Ihre Notizen lagen noch drin! Gott sei dank! Das weckte Rahel aus der Starre. Sie waren also nicht unfehlbar!

Funke hatte das gesamte Geschirr, Gläser, alle Sammelstücke aus ihren Urlauben und das herrliche Böhmische Kristall, das sie so liebte, geklaut. Töpfe hatte er nur wenige mitgehen lassen, Bratpfannen gar nicht. Das alles war nicht so schlimm. Aber alle Bücher und Bildbände fehlten. Ein Stuhl stand noch in der Küche. Rahel setze sich.

Die Bilder, dachte sie, *warum hat er die hängen lassen?* Auch die Fotoalben waren noch da. *Die Schreibmaschine!*, durchfuhr es sie.

Dieses Schwein, dieses Schwein!

Sie lief hinüber zu Lutz' Eltern. Die Mutter von Lutz umarmte Rahel stumm. Sie gab ihr, wie ausgemacht, den Zimmerschlüssel von Johannes.

Als Rahel in sein Zimmer kam, war sie zu Hause. Er hatte einen Strauß Blumen hingestellt und dann stand da noch ein Karton. Obenauf lag ein Zettel: „Zum Neuanfang!" Im Karton befanden sich mundgeblasene Cognacschwenker. Rahel fand ihr Lachen wieder. *Ach du lieber Kerl! Die brauchen wir nun ganz bestimmt am allernötigsten!*

Rahel war noch einige Wochen krankgeschrieben, aber sie hatte das Chaos in ihren Räumen schon nach wenigen Tagen beseitigt. Sie war sofort am Dienstagvormittag zur Polizei gegangen, hatte Anzeige erstattet, aber als der Name und die Dienststelle Funkes fiel, klappte der Genosse Kommissar den Ordner zu: „Nicht unser Zuständigkeitsbereich, da müssen Sie rüber gehen. Ich melde Sie gleich an!"

„Rüber" war die Bezirksverwaltung für Staatssicherheit, es war nur ein Straßenzug weiter. Noch war der Prunkneubau am Stadtrand nicht ganz fertig, noch befand sich die BV mitten in der Stadt, gegenüber der Staatsanwaltschaft. Rahel hatte es vorher gewusst, aber sie wollte alles allen erzählen. Sie wusste, es war sinnlos, aber es verschaffte ihr etwas Genugtuung. Wieder saß sie im Gitterzimmer, wieder wartete sie ellenlang, als sich das Zimmer mit drei Steingesichtern füllte, der nette Alte vom ersten Mal war nicht dabei. „Erzählen Sie! Was ist denn schon wieder los!", herrschte sie, ohne Anrede, ein Steingesicht an.

Da verlor Rahel, die Pädagogin und Kabarettistin jede Kontrolle, jede Taktik und jede Vorsicht. Sie brüllte diesen Männern ihre ganze Wut, ihre Verletzungen und ihren Hass ins Gesicht: „Warum macht Ihr das! Erschießt mich und meinen Sohn doch gleich, damit endlich Ruhe ist, ihr Verbrecher, ihr ..."

„Hinsetzen! Und Ruhe!"

Rahel gehorchte mit aufgerissenen Augen. Zum ersten Mal machte sich ihr Herz ziehend bemerkbar. Sie schnappte nach Luft und griff sich an den Hals.

„Können Sie jetzt zuhören?", fragte ruhig ein Gesicht. Rahel nickte.

„So, und jetzt Folgendes: ,Der Verbrecher' sitzt über Ihnen!" Er zeigte zur Zimmerdecke. „Und die Genossen, die ihn jetzt bearbeiten, sind nicht so höflich mit ihm, wie wir zu Ihnen! Wenn er Verrat geübt hat und etwas getan hat, was ihm nicht gestattet ist, dann wird der das jetzt da oben sagen! Der wird kein Detail, keine Tat, kein Wort auslassen, verlassen Sie sich drauf! Bei uns redet jeder!"

Rahel, die von diesem Mann da oben gepeinigt und bestohlen worden war, fuhr entsetzt hoch. „Ihr foltert den doch nicht etwa?"

„Quatsch!" Die Männer grinsten sich verständnisinnig an.

Rahel lehnte sich zurück, ihr Herz stolperte. Sie sah die Männer kaum noch. In ihrem Blickfeld zeigten sich gezackte Blitze. Alles fing an, sich zu drehen. Rahel spürte, dass sie nicht mehr lange bei Bewusstsein sein würde.

„Macht bitte die Fenster auf!"

„Geht nicht"

„Na, Genossin Bach, guten Morgen!" Ihr Nachbar Doktor Ranft beugte sich über sie. „Alles bissel viel auf einmal, was?"

Rahel sah sich um. Offensichtlich war sie immer noch im MFS-Gebäude. Aber Herr Dr. Ranft, wie kam der hierher? Es war nicht ihr Hausarzt, aber er wohnte in ihrem Block und Johannes und sein Sohn machten zusammen Abitur. Wie kam dieser Arzt ins Stasi-Gebäude? „Was ist für ein Tag?"

„Keine Angst, es ist immer noch Dienstag, allerdings um fünf! Rahel, können die Genossen jetzt mit Ihnen weitermachen? Ich meine, Sie wissen schon, dass Sie denen jetzt alles berichten müssen, was Sie da mit Funke und in Halle erlebt haben."

„Ich will nur meine Sachen wiederhaben! Ich möchte nach Hause!"

„Rahel, reden Sie! – Oder soll ich Sie einweisen?" Die Drohung war unmissverständlich.

Rahel stand mühsam von der Pritsche auf. Es gab nichts, was ihr nicht wehtat. „Ich möchte was trinken, eine Haarbürste und einen Spiegel!" Sie suchte vergeblich nach ihrer Handtasche.

„Spiegel nicht, hier ist ein Kamm", sagte der Offizier, der nun kam. Rahel bändigte ihre Haare und zog ihren Pferdeschwanz zurecht.

„Es kann weitergehen", sagte sie, „aber der Doktor soll in der Nähe bleiben!"

„Keine Angst, der hat bis morgen früh Dienst!"

„Ach so", sagte Rahel. *Der also auch!*, dachte sie müde, aber es war ihr egal.

Noch einmal berichtete Rahel also alles, was sie mit Funke erlebt hatte. Aber nur das, was er mit ihr selbst angestellt hatte. Alle Informationen über andere ließ sie weg. Zwischendurch rannte immer ein Offizier hinaus, offensichtlich nach oben. Sie verglichen also die Angaben. Und sie waren nicht zufrieden. „Wir wissen, du verschweigst einiges!"

Rahel, das Instinktwesen, handelte in Lebensgefahr offensichtlich immer richtig. Hier half kein Bluff, hier musste sie mit offener Klinge fechten.

„Ja, ich verschweige einiges!"

Die Genossen waren verblüfft. „Na, Sie haben aber Mut!"

„Nee, ich habe Angst, furchtbare Angst, auch um meinen Sohn. Ihr wisst doch sowieso alles! Die Genossen in Halle auch, die haben das alles bestimmt auf Band! Ich bin bereit, alles über den da oben zu erzählen, wer immer das auch ist, er hat's nicht anders verdient! Aber die anderen Menschen, die er da mit rein gezogen hat, die vielleicht völlig ahnungslos und unschuldig sind, Genossen, ich kann das nicht. Ich werde dazu nichts aussagen und das ist mein letztes Wort!"

Rahel hielt sich selbst an den Händen, senkte schluchzend den Kopf und wartete auf Folter und Tod. Eine Fliege hatte sich hinter die Gitter verirrt. Nur deren surrender, vergeblicher Kampf, da wieder hinauszukommen, nervte sie im Moment.

Keiner im Raum sagte etwas.

„Ihr werdet dem da oben bitte nichts mehr antun", sagte da Rahel in die Stille. „Ihr seid ja selbst schuld! Erst bildet ihr sie perfekt als Kampfmaschinen aus und dann überlasst ihr sie ihrem Schicksal, wenn sie Fehler machen! Schmeißt sie einfach weg! Kein Wunder, wenn die dann ihren Privatklassenkampf führen, die Herrn Tschekisten! Aber bitte! Ich habe als Versuchskarnickel ausgedient! Ich werde noch gebraucht, von meinem Sohn, Genossen!"

In die Steingesichter kam Bewegung. Sie gingen hinaus.

Welche Aussagen dazu führten, dass man sie am späten Abend frei ließ, hat Rahel nie erfahren. Sie vermutete, dass es die Genossen in Geranienburg einfach nicht wagten, mit ihr kurzen Prozess zu machen und zwar aus zwei Gründen: Erstens hatte nun Halle alle Informationen über Schlampereien in ihrer Dienststelle, hier in Geranienburg. Und es war gar nicht so, wie Rahel dachte. Die Genossen in Halle hatten die Geranienburger zwar über den Vorgang, aber nicht über die Einzelheiten informiert. Wissen war Macht und die Geranienburger nicht gerade beliebt in der „Truppe" im Land. Man gönnte sich untereinander durchaus die jeweiligen Niederlagen. Der zweite, viel wichtigere Faktor war ihr Sohn. Wenn die Luftstreitkräfte mitbekamen, dass hier die Mutter eines ihrer Genossen „versehentlich" um Leib und Leben kam, würde es Schrereien geben. Was man auch so ohnehin befürchtete. Schadensbegrenzung und Stillschweigen waren angesagt. Das verlangten sie nun auch von Rahel. Sie sagte unter der Bedingung zu, dass sie umgehend ihr Eigentum zurückerhalten würde. Als sie ihr ein ellenlanges Schriftstück zur Unterschrift vorlegten, zog Rahels Engel ihre Hand zurück.

„Ich unterschreibe nichts, ihr habt alles auf Band!"

Luft! Abend! Rahel lief ganz langsam. Es war ihr so egal, ob ihr jemand folgte, oder nicht. Irgendetwas in e-Moll streichelte ihre Ohren.

Sie ging in die Backsteinkirche. Oben an der Orgel saß der Kantor, der nicht schlafen konnte und an Bach herum intonierte. Er konnte sie nicht sehen.

Rahel verschwand schnell, als er aufstand, um nach Hause zu gehen.

26

Ihre Wohnung und die Schränke füllten sich in den nächsten Wochen schnell wieder mit dem Nötigsten. Ihre Freunde, die Mutter, die Großmutter, alle halfen, die Löcher zu stopfen. Nur ihre Bücher und so vieles, was ein Zuhause ausmacht, blieben verschollen. Rahel hatte sich auf das Wort der Genossen verlassen, dass sie Funke zwingen würden, es wieder zu bringen. Zwei Wochen tat sich gar nichts, dann rief sie dort an. Hinzugehen wagte sie nun nicht mehr. Die Genossen vertrösteten sie. Sie solle Geduld haben. Da war ihr klar: Sie hatte nichts mehr zu erwarten. Die Polizei würde nichts unternehmen und die Stasi hatte wohl Wichtigeres vor, als sich um Rahels verschwundene Wohnungseinrichtung zu kümmern.

Als sie nach drei Wochen, es war nun Ende August, wieder an ihr Förderband kam, lag ein Brief auf ihrem Platz. Sie wurde zum Jahresende 1982 entlassen und bis dahin in einen anderen Betriebsteil versetzt. Dort lernte sie das Stupideste kennen, was sie sich vorstellen konnte. „Die Guten ins Töpfchen, die Schlechten schmeißt du hier hinein, also nicht ins Kröpfchen, ja?", lachte Gerd, der Vorarbeiter. „So müssen sie aussehen, den hier lässt du zum Vergleich liegen. Alles was beschädigt ist, fliegt weg. Die Guten werden dann da drüben überprüft, ob sie stromgängig sind, und dann ab in die Geräte!"

Rahel musste nun Trimmer sortieren. Ohne Zahlenangabe, immer eine Handvoll herausnehmen, einzeln anschauen, dann die Guten hier rein, die Schlechten, da hinein. Hier war auch kein Band. Es waren Tische für je fünf Arbeiterinnen, im Abstand von etwa einem Meter, und insgesamt mochten in der Halle etwa fünfzig Menschen mit diesem Stumpfsinn befasst sein. Entsprechend laut ging es zu, denn jeder schrie jedem über die Arbeitstische irgendwelche Begebenheiten zu. Das Sortieren lief nebenbei ab. Rahel war nun wirklich nahe daran, ihren Verstand zu verlieren. Nur die Gewissheit, dass sie das in einigen Monaten nicht mehr machen musste, hielt sie aufrecht. Und die Freude, dass im September das Studium in Halle weitergehen würde. Oh, wie würde sie das genießen, ohne Funke, der bestimmt im Stasiknast saß oder irgendwohin strafversetzt war.

Und dann saß sie, wie jeden Donnerstag wieder im Seminar und schwatzte mit Simai, der sich für das Auto als unverhofftes Glück bedankte, als die Tür aufging und die Berliner hereinkamen. Drei Piloten der Interflug, ein Mitarbeiter des Ministeriums des Inneren, oder wo immer er her kam, eine Journalistin, eine junge Kulturhausleiterin und – Rahel bekam einen Hustenanfall – ein hüpfendes und quietschfideles Männlein, das sie freundlich, mit wippendem Spitzbart begrüßte und fortan intensiv mit der Kulturhausleiterin flirtete.

Simai, dem Rahel einiges erzählt hatte, zuckte ratlos mit den Schultern. „Sieh es mal so, Rahel: Sei froh, dass du ihn los bist! Soll ich dich bissel glücklich machen?"

„Nein, danke Simai, ich will nur noch allein sein!", wehrte sie erschrocken ab, wissend um seine Empfindlichkeit.

„Na ja!", spielte er lächelnd den Beleidigten. „Mal sehen, wie lange du das durchhältst! Ich bin kluges Mann, kann warten!"

Rahel hielt die Demütigung durch Funke genau vier Wochen, also vier Seminartage durch. Funke führte sie vor, flirtete und schmuste mit der Berlinerin, die völlig kirre schien, und trieb das Spiel so geschickt, dass alle im Seminar glaubten, Rahel hätte mit dem armen netten Funke ein böses Spiel getrieben und ihn hinausgeworfen.

Sie hatte noch einige Tage Urlaub und dann fuhr sie nach Berlin. Mitten in der Woche, früh um sechs Uhr! Sie fuhr mit der „Bonzenschleuder". So nannte der Volksmund die Direktverbindungen der Bahn von allen Bezirksstädten der Republik nach Berlin. Rahel hatte von einem Studienkollegen die Adresse der Kulturhausleiterin bekommen und dort fuhr sie hin. Berlin mit seiner Großstadtpracht und Geschäftigkeit nahm sie nicht wahr. Sie wollte sehen, ob Funke tatsächlich ungestraft in ihren Möbeln mit diesem Mädchen wohnte. Das, nur das wollte sie wissen! Sie betrat ein altes Berliner Mietshaus am Prenzlauer Berg. Es öffnete ein kleiner, netter Mann. Rahel fragte nach Funke und dem Mädchen. "Ingo ist nicht hier! Er war auch die letzten Tage nicht da. Er richtet sich eine Wohnung ein. Wir, Andrea und ich, helfen ihm dabei." Andrea war also seine Frau.

„Ich darf mich bei Ihnen mal umschauen?"

„Bitte!", erwiderte er verwundert. Sie ging hilflos in seiner Stube umher. Nein, hier waren ihre Sachen nicht. „Haben Sie seine Adresse?"

„Ja, das ist in der Wilhelm-Piekstraße Zwölf. Das ist da ein zukünftiges Abrissgebiet in der Nähe des Alex! Er hat dort wohl eine vorübergehende Wohnerlaubnis, bis er was anderes findet."

„Und wo ich ihn jetzt finden könnte?", fragte Rahel müde und hilflos.

„Ja, vielleicht ist er bei Silvia im Klubhaus. Andrea ist ja auch da. Sie arbeiten doch beide dort!" Ach ja, es war Werktag! Er zeigte ihr den Weg. Es war zu Fuß zu erreichen. An der Ecke eines heruntergekommenen Mietshauses hatten sie in einem ehemaligen alten Laden einen Jugendklub eingerichtet. Sie fragte nach Silvia. „Die ist oben!"

Rahel ging in das erste Stockwerk und es öffnete ein fremdes Mädchen. „Was willst du, ich habe erst heute Abend Dienst!" Silvia wohnte praktischerweise über dem Klub.

„Ich suche Ingo Funke, ich bin aus Geranienburg!"

„Moment mal!" Sie schloss sofort wieder die Tür. Rahel klingelte erneut. Silvia öffnete und knurrte Rahel an: „Der ist nicht da!"

„Das glaube ich nicht, Andreas Mann hat gesagt, er sei hier!"

„Lass sie rein!", klang Andreas Stimme von drinnen. Rahel betrat eine geschmackvoll und sehr modern eingerichtete Wohnung, keine Spur von ihren Sachen. Andrea, die gerade in einem Sessel lümmelte, hielt ihr im Liegen die Hand hin: „Kann sein, dass er heute noch vorbeikommt, kann auch nicht sein! Musst dich damit abfinden, dass der jetzt hier ist. Ich würde keinem hinterher rennen!"

„Ich renne meinen Möbeln hinterher, der gesamten Wohnungseinrichtung, nicht diesem Kerl!"

„Warum bist du nicht zur Polizei gegangen? Der tut doch so was nicht! Der tut doch keiner Laus was zuleide, der kleine Kerl!", meldete sich nun, offensichtlich auch verliebt, Silvia. Was sollte Rahel diesen ahnungslosen, verknallten Mädels erzählen?

„Kann ich hier warten? Bitte, ich will wirklich nichts von ihm."

Die beiden Mädchen waren etwas ratlos. Andrea, die das Stillschweigen Rahels für ihr Techtelmechtel mit dem Funke in Halle brauchte, von dem ja ihr Mann nichts wusste, lenkte ein: „Ja du kannst, aber nur bis acht, dann müssen wir runter zum Dienst!" So lange brauchte Rahel nicht zu warten.

Eine Stunde später erschien das Männlein, das bei der Begrüßung nur für Bruchteile von Sekunden die Fassung verlor.

„Wir fahren jetzt in die Wilhelm-Piek-Straße!", sagte Rahel nur. „Und verschwende keinen Gedanken an irgendwelche Tricks! Ich bin erstens nicht allein gekommen, deine Freunde hier wissen, warum ich gekommen bin und in Geranienburg, bei einer bestimmten Behörde, habe ich vorher auch angerufen."

Nichts davon stimmte. Rahel spielte ihr gefährliches Spiel weiter. Hass ist ein schlechter Ratgeber.

Nach einer schweigsamen S-Bahnfahrt stiegen sie in einem schummrigen Treppenhaus eines offenbar geräumten alten Mietshauses bis in das fünfte Stockwerk.

In einer völlig verwahrlosten großen alten Mietwohnung mitten in Berlin fand Rahel in Bergen von Gerümpel, das offensichtlich einfach aus Kartons hier ausgekippt worden war, ihr Zuhause. Zerfetzt, zerstört, als Müll. Ihre Bücher lagen herum, dazwischen fremde Sachen. Es roch muffig und schmutzig.

„Bitte nimm, was du brauchst! Ich will es sowieso nicht mehr." Funke schaltete Rahels Stehlampe ein. Deckenlicht gab es offensichtlich keines. Jetzt erst erkannte sie im Umkreis des Lichtkegels die Aussichtslosigkeit ihrer Fahrt hierher. Sie nahm ein Handtuch, hier und da ein Buch auf und steckte es in ihre kleine Reisetasche. Funke beobachtete wortlos und misstrauisch ihr Tun.

Rahel bekam Atemnot. Sie ging ans Fenster und öffnete es weit. Die abendliche Stadt wehte mit unzähligen Geräuschen herauf. Sie holte tief Luft. Plötzlich war Funke hinter ihr. Er umfasste beide Fensterrahmen und drängte sie gegen das Fensterbrett. Rahel wusste sofort, in welcher Gefahr sie sich jetzt befand. Ihr Herz raste. Es hämmerte und rauschte in ihrem Kopf, dass sie meinen konnte, er hörte es. Auch ihr Verstand lief auf Hochtouren. „Du hast verspielt", sagte er leise. „dein Leben hier ist im Arsch. Soll ich dich in den Westen bringen? Ich kenne Wege! Oder spring doch runter! Es tut nicht weh!" Er drückte sie mit seinem Bauch gegen die tiefliegende Fensterbank. Rahel spürte angewidert seinen aufgeregten Penis.

„Du musst mich schon hinunterstoßen!", sagte Rahel und rührte sich nicht. Sie wusste, er wartete nur auf die Abwehrbewegung. Rahel sprach ganz leise zum Fenster hinaus. „Du hast recht, ich habe tatsächlich verspielt. Also sei der Mörder! Mach es! Aber du hast dann nicht mal im Westen Glück. Die liefern dich aus! Und noch etwas solltest du beachten: Unten steht Johannes und macht sich vor Sorgen fast ein. Und da steht noch einer, den du gut kennst! Dem ist zwar egal, was mit mir passiert, aber der wartet nur drauf, dass du jetzt diesen Fehler machst. Na komm, ich hänge schon lange nicht mehr an diesem elenden Leben! Glaubst du allen Ernstes, ich riskiere es, hier ohne Sicherheitsleine zu erscheinen? Die Selbstmordvariante zieht nicht! Nicht hier und heute Abend! Bist du wirklich sicher, dass du weißt, was hier laufen soll?"

„Scheißfotze! Mach dich hier raus!" Er riss sie vom Fenster weg, drückte ihr die Tasche in den Arm und stieß sie durch die Wohnung zur Tür. Sie taumelte auf dem Treppenabsatz und rannte dann das inzwischen dunkle Treppenhaus hinunter. Oben knallte die Tür zu. Folgte er ihr? Rahel rannte um ihr Leben, wissend, dass er schneller, ortskundiger war. Aber Funke war oben geblieben. Er riskierte nichts mehr. *Wenn jetzt die Haustür zu ist, ist es aus.* Sie war offen.

Dann saß Rahel keuchend am Bahnhof Alexanderplatz. Es war gegen zehn Uhr abends. Die Menschen gingen achtlos an ihr vorbei. Ein schmusendes Liebespaar setzte sich neben sie. Das Mädchen kicherte leise. Mit lautem Gedröhn kamen und fuhren die Bahnen. Noch nie hatte sich Rahel unter all den fremden Menschen so wohl und sicher gefühlt.

Rahel hatte im Büstenhalter zwanzig Mark und eine Rückfahrkarte. Jetzt erst merkte sie, dass sie seit morgens gegen fünf Uhr nicht auf der Toilette gewesen war. Gegessen hatte sie seit früh nichts. Ihre Trinkflasche war seit Mittag leer. Rahel verspürte weder Harndrang noch Hunger oder Durst, aber die Krankenschwester in ihr wusste Bescheid. Das würde ein fürchterliches Nachspiel geben. Rahel versuchte es zunächst mit Wassertrinken am Waschbecken auf der Bahnhofstoilette. Trinken ging, sonst ging nichts.

Irgendein Nachtzug brachte sie nach Geranienburg. Und irgendwann arbeiteten auch ihre malträtierten Nieren wieder. Die folgenden Wochen verbrachte Rahel völlig apathisch:

Arbeiten gehen, Johannes versorgen, nach Halle fahren, keine Pläne, kein Gefühl, keine Hoffnung, nur zertrümmerte Träume.

Irgendwann war da einmal eine lebenslustige, temperamentvolle Lehrerin und Kabarettistin gewesen, die immer einen Weg wusste, die humorvoll und kreativ ihr Leben meisterte. Diese Frau gab es nicht mehr. Rahel war achtunddreißig Jahre und fühlte sich wie eine uralte, müde Greisin.

Diese Frau begann nun, an ihrem „Sarkophag" zu arbeiten. Alles, was sie nicht verkraftete, packte sie da hinein und immer, wenn sie zukünftig mit einer Situation nicht zurechtkam, schloss sie das Problem einfach weg. Ihr Prinzip in ihrem Kampf ums Überleben wurde: Niemandem trauen, nach außen möglichst locker und unbeschwert wirken, keine Angriffsflächen liefern.

Rahel Bach wurde eine stille, freundliche „Irgendwer" ohne Vergangenheit, ohne Zukunft.

Sie hatten ihr die Liebe, den Beruf, ihre Schüler und ihre kleinen Patienten genommen. All das, was Soziologen treffend als soziales und kulturelles Umfeld bezeichnen, war irreversibel zerstört.

Rahel Bach hatte sich ihr Schweigen aus Dideritz, Unterland, als einzige Waffe in ihrem Kampf ums nackte Überleben zurückgeholt. Die faszinierende Frau, die fast zehn Jahre unter tausenden Menschen in der Öffentlichkeit gelebt hatte, traute nicht einmal mehr ihren zwei, drei Freunden, die ihr geblieben waren. Was sie erlebt hatte, war für sie selbst und ihr Umfeld so unglaublich, dass sie es lieber verschwieg.

Ende Oktober 1982 kam zum sozialen das finanzielle Fiasko. Rahel hatte sich von ihren letzten Ersparnissen noch einige Möbelstücke, Lampen und einen kleinen Teppich gekauft, da wurde ihr mitgeteilt, dass sie schon ab dem ersten Dezember unbezahlt freigestellt würde. Rahel fuhr verzweifelt zu Katharina, weil sie ihren Eltern die Katastrophe nicht zumuten wollte. Sie trugen so schon schwer genug an Rahels Leben, das sie nicht verstanden.

Weihnachten ohne jeden Pfennig! Das konnte sie Johannes nicht antun! Dass sie ab Januar ohne Arbeit sein würde, bedrückte sie überhaupt nicht, weil ihr inzwischen klar war, dass man das für sie regeln würde. In der DDR gab es nicht nur das Recht auf Arbeit, es bestand auch eine Arbeitspflicht, es sei denn, man wäre verheiratet. Aber Rahel war alleinerziehend und musste arbeiten, dafür würde man schon sorgen. Wenn sie drei Monate nicht arbeitete, würde man sie zur Arbeit zwingen und ihr das Sorgerecht für Johannes aberkennen. Vielleicht ließ man sie ja wieder in irgendeinem Krankenhaus arbeiten. Sie würde es sowieso nicht mehr selbst entscheiden können.

„Ich hab im Moment selbst finanzielle Probleme!", sagte Katharina, deren Mann wohl darauf gedrängt hatte, dass sie die Verbindung zu Rahel langsam abbrach. „Aber warte, ich gehe zu Heinrich, der macht das!" Heinrich lieh Rahel vierhundert Mark.

Einige Wochen später war bei Heinrich eine Dramaturgenstelle frei. Katharina hatte ihr den Tipp gegeben. Rahel fuhr zum Bewerbungsgespräch.

Heinrich saß seltsam fremd am Tisch, Katharina wurstelte in der kleinen Küche hinter dem Tresen im Foyer der Spielstätte herum. Warum kam sie nicht mit an den Tisch? Es saßen noch zwei Spieler mit da, die nur verlegen schwiegen. Ein Dramaturg aus Berlin hatte schon den Zuschlag. Heinrich und Katharina durften oder wollten das Risiko „Rahel" nicht tragen. „Wir brauchen jemand mit neuen ästhetischen Ideen", war alles, was er Rahel zu sagen hatte.

„Ja?" Rahel schaute nur alle fest an. *Ach Heinrich*, dachte Rahel, *„vielleicht hätt' ich sogar 'ne neue Ethik*. Sie sagte es nicht. Sinnlos. Die Türen und Gesichter waren zu. Julia machte Lockerungsübungen auf dem Foyerteppich. Im Moment stand sie gerade Kopf. Katharina kam leutselig aus der Küche und stopfte ihr einen Löffel Suppe in den Mund. Seltsam fremd und sehr scharf, aber es schmeckte gut. „Willst du chinesische Suppe? Hast du Hunger?"

Rahel ging und hat den singende Sachsen, Katharina Zorros und Julia nie wieder gesehen. Das Geld stotterte sie in kleinen Raten lange ab. Mehr konnte Heinrich nicht tun.

Rahel Bach wurde eine der „Leichen" in Katharinas Keller, wie sie später anscheinend unangenehme und unbewältigte Probleme ihres Lebens bezeichnete. Im Fernsehen, nach der Wende, vor laufenden Kameras, vor aller Welt.

27

Es war ein stilles Weihnachten. Johannes hatte sich in seinem Zimmer verbarrikadiert, las, und Rahel tat nichts. Sie saß herum und stierte Löcher in die Luft, als es am zweiten Weihnachtsfeiertag klingelte. Es war niemand an der Tür, nur ein Brief lag im Kasten. Gerda hatte geschrieben: „Melde dich bitte bei Marlies Rühling! Sie ist meine Freundin. Du kannst bei ihr arbeiten."

Rahel ging nach den Feiertagen sofort zu der angegebenen Adresse. Genossin Rühling wohnte in einem schicken Neubaublock. Ihre Wohnung war gefüllt mit Wohlstandskitsch aus der DDR und den sozialistischen Ländern. Frau Rühling war eine kastanienbraune, füllige und sehr temperamentvolle Endvierzigerin. „Hallo Rahel, ich hab dich schon erwartet!" Dann hörte sich Rahel zwei Stunden lang das Leben der Genossin Rühling an, die von sich und ihrem neuen Mann einfach nur begeistert war. Nach diesen zwei Stunden war Rahel klar, dass diese einfach strukturierte Frau niemals die Freundin von Gerda Pankras sein konnte. Gerda hätte es keine halbe Stunde bei diesem Flachgeist ausgehalten. „Ich gebe dir jetzt eine Chance, aber ich sage dir gleich, das ist das letzte, was wir für dich tun! Also ich bin Kaderleiterin der Obst- und Gemüsefabrik der Stadt!" Rahel fuhr zusammen. Diese berüchtigte Bude mit einer unaussprechlichen, stinkenden Marmeladenfabrik sollte es also sein!

Rahel in der Marmelade! Danach kam wirklich nur noch die Kehrmaschine am Bahnhof, aber sie schwieg. Die Genossen hatten doch sowieso alles entschieden.

„Ich stelle dich in der Kaderabteilung ein und du bist dann Gruppenleiterin für Aus- und Weiterbildung!" Was es nicht alles gab! Rahel beruhigte sich wieder. Wenigstens musste sie keine Marmelade kochen. Aber sie ahnte, dass die größte Strafe das Aushalten dieser Person als Vorgesetzte sein würde. Trotzdem immer noch besser, als Kattmann und Hammersbacher!

Es war zunächst wirklich erträglich. Die Kaderabteilung entpuppte sich als ein gemütlicher Laden, in dem es nicht allzu viel zu tun gab. Alle wichtigen Angelegenheiten wurden sowieso von Genossin Rühling erledigt und Rahel musste mit der zweiten Kollegin in dieser Abteilung lediglich das Tagesgeschäft abarbeiten. Stressig wurde es nur bei bestimmten, saisonbedingten Kampagnen. Dann musste die Verwaltung mit in der Produktion arbeiten. Aber genau das machte Rahel am meisten Spaß! Sie sortierten Gurken am Band, mussten aus vergammelten Zwiebeln, die Frost abbekommen hatten, durch Auspellen des stinkenden Matsches, „Silberzwiebeln" für die Konserven machen, und wenn Ketchup hergestellt wurde, weil endlich wieder einmal aus Ungarn und Polen das Rohtomatenmark angekommen war, löffelten sie tagelang die rote Pampe aus Fünflitergläsern in Bottiche. Manchmal bekam Rahel nun auch etwas von dem seltenen Ketchup ab. Die Rühling nahm einfach, was sie brauchte, noch warm vom Band weg. Und einmal erhielt Rahel auch drei Gläser Pflaumenmus. Eine Rarität in der DDR! Die Bonzen des Betriebes hatten allerdings keinen Mangel. Weder an Bananen noch an anderen delikaten Obst- oder Gemüseraritäten! Man betrieb deswegen auch einen schwunghaften Tauschhandel. Der Mangel an vielen Gütern hatte in der DDR eine zweite Währung entstehen lassen. Ketchup gegen bunte Bettwäsche, bunte Bettwäsche gegen Wismutschnaps, Wismutschnaps gegen Autoreifen und so weiter. Wer an der richtigen Stelle arbeitete und über Macht und Verbindungen verfügte, dem fehlte es an nichts.

Und nun glaubte Rahel doch wieder an die Freundschaft zwischen Gerda Pankras und der Rühling. Denn auch Gerda brauchte sicher mehr als nur selbst gemachte Leberwurst.

Rahels berufliches Leben verlief, wenn man davon absah, dass es sie intellektuell nicht befriedigte, nun einige Monate recht ruhig. Rühling ließ sie weiter studieren. Sie musste nun aber wieder mit in die Parteiversammlungen, denn Rühling hatte nur ein Ziel, sie wollte, und sollte wohl auch, Parteisekretärin der „Marmelade" werden. Rahel drehte sich der Magen um. Sie hatte schon genug mit Margit Hammersbacher durchgemacht. Aber was blieb ihr übrig? Ihre Chefin war also bald nicht nur Kaderleiterin, sondern auch Parteisekretärin, und von nun an ähnelte die Rühling in ihrem Gesamtverhalten der Kattmann. Sie ließ nichts aus, in ihrem primitiven Machtrausch!

Rühling arbeitete nicht mehr. Die abzuarbeitenden Kaderakten stapelten sich in ihrem Büro. Sie trieb sich bei irgendwelchen hochwichtigen Anlässen herum, und wenn dann Terminakten nicht verschickt waren und Betriebe oder Arbeiter klagten, dann schob sie das ihren beiden Mitarbeiterinnen in die Schuhe, die gar nicht in ihr Büro konnten und die Akten nie gesehen hatten. Es fing also an zu kriseln, und Rahel war klar, dass sie keine Chance hatte, Recht zu bekommen, wo auch immer sie arbeitete. Fast hätte die Rühling schon Anfang 1983 Rahel wieder hinausgesetzt, wenn nicht ihre Mitkollegin, der die Rühling genau so zusetzte, fest zu Rahel gestanden hätte. Zu zweit waren sie jetzt stark, aber es war ein gespanntes, von Misstrauen zerfressenes Klima gegenüber der Rühling. Diese brauchte nun andere Mitarbeiter. „Loyale" Lakaien, die jede Arbeit machten und zu ihren Tiraden schwiegen. Rahel loszuwerden, war für die Rühling nicht allzu schwer, aber offensichtlich hielt nach wie vor Gerda Pankras die Hand über Rahel, und Rühling war wohl noch zu neu in ihrer Rolle der Skrupellosigkeit.

Ein knappes Jahr später war sie versierter und verschonte nicht einmal den Werkleiter. Sie ließ ihn voll in eine von ihr ausgelegte Falle trapsen, weil der hochintelligente Mann ihr einfach nicht passte. Er hatte eine Reise in den Westen beantragt. Rühling musste das befürworten. Sie tat es und spielte die Ahnungslose. Als er im Westen war, jubilierte Rühling, spielte aber nach außen blankes Entsetzen und verkündete, dass der Werkleiter als Chef der Zivilverteidigung der Marmelade hätte gar nicht fahren dürfen. Denn im Moment bastelte das Labor gerade an einer „Marmelade für den Verteidigungsfall" herum, und die Fabrik bekam einen kriegssicheren Zugang zum Bahnhofsgelände. Geheimhaltung hoch drei! „Im Krieg braucht die Bevölkerung zwei Lebensmittel", verkündete Rühling, „Brot und Marmelade!" Und da fuhr der Werkleiter in den Westen!

Rahel durfte die Kriegsmarmelade mit dem hohen Geheimhaltungsgrad, aber ohne Zucker und sonstige fruchtige Bestandteile, bei einem Empfang der dafür zuständigen Genossen dann auf kleine Brötchenscheiben schmieren. Die Masse sah aus und schmeckte wie Pflaumenmus. Und sie kostete offensichtlich dem Genossen Werkleiter, als er wiederkam, seinen Posten.

In Halle bereitete sich Rahel im Frühjahr 1983 mit ihren Kommilitonen auf die Prüfung in Geschichte vor. Rahel ließ Funke links liegen und freundete sich mit einigen Studienkolleginnen und -kollegen aus Halle an. Irgendwie musste es einfach gehen.

Zu der Gruppe aus dem Bezirk Halle gesellte sich nun oft Achim Krassler, ein schrulliger, verklemmter Junggeselle aus dem Harz, der eigentlich nur durch seine Schweigsamkeit auffiel. Dieses Studium lebte von Diskussionen, aber Achim Krassler schwieg immer und kam damit durch. Es fiel Rahel anfangs gar nicht auf, dass Krassler sich neuerdings ganz dezent und unauffällig zunehmend in ihrer Nähe aufhielt. In den Pausen wurde aus dem schweigsamen Krassler ein offensichtlich sehr belesener und angenehmer Gesprächspartner. Das einzige, was Rahel zunächst störte, war sein fürchterlicher Dialekt, den Rahel in ihrer Unkenntnis etwa in der Magdeburger Gegend ansiedelte. Rahel hatte ihn in den ersten beiden Jahren kaum bemerkt. Krassler war offensichtlich auch einer, der nicht wahrgenommen werden wollte. Rahel begann sich für den seltsamen Kerl zu interessieren, als er ihr signalisierte, dass er sich in Geschichte bestens auskannte. In Rahel, die durch das Männlein und die Erlebnisse der letzten Jahre hätte gewarnt sein müssen, schrillten keinerlei Alarmglocken, denn Krassler war Typ „Quasimodo". So nannte sie ihn heimlich. Der arme Junge war potthässlich. Er war ein großer, bulliger, weißhäutiger Mann, offensichtlich akneqeplagt. Krassler hatte, obwohl er acht Jahre jünger war als Rahel, schon eine Halbglatze. Sein spärliches bräunliches Haar, das wie ein fettiger Kranz um seinen eiförmigen Kopf mit einer extrem hohen Stirn und wenig Hinterkopf lag, machte ihn noch blasser. Krassler trug eine dunkle starke Brille und hatte damit für sein Umfeld auch keine Augen, denn die sah man kaum. Sein Kinn war bullig nach vorn geschoben, der Mund verkniffen und schmal. Im Profil war er durch eine recht wohlgeformte Nase noch ganz gut anzuschauen. Frontal hatte sein Gesicht deutlich brutale, verkniffene Züge. Sein Bart, den er offensichtlich täglich rasierte, schien rötlich zu sein.

Während man Funke, dem Männlein, seinen fiesen Charakter nicht ansah, hatte das Schicksal diesen Mann in seiner Brutalität und Absonderlichkeit deutlich gekennzeichnet! Rahel und jeder andere Mensch konnten das sehen! Aber Rahel sah nur einen bedauernswerten, schrulligen Kerl, der verbittert zu sein schien, dass er mit sich selbst so gestraft war.

Und so negierte sie die deutliche Warnung ihres Engels. Denn das konnte es ja wohl nicht geben, dass einer so schrecklich war, wie er aussah! Außerdem hatte er große, weiche und sehr gepflegte Hände, die allerdings bis ins zweite Fingerglied behaart waren. Die Hände verrieten nichts, das Gesicht alles. Dass Krassler noch Junggeselle war, wunderte also im Seminar niemanden, denn welche Frau hätte sich wohl für diesen introvertierten Kerl, der auch oft noch etwas streng roch, interessieren sollen? Aber Krassler kannte sich in Geschichte aus und bemühte sich offensichtlich, Rahel zu helfen. Ihm war ja sicher nicht entgangen, wie Funke mit ihr umgegangen war, mutmaßte Rahel. Sie war froh, dass sich überhaupt jemand in diesem Seminar mit ihr unterhielt. Rahel hatte auch ein wenig Mitleid mit diesem schrulligen, hässlichen Mann. Er trug immer das gleiche grünliche Försterhemd, dazu im Winter einen unsäglichen braun gemusterten Pullunder und braune schlabberige Hosen. Krassler kam aus dem kleinen Ort am Fuße des Hexentanzplatzes mit dem Motorrad und musste sich immer erst aus seiner Kluft schälen, ehe er, meist klatschnass geschwitzt, im Seminar Platz nehmen konnte.

Rahel hatte schnöde Prüfungsangst und genau da schlug Krassler zu: „Ich habe mich auf Campanella und den „Sonnenstaat" vorbereitet! Das erschien mir interessant, aber inzwischen mache ich was anderes. Du kannst das Thema haben, wenn es dir liegt!" Er versuchte ein gewinnendes Lächeln. Rahel war froh! Eine solche Gelegenheit kam so schnell nicht wieder! Krassler gab ihr seine säuberlich und ordentlich ausgefüllten Karteikarten. Rahel musste sich nur noch daran entlang hangeln, die entsprechende Literatur dazu studieren und dann saß sie vor ihren Professoren und brillierte mit solidem Wissen zum Thema und interessanten eigenen Schlussfolgerungen. Zum Entsetzen von Krassler schaffte sie eine Zwei, während er mit seinem Thema nur mit einer mäßigen Drei durchkam.

Manchmal gingen sie nun zusammen essen. Sie hatten sich immer etwas zu erzählen. Krassler war auf den zweiten Blick interessanter, als Rahel dem Langweiler zugetraut hätte. Er war, so erzählte er ihr zunächst etwas gehemmt, aber dann zunehmend stolz, Höhlenforscher. „Hobbymäßig, versteht sich!" Ja, das war ja mal etwas ganz Neues, Interessantes für Rahel! Fortan hatten die Hobbybergsteigerin der Hohen Tatra und der Höhlenforscher ein interessantes Pausenthema, denn wo Berge sind, wusste Krassler, da gibt es jede Menge Höhlen. Unverfänglicher konnte Krassler sich Rahel nicht nähern. Und es geschah so selbstverständlich, dass es niemandem auffiel.

28

Aber einer hatte es bemerkt und der rieb sich diebisch die Hände. Ja, das war doch was nach Funkes Geschmack! Dass die schmale Geiß nicht lange allein bleiben würde, war ihm völlig klar, aber was sich hier abzeichnete, war genial! Er brauchte nur noch etwas nachzuhelfen und er würde genussvoll zuschauen können, wie die Alte in die Zange kam, ohne dass er sich die Finger schmutzig machen musste!

Freu dich Mädchen! Das wird 'ne Lektion vom Feinsten! Dagegen ist das, was ich wegen dir bei meinen Genossen einstecken musste, eine Erholung gewesen! Strafe muss sein, Genossin Neunmalklug! Der wird dich Mores lehren! Dem wirst du noch auf den Knien rutschend aus der Hand fressen! Funke sprühte vor Glück. Rache ist doch ein wunderbares Gefühl!

Und bei der nächsten Gelegenheit, die er sehr sorgfältig vorbereitete, warf er die Angel aus.

Aber vorher musste er noch die Vorlesung bei Glockner durchstehen.

Doch was für das gesamte Seminar wöchentlich eine langweilige und anstrengende Prozedur war, gestaltete sich für Rahel stets zu einer genussvollen Unterhaltung. Glockner gab „Geschichte der Philosophie". Er war genauso, wie er aussah. Vollbart, Philosophenmähne, blauer Schal, grauer, langer Mantel, runde, ständig schief rutschende Brille, und der junge Mann, der selten das Sonnenlicht zu sehen schien, stotterte bei Erregung, und erregt war er meistens. Er kam mit dem Zug aus Leipzig zur Vorlesung nach Halle und war nie pünktlich, was niemanden verwunderte, denn Glockner schleppte seine Unterlagen, die aus Hunderten von Zetteln bestanden, stets ohne Tasche und unter dem Arm. Glockner schaffte es nie, den Weg von der Klassentür bis zum Pult zu überwinden, ohne sich mehrere Male bücken zu müssen, weil immer irgendetwas zu

Boden fiel. Und so konnten sich alle ausmalen, wie sein Weg zum Zug und hierher abgelaufen war. Wenn er aber dann mit kräftiger Mithilfe des Seminars endlich seine Unterlagen so geordnet hatte, dass er den Faden fand, den er gestern Nacht für das Seminar gesponnen hatte, dann vergaß Rahel Zeit, Stunde und Staatssicherheit. „Welch ein Unsinn, Unsinn!", wetterte er heute. „Drrrrei Qqquellen, drrei Bbbestandteile! Das ist Kastration, jawohl, Kastrrrration der Philosophie!!!

Dass ist die Umformung, ach, wwwas sage ich, die Vvvergewaltigung uuund Pppervertierung des Drreieinigkeitsprinzips... dder Kirche. Dder Sschlaumeier, dder Marx! Aaber so eeinfach war das doch nicht! Damen uuund Herren! Ddas ist zu eeinfach! Phhilossophhie lässt sich nicht auf dddrei Quuellen rreduzieren, uund sschon gar nicht auf ddrei Besttantdteile! Nnnniemals! Wwas wwir hhier bbbetrachen, ist die Spitze des Eisbergs, meine Damen und Herren, die Sppitze! Sso, und nun wwollen wir dddoch mal tauchen, uuunter das Eis, sozusagen. Ich habe da ggestern eeinen herrrlichen Aufsatz über Sokrates' Tugendprinzip gelesen. Ja, wo ist er denn?" Müde und unwirsch wehrte er das Gelächter der Klasse ab. Der Aufsatz war nicht da. Egal, dann nahm er eben Plato und sein Staatsprinzip. Das war sowieso heute dran. Aber der Sokrates, der hätte ihm halt heute besser gelegen. Ach, da war er ja!

Aber was sollte er hier Perlen vor die Säue werfen? Die würden eh heute Abend wieder in ihre Provinzen reisen und die letzten Parteidekrete auswendig lernen. Arme Irre! „Drei Quellen." Da konnte man wirklich am Verstand der Welt zweifeln. Ein Blick dieser Geschichtsbanausen in die Tiefen der Philosophie und man konnte die Uhr stellen, wann dieses dumme Gebilde von Staat implodieren würde. Dieses Land würde wieder ins Verderben rennen. Wenigstens gewarnt haben wollte er, wenigstens das! Doch diese verblödeten Provinzler begriffen nichts, keine noch so gewitzte Andeutung. Die waren auf's Auswendigbeten getrimmt! Aber er wollte es wenigstens versucht haben. Plato interessierte die Staatsdiener aus Berlin sowieso mehr. Das war konkreter als die Frage nach dem Sinn der Tugend und der Wahrhaftigkeit.

Er beendete etwas unwirsch die Vorlesung und wandte sich zum Gehen, als Rahel ihn ansprach.

„Ich würde den Aufsatz gerne lesen. Ich mag den Alten. Und seine Frau! Damals war es wohl noch tugendhaft, als Weib Reden zu schwingen."

Glockner schaute Rahel verblüfft und dankbar an. „Körnlein im Heuhaufen, pass auf, dass dich die Platzhühner nicht aufpicken!", antwortete er völlig störungsfrei.

„Kann ich Sie was fragen?"

„Tust du doch schon!"

„Wann ist die Schmerzgrenze eines Volkes erreicht? Wann reagieren sie wie ein Bienenschwarm und gehen los?"

„Körnlein, ich falle vor dir auf die Knie, aber die Frage musst du den Ssssoziologen stellen. Ich spüre nur, dass der Ballon so prall ist, dass er bald ppplatzt und meine Ruhe ist hin." Das Körnlein wartete, dass er es auflas, aber das tat er nur mit seinen Manuskripten, und weg war er.

„Interessiert die dich?" Krassler zuckte zusammen. Er hatte verstohlen Rahels Gespräch mit Glockner beobachtet.

„Was geht's dich an?"

„Eigentlich nichts mehr!" Funke, der neben Krassler noch winziger wirkte, hüpfte wie ein Hase, um mit ihm beim Hinausgehen Schritt halten zu können.

„Na also, dann lass mich in Ruhe!"

„Dachte ja nur, dass ich dir helfen könnte, den Eisberg zu knacken. Du, die mag's gerne romantisch. Mit dem Flair der großen Liebe!"

„Halte deine Fresse, Funke, oder dir fehlen ein paar Zähne. Ich denke, du kannst dich erinnern, damals im Wachregiment ...!"

„Oh, oh", juchzte Funke und sprang lachend drei Schritte beiseite. „Immer noch so temperamentvoll bei den Herren! Na das wird ihr aber gar nicht gefallen!"

„Schwuchtel, mach dass du wegkommst!"

„Na, na, wir sind ja immer noch bi, nicht wahr? Oder hast du etwa die geile Schwarzhaarige in Schönefeld vergessen? Mann, das waren noch Zeiten! Und wie ist das jetzt mit Genossen Krassler? Oh, der Herr ist wohl nun institutionell auf hetero geläutert? Wir machen Karriere, ja? Und da darf's schon mal was rassig Weibliches sein? Du, nimm dir lieber ne fettärschige Mamka! Die sind still, trinkfest und treu! Und die halten was aus. Du verstehst, was ich meine? An der Alten dort wirst du dir noch deine Zähnchen ausbrechen. Gegen die ist ein Kühlschrank 'ne Sauna!"

„Du hältst jetzt und für immer deine Schnauze, oder ich gehe mal mit dem Seminarleiter ein Bier trinken und danach zu meinen Genossen! Wieso du Wurschthans noch hier rumzappelst, ist mir sowieso ein Rätsel!"

„Tja, mein Lieber, da haben wir wohl beide das gleiche Problem? Also Frieden, ja? Wir sitzen doch im gleichen Boot, nicht wahr? Ich überlass dir die Alte. Sie ist schon eine Augenweide und kann einem alternden Herrn den Lebensabend bestimmt versüßen! Doch sei vorsichtig! Die ist schlau, hinterhältig und gefährlich neugierig! Ich wollte dich nur gewarnt haben. Aber duften tut die, wie ein Rosenbaby! Da könnte man süchtig werden! Die meisten Weiber musst du ja mit der Gasmaske bearbeiten!"

Funke brauchte nicht abzuhauen. Krassler stürmte mit einem Fluch davon. Die Neugier nach Rosenduft aber saß wohlplatziert in seinem Hirn. Funke war ein Meister der Projektion.

Die verzweifelte und nach Schutz und Hilfe suchende und außerdem völlig rechtlose Rahel war das gefundene Fressen für Krassler, dessen Eltern dringend eine Schwiegertochter brauchten. Krassler hatte die nötigen Informationen über Rahel dank Funke schnell beisammen. Er überprüfte alles noch einmal selbst in Geranienburg, dann stand sein Entschluss fest. Er brauchte diese Frau für seine Karriere, denn er war zu oft wegen seiner sexuellen Eskapaden und seiner Unbeherrschtheit bei den Genossen unangenehm aufgefallen. Jetzt stand er im Bewerbungsverfahren um die Stelle des Stellvertreters für Inneres in seiner Stadt, und da musste eine vorzeigbare Frau an seine Seite! Außerdem brauchte er dringend eine Haushaltshilfe, die auch Krankenschwester war, für seine kranke Mutter. In seinem Umfeld waren er und seine Familie zu berüchtigt.

Dort hätte Krassler logischerweise nie eine Frau bekommen, die den Ansprüchen seiner Familie gerecht geworden wäre.

Dieser so still und unsicher wirkende hässliche Mann war der Sohn eines der höchsten Wirtschaftskader Walter Ulbrichts. Der alte Krassler war Bergbauingenieur unter Hitler gewesen und war vom Kriegsdienst lange freigestellt. Als der hochintelligente Mann in den letzten Kriegstagen noch eingezogen wurde, desertierte er und versteckte sich bei seiner künftigen Frau bei Berlin bis zum Kriegsende. Dann war er einer der ersten SED-Genossen und stieg sehr schnell zu einem der mächtigsten Wirtschaftsbosse für den Bergbaubereich des Bezirkes Halle auf. In dieser Zeit baute der alte Krassler seinen Familienclan zu einer sicheren Burg aus. Der erstgeborene Sohn wurde einer der höchsten NVA-Offiziere der DDR. Der jüngere sollte die gleiche Karriere beim Staatssicherheitsdienst schaffen, aber zwei Faktoren verhinderten die offizielle Karriere des Achim Krassler, der etwa zehn Jahre jünger war als sein Bruder: Erstens, die schon beschriebenen Eigenheiten des jungen Krassler. Aber es gab noch einen weiteren Grund: Den alten Krassler ereilte bei der Machtübernahme Honeckers das gleiche Schicksal wie die Kader in Geranienburg. Er wurde kaltgestellt und aus dem Bergbau verdrängt. Man schob ihn in den Harz ab. Er wurde als Werkleiter eines Stahlbetriebes in der kleinen Stadt am Hexentanzplatz abgeschoben. Dort herrschte er eine Zeit lang wie ein Diktator und begründete damit den „Ruhm" der Familie Krassler in diesem kleinen Ort.

Der jüngere Sohn, kränklich, jähzornig und unausgeglichen und total auf seine Mutter fixiert, verkraftete den Absturz in die Provinz offensichtlich nicht. Außerdem stand er immer im Schatten des Übervaters, und des so erfolgreichen Bruders. Krassler, der Jüngere, war ein typisches „Diabetikerkind". Die Mutter litt durch den Lebenswandel in der Parteioberschicht der Fünfziger- und Sechzigerjahre, mit viel Wodka und gutem Essen, an Diabetes mellitus und so gebar sie den brutalen Riesen der Familie, deren sonstige Mitglieder nicht über einen Meter fünfundsechzig hinauskamen. Achim war nur ein mäßiger Schüler und nach einer Schlosserlehre schickte ihn sein

Vater zur MFS-Ausbildung nach Halle. Später holte er seinen jüngeren Sohn, der aufgrund seiner Unbeherrschtheit und seiner Besonderheiten zu auffällig war, aus „Gesundheitsgründen" in die kleine Stadt in den Harz zurück. Er verschaffte ihm eine Stelle bei der Abteilung „Inneres" in der nächsten Kreisstadt. Der alte Krassler war bald selbst von seinen eigenen Genossen endgültig kaltgestellt und vorzeitig in den Ruhestand versetzt worden. Psychisch hatte das der agile, machtgewohnte kleine Napoleon nie verkraftet. Vor allem, wie man ihn „entsorgt" hatte, wurmte ihn unendlich. Nach Moskau hatten sie ihn kommen lassen und ihm seine Pfuscharbeit an emaillierten Kesseln vorgeführt. Millionen Rubel Schaden hatten sie ihm vorgerechnet! Er aber wusste genau, er hatte beste Qualität geliefert! Krassler kannte solche Intrigen und war vertraut mit den Methoden. Er selbst war unter Ulbricht nur so nach oben gekommen. Aber dass sie ihn dazu extra ins RGW-Gebäude bestellt hatten, diese Demütigung verzieh der alte Krassler seinen Genossen nie! Aber was sollte er machen? Rache durch Insiderwissen ging nicht. Von Schneeberg aus kommandierte sein "Großer" die geheimsten Raketenabschussbasen der DDR und zwischendurch flog er ständig in der sozialistischen Welt herum. Mal nach Kuba oder nach Moskau. Nein, der alte Krassler musste froh sein, dass sie wenigstens den Großen, seinen ganzen Stolz, unbehelligt ließen. Also schwieg er und nahm in Kauf, was er sowieso nicht ändern konnte.

Da saß er nun zu Hause und arbeitete wie eine Glucke an der Karriere für seinen missratenen Jüngsten, der seinem Vater die Schuld für sein eigenes Versagen anlastete und versorgte nebenbei seine kranke Frau. Immer klein, freundlich und täglich bemüht, dem Sohn ja keine Angriffsflächen zu bieten, denn er war seinem brutalen Jüngsten körperlich weit unterlegen.

29

In der Vorweihnachtszeit 1983 verabschiedete sich eines Abends Achim Krassler in Halle nicht wie immer in Motorradkluft von seinen Studienkollegen. Es war Rahel schon morgens aufgefallen, dass er heute ein helles Hemd und eine schicke schwarze Lederjacke trug. Sie sagte es ihm – und auch, dass er heute sehr gut aussehe. Achim lächelte und schaute sie durch seine Brille gar nicht schüchtern an: „Ich habe morgen Früh einen wichtigen dienstlichen Termin im Bezirk. Da bleibe ich gleich heute hier in der Stadt. Ich habe das Auto von meinem Vater."

„Ja? Na dann wünsche ich dir einen schönen Abend! Du, mach's gut, ich muss schnell zum Zug!"

Er lief Rahel plötzlich hinterher und stellte sich ihr in den Weg: „Könntest du nicht, ich meine, könntest du nicht einen Zug später fahren?" Rahel schaute Krassler erschrocken an. Um Gottes willen! Dieser Quasimodo hatte sich doch hoffentlich nicht irgendetwas ausgerechnet? Quasi als Belohnung für die Geschichtsprüfung?

Na prima! Jetzt wandte der sich auch noch beleidigt ab! Krassler zog die ledernen Schultern hoch und schaute in den Hallenser Himmel. „War ja nur so ein Gedanke. Ich dachte, wir könnten was essen gehen. Hunger haben wir bestimmt alle beide." Rahel überlegte einen Moment zu lange. Das merkte Krassler sofort. „Ich kann dich dann zum Bahnhof fahren! Da gibt es doch noch genug Züge. Oder wartet da einer in Geranienburg auf dich?"

Meine Güte, dachte Rahel, *was ist eigentlich los mit mir? Ich traue mich ja nicht mal mehr mit einem Kommilitonen essen zu gehen. Er wird mir nicht gleich ein Kind machen wollen. Wer weiß, ob der je eine Frau hatte.* Sie überhörte seine Frage nach einem eventuellen Partner und wusste natürlich nicht, dass Krassler längst recherchiert hatte, dass da niemand in Geranienburg war.

Krassler versetzte nun Rahel zum ersten Mal in Erstaunen. Nicht der schneeweiße Skoda des alten Krassler war es. Rahel mochte keine weißen Autos. Sie fand, sie sahen aus, wie fahrende Waschmaschinen, aber der verschrobene Junggeselle führte sie in das teuerste und eleganteste Restaurant der Stadt Halle.

Von dem Moment an, als sie die Gaststätte betraten und Krassler sich sicher und mit erlesenen Umgangsformen im Restaurant bewegte, in dem man ihn zu kennen schien, spätestens aber dann, als er mit schnellem und sicherem Gespür das beste Abendmenü zusammenstellte, was Rahel seit Jahren gegessen hatte, hätte Rahels Instinkt Alarm schlagen müssen! Dass hier ein Mann mit einer Doppelexistenz vor ihr saß, war offensichtlich! Aber Achim Krassler ließ Instinkte nicht zu. Er erzählte sein Leben, seine Herkunft und das alles sehr zurückhaltend, beinahe bescheiden und er vergaß auch nicht, auf die Genossen zu schimpfen, die seiner Familie so viel Leid und Ungerechtigkeit zugefügt hatten. Die Mutter sei dadurch schwer krank geworden, der Vater unglücklich und das nur, weil er Honeckers Genossen nicht gepasst hatte. Nun müsse er, Krassler, kämpfen, dass er in seiner Heimatstadt nicht auch noch abgesägt werde.

Ach, so war das also? Rahel lehnte sich gerührt zurück. Beinahe hätte sie diesem unglücklichen Mann so sehr unrecht getan! Der schweigsame Achim Krassler erzählte und erzählte, und Rahel kam aus dem Staunen nicht heraus. Vom Harz erzählte er und von seinen Höhlen, und dass er oft allein im Schlafsack draußen in der Natur schlafe. Er bereite sich auf eine Expedition in die Arktis vor, schwärmte er. Irgendwann würde er dort in Eishöhlen tauchen. Rahel erschauerte. Während er erzählte, taute das Steingesicht des Achim Krassler auf und es bekam helle, freundliche Züge. Gegen zehn Uhr erwachte Rahel aus ihrer Faszination: „Du, ich muss los!" Am Bahnhof stand er dann und winkte ihr nach und es tat Rahel gut, dass da jemand stand, der ihr nachwinkte. Im weißen Hemd mit einer sündhaft teuren Lederjacke! Eigentlich sah er doch irgendwie auch richtig gut aus, fand sie.

30

Unglück kann und darf sich nicht ständig wiederholen und man darf gemachte Erfahrungen nicht denen anlasten, die danach kommen und gute Absichten haben. Rahel grübelte sich durch die Weihnachtszeit. Natürlich war ihr nun klar, dass Krassler sich Hoffnungen machte. Aber wie konnte sie mit einem Sonderling umgehen, der vielleicht überhaupt keine Erfahrungen mit Frauen hatte? Wie sollte sie ihm und seiner Familie ihr Schicksal erklären? Funke kannte er ja, aber sie war geschieden, wesentlich älter als er und Rahel dachte mit Sorge an Johannes, der noch die Nase gestrichen voll hatte von Funke. Wie sollte sie ihrem Jungen diesen Menschen erklären? Nein, es ging nicht! Es ging überhaupt nicht! Rahel beschloss, Krassler wieder in seine Schranken zu verweisen, wenn er irgendwann mal wieder die Lederjacke anziehen würde. Sie hatte schon genug Probleme. Dieser Mann musste mit seinen allein zurechtkommen!

Aber Krassler hatte andere Pläne. Die Weihnachtsferien wollte er auf keinen Fall ungenutzt verstreichen lassen. Er tauchte also plötzlich zwischen den Feiertagen motorradknatternd bei Rahel auf, schälte sich in ihrem Korridor ächzend aus seiner Kluft und lud sie in aller Form zu seinen Eltern ein. Ja, nächste Woche am Freitag, und man könnte sich ja einige Tage den Harz anschauen!

Rahel war zu feige, es abzulehnen. Anschauen konnte sie sich das Ganze ja mal. Viele Chancen, ihr Leben neu zu ordnen, hatte sie ja nun nicht mehr. Wäre es so schlimm, einen guten Freund im Harz zu haben?

Ihr erstes Beisammensein an diesem Abend war eine Katastrophe. Aber Rahel hatte Bergmanns „Szenen einer Ehe" im Kino gesehen. Sie wusste also, dass ein Mann in höchster Erregung einfach versagen konnte. Sie half diesem Menschen, so gut sie es vermochte, es reichte ihm nicht, bis er die Sache dann selbst in die Hand nahm. Rahel war völlig hilflos. Sie hatte einen Mann in einer solchen Situation noch nie gesehen und fühlte sich bei dem ganzen Akt sehr allein und überflüssig. Seine Handlungen wirkten ritualisiert, jahrelang geübt, und sein Gesicht wurde zunehmend eine verzerrte, verzweifelte Fratze. *Na ja*, dachte Rahel mitleidig, *er hat eben keine Frau. Da machen das Männer wohl eben so.* Aber es widerte sie an. Bei Funke hatte sie erlebt, dass dieser nach dem Akt ruhiger und ausgeglichener wurde, aber bei Krassler passierte das ganze Gegenteil. Wütend und stumm zog er sich ins Bad zurück und kam verschlossen wieder.

„Ich muss dann auch gehen", brummte er missmutig und noch immer hochrot.

Rahel hockte halb ausgezogen auf ihrer Couch. „Ist gut." Zum ersten Mal hatte sie ein wenig Angst vor Krassler und sie hoffte, dass er nicht wiederkommen würde.

„Also, Meine, ich hole dich dann am Freitagmittag gegen dreizehn Uhr ab", sagte Krassler, während er wieder in seine Kluft stieg.

„Meinst du nicht, wir sollten damit noch warten?", fragte Rahel vorsichtig.

Da kam Krassler in voller Montur drohend auf sie zu. Er baute sich vor Rahel auf, seinen Helm in der Hand. „Bin dir wohl nicht gut genug, ja? Hattest wohl bessere Kerle, ja? Wie viele hast du denn schon durch, was?"

„Nein, nein Achim, ich habe nur Angst, wieder enttäuscht zu werden. Lass mir bitte etwas mehr Zeit." Oh *lieber Gott, was habe ich mir da jetzt bloß eingehandelt!*, dachte Rahel verzweifelt. Um ihn nicht noch mehr aufzubringen, umarmte sie das Motorradungetüm und streichelte sein verzerrtes, feuchtes Gesicht.

„Ist ja gut, Meine", knurrte er versöhnt. „Hab keine Angst, ich nehme das jetzt alles in die Hand! Auf mich kannst du dich voll verlassen!" Er klapste sie auf den Hintern und setzte seinen Helm auf. Dann winkte er noch einmal vom Motorrad aus, schlug einen geübten Bogen, Rahel winkte brav aus dem Küchenfenster, und weg war er.

Ich muss verrückt sein! Was ist denn das für ein komischer Mensch? Im Restaurant der vollendete Weltmann, im Bett ein zappelnder, wütender Selbstbefriediger und im Seminar ein stiller, unsicherer Mitstudent? Wie passt das alles zusammen? Was war mit diesem Achim Krassler passiert? Rahel beschloss seit jenem ersten Zusammensein, dass sie so bald als möglich diese komische Beziehung beenden musste. Sie ahnte nicht, dass ein Ausstieg gar nicht möglich war. Noch glaubte sie zwischen den Jahren Dreiundachtzig und Vierundachtzig, sie könne das selbst entscheiden, und als am nächsten Wochenende, nach Silvester, der weiße Skoda vorfuhr, wusste sie keine Ausrede, die plausibel genug gewesen wäre, und so fuhr sie mit großer Sorge, aber auch recht neugierig mit in den Harz.

Johannes war nicht zu Hause. Er hatte seine künftige Frau kennengelernt, mit der er später sehr schnell drei Kinder bekommen sollte. Johannes brauchte ein Zuhause, eine sichere Familie. Endlich auch Liebe und etwas, das ihm gehörte. Rahel spürte das und sie trennten sich fast brutal. Sie schickte ihn zu seiner Frau, stieß ihn weg, als wenn sie damals schon geahnt hätte, was sie erleben würde – und was Johannes niemals erfahren durfte. Dass Rahel auch wegen ihm und um seine Karriere zu retten, eine „Genossenfamilie" akzeptierte, verschwieg sie ihm lebenslang.

Johannes aber zog sich tief verletzt zurück. Wieder waren andere Menschen in Rahels Leben wichtiger als er. Wieder sollte er ertragen, dass sie alles und er nur der Sohn war.

Er konnte und wollte Rahels Kampf nicht mehr ertragen. Er war jung und hatte eine glänzende Karriere als Pilot vor sich. Der neue Freund von Rahel war ihm anfangs sogar recht.

Rahel wusste inzwischen, dass ihre Arbeit in der „Marmelade" auf der Kippe stand. Achims Familie, hoffte Rahel, könnte für alle das Blatt wenden. Sie wäre gut untergebracht und weit weg. Niemanden würde sie mehr kompromittieren. Selbst ihre Eltern würden froh sein, die Sorgen um die Tochter endlich los zu sein. Rahel spürte längst, dass sie in Geranienburg die Kreise ihrer harmonieträchtigen, weil beschädigten Familie, störte.

Als Achim am weißen kleinen Häuschen, das im Giebelbereich mit Holz verkleidet war, anhielt und zwei kleine alte Menschen lachend herausgerannt kamen, um sie zu begrüßen, waren alle Sorgen und Befürchtungen wie weggeblasen. Rahel fühlte sich bei den beiden Alten sofort wohl, und die taten alles, um sich dieser Frau, die der Sohn endlich, endlich eingefangen hatte, aufs Beste zu präsentieren! Im Gärtchen gurrten auf dem Taubenhäuschen mindestens dreißig schneeweiße Picasso-Tauben, die sich ständig gegenseitig auf die überdimensionalen Fußfedern traten. Und die Luft, die aus dem Bodetal heraufwehte, war würzig und unendlich klar.

Vergessen war der Schock ihres ersten Sexerlebnisses. Hier war es einfach nur schön! Rahel sah auf den ersten Blick auch das Chaos eines nicht mehr geführten Haushaltes, obwohl man aufgeräumt hatte, aber das war bei der sichtbaren Erkrankung von Achims Mutter ja verständlich! Achim war ein vollendeter Gastgeber und zeigte Rahel in diesen drei Tagen die schönsten Plätze und Städte des Harzes. Und natürlich präsentierte er seine Errungenschaft aus Geranienburg im winterlichen Harz geschickt überall da, wo es notwendig war. In den Nächten allerdings änderte sich wenig an der Tatsache, dass beide völlig unterschiedliche Erfahrungen mit ihrer Sexualität hatten.

Rahel wusste nun, dass es das Paradies im Harz nur mit diesem Kompromiss geben würde. Aber Rahel wusste in Wirklichkeit gar nichts. Für die Befriedigung von Achims Sexualität war sie nicht angeheuert worden. Er musste das Spiel, zu dem er sich ebenso überwinden musste wie die ahnungslose Rahel, nur so lange durchhalten, bis sie in eine Ehe eingewilligt hatte. Sie war die Alibifrau für die Genossen. Nichts anderes. Er durfte nur vorläufig keinen Fehler machen, das wusste er. Aber er wusste auch, dass er nichts riskierte. Wenn es schief ging, würde er sie rausschmeißen. Er kannte ihre Biografie in- und auswendig. Diese Frau konnte froh sein, wenn er ihr ein Zuhause und eine Lebensaufgabe bei seinen Eltern bot. Wenn sie erst einmal hier wäre, würde alles bestens laufen. Manchmal mochte er die Alte, wie er sie bei sich nannte. Sie konnte wunderbar zuhören und war nicht so dumm geschwätzig wie die meisten Weiber. Außerdem sah sie, obwohl sie ihm viel zu dürr war, blendend aus. Sie ähnelte der schönen Frau seines Bruders und das machte ihn besonders stolz. Man konnte gut mit der Alten, der man ihr Altsein nicht ansah, repräsentieren, wenn es mal nötig sein würde, bei den Genossen.

Rahel wurde nicht wieder nach Hause gefahren. Das tat sie mit dem Zug und sie war froh darüber.

Sie hatte einige Stunden Zeit zu überlegen und das Für und Wider dieser seltsamen Beziehung abzuwägen. Nein, sie würde nicht dorthin ziehen. Es war zwar der ersehnte Zufluchtsort, weg von der Staatssicherheit in Geranienburg, weg von Funke und Genossen, aber seit dem gebremsten Wutanfall Achims in ihrem Bett, und seitdem sie merkte, dass es Liebe und Zärtlichkeit bei diesem Mann nicht gab, war klar, dass sie das niemals durchhalten konnte. Sie hatte zwischen zwei Übeln zu wählen: Geächtetes Leben in Geranienburg oder Aushalten einer Beziehung mit ungewissem Ausgang. Hätte Rahel damals gewusst, was sie im Harz später erwartete, sie wäre lieber lebenslang verachtet als Putzhilfe auf dem geranienburger Hauptbahnhof geblieben!

Aber die Hölle im Harz kam nicht plötzlich. Sie kam schleichend, und bei jeder Begegnung mit Achim Krassler kam sie einen Schritt näher.

31

Als er sie zum ersten Mal in ihrer Wohnung in Geranienburg wie von Sinnen schlug, acht Stunden auf ihrer Couch festhielt und wieder und wieder vergewaltigte, bestätigten sich ihre diffusen Ängste und Ahnungen. Aber es war zu spät. Es gab kein Entrinnen. Achim Krassler war nicht das Männlein. Und der hatte schon einen harten Schlag! Achim Krassler war gute achtzig Kilo schwer und durchtrainiert – für welche Expeditionen auch immer! Bei den ersten Schlägen gegen ihren Kopf konnte Rahel noch versuchen, dagegen zu halten, damit er ihr nicht das Genick brach. Aber Krassler schlug, bis sie kraftlos war und sich nicht mehr wehren konnte. Dann riss er ihre Arme unter ihren Rücken, drückte sie mit einem Arm über der Brust in die Couch, riss ihr mit dem anderen Arm die Beine auseinander, kniete sich in ihre Oberschenkel, riss sich die schlabbrige Turnhose herunter und fing an, sein Glied zu bearbeiten. Rahel bekam vor wahnsinnigem Entsetzen und Schmerzen in ihren Oberschenkeln und in Armen und Schultern keine Luft! Immer, wenn sie versuchte zu schreien, schlug er erneut auf sie ein und malträtierte seinen Penis weiter. Als sein Orgasmus kam, rammte er ihn in Rahel, die das wegen der tausend anderen Schmerzen und ihrer Atemnot kaum spürte. Als er fertig war, ließ er sich erschöpft auf sie fallen. Sie versuchte vorsichtig unter ihm weg zu kriechen, da schlug er erneut auf sie ein.

‚Oh Fallada, da du hangest!' ‚Wenn das deine Mutter wüsste, das Herz im Leibe würde ihr zerspringen!' ‚Sei nicht traurig Mutter', sagte die Tochter: ‚Ein Herz hält länger, als man ahnt!'

Rahel kam wieder zu sich, als er liebevoll auf sie einredete und ihr Wasser einflößte.

Ihr Engel saß derweil auf der Gardinenstange und weinte.

Die Bestie kühlte ihr die blaugeschlagenen Augen. Rahel sah nur flammende Blitze. Sie hatte sich übergeben. Überall war Schleim und Erbrochenes und sie schlotterte am ganzen Körper. „Lass mich bitte ins Bad! Bitte! Ich muss mal. Bitte!" Das letzte Fünkchen Hoffnung, schnell aus dem Badfenster springen zu können, wenn er sie auf die Toilette ließ, schwand, als er sie mit festem Griff in das Bad schleifte und sich vor sie und die Toilette stellte. Rahel musste, konnte aber nicht.

„Wasch dich ab Fotze, du siehst beschissen aus!"

„Ich bin müde, bitte lass mich schlafen!"

„Gut, schlafen wir!" Er stieß sie wieder in die Couchecke und legte sich davor. Rahel lag zitternd da und gleichzeitig arbeitete ihr zerschlagener Kopf auf Hochtouren. Aber was sie sich an diesem ersten Tag in der Hölle auch ausdachte, um von dieser Couch zu kommen, jeder Versuch, sich aufzurichten, sich zu wehren, jede Abwehrbewegung wurde mit einer erneuten Folter geahndet.

Seit jenem ersten Mal wusste Rahel nun, was sie erwarten konnte, wenn Krassler aufkreuzte. Und zu einem unbeschreiblichen Hass auf ihn kam die nackte Angst. Im Laufe der nächsten Jahre sollte Rahel alle Strategien lernen, die gefolterte gefangene Menschen und Tiere im Kampf ums Überleben anwenden. Und sie sollte erfahren, dass sie ihr eigenes Leben und Erleben eigentlich nicht mehr glaubte.

Der Grund für sein erstes Ausrasten war Rahels Versuch gewesen, ihm klar zu machen, dass sie nicht mit in den Harz kommen würde. Aber mit der Zeit stellte sich heraus, dass Krassler bei völlig unterschiedlichen „Gründen" über Rahel herfiel. Einmal hatte sie unter Aufbietung letzter Kräfte und todesmutig ihren Peiniger aufgefordert, zu verschwinden und sie in Ruhe zu lassen. An diesem Tag schlug er sie fast tot.

Hätte Rahel nicht die Erlebnisse mit Funke gehabt, sie wäre schon nach der ersten Misshandlung zur Polizei gerannt. Aber ihre Erfahrungen dort und ihr Fiasko mit den Genossen hatten dazu geführt, dass Rahel Bach nicht mehr wagte, bei Instanzen um Hilfe zu bitten. Und das wusste Krassler genau. Diese Frau war zum Abschuss freigegeben für jeden, der sich an ihr austoben wollte. Und Krassler tobte gern. Es war für ihn eine ungeheuer stimulierende Situation, wenn er Rahels Angst in ihren Augen sah. Todesangst seines Opfers! Es versetzte ihn in sexuelle Ekstase, Widerstand in brutalste Raserei.

Rahel verschwieg ihr Martyrium aus unendlicher Scham ihren Kollegen in der Marmelade, ihren Eltern und Johannes. Niemand erfuhr, was ihr angetan wurde. Die Rühling spürte zwar genau, dass etwas in der neuen Beziehung der Bach nicht stimmte, aber was ging sie das an! Die Rühling hatte ihr eigenes Problem, und das war die Erhaltung und Festigung ihrer Position als Parteisekretärin des Betriebes.

Es war Ende Februar und Achim Krassler erschien mit seiner bleichen und schönen Eroberung im Seminar. Sofort setzte er sich neben sie und verdrängte den verdutzten Simai. Eifersüchtig wachte er von nun an, dass sich ihr möglichst niemand näherte. Das Seminar ging verblüfft ob der neuen Entwicklung auf vorsichtige Distanz, denn es war offensichtlich, das Rahel sich völlig anders verhielt und nicht ganz freiwillig so still und zurückgezogen wirkte. Manchmal erschien sie mit einem Veilchen und verkündete verlegen, sich gestoßen zu haben. Andermal war es ein Ast, der sie gestreift habe. Noch wohnte Rahel in Geranienburg. Noch erschien Krassler per Motorrad in Halle, als sei nichts vorgefallen. Niemand im Seminar ahnte, wie es um Rahel wirklich stand. Nur Funke grinste zufrieden. Er sah sofort, was los war. Rahel musste jetzt immer schon Mittwochabend anreisen. Achim Krassler hatte im Neubaugebiet von Halle eine Einraumwohnung „gemietet". Es war eine jener Wohnungen, welche die Staatssicherheit für bestimmte Kontakte parat hatte. Der Bereich „Inneres" konnte sie ebenfalls nutzen. Abends ging er mit der vor Angst schlotternden Rahel, „schön essen." Danach ging es in die Wohnung, und Rahel tat alles, um dem „Ekel", wie sie ihn in ihren Gedanken inzwischen nannte, zu Diensten zu sein. Und das Ekel ließ nichts aus.

Jahre später, nach der Wende, erzählte Rahel einem befreundeten Bundeswehroffizier von diesen Vergewaltigungen. Allerdings berichtete sie aus Scham von einer „Freundin", der es so ergangen war ... „Ach weißt du", sagte da lachend der Offizier, „ich habe bei solchen Berichten so meine Zweifel. Ein

Mann kann allein eine Frau doch gar nicht vergewaltigen! Wie soll das denn funktionieren? Es gehören immer zwei dazu, weißt du, und ein Teil davon muss es schon zulassen!" Rahel erging es nun wie tausenden Frauen auf dieser Welt, die wehrlos und rechtlos dem krankhaften Machtrausch von männlichen Bestien ausgeliefert sind und die alles, aber auch alles tun, um sich vor Schmerzen und immerwährenden Demütigungen zu schützen. Vergewaltigung ist auch, wenn man „freiwillig" zu Diensten sein muss! Wenn man, um sich und sein Kind zu schützen, den gehassten Mann umgarnt, damit er nicht ausrastet! Und wie seit Urzeiten hat wohl immer die Frau Schuld und wird bestraft für den Dreck, in den sie gestoßen wird, immer wieder.

All das musste Rahel nun lernen. Sie musste die Erfahrung machen, dass dies hier nicht im Mittelalter und nicht irgendwo da draußen in der Welt geschah. Sie war auch keine verhüllte, rechtlose Muslime irgendwo im heißen Süden! Es geschah jetzt und hier, mitten in der sozialistischen DDR und Rahel wagte nicht, um Hilfe zu schreien.

Denn gerade, als sie beschlossen hatte, ihr sinnlos gewordenes Leben zu beenden, aus unendlicher Scham, aber auch, um ihrem Sohn die grässliche Wahrheit über die Schandtaten ihres neuen „Freundes" zu ersparen, fühlte Rahel, dass sie schwanger war. Trotz Pille.

Sie rannte in den Stadtwald und schrie Gott und alle Engel an, verfluchte sie und verfluchte sich und ihr Schicksal. Sie schrie und schrie, bis keine Kraft mehr da war und Rahel realisieren musste, dass es das Wunder der Erlösung von den Übeln nicht gab. Dann ging sie still wieder in ihre Stadt.

„Rahel", sagte Simai, der Arzt, „du siehst aus wie vom Regen in die Tonne gefallen!" Sein gütiges rundes, dunkles Gesicht legte sich in besorgte Falten.

„Traufe, Simai. Das heißt: ‚Vom Regen in die Traufe gefallen'. Ja, Simai, und es gibt keinen anderen Weg, als zu ersaufen."

Simai raufte sich seinen schwarzen Wollschopf, der an den Schläfen schon weiß wurde. „Ach Rahel, hättest mich nehmen sollen!"

„Simai, sag mal ehrlich, wie viele Frauen hast du?"

„Hier in DDR? Kavalier muss schweigen! Aber ich alle Frauen sehr lieben, auch bei mir in Zaire!"

„Ach Simai, es ist alles zu spät."

„Rahel, es gibt doch Sprichwort: ‚Die Hoffnung stirbt zuletzt' Und Hoffnung gibt es, solange Leben in dir ist!" Der Arzt schaute, eine Spur zu wissend, auf ihren brettflachen Bauch, in dem ein halber Zentimeter Julia, ihre Tochter, einen Anspruch auf Leben geltend machte.

Rahel schmiedete Pläne, wie und in welcher Reihenfolge sie die Morde begehen wollte. Zuerst musste dieses Kind sterben. Danach würde sie den Vater und zuletzt sich töten. Nur so musste es gehen, jetzt, wo sie nicht mehr allein war.

32

„Dieter, ich habe meine Regel nicht mehr und ich muss kotzen, jeden Morgen!", Rahel saß mit verheulten Augen vor ihrem Arzt.

„Na, nun warte erst mal ab. In deinem Alter kann das schon mal passieren!" Eine halbe Stunde später war es ihr alter Freund Doktor Dieter Schorn, der sich wortlos seine blonden Haare raufte.

„Nein, ich bekomme das Kind nicht, Dieter! Nicht in diesem Alter, und es wäre das zweite, das ich bestimmt allein großziehen muss!"

„Klar, Rahel, verstehe ich. Aber wenn, dann müssen wir es so bald als möglich machen."

„Ja", sagte Rahel weinend und legte instinktiv schützend die Hand auf ihren Leib.

Dieter ließ sie weinen und fragte nichts. Nach einer Weile legte er seine Hand auf ihre Schulter: „Weißt du was? Eine Woche gebe ich dir noch, aber dann müssen wir's machen. Ich bin mir nicht so sicher, ob du wirklich abtreiben willst. Überlege es gut. Ein Kind in diesem Alter ist oft das unwiederbringlich letzte Geschenk, das dir das Leben gibt!"

„Ach Dieter, wenn du wüsstest! Der Vater ist ein Scheusal!"

„Und dafür muss dieses Kind sterben?"

„Dieter!"

„Ja Rahel, entschuldige, dass ich das, was du uns nun antun willst, mal beim Namen nenne. Ich mache das täglich auf Wunsch vieler Frauen, die ihre Kinder nicht wollen oder nicht kriegen können, aber bei dir bin ich mir nicht sicher, ob du das wirklich willst und dann auch verkraftest!"

„Ja, ich will!", sagte sie trotzig. „Und mach jetzt gleich den Termin!"

„Gut", sagte Dieter achselzuckend. „Übrigens soll ich dich von Anne grüßen!"

„Anne? Wie geht es ihr?"

„Das kannst du sie selbst fragen, sie macht gerade unten Ultraschall. Geh ruhig mal runter. Ich erledige inzwischen mit Frau Goldmann das mit dem Termin."

„Na, altes Haus! Du bist 'ne richtige treulose Tomate!", knurrte Anne ihre alte Kollegin an.

„Anne, ich bin schwanger!"

„Hat sich gerade rumgesprochen! Mensch, Mädel! Überleg dir das gut! Ich wäre selig und mein Alter auch, wenn wir Kinder haben könnten. Gib's mir!"

Rahel schlich um das Ultraschallgerät herum. „Na, dann will ich mal wieder hoch. Mit Dieter einen Termin machen."

„Willst du es dir nicht mal anschauen?"

„Ja, das könnte ich schon mal machen", antwortete Rahel zögernd. Dann sah Rahel ihre Tochter zum ersten Mal. Und Julia kämpfte den Kampf ihres winzigen Lebens! Ganz stark schlug das kleine Herz! Sehr viel mehr konnte man von dem Winzling da drinnen noch nicht sehen, nur ein wildes kleines Herz, das leben wollte! Rahel wusste es schon, als sie zu Anne ging. Rachepläne und Verzweiflung sind das eine. Die Tat etwas ganz anderes! Rahel, die einsame verzweifelte Frau liebte dieses Kind bereits zu sehr. Da wuchs der Funken Hoffnung, der Rahel weitermachen ließ. *Verzeih mir, Gott, ich bin ein Idiot. Verzeih mir, Engel!* Sie strich gedankenverloren über ihren Leib.

Also gut, Kind, aber es wird schwer. So schwer, dass wir das kaum schaffen können! Ich versuch's, aber erwarte nicht zu viel! Wir können dabei beide draufgehen!

Dieter Schorn wusste es schon, als sie wieder aus dem Keller kam. „Ich gehe in den Harz, Dieter, aber mein Kind bekomme ich bei dir!"

„Pass auf euch auf, Rahel!"

„Verspreche ich, Dieter!"

Der kleine großartige Arzt ging wieder in sein Zimmer und setzte gleich die Flasche an die Lippen. Das Glas hätte nicht ausgereicht. „Scheiße, elende!", murmelte er, ehe er sich verzweifelt auf seine Liege krachte. Dort lag er, bis ihn das Telefon wieder in den Kreißsaal rief.

Rahels „Karriere" als Mörderin war also schon am Anfang gründlich gescheitert. Julia wollte leben, und damit musste es Rahel nun auch. Sie verschob den Plan, Achim zu töten in eine spätere Zeit. Er sollte seine Chance als Ehemann und Vater bekommen! Vielleicht änderte sich ja sein Verhalten, wenn er Vater wurde. Vielleicht war das alles Schicksal, vielleicht stimmte Simais Spruch?

Und Julia, der kleine Winzling in Rahels Bauch, zwang nun ihre Mutter zum Weitermachen. Rahel behielt das Geheimnis noch für sich. Einige Tage ging sie mit dem Winzling durch Geranienburg, wie im Traum. Alle Ärgernisse in der „Marmelade" waren plötzlich so unwichtig. Diese Tage der Ruhe gönnte sie sich und ihrem Kind, denn sie ahnte, was nun auf sie zukommen würde. Nun hatte sie nur noch eine Aufgabe: Ihr Kind zu schützen.

Als sie ihn anrief, war ihr Plan fertig. Sie würde das Ekel heiraten und damit die Genossen zwingen, dass es sich anständig aufführte. Ledig hatte sie keinerlei Rechte gegenüber diesem brutalen Mann. Wenn überhaupt, dann konnte sie als Gattin dieses Staatsbeamten bei den Genossen noch am ehesten ihre und die Rechte ihres Kindes durchsetzen. Sie rief ihn einen Tag vor einem Mittwoch an. „Ich komme erst Donnerstag ins Seminar. Ich bin schwanger."

Krassler hatte, spontan vor Schreck, ein einziges Mal in ihrer „Beziehung" die Wahrheit gesagt: „Ich kann dich nicht heiraten, aber ich zahle für das Kind."

„Gut, dann kläre ich sofort alles mit dem Jugendamt und meinem Anwalt!", rief Rahel trotzig ins Telefon.

Krassler hatte schon aufgelegt.

Vier Stunden später hielt der weiße Skoda vor Rahels Küchenfenster. Krassler erschien mit Lederjacke und weißem Hemd, formvollendet und ein wenig linkisch. So, wie sie ihn aus dem Seminar kannte. Umgang mit Schwangeren war für ihn unbekanntes Land. „Wir heiraten, und schöne Grüße von meinen Eltern."

„Ehe mit Prügeln?", wagte sie zu fragen.

„Wir fahren jetzt zu deinen Eltern." Er überhörte ihren Einwurf.

Dann saß er vor Rahel und ihren Eltern. Thomas, der Stiefvater, blickte nur unsicher zu seiner Frau. Rahels Mutter erzählte wieder aus ihrem Leben und Krassler hörte artig zu.

„Also, ich soll dann von meinen Eltern grüßen und wir werden dann demnächst bei mir heiraten."

„Wir bekommen ein Baby!", warf Rahel schnell ein, denn sie hatte das noch nicht bekannt gegeben. Die Mutter setzte sich vor Schreck mit der vollen Kaffeekanne in den Sessel.

„Ja, dann muss das ja wohl auch sein, mit der Heirat", sagte sie, als sie ihre Sprache wiedergefunden hatte.

Rahel blickte abwesend aus dem Fenster. Das alles hier war eigentlich jetzt nicht mehr ihr Leben. Johannes war in Kamenz, mit ihm hatte sie noch nicht sprechen können, und Krassler handelte hier eine Heirat aus, als wäre sie achtzehn. Aber Rahel war neununddreißig Jahre!

„Ich muss dann auch mal wieder. Das Mädel wird es gut bei uns haben."

„Das will ich aber auch stark hoffen, sie ist meine einzige Tochter!", begehrte nun endlich ihre Mutter auf. Krassler erhob sich. Er war froh, das Programm, das ihm nun sein Vater aufdiktiert hatte, erledigt zu haben. Er umarmte Rahel formvollendet und ging, ohne sich umzuschauen, schnell aus der Wohnung. Ehe Rahel hinterher gehen konnte, knallte draußen die Wagentür und Krassler startete so schnell, dass die Reifen quietschten.

Nun hatte Rahel noch das Problem, ihre vor Sorgen kranke Mutter zu beruhigen. „Was ist denn das für ein komischer Kerl? Vor dem hat man ja Angst, so hässlich, wie der ist! Du kannst mir nicht erzählen, dass du den liebst! Wie kannst du dich bloß in deinem Alter auf so was einlassen!" Mutter jammerte zwei Stunden, dann fing sie an, es zu begreifen. Dass die Tochter wegging, dass sie allein bleiben würden. Aber andererseits war es für alle das Beste, wenn Rahel nun „versorgt" war. Und sie hatten ja noch Johannes, den Enkel. Johannes, der eigentlich auch ihr Sohn war.

Rahel setzte nun bei Krassler einiges durch. Sie durfte bis zur Geburt in Geranienburg bleiben und musste nur im Sommer zur Hochzeit noch einmal in den Harz.

Die Eheschließung war ein einsamer Akt. Krassler trug einen grauen Anzug, Rahel ein beigefarbenes kleines Kleidchen, das den Fünfmonatsbauch gar nicht kaschieren sollte. Vorher hatte sie in der Universitätsklinik eine Fruchtwasserpunktion machen lassen und sie wussten nun, dass es ein gesundes Mädchen war, was Rahel besonders glücklich machte. Die Familie Krassler hatte sicher einen Stammhalter erwartet, aber man freute sich trotzdem. Besser als nichts.

Die Standesbeamtin sah sofort, was das hier für eine Ehe werden sollte. Weder der Bruder noch die Eltern von Krassler waren anwesend. Anschließend fuhr sie wieder heim nach Geranienburg. Die Monate bis hierher waren ruhig verlaufen. Krassler hatte sich friedlich verhalten. Die schwangere Rahel war ihm unheimlich, aber er war auch stolz, nun das Gleiche wie sein Bruder vollbracht zu haben, wenn auch ungewollt. Und so verhielt er sich ganz anständig.

Das sollte sich nach dem Akt der Eheschließung jäh ändern. Rahel ging es in der Schwangerschaft sehr schlecht. Unabhängig davon unternahm Krassler mit ihr nun an den Wochenenden, wenn er nach Geranienburg kam, lange Motorradtouren. Das „Eheleben" wurde akribisch fotografisch dokumentiert und von ihm selbst entwickelt. Rahel tat alles, um ihn nicht zu reizen, aber eines Morgens beim Frühstück, als sie sich weigerte, wieder mit hinauszufahren, rastete er wieder aus und kippte ihr den gedeckten Couchtisch mit voller Wucht vom gegenüberliegenden Sitz aus auf den Bauch. Rahel war am Ende des fünften Schwangerschaftsmonats.

Sie blieb starr sitzen und hielt sich den Bauch. Aber er war noch nicht fertig. Das Ekel kippte den scheppernden und klirrenden Tisch zurück und zerrte Rahel von der Couch. Seine erhobene Handkante blieb in der Luft hängen, als die Schwangere ihren Schrei ausstieß. Etwas in ihr war schmerzhaft zerrissen. Rahel starrte an sich herunter und sah, wie Blut an ihren Oberschenkeln hinunter lief. Ihr Gesicht wurde kantig und weiß. Mit einer irrsinnigen Kraftanstrengung schleuderte sie die Bestie weg. Krassler taumelte verblüfft nach hinten an die Wand.

Dann richtete sich Rahel sehr gerade auf und öffnete ihren Morgenrock weit.

„Wenn das Kind stirbt, bringe ich dich um, das verspreche ich dir!" Rahels Stimme klang grollend und tief. Sie senkte den Kopf, wie ein Tier im Angriff. Und da geschah etwas völlig Unerwartetes: Krassler starrte hilflos auf seine nackte, blutende Frau und rührte sich nicht. Rahel stand völlig ruhig: „Ich lege mich jetzt da hin. Du holst drei Handtücher aus dem Schrank in meinem Zimmer und gibst sie mir. Und dann rufst du auf der Stelle einen Krankenwagen und ich verspreche dir: Das hier hat Folgen. Das erzähle ich deinen Genossen!" Rahel sagte es, legte sich flach auf ihre Couch, klemmte ein Handtuch zwischen ihre Beine, die anderen legte sie neben sich. Rahel schloss die Augen und rührte sich von diesem Moment an nicht mehr. Sie war bei ihrem Kind. Wenn Julia überhaupt noch eine Chance hatte, dann war es ihre bewegungslose Mutter!

Krassler bibberte, war kreidebleich und rannte Hilfe holen.

„Schwester Rahel, wir müssen eine Interruptio machen, das Kind ist chancenlos. Sie bluten zu stark!" Rahel hatte im Krankenwagen das Bewusstsein verloren. „Ich soll Sie von Ihrem Mann grüßen, er musste wieder weg zum Dienst!"

Rahel begriff erst jetzt, dass sie im städtischen Krankenhaus gelandet war. Dieter Schorn konnte ihr also hier nicht helfen. „Haben Sie Ultraschall gemacht? Lebt das Kind? Herztöne?" Rahel ließ nicht locker.

„Ja, das Kind lebt noch. Herz schwach, aber das wird nichts, glauben Sie mir!"

„Frau Doktor, ich will, dass wir es versuchen, bitte!"

„Frau Krassler, ich brauche Sie doch nicht über die Risiken ab jetzt, vor allem, wenn das Kind überlebt, aufzuklären!"

„Bitte lassen Sie es uns versuchen!"

„Das bedeutet unter Umständen Flachlage, bis es geburtsreif ist!"

„Ich werde flach liegen und mich nicht bewegen!

Interruptio erst, wenn wir kein Lebenszeichen mehr haben, bitte!"

„Nun gut, das ist Ihre Entscheidung, Frau Krassler! Wollen Sie mir nicht sagen, wie das passiert ist? Hier sind frische Hämatome!"

„Nein. Schreiben Sie in die Unterlagen, ich bin gestürzt!" Die Ärztin zuckte mit den Schultern und ging.

Seltsame Spätgebärende! Vorhin hatte sie vermutet, dass die sich absichtlich irgendetwas zugefügt hatte, um das Kind loszuwerden. Bei dem Kerl, der sie da gebracht hatte, war das verständlich. Und jetzt kämpfte die Frau um das Kind wie um ihr Leben. Also hatte der Mann sie so geprügelt. Aus den Frauen wurde man manchmal nicht schlau.

Rahel lag nun in der Klinik flach. Zwei Monate, dann gaben die Gynäkologen Entwarnung. Aber Rahel verzögerte die Entlassung. Einmal hatte sie Magenschmerzen, dann wieder unerklärliche Rückenschmerzen. Dieter Schorn konnte ihr von hier aus nicht helfen, aber die Frauenärzte der städtischen Klinik waren erfahren genug, Rahels familiären Zustand zu durchschauen und sie ließen sie so lange in der Klinik, bis Rahel bereit war zu gehen. Krassler war nur einmal zu Besuch gekommen, um ihr zu sagen, dass man beschlossen habe, sie bis zur Geburt mit in den Harz zu nehmen, damit sie nicht wieder „stürze".

Rahel war nun zum Erstaunen des kleinen Ortes im Harz die schwangere Frau Krassler. Ihr Mann benahm sich leidlich anständig. Manchmal wanderten sie im Harz herum und Krassler zeigte ihr alte verlassene Gipshöhlen. Er erzählte ihr von den Stollen bei Nordhausen, wo die Gänge bis in den Westen führten. Im Wald war er gelöst und dort tat er ihr auch nie etwas an. Er organisierte Halberstädter Büchsenware und wärmte sie auf kleinen Spirituskochern. Dann saßen sie auf den warmen Steinen im herbstlichen Oberharz und speisten genussvoll, wie die Naturburschen in Kanada, aus Büchsen ihre Mahlzeiten. Das waren die wenigen Augenblicke ihrer unglücklichen Verbindung, in denen sie ein wenig Vertrauen zueinander fanden. Ein hastiges, immer wieder schnell verwehendes Gefühl von Gemeinsamkeit. Und eines Tages lief er zu einer Birke, riss ein Stück Rinde ab, trennte davon eine durchscheinende Haut ab und sagte: „Siehst du? Das brennt wie Zunder, selbst im Regen. Das ist wichtig für den Überlebenskampf, da draußen!" Rahel durchfuhr es siedend heiß: Funke! Der Stasimann Funke hatte haargenau das Gleiche gesagt!

Sie hielt ihren Bauch fest und sagte, ihr sei schlecht. Sofort brachte er sie besorgt und ahnungslos nach Hause. Rahel schob den Verdacht weg. Nein, das konnte, durfte nicht sein! Krassler bei der Stasi? Der hatte zu viele Auffälligkeiten! Trotzdem blieb sie misstrauisch und versuchte nun die Schwiegermutter, welche zunächst sehr fürsorglich und freundlich war, auszuhorchen. Ohne Erfolg! Die alte Krassler erzählte Romane, nur nicht, was ihr jüngerer Sohn getrieben hatte. Als Rahel Kinderbilder von ihrem Mann sehen wollte, entschuldigte man sich lange, man habe sie irgendwo verlegt. Nach einigen Tagen kam die alte Krassler mit zwei Fotos. Ein Säuglingsbild und ein Bild, als Krassler etwa acht Jahre war. Dafür schimpfte sie weiter gemeinsam mit Rahel über die Staatssicherheit. Witterte sie Rahels Verdacht?

Rahel versuchte, etwas Ordnung ins häusliche Chaos zu bringen, denn ein Zimmer hatten die Eheleute nicht. Krassler schlief im Wohnzimmer des Elternhauses auf der Couch und Rahel musste sich mit dorthin begeben. Das einzige noch freie Zimmerchen, sicher ursprünglich als Zimmer des Sohnes gedacht, war eine chaotische Rumpelkammer, bis unter die Decke mit Büchern und Zeitschriften vollgestopft. Rahel war ratlos. Wo sollte ihr Kind schlafen? Im vor Schmutz starrenden Schlafraum der Schwiegereltern?

Sie war im achten Monat, als Krassler endlich nachgab und sie die kleine Kammer wenigstens zur Hälfte frei machen durfte, damit das Körbchen und später das Bettchen ihres Kindes Platz haben konnten. Unter Bergen von Zeitschriften kam dann auch eine Liege hervor. Rahel wuchtete nun tagelang staubige Schriften in den Keller und die auch schon vollgestopfte Schlafstube der Schwiegereltern. Und das Schönste! Sie durfte nun auf dieser Liege schlafen. Ohne Krassler.

Zwischendurch bekochte sie ihren Mann, der mittags aus dem Rathaus der kleinen Stadt heimkam, in der er seit seiner

Heirat plötzlich Stellvertreter des Bürgermeisters für Inneres geworden war.

Eines Morgens, Rahel war wieder beim Entrümpeln, fiel ihr ein kleines Pappkästchen auf, das unter Bergen von Zeitschriften in einem Regal auftauchte. Rahels Herz schlug wie wild. Sollte sie es öffnen? Vielleicht endlich ein paar Liebesbriefe? Irgendetwas, dass das Dunkel der nie besprochenen Vergangenheit ihres Mannes etwas aufhellen würde? Rahel zögerte nur kurz. Dann tat sie es! Ein paar alte Rechnungen, irgendwelche Amtsschreiben und ein Foto. Rahel blickte auf Krassler in Uniform! Rahel kannte den Uniformtyp nicht. Krassler hatte ihr nie gesagt, dass er bei den „Bewaffneten Organen" gedient hatte. Und dann las sie ein altes Telegramm. Es war an Krassler adressiert: „... wünschen dir deine Genossen der BV Halle zum Jahreswechsel das Allerbeste!" Rahel las es wieder und wieder, starrte auf das Telegramm und dann auf das Foto. Beides war offensichtlich einige Jahre alt. „Deine Genossen der BV Halle". BV Halle! Bezirksverwaltung Halle! Es gab in der DDR kaum Dienststellen mit der Bezeichnung „Verwaltung". Rahel kannte nur noch die Zollverwaltung, aber dann stimmte die Uniform nicht. Er trug Offiziersstiefel und „Reithosen", die fest gespannte Mütze, die Brille! Das war ein heimliches Foto, welches es nicht geben durfte, begriff Rahel plötzlich und sie dachte an Funke, der gesagt hatte: „Es gibt keine Fotos von uns!" Es gab keinen Zweifel: Achim Krassler war bei der Staatssicherheit gewesen und war es offensichtlich im offiziellen Bereich immer noch, sonst hätte er das ja erzählen können! Die hochschwangere Frau lehnte sich zitternd, ohne Tränen an das Regal. Der schmutzige Teppich unter ihr, begann sich schnell zu drehen. Rahel ließ sich vorsichtig auf der Liege nieder und schloss die Augen. Dieses brutale, sexuell perverse Ekel, das Genuss am Quälen zu haben schien, hatte die Stasi ausgebildet? Dieser Mensch, der so anders war als der skrupellose schwatzhafte Ingo Funke, war ebenfalls ein zu allem bereiter „Tschekist?" Dieser unberechenbare Schläger? Wieder ein Mensch mit eindeutig krimineller Struktur? Was war das für ein Land, das solche Individuen für seine Zwecke verbog und auf andere Menschen ansetzte? Menschen ohne Gewissen, ohne Skrupel, ohne Beißhemmung, mit Genuss am Quälen, Töten oder was auch immer verlangt wurde? Wo war unter all dem furchtbaren Dreck der Mensch Krassler, der Mensch Funke geblieben?

Sie hatten beide Elternhäuser, Ideale, Erziehung in den sozialistischen Schulen erhalten und dann nahmen sie sich das „Recht", Menschen genussvoll zu quälen, zu schlagen, zu stehlen, wissend, dass sie nie bestraft würden? Wissend, dass das „Recht" dieser sozialistischen Gesellschaft immer auf ihrer Seite sein würde?" Sie brauchten nur zu sagen, „nein das war nicht so", und das Opfer war schuld? Rahel begriff eigentlich überhaupt nicht, was sie da erlebte. So etwas kannte sie doch nur aus den Geschichtsbüchern über Hitlers Verbrechen! Verbrechen, über die ihr Mann, die Familie Krassler Bildbände hatte! Und deren Bilder sah sich Krassler so oft und lange an. Nackte Frauen, fertig gemacht für die Vergasung! Warum sah er sich das immer wieder an? Manchmal stundenlang? Rahel konnte die kranke Gedankenstruktur des Achim Krassler nicht begreifen. Was hier vertuscht und mit voller staatlicher Unterstützung betrieben wurde, war so entsetzlich, dass es unfassbar war. Dieses furchtbare Monstrum war der Stellvertreter des Bürgermeisters für Inneres in einem Touristenzentrum im Harz, und keiner kannte seine Neigungen, seine Brutalität, seine Skrupellosigkeit? War sie, Rahel, das Feigenblatt für Familie Krassler? Die schwangere Alibifrau? „Nein, der Sohn ist kein brutaler Vergewaltiger und Schläger! Nein, seht die kleine schöne schwangere Frau, Genossen!" War das so?

Wenn ja, dann hatten die Genossen Rahel mit vollem Wissen an ihn ausgeliefert, ihren Tod und den seiner Tochter vorab in Kauf nehmend! Alle in der Familie Krassler wussten Bescheid! Aber niemand warnte Rahel. Nicht einmal der so souverän wirkende spätere General Krassler, einer der ranghöchsten Offiziere der NVA. Auch er schwieg zu dem Verbrechen, was Achim Krassler Rahel und ihrem Kind antat! Eine Frage der Familienehre und der eigenen Karriere, sozusagen.

Rahel begriff immer mehr, in welch grauenvoller Falle sie sich befand.

Und was sollte sie jetzt tun? Polizei? Die würden sie auslachen und Krassler informieren. Stasi? Wie das ausgehen würde, wusste sie seit Funke. Nichts konnte sie machen und hatte nur die Wahl, es vorläufig für sich zu behalten oder ihren Mann zur Rede zu stellen. Ihr Verstand priorisierte die erste, ihre Enttäuschung, ihr Entsetzen, ihr Gefühl also, die zweite Variante.

Sie hatte keine Möglichkeit, ihren Fund zu verbergen. Früher oder später würde er es merken. Sie war auch noch immer nicht gerissen und vorsichtig genug, alles für sich zu behalten. Es gab noch nicht die Möglichkeit schnellen Kopierens per Computer. Sie war fremd im Ort. Die einzige Möglichkeit wäre eine Fotokopie beim Fotografen gewesen. Aber das konnte sie nicht riskieren. Die schwangere, verängstigte Rahel war nicht mehr die selbstbewusste Kabarettistin von einst. Sie kannte niemanden, dem sie vertrauen konnte. Rahel war eine gebrochene Frau, die nur mühselig nach außen die Fassade wahrte.

Und sie machte das Falscheste, was sie tun konnte. Es war kurz vor Mittag. Die Schwiegermutter rief sie hinunter. Rahel hatte noch kein Essen für Krassler vorbereitet. Langsam stieg sie die knarrende Holztreppe hinunter, das Kästchen in der Hand. Rahel sah furchtbar aus und die Schwiegermutter begriff sofort. Sie nahm ihr das Kästchen ab und schloss es schnell in den großen Schreibtisch im Wohnzimmer.

Und dann redete die alte Krassler. Sie blieb hinter dem Schreibtisch sitzen und erzählte seine Geschichte. Ja, Krassler sei im Wachregiment und in Halle bei der Staatssicherheit gewesen, dann wäre er krank geworden und da hätten sie ihn mir nichts, dir nichts entlassen. Und der Chef der Stasi hier im Ort, mit dem sie immer, auch privat gut dran gewesen wären, hätte die Familie von da an gemieden. Und sie jammerte und jammerte, bis ein relativ gut gelaunter Krassler Junior von draußen hereinkam und nach Essen rief.

Die beiden Frauen fuhren auf.

Mutter und Sohn verband eine ödipusähnliche Liebe. Sofort kramte sie das Kästchen hervor: „Hat sie gefunden!" Der feuchte Krassler wurde wieder einmal kalkweiß.

„Du elende Schlampe, was stänkerst du in meinem Zeug herum!" Er stürzte zu Rahel, die sofort ihren Bauch festhielt und schleifte sie an ihrem Pferdeschwanz, den er ruckartig nach unten riss, hinter sich her in den Keller. Er stieß sie vor die Hobelbank und trat die Kellertür zu. Rahel taumelte, blieb aber stehen und drehte ihm instinktiv den Rücken zu, um ihren Bauch zu schützen. Krassler fasste sie ins Genick und stieß sie mit dem Kopf auf die Bank.

In dem Moment kam der alte Krassler, den seine Frau schnell von den Tauben herein geholt hatte, in den Keller. Der kleine Mann versuchte nun, seinen Riesensohn von Rahel wegzuziehen. Da holte der aus und schleuderte seinen Vater in die Ecke. Nun kam auch die Alte in den Keller und ihr gelang es schließlich, den tobenden Sohn von Rahel wegzubekommen. Fluchend rannte das Ekel hinauf und dann hörte man nur noch die Haustür krachen. Seine Mutter rannte ihm jammernd und zeternd hinterher.

Der Stellvertreter des Bürgermeisters für Inneres, Genosse Krassler, hatte seine Mittagspause beendet.

Rahel konnte erst jetzt weinen. Der alte Krassler nahm sie in die Arme und versuchte sie zu trösten.

„Nein, ich möchte euch jetzt sagen, dass es reicht! Das ist schon viele Male passiert und ich kann mir nicht vorstellen, dass ihr nicht Bescheid wisst über euren Sohn! Ich werde wieder nach Hause fahren!"

Nun kam auch die Alte wieder in den Keller. Sie versprachen, dafür zu sorgen, dass sich Derartiges nie wiederholte! Aber sie konnten reden, wie sie wollten, Krassler war von Rahel enttarnt worden. Das war problematisch, und das wussten auch die Alten.

Krassler kam am Nachmittag nach Hause und vertiefte sich wie täglich in die Zeitung. Er tat, als wäre nichts geschehen und lag lesend auf der Couch. Seine Mutter saß wie jeden Tag, wenn er kam, am Schreibtisch und die beiden erzählten sich die Welt. Der alte Krassler verkroch sich bis zum Abend zu seinen Tauben und mit Rahel wurde nicht gesprochen. Sie stellte sich in die Wohnzimmertür und sprach die Zeitung vor dem Kopf an: „Ich werde bis zur Geburt meines Kindes nach Geranienburg fahren. Das ist das Beste für mein Kind!"

Die Zeitung wackelte nur kurz, aber die Schwiegermutter tönte zum Fenster hinaus: „Wenn du das meinst, musst du das tun. Aber über eines sei dir im Klaren: Das ist auch unser Kind!"

Als sie morgens ohne Abschied allein zum Zug ging, musste sie am Rathaus vorbei, in dem ihr Mann saß. Sie schaute nicht hinauf zu seinem Fenster, obwohl sie wusste, dass er oben stand. Als sie im Zug saß, klopfte er dann an die Scheibe. Mit großen, verzweifelten Augen hinter seiner Brille.

Sie fuhr wortlos ab, und als er allein und winkend auf dem Bahnsteig stand, überkam sie Mitleid mit dieser armseligen Kreatur. Was haben die aus dir gemacht bei der Stasi, dass du so wurdest, armer Mensch?

33

„Bitte die Haare ab und so kurz wie möglich."

„Diese herrlichen Haare? Wollen Sie das wirklich?" Die Friseuse in Geranienburg riss ihre großen Augen, die von gepinselten Wimpern umrandet waren, weit auf.

„Von Wollen kann keine Rede sein, aber manches muss man tun."

„Aha? Ja, dann wollen wir mal!" Obwohl sie vor Neugier beinahe platzte, blieb Rahel schweigsam und beleidigte dann auch noch das Mädchen, das sich redlich Mühe gegeben hatte und jedes Mal stöhnend nachgab, wenn Rahel forderte: „Noch kürzer!", indem sie nicht einmal in den Spiegel sah, um das Werk auch von hinten zu betrachten. Nie wieder sollte sie jemand an den Haaren schleifen, nie wieder! Aber das konnte sie ja diesem Schmachtaugenmädchen nicht sagen.

Rahels Großmutter, welche inzwischen bei den Eltern in Geranienburg lebte, seit Großvater gestorben war, lag nun auch im Sterben. Und während die Großmutter auf den Tod wartete, hoffte Rahel auf ihre Tochter, aber die kam und kam nicht, als ahnte sie, dass es gescheiter wäre, die schützende Mutter nicht zu verlassen. Und mit Rahel wartete die Großmutter und konnte nicht sterben. „Hast du keine Angst?", fragte sie am Vortag ihres Todes dann Rahel. Die Sterbende verband offensichtlich ihren Tod mit Julias Geburt.

„Nein, Omi", log Rahel, „ich habe keine Angst!"

„Aber ich, Rahel, ich habe fürchterliche Angst!", sagte die Auserwählte. „Fürchterliche! Ich glaubte, ich muss nie sterben. Dachte, ‚Die Neue Welt' kommt schneller!"

„Omi, du lebst in uns und in dem kleinen Mädchen in mir weiter! Das ist ganz sicher!"

„Mach mal den Nachtschrank auf", sagte die Greisin, die mit langen Schulmädchenzöpfen in ihrem Bett lag. „Im Beutel sind hundert Mark. Kauf eine Babydecke und Schuhchen!" Sie starb am nächsten Morgen. Und Rahel hatte sie nicht noch einmal gesehen.

Krassler war am Samstagabend gekommen und tobte herum, weshalb sich das alles so verzögerte. Rahels Trauer um die Großmutter scherte ihn nicht. Er wollte, dass endlich hier in Geranienburg Schluss war!

Rahel verlor am Sonntagmorgen, es war der erste Advent, einen Moment die Kontrolle und fuhr ihn an. Das reichte Krassler, der ein Ventil gesucht hatte. Er holte aus, um der hochschwangeren Frau eine zu scheuern. Rahel brach weinend zusammen. Sie war am Ende ihrer Kraft. Krassler hatte nun offensichtlich doch eine Art Beißhemmung und ließ ab von ihr. „Du kommst jetzt mit! Ich fahre doch hier nicht ständig hin und her! Du kannst das Kind auch bei uns kriegen!"

„Auf dem Motorrad?"

„Stell dich nicht so an, Alte!"

„Und dann machst du Entbindungshelfer am Straßenrand, ja?" Das Argument wirkte.

„Gut, ich fahre jetzt! Aber du packst alles zusammen! Morgen Abend hole ich dich mit dem Auto."

Sie ging ins Bad, um sich ihr Gesicht zu kühlen. Dann begleitete sie Krassler hinaus. „Lass uns noch ein wenig spazieren gehen", bat sie. Krassler nörgelte zwar, aber dann ging er mit. Rahel ging zur Brücke. Ganz bewusst wählte sie einen Ort, wo sich viele Menschen und Autos befanden. Rahel wagte längst nicht mehr, wichtige Gespräche in der Wohnung, allein mit ihm zu führen. „Ich werde nach der Geburt des Kindes in Geranienburg bleiben. Und ich werde durchsetzen, dass du mich nicht mehr schlägst."

Krassler merkte erst jetzt, dass er für diese Botschaft aus der Wohnung in die Öffentlichkeit gelockt worden war. „Ach, und du denkst, das regeln wir jetzt hier, ja? Ab, nach Hause, aber ganz schnell! Ihr denkt wohl, ihr könnt mich hier reinlegen, ja? Du hast nun dein Kind und ich kann gehen, ja?" Rahel hatte ihn unterschätzt. Er drehte ihr den Arm auf den Rücken und zog ihn hinten nach oben. Rahel wimmerte vor Schmerzen. „So, und jetzt ohne Muckser ab!" Krassler schob sie vor sich her in Richtung Wohnung, als Rahel ihre erste Wehe bekam. Sie ließ sich sofort auf den Bürgersteig fallen. Gerettet! Julia hatte beschlossen zu kommen! Rahel wusste, dass dieser Bürgersteig hier im Moment der sicherste Ort der Welt vor dieser Bestie über ihr war, die gerade versuchte, sie aufzurichten.

„Kann ich helfen!" Rahel blickte den Mann, der jetzt herüberkam an, als sei es ihr Engel.

„Ich bekomme mein Kind!"

„Ja und da stehen Sie noch hier?", fuhr der Mann jetzt den geschockten Krassler an.

„Ich will in das Wismut-Krankenhaus zu Doktor Schorn", sagte sie dem Mann. „Bitte bleiben Sie bei mir!" Inzwischen waren aber genug Neugierige da. Krassler rannte zur Telefonzelle.

Julia musste vor Angst Bocksprünge in Rahels Bauch vollführt haben, denn ihre Nabelschnur war mehrfach um ihren Hals geschlungen. Bei jeder Wehe quetschte nun die Schnur die Blutversorgung und damit den Sauerstoff für Julia ab. Das merkte die Hebamme nach acht Stunden Wehen, nachdem sie endlich die Messsonde an Julias Kopf befestigen konnte. Rahel hörte Julias periodisch schwindende Herztöne und forderte nun energisch den Oberarzt. Als er kam und sie über die Sektio, einen Kaiserschnitt, aufklären wollte, fuhr sie ihn laut an: „Macht es endlich! Und quatscht hier nicht ellenlang herum!" Sie war außer sich. Erst hatte ihr der junge, herbeigerufene Assistenzarzt klarmachen wollen, dass sie ja als Spätgebärende, zwanzig Jahre nach der ersten Geburt, wie eine Erstgebärende zu behandeln sei und eben mehr Zeit brauche und dann auch noch Aufklärung vom Oberarzt! Aber eigentlich war sie nur traurig, dass heute am ersten Advent Dieter Schorn frei hatte.

Nach der Sektio kam das Fieber und eine Lungenentzündung und sie gaben ihr zwei Tage nicht ihr Kind. Dann endlich lag Julia bei ihr. Ihr Baby hatte achtundvierzig Stunden Überlebenskampf mit Sauerstoff und Herzattacken hinter sich, aber als es die Mutter spürte, wurde alles gut.

Krassler betrachtete ein einziges Mal scheu und ungläubig sein Kind.

Aber das Schönste war: Durch den Kaiserschnitt und die notwendigen Nachuntersuchungen konnte Rahel mit Julia noch fünf Wochen bei ihren Eltern bleiben. In dieser Zeit ließ sich Krassler nicht sehen. Rahel und Julia wurden ein eingespieltes, verschworenes Team. Julia, welche die Ängste ihrer Mutter nun lebenslang in ihren Genen hatte, spürte vom ersten Tag ihres Zusammenseins an, dass nur Rahel der Mensch in ihrem kleinen Leben war, auf den sie sich verlassen konnte. Und diese Sicherheit forderte sie energisch ein! Sobald sie sich alleingelassen fühlte, schrie sie wie am Spieß! Körperkontakt, wenn möglich rund um die Uhr, war ihr Lebensprinzip. Und Rahel tat ihr den Gefallen, nicht ganz uneigennützig. Sie wusste, was im Harz auf sie wartete. Bis dahin musste Julia ihr blind vertrauen. Vielleicht konnte Julia den Vater zur Ruhe und zu humanem Handeln veranlassen.

Johannes betrachtete seine Halbschwester mit Liebe und Skepsis. Bald wurde auch er Vater. Rahel und Johannes lebten von nun an getrennte Leben. Sie konnte die Wohnung in Geranienburg behalten und für Johannes aufheben, weil es eine Genossenschaftswohnung war. Am liebsten wäre die junge Familie gleich eingezogen, aber Rahel verzögerte die Angelegenheit, weil sie damit rechnete, bald aus dem Harz zurückkommen zu können. Sie konnte nicht verhindern, dass Krassler sie holte und sie wollte ihm und seiner Familie ja auch eine Chance geben. Aber Rahel war klar, dass sie, sollte sich Krasslers Verhalten nicht ändern, Julia um jeden Preis von ihm entfernen musste, um ihrem Kind den gewalttätigen Vater zu ersparen. Und sie ahnte, wie schwer das werden würde. Denn die Familie Krassler würde mit aller ihr zur Verfügung stehenden Macht um ihren Nachwuchs kämpfen.

Rahels „Glück" war die kranke Schwiegermutter. Die brauchte Rahel für den Haushalt, für die berufliche Karriere ihres Sohnes und dessen Ruf nach außen, und sie konnte Rahels Kind aufgrund ihres Gesundheitszustandes nicht aufziehen. Aber man brauchte Rahel nur, bis Julia groß genug war, dann wäre die Schwiegertochter überflüssig.

Rahel witterte die Strategie der alten Krassler und ihres Sohnes von Anfang an. Ihr Leben im Harz war also nur so lange gesichert, wie Julia sie brauchte. Gewissheit bekam sie, als sie einmal unbeabsichtigt – sie lebte mit Julia schon einige Monate im Harz – ein Gespräch zwischen Mutter und Sohn hörte, das nicht für ihre Ohren bestimmt war. Er hatte sich wohl über seine Frau bei seiner Mutter beschwert und Rahel hörte nur ihre Antwort hinter der Tür: „Solange sie stillt und Julia so klein ist, brauchen wir sie. Die ist doch später schnell wegzukriegen. Da fällt uns dann schon was ein. War sie nicht schon einmal in der Nervenklinik?"

Rahel war starr hinter der Tür stehengeblieben. Das war es also!

Rahel stellte sie nicht zur Rede. Sie malte sich aus, was die beiden aushecken könnten. Vorläufig war sie also sicher. Aber was wäre später? Wusste diese Familie vom Ansinnen der Genossen in Geranienburg, sie in die Psychiatrie zu befördern? Wussten sie von ihrem Klinikaufenthalt in Halle?

Rahel war überzeugt, dass Krassler alles wusste. Also konnte er sie jederzeit über diese Schiene loswerden. Wenn er sie schlug, folterte und vergewaltigte und sie dann schrie, konnte er immer sagen: „Alles nicht wahr, Genossen, meine Frau ist durchgedreht, das war sie schon in Geranienburg. Die Kreisärztin und der Chefarzt der Nervenklinik bestätigen das, Genossen."

Manchmal kam der „Stellvertreter" abends nach Hause und berichtete von Morden und Selbstmorden in den Felsen des Bodetales. Hatte man ein solches Schicksal für Rahel parat? Rahel machte sich keine Illusionen über ihre Chancen, dem zu entgehen. Nie würde eine solche Tat aufgeklärt werden und Krassler konnte noch den trauernden Ehemann spielen. Sie musste also äußerst vorsichtig sein.

Rahel lernte nun, bei größten Schmerzen nicht zu schreien, lernte stumm zu ertragen, was nicht ertragbar war. Aber davon hing ab, ob sie bei Julia bleiben konnte oder nicht. Die

Schwiegermutter machte immer deutlicher, dass sie Julia niemals bei einer Trennung Rahel überlassen würde. Das Kind gehörte der Familie Krassler, und man nahm die Schwiegertochter, die sich leider nicht wie ein ahnungsloses Dummchen verhielt, bald nur noch notgedrungen in Kauf. Rahels einziger Verbündeter in dieser Zeit war der alte Krassler. Er hatte längst gecheckt, dass Rahel nur gute Miene zum grausamen Spiel des Sohnes machte. Er mochte Rahel. Natürlich hätte er für sie nie den Sohn geopfert, aber mit Rahel war auch sein Leben im kleinen Häuschen erträglicher. Und so versuchte er, etwas ausgleichend zu wirken.

Julia entwickelte sich dank Rahels unerschöpflichem Milchvorrat zu einem rosigen und sehr fetten kleinen Schreihals, der sein Leben entweder auf den Hüften der Mutter oder in den Armen ihres Großvaters verbrachte. Nachts setzte sie mit markerschütternden Schreien, bei denen niemand im Haus schlafen konnte, durch, dass sie bei der Mutter liegen konnte, und das wiederum schützte Rahel vor ihrem Mann. Sobald er aufkreuzte, schob sie ihrem Baby ihre Brust in das Mäulchen und zuckte bedauernd mit den Achseln. In Gegenwart Julias hatte er tatsächlich eine Art Beißhemmung. Und so schützte ein kleines fettes Mädchen ahnungslos seine Mutter. Vorläufig war Rahel also relativ sicher und sie entschloss sich im Juli 1985 dem Drängen ihres Sohnes, der mit seiner Familie sehr beengt wohnte, nachzugeben und ihm ihre Wohnung zu übergeben. Dazu musste sie nach Geranienburg und weil sie immer noch stillte, durfte Julia mit. Rahel nahm für die Reise extra noch einmal den großen Kinderwagen, weil sich alle Utensilien mit ihm besser transportieren ließen. Krassler hatte sie eifersüchtig und knurrend ziehen lassen. Er war momentan in seiner neuen Funktion unabkömmlich. Aber er war froh, dass Rahel nun endlich die Wohnung aufgab. Das war die letzte Brücke nach Geranienburg und dass die nun wegfallen sollte, war ihm nur recht. Julia genoss die Zugfahrt und saß quieksend entweder auf Rahels Schoß oder im Wagen und unterhielt mit ihrer Babyglückseligkeit das ganze Abteil.

34

Rahels Eltern waren ebenfalls froh, nun endlich, nach so vielen Monaten, Rahel und das Kind bei sich zu haben. Rahel ließ Julia bei ihnen, wenn sie in der Wohnung werkelte, zusammenpackte, aussortierte, was sie den Kindern überlassen wollte und was sie aufheben wollte, für sich selbst, irgendwann in Geranienburg. Eine Woche hatte sie sich erbettelt. Eine Woche Urlaub vom Harz. Aber es wurden zwei, weil Rahel nicht fertig wurde. Nicht fertig werden wollte, und das witterte nun auch Krassler.

Es war ein heißer, wolkenloser Sommertag. Rahel hatte heute Julia mit in die Wohnung genommen, weil ihre Mutter beim Arzt war. Sie schäkerte gerade mit Julia herum, die sie zum Wickeln auf die Liege in ihrem Zimmer gelegt hatte. Die Ottomane war noch das einzige Möbelstück. Nur der Teppich, den sie nach Funkes Raubzug gekauft hatte, lag noch im Zimmer, sonst war es leer. Sie hörte sein Motorrad nicht, und so konnte Krassler ihr Entsetzen sehen, als sie auf sein Klingeln hin öffnete.

Krassler hatte einhundertfünfzig Kilometer Motorradfahrt hinter sich und eine Riesenwut im Bauch. Mochte es Julias Gegenwart sein, mochten es zwei Wochen „Ferien" von ihm gewesen sein, Rahel vergaß ihre Vorsicht.

„Ach, die Dame hat mich wohl nicht erwartet, ja? Denkt wohl, ihr könnt mich verscheißern, ja?"

Rahel ließ ihn im Korridor stehen und lief zu Julia, die gerade im Begriff war, von der Liege zu krabbeln. Vater und Tochter beachteten sich gegenseitig nicht. Er hatte seine Wut und Julia ihre Mutter. Den da gab es in Julias Leben auch, aber die Vaterfiguren waren ihre Großväter. Rahel wandte sich ihrer Tochter zu, die plötzlich hochrot anlief und signalisierte, dass jetzt Topfzeit war.

Das Ekel nahm das alles nicht wahr. Es realisierte nur, dass es nicht beachtet wurde. Rahel musste Julia also noch einmal ausziehen. Sie nutzte diese Zeit ganz bewusst aus, sich darauf verlassend, dass Krassler in Gegenwart Julias bisher nie gewalttätig geworden war. Aber Krassler fühlte sich verlassen, verraten, betrogen oder was auch immer und er spürte, dass er hier überflüssig war. Er stand noch immer in voller Montur in der Zimmerecke, nur den Helm hatte er abgenommen.

„Ihr kommt jetzt sofort mit! Ich lasse mich von euch doch nicht an der Nase rumführen! Ich weiß genau, dass hier ein anderer Kerl im Spiel ist! Denkst du, ich bin so bescheuert, nicht zu wissen, was hier abgeht?" Rahel beschäftigte sich wortlos mit ihrer quieksenden Julia, der das Gebrüll ihres Vaters nicht das Geringste auszumachen schien. Rahel hatte ihm den Rücken zugewandt. Wo war ihr Instinkt? Krassler musste es als Abweisung erkennen, aber Rahel ließ ihn brüllen und reagierte nicht. Erst als er wieder verlangte, sofort mit Julia aufs Motorrad zu kommen, drehte sie kurz den Kopf zur Seite und sagte völlig ruhig: „Also jetzt reicht's! Julia aufs Motorrad! Bis in den Harz! Du bist doch nicht mehr normal!", und wandte sich wieder Julia zu. Sie drehte sich erst verwundert zu ihm um, als keine Reaktion kam.

Es war zu spät. Krassler hatte langsam seinen Helm aufgesetzt, in scheinbarer Ruhe. Rahel missverstand immer noch die Situation, als er sich mit einem dumpfen Brüller auf sie stürzte und sie in die gegenüberliegende Zimmerecke warf. Er hatte nur den Helm aufgesetzt und seine Brille. Das Visier hatte er nicht heruntergeklappt. Aus dem orangefarbenen Helm keuchte er Rahel an und eine Flut der übelsten Kloakenworte prallte, verbunden mit seinem Speichel, auf Rahels Gesicht. Sie erwartete nun das bekannte furchtbare Ritual von Schlägen und Vergewaltigungen, bis sie wimmernd signalisieren würde „Ja Herr, du hast gesiegt, du bist der Größte!" Sie dachte nur an Julia und dass sie schweigen musste, solange sie es nur aushalten konnte. Aber es kam etwas völlig anderes.

Krassler erwürgte seine Frau. Rahel realisierte die furchtbare Handfessel, die sich langsam zuschnürte, zu spät, erst dann kämpfte sie nur noch um ihr Leben. Sekunden? Minuten? Rahel fühlte, wie sie sehr schnell zu platzen drohte. Ihr letztes Wahrnehmen, an das sie sich später erinnern würde, war das Gefühl, ihr Herz, ihr Brustkorb sei ein riesiger roter Ballon. In ihren Ohren war ein furchtbares, dröhnendes Hammerwerk. Und dann wehrte sich Rahel nicht mehr.

Krassler ließ erschrocken von ihr ab. Rahel war erwürgt worden. So war die Wahrnehmung und Erinnerung der Rahel Bach. Aber er hatte sie nicht erwürgt. Er hatte sie genüsslich gewürgt. Eine alte Foltermethode, bei der das Opfer einige Male „stirbt", weil ihm zwar auch die Luft, aber vielmehr gezielt die Sauerstoffversorgung durch das Quetschen der Halsschlagadern genommen, und die Schilddrüse abgedrückt wird. Und man konnte den Vorgang schön in die Länge ziehen.

Bei Rahel, so hatte es für Krassler den Eindruck, war er wohl etwas zu harsch vorgegangen, denn was er nun auch unternahm, Rahel kam nicht wieder zu sich.

„Scheiße!", brüllte er in Panik. Er hätte ihr mit einem Handgriff den Hals brechen können, kein Problem. Aber das wollte er gar nicht. Er hatte sie quälen, sie bestrafen wollen für ihre Überheblichkeit, dafür, dass sie keine Angst gezeigt hatte, und nun lag sein Spielzeug zerbrochen am Boden. Krassler rannte in Panik aus der Wohnung, schwang sich auf sein Motorrad und raste davon.

Julia lag regungslos, wie ein abgelegtes Reh auf ihrer Liege. Sie war knapp acht Monate. Sie hätte bequem herunterrutschen und zu ihrer Mutter krabbeln können. Aber sie war ganz still geblieben, solange ihr Vater, das große orange Tier, über ihrer Mutter tobte.

Erst als es ganz still war, begann Julia ihre Mutter zu rufen. Lange, mit sehr hohen Tönen, immer lauter und sie rührte sich dabei nicht. Und durch ein Hammerwerk und tausend rote Flammen hörte Rahel dann ihr Kind. Sie versuchte, sich zu bewegen. Ihre Beine waren nicht vorhanden. Bald fühlte sie ihre Arme wieder, in denen es wie mit tausend Nadeln stach. Rahel kroch hustend und keuchend zu ihrer Tochter, drückte sich an der Liege hoch zum Sitzen, griff nach oben zu Julia, die sie nur durch ein Feuer von Lichtblitzen wahrnehmen konnte und zerrte das schreiende und wimmernde Kind zu sich herunter. Ihre Bluse brauchte sie nicht zu öffnen. Ihre Brüste hingen unter dem hochgerissenen BH heraus. Julia fand ihre Mutter und als sie die warme Milch spürte, sog und sog sie, zwischendurch immer wieder aufschluchzend, und schlief nach wenigen Minuten ein. Rahel verlor zwischendurch ebenfalls immer wieder das Bewusstsein, obwohl nun wieder schmerzhaft die Durchblutung in den Beinen einsetzte.

Plötzlich feuerte sie ihr Instinkt hoch! Julia fing sofort wieder an zu schreien. Wo war Krassler? Es dauerte Rahel viel zu lange, bis sie wieder stehen, staksig einige Schritte gehen konnte. Krassler! Die Bestie hatte sie fast getötet, jetzt riss sie der Gedanke an ihren Peiniger hoch. Offensichtlich war er nicht mehr in der Wohnung. Wo war er? Lauerte er draußen? Holte er ein Auto? Rahels malträtiertes Gehirn arbeitete wieder. Raus! Rahel musste raus hier! Er würde, er musste wiederkommen! Er würde Julia holen wollen! Nur wann? Und was machte er jetzt? Rahel war klar, dass sie aus der Wohnung musste und das mit Kind und Kinderwagen. Wettrennen gegen einen Stasimann auf dem Motorrad!

Polizei? Die war mitten in der Stadt. Nachbarn? Wem konnte sie hier trauen? Niemandem.

Telefon? Die Zelle lag zwei Straßen weiter, von allen Seiten gut einsehbar. Dort würde er sie am ehesten abpassen. Rahel hatte nur eine Lösung: zu ihren Eltern, und die mussten Johannes in Kamenz und alle anderen informieren.

Rahel sah an sich herunter. Sie nahm ächzend ihr Kind auf den Arm, wankte an den Wänden entlang in ihr Bad und setzte Julia vor sich in das Waschbecken. Julia fand das interessant und spielte sofort mit der Handbürste. Rahel sah in den Spiegel und sah ein fremdes Gesicht, um das zottelige, blutverschmierte Haare standen.

„Petechien", sagte das fremde Gesicht mit seltsam piepsiger und krächzend hoher Stimme. „Überall Petechien", antwortete Rahel, die Krankenschwester. Die Augen, die nun wohl ihre waren, sah Rahel nur, wenn sie sie mühsam aufriss. Der gesamte

Augenbereich war unterblutet. Um ihre Nase und den blutig zerfetzten Mund, der dick und bläulich etwas komisch nach vorn stand, war überall geronnenes Blut. Ihr Hals war dick und rot. Später würde man wochenlang prächtige Würgemale sehen können, aber jetzt war alles nur eine mit Hauteinblutungen versetzte, geschwollene Masse. Sie steckte der fremden Frau die Zunge heraus. Sie sah so aus wie die Lippen. Rahel fing an zu kichern: „Non rien, de rien, non je ne regrette![10]"

Rahel dachte, sie sang, aber das Krächzen der Frau im Spiegel brachte sie wieder in die Realität. *Aus mit der Piaf!* Das Leben hatte er ihr gelassen, die Singstimme war für immer kaputt. Mühsam und langsam sollte sie später lernen, ihre Sprechstimme wieder zu benutzen. Sie hob Julia vorsichtig aus dem Becken und ließ sie in die leere Badewanne rutschen. Rahel gab ihr einige Badeutensilien. Die Kleine blieb ruhig und fand sich mit ihrem weißen Käfig ab. Rahel wusch sich im Waschbecken so gut es ging ab und versuchte die verklebten Haare zu ordnen, dabei immer auf die Straße schauend. Das Bad lag neben der Küche in unmittelbarer Nähe der Haustür. Ihr Plan war fertig. Wäre er gekommen oder hätte sie etwas an der Tür gehört, sie wäre mit Julia sofort durch die Wohnung gerast, hätte sich mit ihrem Kind hinten aus dem Schlafzimmerfenster geworfen und um Hilfe geschrien. Aber draußen blieb alles gespenstisch still. Die Nachmittagshitze flimmerte auf dem Beton. Rahel zwang sich, einen Zahnputzbecher voll Leitungswasser zu trinken. Es tat entsetzlich weh. Jeder Schluck war eine Qual und löste einen Würgereiz aus. Aber Rahel wusste, was sie nun vorhatte:

Fünf Kilometer Flucht ans andere Ende der Stadt. Ein Klacks mit der Straßenbahn, aber Rahel hatte nur eine winzige Chance, dort anzukommen, ohne dass ihr unterwegs das Kind entrissen wurde: Schleichwege, die der Motorradfahrer als Ortsunkundiger nicht kennen konnte.

Sie erzählte später ganz wenigen Menschen von diesem Tag. Deren ungläubigen Gesichter und die Fragen, wie man so was aushielt, ohne den Verstand zu verlieren, woher man danach überhaupt noch Kraft für Flucht hatte, für die richtige

Entscheidung, hielten sie davon ab, es weiter zu erzählen. Irgendwann hatte sie den Mut für die schnoddrige Erklärung: „Gegen den Holocaust hatte ich's doch noch, wie im Sanatorium!" Aber das stimmte nicht. Jeder hat seinen eigenen Tod.

Und jede tödliche Gewalt ist auch für den Einzelnen zunächst das Ende der Welt.

Vor diesem Ende versuchte nun Rahel sich und ihr Mädchen zu retten. Die Bluse hatte keine Knöpfe mehr. Sie stopfte ihre üppigen Stillbrüste wieder in den BH, der noch straff über ihrem Brustbein klemmte. Die Bestie hatte ihn wohl einfach hochgerissen. Dann setzte sie sich auf die Toilette und untersuchte sich zitternd. Sie fand an ihren Händen nicht das eklig schleimige Sperma, das sie erwartet hatte. Ihre Oberschenkel waren zwar wohl bekannt rotfleckig. In ein paar Tagen würde sie wieder furchtbar dunkelblau, dann grün und dann gelb geflippt aussehen, aber außer einigen blutigen Hautabschürfungen, die sie sich sicher im Überlebenskampf zugefügt hatte, konnte sie keine Vergewaltigungsspuren feststellen.

„Schwein, elendes!", murmelte sie in sich hinein. „Wirst dich wohl dran verschluckt haben." Erst jetzt merkte sie, dass ihr Schlüpfer fehlte. Sie wankte noch einmal in ihr Zimmer, Julia greinte sofort aus ihrer Badewanne hinterher.

„Krassler, ich schwöre dir hier vor meiner Tochter: Und wenn es Jahre dauert, vor meinem Tod stirbst du! Eines grässlichen, langsamen, fürchterlichen Todes!" Sie krächzte es unter Schmerzen, während sie die Reste ihres Schlüpfers aufklaubte, den anzuziehen völlig sinnlos war. Er hatte ihn am Zwickel zerfetzt. Rahel hatte ihren kleinen, kniekurzen, schwarzbunten Wickelrock noch an. Den zurrte sie nun eng um sich und band die kleine, nun knopflose und schmutzige, ehemals weiße Hemdbluse, die an den kurzen Ärmeln weit eingerissen war, vorn über dem BH zusammen. Rahel empfand die Vorbereitungen für ihre Flucht als eine Ewigkeit. In Wirklichkeit waren etwa dreißig Minuten vergangen.

Sie fand ihre Sandalen nicht, also zog sie die kleinen, schwarzen Turnschuhe an, die sie in der Wohnung immer getragen hatte. Jetzt erst fühlte sie ihren zerschlagenen Körper. Rahel hatte keine Tränen. Sie funktionierte nur. Aber alles, was sie und ihr Kind hier erlebten, brannte sich wie ein Laser unauslöschlich in ihr Gehirn ein.

Die größte Angst hatte Rahel vor dem Öffnen ihrer Wohnungstür. Sie hatte keinen „Spion", mit dem man nach draußen und sogar weit ins Treppenhaus schauen konnte. Sie hob Julia aus der Wanne und gab ihr noch einmal stehend im Bad die Brust. Es war wie ein Bündnis, das sie jetzt schmiedeten.

Sie nahm nichts mit, außer ihrer Tasche, die sie über die linke Schulter klemmte. Dann setzte sie Julia geübt, aber unter einem leichten Schmerzschrei auf ihre rechte Hüfte und umfasste ihr Kind fest unter dessen rechtem Oberschenkel. Rahel zögerte nur kurz, dann öffnete sie schnell die Tür, um notfalls sofort nach draußen zu springen, falls er sie zurückstoßen wollte. Ihr rasendes Herz verursachte wieder tausend Lichtblitze in ihren Augen. Die Tür ließ sie hinter sich einfach zufallen.

Er war nicht da. Rahel eilte hastig die acht Stufen bis zur Haustür, hinter der Julias Kinderwagen stand. Die Kleine meckerte, als Rahel sie recht schroff in den Wagen gleiten ließ. *Die Decke, Himmel, ich habe die Decke vergessen!* Egal, es war warm! Rahel zerrte das Laken unter Julias Körper hervor und legte es schnell über ihr Kind. Julia sollte sich geschützt fühlen. Aus dem Kinderwagen stank es erbärmlich. Das kleine Mädchen hatte nicht nur ihre Mutter gerufen und wiedererweckt, es war selbst vor Angst fast gestorben und das roch nun auch die malträtierte Nase seiner Mutter. „Mäuslein, das machen wir alles bei Omi!" Sie verließ eiligst ein schweigendes Haus, das menschenleer zu sein schien. Niemand zeigte sich. Rahel rannte nun über die Brücke, auf der sich Julia vor einigen Monaten auf den Weg in die Welt gemacht hatte. Dann schob sie ihr Kind den rechten Stadtrand hinauf bis ganz oben in die alten Villenviertel und Gärten. Die brodelnde und hupende Stadt blieb im Flusstal liegen. Ihr Weg führte vom Süden der Stadt, längs des Flusses da unten nach Norden. Die entsetzten und ungläubigen Blicke der Menschen interessierten sie nicht. Niemand sprach sie an. Niemanden wagte sie um Hilfe zu bitten. Sie hielt sich in der Nähe der Häuser. Bei verdächtigem Motorengeräusch floh sie in Hauseingänge und setze sich erschöpft auf die kühlen, alten Treppen. Sobald sie Menschen hörte, lief sie weiter und weiter. Ihr Hals schlug zum Zerbersten, aber Rahel spürte keine Schmerzen. Alle Reserven an körpereigenem Morphium und Adrenalin gab ihr wohl ein Engel mit auf ihren Weg.

Irgendwann hatte sie es geschafft. Sie schlich von hinten an das Mietshaus ihrer Eltern. Der Kellereingang, den sie benutzen wollte, war verschlossen. Rahel klemmte sich Julia, die greinte, weil sie unterwegs eingeschlafen war, wieder auf die Hüfte und lief vorsichtig nach vorn. *Wenn er jetzt auftaucht, brülle ich das ganze Viertel zusammen*, nahm sie sich vor.

Mit einem leisen Aufschrei zog die Mutter die beiden in den Korridor. Rahel sackte nicht zusammen. Sie drückte ihrer Mutter Julia in den Arm: „Sie hat eingekackt."

Und die Mutter, die bei jeder anderen Situation jammerte und nicht klarkam, wusste sofort, was zu tun war. Sie setzte ihrem Mann das stinkende Baby auf den Schoß, zog Rahel in die Schlafstube und zog ihre zerfledderte Tochter aus. Sie sagte nur: „Er war hier, hat nach euch gefragt!" Auch sie hatte keine Tränen.

Sag doch wenigstens, ‚ich habe das alles kommen sehen', oder so was, dachte Rahel.

Aber die Mutter nahm nur ihre Sachen und sagte: „Die schmeiße ich weg, oder?" Rahel nickte, während ihr die Mutter eines von Großmutters Flanellhemden überzog. „Leg dich in mein Bett!" Rahel schüttelte den Kopf und wies zur Stube. Sie konnte jetzt nicht allein sein.

„Schließt die Tür zu, lasst den Schlüssel stecken und ruft die Polizei!", flüsterte sie, denn Stimme hatte Rahel nicht mehr. Dann ließ sie sich auf die Couch fallen und schlief sofort ein. Rahels Eltern hatten ein Telefon.

Sie erwachte, als ein Weißkittel sie zupfte und rief. Die Stube der Eltern war voller Geschäftigkeit.

Mehrere Polizisten und der Arzt waren anwesend. „Wir leiten das weiter!", hörte sie gerade. „Das ist nicht unser Zuständigkeitsbereich!", hörte sie weiter. Da schlug sie wild um sich und wollte schreien und aufstehen. Sollte das hier wieder so enden wie bei Funke?

Rahel krächzte verzweifelt: „Sperrt ihn ein, findet ihn!"

„Keine Angst, Frau Krassler, den kriegen wir schon, aber wollen Sie sich scheiden lassen oder nicht?", fragte ein Polizist.

„Na meinen Sie, die bleibt bei dem Kerl?", mischte sich die Mutter nun ein.

„Ach wissen Sie, wir erleben die tollsten Sachen. Früh schlagen sie sich halbtot und abends liegen sie dann gemeinsam in den Betten – und wir stehen dumm da!"

„Ihre Tochter ist in diesem Zustand durch die ganze Stadt zu Ihnen gelaufen, sagen Sie?", fragte ungläubig der andere Polizist und schrieb alle Antworten sorgfältig auf. „Warum sind Sie nicht gleich zur Polizei gekommen, oder haben angerufen?", wandte er sich nun an Rahel. Rahel spürte nur, dass diese Polizisten diesen Fall nicht bearbeiten konnten oder durften. Jetzt erst weinte sie und ihr kaputter Körper wurde von Schüttelattacken gemartert.

„Sie sollten erst einmal ausschlafen!", entschied der Polizeiarzt und spritzte ihr sofort ein Beruhigungsmittel in den Oberschenkel. Rahel dachte nur noch wie durch einen Schleier: *Wieso weisen die mich nicht ein? HNO-Arzt wäre doch gut, oder?* Und dann schlief sie wieder. An die kommenden Tage erinnerte sich Rahel nicht. Einige Male kam ein Weißkittel und spritzte sie, Julia und die Eltern liefen um sie herum. Manchmal brachten sie sie auf die Toilette. Essen ging nicht. Mutter kochte Brühe und unter großem Zureden aß und trank Rahel.

Irgendwann sah sie sich wieder im Spiegel. Ihr Hals war an beiden Seiten mit blauroten Fingerspuren gezeichnet.

Langsam kamen Augen und ihre alten Gesichtszüge wieder zum Vorschein. Aber noch immer blutunterlaufen und nur langsam heilend.

„Wo kein Kläger, da kein Richter!" Man hatte den Vorgang in den Harz weitergeleitet. Krassler war zunächst in Panik davongerast, dann aber auf halber Strecke umgekehrt. Er fuhr zunächst in die Wohnung und fand die beiden nicht. Die Spuren, die er fand, deuteten darauf hin, dass Rahel mit dem Kind geflohen war, oder sie hatte Hilfe geholt. Er fuhr zu ihren Eltern und merkte, dass die noch nichts wussten und dann hatte er sie gesucht. In der ganzen Stadt, vergeblich. Als er zum zweiten Mal zu Rahels Eltern fuhr, sah er die Autos der Polizei gerade noch rechtzeitig. Er machte nun das Gleiche wie Rahel und fuhr auf Seitenwegen, die Hauptstraßen meidend, in den Harz. Sich getarnt zu bewegen, hatte er ja, im Gegensatz zu Rahel, von den Genossen gelernt Das Motorrad ließ er außerhalb stehen und schlich unerkannt in sein Haus. Er legte sich wie immer auf die Couch im Wohnzimmer.

Die Mutter hatte ihn gehört und kam herunter: „Die Genossen haben angerufen, ob du da bist. Was ist passiert?"

„Nichts, geh schlafen!"

„Wo bist du gewesen?"

„Das weißt du doch. Zu einem Bürgermeistertreffen in Altenburg!" Grollend verschwand die Alte. Rahel hat nie erfahren, dass die Genossen am anderen Morgen Krassler abholten und zum Vorfall in Geranienburg befragten. Krassler bestritt alles. Die Verletzungen hätte sich seine nervlich gestörte Gattin selbst beigebracht.

Und während Rahel, durch Beruhigungsmittel ruhiggestellt, schlief und schlief und damit entscheidungsunfähig war, ihr Hals aber sichtbar eine Realität verriet, die nicht zu verbergen war, beriet die Familie Krassler, was zu tun sei. Krassler wurde durch seine Genossen, die natürlich genauestens informiert waren, ernsthaft gemaßregelt und hatte nun für den Fall, dass sich Ähnliches wiederholte, mit Konsequenzen zu rechnen. Denn einen so gewalttätigen, auffälligen Stellvertretenden Bürgermeister konnten sich die Genossen auf Dauer nicht leisten. Außerdem war die Sache peinlich vor den Genossen in Geranienburg, auch wenn die Bach dort kein unbeschriebenes Blatt war. Wenn der Krassler schon seine Frau malträtierte, dann nicht in einem anderen Bezirk!

Der alte Krassler sprach ein Machtwort. Die Schwiegertochter musste wieder her, koste es, was wolle. Und dann musste man dafür sorgen, dass sie nie wieder heimkam.

Er beschwichtigte alle Genossen, und in den nächsten Wochen gingen herzzerreißende Telefonate und Briefe des alten Krassler zu Rahels Mutter nach Geranienburg. Rahel hatte davon zunächst keine Ahnung.

Die Ärztin, die einige Monate nach Rahels Behandlung bei einem Verkehrsunfall zu Tode kam, wurde ihre stille Verbündete. Drei Monate blieb Rahel in der kleinen Zweiraumwohnung ihrer Eltern und wagte sich in dieser Zeit nie ohne Begleitung aus dem Haus und schon gar nicht mehr in ihre Wohnung.

Johannes baute in Kamenz, als er nun endlich die Einzelheiten über diese Ehe seiner Mutter erfuhr, einen „Absturz" nach dem anderen im Flugtrainer. Er bekam den Beinamen „Genosse Kamikaze" und seine Ausbilder, die ihn als äußerst beherrschten, ruhigen und zuverlässigen Kerl kannten, hatten nach einigen Gesprächen heraus, warum er ständig die Nerven verlor.

Diese Gespräche seiner Ausbilder mit ihm führten mit Sicherheit dazu, dass die NVA-Genossen im Bezirk Halle anfragten, was da ein toll gewordener Stellvertreter des Bürgermeisters für Inneres in einer Kleinstadt im Harz mit einer Mutter ihres Offiziersschülers Johannes Bach veranstaltete, sodass dieser seine Ausbildung nicht mehr ordnungsgemäß durchführen konnte. Mit an Sicherheit grenzender Wahrscheinlichkeit wurde dann General Krasslerl über das informiert, was sein Herr Bruder Achim da mit seiner Schwägerin tat. Anders ist das Einlenken des Krasslerclans nach dieser furchtbaren Tat nicht zu erklären. So rettete Johannes seine Mutter vor dem sicheren Tod, denn nun war Krasslers Tun zumindest in Genossenkreisen bekannt und im kleinen Ort im Harz konnte nichts mehr unter den Teppich gekehrt werden. Das alles wusste Rahel nicht. Rahel und Johannes haben darüber nie gesprochen.

Aber wenn Rahel hoffte, dass sie dieses Scheusal nun für immer los sein würde, dann hatte sie sich geirrt.

Rahel musste mit Julia zurück in die Hölle. Sie hatte in Geranienburg keine Arbeit, ihr Babyjahr ging bald zu Ende, und der alte Krassler hatte Rahels Eltern überzeugt, dass Derartiges nie wieder vorkommen würde.

Rahel war entsetzt, aber sollte sie hin? Ihr Herz tobte, ihre Seele wand sich in Schmerzen, alles in ihr sträubte sich vor Entsetzen, aber ihr Verstand gebot ihr, nun das Notwendige zu tun. Sie hatte keine Wahl. Doch sie hatte schon eine Alternative: Natürlich hätte sie sofort bleiben können, aber ohne ihr Kind!

Ihr Hass und der Wunsch nach Rache wuchsen in diesen Monaten wie ein schrecklicher Drache in ihr hoch. Kein Gefühl, außer der Liebe zu ihren Kindern, war stärker. Es war wohl ein gütiger Engel, der verhinderte, dass sie eine Waffe – und die Gelegenheit hatte, Krassler zu töten. Sie hätte es damals tun wollen. Unbedingt!

Rahel willigte nach langen telefonischen Verhandlungen mit ihrem Schwiegervater, der sich die Lunge aus dem Hals wand, um sie zu überzeugen, ein.

Rahel befürchtete, wäre sie gegen den Willen von Julias Vater in Geranienburg geblieben, ohne den Nachweis, ihm eine Chance zu geben, hätte jedes Gericht der DDR ihm das Kind zugesprochen. Das redete nun auch der alte Krassler Rahels Eltern ein. Und damit war klar: Rahel musste zurück in den Harz und dort alles allein ausfechten. Ohne ordentliches Scheidungsverfahren konnte er ihr jederzeit das Kind wegnehmen. Der Stellvertreter des Bürgermeisters für Inneres war die Staatsmacht.

35

Sie stieg wortlos hinten in sein Auto, ihr Kind fest an sich gepresst und ließ ihre Eltern weinend und verzweifelt zurück. „Sieben mal siebzig Mal muss und kann man vergeben!", hatte die Mutter unter Tränen gesagt.

Rahel hatte keine Tränen mehr. Sie war erstarrt bis in die hintersten Winkel ihrer Seele.

Die Alten im Harz waren nicht untätig gewesen. Als Rahel ankam, hatten sie im Neubaugebiet eine Dreiraumwohnung im vierten Stock organisiert. Die Wochen bis zum Umzug waren für Rahel im kleinen Haus nun noch unerträglicher. Als sie hörte, was geplant war, fasste sie den Entschluss zu fliehen. Sie hatten nicht nur eine Wohnung organisiert, sondern auch eine Arbeit für Rahel. Geplant war nun, dass Julia in die Krippe kam. Von dort würde sie ihr Vater täglich holen, dann zu seinen Eltern bringen und nur abends vorm Schlafengehen bei Rahel abliefern. Es war offensichtlich, man plante die Entwöhnung von der Mutter, damit man sich ihrer später leichter entledigen konnte. Für Rahel war nun endlich das Maß voll. Sie hörte sich die Pläne ihrer Peiniger an und ließ eines Morgens ihren Mann zur Arbeit gehen. Rahel legte eines von ihren Gedichten auf ihre Liege. Es hieß „Ikarus, weiblich". Dann holte sie das vorbereitete Fluchtbündel unter der Liege hervor, nahm wortlos ihr Kind, schlich sich in den Keller, holte den Sportwagen herauf und gerade, als sie zur Tür hinaus wollte, kam die Schwiegermutter die Treppe herunter: „Das wird deinem Mann nicht gefallen!" Rahel schob sie zur Seite und fuhr mit Julia zum Bahnhof.

Dort stand schon ihr Mann, den die Mutter angerufen hatte. Er sagte kein Wort. Riss ihr nur kurz den Sportwagen aus den Händen, schob nun mit einer Hand den Wagen und umfasste Rahels Handgelenk so fest, dass sie vor Schmerzen aufschrie. Die Umstehenden schauten erstaunt auf die seltsame Familie, aber niemand half Rahel, die nun den ganzen Weg, der ständig bergauf führte, so gepeinigt laufen musste. Julia brabbelte vor sich hin. Ihre Mutter tat alles, damit sie nichts bemerkte. Aus dem kleinen weißen Haus mit den Picassotauben kamen wieder zwei alte Leute gerannt. Krassler drückte seiner Mutter das Kind in den Arm und wies sie an, in den Garten zu gehen. Die beiden Alten gehorchten wortlos.

Er zerrte Rahel ins Haus und begann, sie genau so stumm zusammenzuschlagen. Aber Rahel schwieg nicht mehr! Sie schrie, dass man es häuserweit hören konnte. Ihr war es egal. Er würde sie ja sowieso töten. Nun sollten es alle Nachbarn auch hören!

Als er ihr Gedicht las, blieb er versteinert stehen und schwieg:

Ikarus, weiblich
Weil deine Worte mich so müde machen
und unter deiner Hand werd' ich nicht warm
und weil sich vor dir schämt mein Lachen
und meiner Träume blaue Flügel brachen
winde ich mich leis' aus deinem Arm

Damit du mich nicht triffst, aus Ungeschick
und nicht den Grashalm trittst, auf dem ich ruh'
verberge ich mich nun ein langes Stück
und schenke dir nur noch den Augenblick
und decke mit dem Lächeln alles zu

Inzwischen will ich in die Sonne schauen
und auf die Wiese lege ich die blasse Haut
und will doch meinen schmalen Lippen trauen
und mir aus ihnen neue Flügel bauen
ich hab mein Fluggepäck schon gut verstaut

Den zweiten Fluchtversuch organisierte sie nun schlauer. Sie wartete einen Tag ab, an dem der alte Krassler mit seiner Frau in die Nachbarstadt zum Arztbesuch musste. Wochenlang hatte sie alles vorbereitet. Sie hatte ihr Konto behalten, heimlich Geld vom Einkaufen abgezweigt und alles gut versteckt. Als die Alten weg waren, blieb ihr eine Stunde, dann würde Krassler zum Mittagessen kommen.

Rahel raste in den Keller, holte den Wagen heraus, Julia hinein und rannte auf Umwegen in die Unterstadt, dann ins Neubauviertel. Hier fuhr ein Bus ab nach Aschersleben. Von da aus wollte sie mit dem Taxi nach Halle, dann nach Leipzig und irgendwie weiter nach Geranienburg. Was genau passieren sollte, musste sie vor Ort entscheiden, denn die Schwiegereltern sagten nie, was sie vorhatten. Nur die Abfahrtzeiten der Busse hatte sie sich vorher eingeprägt.

Der Bus kam pünktlich, und der Fahrer schimpfte, weil Rahel in letzter Minute hinter einem Baum hervor geschossen kam, und dann musste der Kinderwagen noch in den Bus gehievt werden. Aber nun stand Rahel hinten im schwankenden Bus mit ihrem Kinderwagen und war gerettet!

In Aschersleben wurde der Bus voll und gerade wollte er anfahren, als noch einmal vorn die Tür geöffnet wurde. Krassler stieg ein, zückte gegenüber dem Busfahrer seinen Ausweis.

„Zuführung!", sagte er zu dem verblüfften Fahrer und wies nach hinten zu Rahel. Der Boden des Busses begann sich unter Rahel zu drehen.

Kein Wort. Er fasste sie nicht an. Krassler nahm den Kinderwagen komplett und stieg mit ihm aus dem Bus. Sofort sprang Rahel hinterher. „Mein Kind, gib sofort mein Kind her! Julia!" Rahel schrie den ganzen Parkplatz zusammen und Krassler bekam eine Ahnung, wie stark das Bündnis zwischen Mutter und Tochter geworden war, denn kaum hörte Julia ihre Mutter, da machte sie ihr Alarmgeschrei und hörte nicht damit auf. Krassler zog irritiert die Hucke hoch. *Bloß weg hier!* Er schob wegen der vielen Zuschauer an der Haltestelle eilig den Kinderwagen zum weißen Auto und weil er Zeit brauchte, den Wagen in den Kofferraum und das Kind ins Auto zu befördern, nutzte Rahel in Sekundenschnelle die Situation aus, sprang ins Auto auf den Fahrersitz, über diesen auf die Hinterbank, wo Julias Kindersitz verankert war und saß neben ihrem Kind. „Aha, die Dame kommt freiwillig mit heim, ja? Freu dich drauf, alte Schlampe!"

Rahel schwieg und klammerte sich an die schluchzende Julia. Sie hatte sich erfolgreich geduckt, als er versuchte, ihr ins Gesicht zu schlagen. Die Schläge später im Haus ertrug sie stoisch. Sie hatte sich lange genug darauf einstellen können. Viel schlimmer war es, die Realität zu akzeptieren, dass sie eine Gefangene des Krasslerclans war.

Und dieser Clan zog nun sein Programm durch.

Krassler beteiligte sich an der spärlichen Einrichtung der Wohnung mit dem Kauf eines Kinderzimmers, dessen Hälfte er sofort für sich in Beschlag nahm, und damit quartierte er sich pro forma im Familienschlafzimmer ein. Er bunkerte einige Gegenstände und Bücher darin, verschloss es, meldete sich bei seinem eigenen Amt in die Wohnung um und damit war juristisch der Tatsache Genüge getan, dass der Stellvertreter des Bürgermeisters für Inneres nun angeblich bei seiner Familie wohnte. Danach begab er sich wieder auf die Couch seiner Eltern.

Die neue Arbeit in Ottoburg, der uralten Stadt im Harz, war so neu wie langweilig. Der alte Krassler hatte seine Beziehungen spielen lassen und Rahel in einer Genossenschaft untergebracht, die im Harz Läden, Hotels und Gaststätten betrieb. Dort war Rahel Bach nun Leiterin des Büros des Vorstandsvorsitzenden. Ihre Arbeit bestand darin, das Protokoll der wöchentlichen Vorstandssitzung zu schreiben, zu einem bestimmten Zeitpunkt tippfertig der Sekretärin zu übergeben, die es dann schrieb, vervielfältigte und den Vorstandsmitgliedern schickte. Bei der nächsten Vorstandssitzung war Kontrolle des Protokolls und der Beschlüsse, und dann konnte dieses Protokoll ins Archiv. Für Menschen, die derlei gern tun, wäre dies sicher die Erfüllung eines Büroleitertraumes gewesen, aber Rahel beherrschte die Stenografie nicht. Allerdings lernte sie nun sehr schnell in normaler Schrift mitzuschreiben. Die Kollegen hatten viel Geduld mit ihr und wohl auch etwas Mitleid.

Rahels Alltag lief nun so ab, dass sie ihre Tochter morgens in die Kinderkrippe brachte, mit dem Zug zur Arbeit nach Ottoburg fuhr und abends warten musste, bis Krassler ihr das Kind brachte. Schon nach wenigen Tagen war es genau so, wie sie befürchtet hatte: Krassler brachte die Kleine immer später und dann war sie verschmutzt, müde und quengelig. Rahel konnte sie dann kaum noch baden und kaum war Julia im Bettchen, schlief sie übermüdet ein.

Krassler hatte, schon wegen seiner Position, bisher keinen Streit in der Wohnung provoziert. Er gab sein Kind ab, und ging. Tag für Tag.

Eines Abends, als er sich von Julia verabschiedete, sagte er beiläufig: „Also ich bin dann vierzehn Tage nicht da. Ich fahre mit dem Motorrad zum Klettern nach Rumänien! Der Vater wird die Kleine bringen oder sie bleibt oben bei meinen Eltern."

„Das bleibt sie nicht! Wenn du schon dein eigenes Leben ohne uns lebst, dann werde ich mein Kind selbst versorgen und zwar komplett!" Sie stand mit Julia im Arm im schmalen Korridor. Das Ekel holte trotzdem aus und schlug Rahel mit der Faust ins Gesicht. Julia, nicht Rahel, schrie laut und klagend auf. Rahel knallte gegen die Wand und ließ dabei Julia hinter sich auf den Fußboden gleiten.

„Du elendes Ekel, und das vor Julia! Verschwinde, für immer!", schrie sie. „Und wenn du uns noch einmal anrührst, schreie ich so laut, dass deine Genossen, die in diesem Haus wohnen, endlich wissen, was für eine Bestie der Herr Stellvertreter ist!"

„Schrei, Meine, versuch's, ja?" Krasslers Faust landete mitten in Rahels Gesicht. Rahel schlug mit dem Kopf gegen die Wand. Er drückte sich mit seinem Körper gegen sie, hielt ihr mit einer Hand den Mund zu und fuhr mit der anderen in ihre Nasenlöcher und zog sie hoch. Rahel rang gurgelnd nach Luft, atmete ihr Blut ein und ging auf die Zehenspitzen, ihrer hochgezerrten Nase hinterher. Da machte Julia ihren Alarmschrei. Krassler ließ von Rahel ab und rannte aus der Wohnung.

„Julia!" Rahel ließ sich schluchzend neben Julia fallen. Ihr Gesicht spürte sie nicht. „Ich schaffe uns hier weg, Liebes!"

Engel, es wird Zeit, es wird Zeit! Mach was, um Gottes willen! Vielleicht habe ich das verdient, aber nicht Julia, nicht mein

Mädchen! Hört auf damit! Es ist nicht fair! Rahel und Julia weinten leise.

Was soll ich machen, sagte da der Engel, der die Großmutter war. *Sie merkt nicht einmal mehr, wenn ich da bin. Die Nase lässt sich ja wieder gerade biegen!*

Na, hör aber auf, wetterte da der Engel mit den Bernsteinaugen und legte sich leise über beide.

Ja verwöhne sie nur, nörgelte die Großmutter. *So wird sie nie schlau!*

Rahel streichelte ihr Mädchen, bis es ruhig wurde, dann wischte sie sich mit dem Ärmel den Klumpen ab, der ihre Nase war und gefährlich knirschte. Es tat nichts weh. *Warum tut das nicht weh? Wegen der Endorphine, Frau Medizinpädagogin*, lachte sie kichernd. *Rahel, du verlierst die Kontrolle und landest doch noch in der Klapse! Okay, aber vorher schreie ich noch die Stadt zusammen!*

Rahel zog Julia ganz vorsichtig an. Ihr Mädchen schwieg. Nur manchmal kam glucksend noch ein Schluchzer hoch, den sie tapfer wieder hinunterschluckte. Julias Gesicht schien nur aus Augen zu bestehen. Große, wissende Augen. Nichts mehr fragend, nur staunend. Rahel umfing ihr Kind und fühlte sich unendlich schuldig. Rahel wusste, dass sie diese Schuld niemals abtragen konnte, und es war noch kein Ende. „Wir müssen das jetzt durchkämpfen. Ich weiß, dass du müde bist und in dein Bettchen möchtest. Aber dann hört das nie auf! Wir holen uns jetzt Hilfe!"

Julia verstand alles. Viel zu schnell war schon ihr Babymund verschwunden.

Viel zu wissend zuckten ihre Mundwinkel.

Viel zu klein war das Mädchen für die Erkenntnis, dass es nicht sein Kampf war, aber die Mutter glaubte, für es kämpfen zu müssen. Die Mutter, die so stark und gleichzeitig so schwach war, dass sie blutete. Und in Julias kleines Leben nistete sich die Angst ein, wie ein böser Tumor. Sie schaute, während sie auf dem Arm ihres Mutterschiffes schwankend durch die Wohnung getragen wurde, auf so viele vertraute Dinge: Ihre Jacke, ihr Teddy mit dem aufgestickten Herz, ihr weicher

Schal, die dunklen, weichen Haare der Mami. Julia kuschelte sich hinein und fror trotzdem. Warum durfte sie nicht ins Bett mit den weichen warmen Kissen, und warum legte sich Mami nicht zu ihr und flüsterte? Aber Mami lief geschäftig mit ihr durch die Wohnung.

„Plaser auftun. Mami, Plaser auftun!" Irgendetwas wollte Julia tun. Den Schmerz der Mami wollte sie zudecken, denn dann war er nicht mehr da.

Aber Rahel nahm nur ihre kleine Hand von ihrer Nase und beruhigte sie: „Es geht so, Liebste, es geht schon!" Dann hing Rahel ihre Jacke über, vergewisserte sich, dass der weiße Skoda nicht mehr unten stand und tat das, was sie sich schon lange für den Fall, dass es wieder losgehen würde, vorgenommen hatte. Sie öffnete die Wohnungstür: „Mami, Plaser auftun, Heia machen!", aber Rahel hatte keine Zeit mehr.

Jetzt lief das Programm der Rahel Bach ab und niemand konnte sie mehr aufhalten! Sie hatte keine Wahl mehr. Sie hatte getragen und ertragen, was nur ein Mensch aus Liebe für einen anderen tragen kann. *Mädchen, ich habe versucht durchzuhalten*, wie versprochen. *Jetzt fechten wir das aus, oder sterben, beide! Bei denen kannst du niemals aufwachsen! Niemals!*

„Plaser auf, Mami, Plaser!" Julia schluchzte leise und verzweifelt.

Rahel hielt inne. Sie unterdrückte ihre Tränen. *Oh, ich bin ja ein solches Arschloch*, dachte sie entsetzt. „Ja, Liebste, wir machen ein Heilepflaster drauf und du pustest! Dann wird es wieder gut!". Das Mutterschiff setzte sich in Bewegung, zurück ins Bad, und als das „Weh" endlich zugepflastert war und Julia gepustet hatte, war die Welt der Kleinen wieder einigermaßen in Ordnung. „Weh" war weg und Mami lachte wieder. Das Pflaster war lästig und Rahel tat ihr eigenes Lächeln weh, aber Julia hatte etwas tun können, gegen den Schmerz in sich selbst und in ihrem Mutterschiff.

„Is' gut, is' alle gut, Mami! Gute Jula!" Sie brummelte zufrieden vor sich hin. Und ihr wurde wohlig warm.

Rahel stieg die vier Etagen hinunter und ließ den Sportwagen im Haus stehen. Der würde sie nur hindern, wenn sie sich mit Julia verstecken müsste, und er signalisierte, dass Mutter und Kind oben schliefen.

Bis zur Villa des Bürgermeisters ging es einen Kilometer durch die Stadt und ständig bergauf. Die Stadt war dunkel, spärlich beleuchtet, und es war kaum jemand auf den Straßen. In den Kleinstädten der DDR saß man zu dieser Zeit vor dem Fernseher, denn es war inzwischen kurz vor zehn. Rahel klingelte und rief. Der Bürgermeister war da, aber ein Blick durch die Gardine genügte ihm, nicht zu reagieren. Demonstrativ ging oben das Licht aus. Rahel war entsetzt und fassungslos. Sie schrie seinen Namen hinauf, schrie um Hilfe, immer lauter, verzweifelter, aber ringsum in den Häusern war nichts als Stille. Und nur die alten Kastanien am dunklen Straßenrand fingen ihre Rufe auf. Die Genossen im privilegierten Villenviertel zogen es vor, nicht da zu sein.

Rahel war ohne jede Angst. Aber jetzt schaute sie sich um. Gespenstisch still stand die Nacht um sie herum. Sie trat wieder in das kaltblaue Licht der Straßenbeleuchtung. Julia, die unerträglich schwer auf ihrer Hüfte ruhte, blinzelte verschlafen. *So, Herrschaften. Jetzt mache ich Nägel mit Köpfen. Ich werde zur Polizei gehen. Die Genossen werden sich winden, aber sie werden das hier zu Protokoll nehmen müssen!*

Aber als Rahel sich zur Straße wandte, hielt neben ihr der weiße Skoda. Das Telefon des Bürgermeisters war schnell gewesen. Es saßen beide im Auto. Der Alte und das Ekel. Wieder war es der Alte, der Rahel dazu brachte, in das Auto zu steigen, aber Rahel tobte, bis sie im Neubauviertel waren. Sie bestand darauf, dass der Alte sie mit nach oben begleitete. Aber als er ihr das Kind abnehmen wollte, fing Rahel schon auf der Straße fürchterlich zu schreien an. Die beiden Männer begleiteten sie bis zur Haustür. „Verschwindet! Alle beide, oder ich schreie die ganze Straße munter!", brüllte Rahel.

„Komm!", sagte das Ekel zu seinem Vater. „Die ist doch nicht ganz dicht. Schleppt hier die Kleine durch die Nacht! Die hat sich vorhin selbst die Nase in die Tür geklemmt!"

Hätte Rahel die schlafende Julia nicht auf dem Arm geschleppt, sie wäre auf die beiden Männer losgegangen. Die aber drehten sich um und gingen zum Auto. Rahel ging ins

Haus, blieb aber demonstrativ so lange hinter der Glastür stehen, bis der Skoda sich in Bewegung setzte. Sie riskierte nun nichts mehr. Statt in den vierten Stock zu steigen, klingelte sie in der zweiten Etage so lange Sturm, bis ein Mann etwas verschlafen öffnete: „Um Gottes willen, Frau Krassler, was ist denn mit Ihnen passiert?"

„Mir ist von meinem Mann schwer Gewalt angetan worden. Bitte rufen Sie sofort die Staatssicherheit an!" Rahel wusste nicht, dass ihr Hausnachbar ein hoher Gewerkschaftsfunktionär in eben dem Stahlwerk war, das sich des alten Krassler entledigt hatte.

„Frau Krassler, sind Sie sicher, dass Sie nicht die Polizei wollen?"

„Ich kann Ihnen das nur schwer erklären und vor allem nicht vor der Tür! Bitte helfen Sie mir. Meine Kleine ist auch fertig! Sie hat das alles miterlebt!" Julia war wach geworden und weinte leise.

„Nun lass doch die arme Frau mal herein!" Hinter Herrn Krause kam seine Frau zum Vorschein. „Und geben Sie mir erst mal die Kleine! Haben Sie keine Angst und dann erzählen Sie meinem Mann erst einmal, was passiert ist." Was blieb Rahel übrig? Sie musste sich wieder einmal Menschen anvertrauen, nicht wissend, ob sie Freund oder Feind waren. Herr Krause hörte Rahel eine Weile zu. „Und Sie wollen wirklich nicht die Polizei?"

„Achim Krassler ist als „Stellvertreter Inneres" doch so etwas wie die vorgesetzte Behörde der Polizei. Die werden mir nie helfen! Das ist schon einmal alles unter den Tisch gekehrt worden, als er mich in Geranienburg fast getötet hat! Hier geht's um meine Tochter! Bitte Herr Krause, rufen Sie die Stasi! Ich habe meine Gründe!", weinte Rahel.

„Beruhigen Sie sich, Frau Krassler! Wir kennen diese Familie auch, aber Sie sollten schon die Polizei informieren und Anzeige erstatten. Wir sind doch keine Bananenrepublik. Bei uns geht es gerecht zu!", warf Frau nun Krause ein.

Rahel schwieg. Natürlich, hier ging es gerecht zu! *Arme Kleinbürger, wenn ihr wüsstet, ihr könntet keine Minute mehr ruhig schlafen!*, dachte sie bitter.

Herr Krause ging in den Korridor. Dort stand ein Telefon. Vorher schloss er die Tür. Rahel erfuhr nie, wen er anrief und wer die Genossen waren, die eine halbe Stunde später in der Wohnung eintrafen. Einer stellte sich vor. Es war Rahel völlig egal. *Ihr heißt ja sowieso alle Funke!*, dachte sie voller Hass.

„Wollen Sie sich nicht erst einmal abwaschen!", fragte ein Steingesicht.

„Nicht nötig, das mache ich hinterher. Sie kennen ja zerschlagene Gesichter! Das hier war Ihr Genosse Krassler! Und flugs behauptet er, ich hätte mir selbst die Nase in die Tür geklemmt!"

„Haben Sie?", fragte er zurück.

„Wollen wir das hier in der Gerichtsmedizin rekonstruieren lassen? Versuchen Sie das bitte mal selbst! Stecken Sie Ihre Nase zwischen die Tür und dann ... Mal sehen, wie Sie das machen!" Rahel war außer sich und das spürten alle. Und sie witterten, dass diese Frau nicht so einfach ruhig zu stellen war.

„Na, dann erzählen Sie mal!" Das Steingesicht hielt Rahel ein metallfarbenes Kästchen hin: „Hier rein sprechen!" Rahel betrachtete bewundernd das Gerät und fragte dann unbeholfen, „wo man draufdrückt!" Rahel hatte ein sehr gespaltenes Verhältnis zur Technik. *Wer weiß, was das ist?*, warnten ihre Instinkte. Also war dumm stellen die günstigste Devise.

Der Offizier nahm ihr unwillig den Kasten wieder ab. „Erzählen Sie einfach alles von der Leber weg!"

Ihr feigen Arschlöcher! Bei euch hackt eine Krähe der anderen doch kein Auge aus! Aber das hier werdet ihr jetzt regeln und zwar so, dass ich heil rauskomme!, dachte Rahel voller Hass, aber sie machte Kindchenschema, weinte, war verzweifelt und schaffte es, dass sie bereitwillig zuhörten. Rahel erzählte, wie damals in Halle, alles – von Anfang an, während Krauses inzwischen in ihrem Schlafzimmer die Kleine behüteten. Die Genossen hörten sich weiter gelangweilt und uninteressiert das Familiendrama der Frau Krassler an, da stellte Rahel die Frage, die sie sofort erwachen ließ: „Ist Ihr Genosse Krassler Kurier durch die Stollen in Nordhausen?

Sozusagen ‚Offizier im besonderen Einsatz?'" Das saß! Alle vier Steingesichter standen in Flammen.

„Ja wie kommen Sie denn auf so etwas?", fand ein Steingesicht die Fassung wieder.

„Mein sogenannter Gatte fährt immer allein und tageweise in ‚Urlaub'. Angeblich, wie jetzt, nach Rumänien. Wenn er wiederkommt, stinkt seine Bewaffnung, zum Beispiel lange Kampfmesser und die gesamte Ausrüstung. süßlich nach Puff. Ich habe oben einige literarische Kostproben, die ich Ihnen gerne zur Verfügung stelle. Die sind nicht rumänisch geschrieben. Das sind fast druckfrische Pornohefte von „Drüben" und der „Stellvertreter Inneres" hat auch eine Bergsteiger- und Höhlen-Ausrüstung vom Feinsten. Alles Westware! Habt ihr ihm die gekauft? Er sagt jedenfalls, er kommt problemlos rüber!" Die Genossen schwiegen, offensichtlich völlig verblüfft.

Und Rahel Bach machte den Preis: „Ich werde mich scheiden lassen und Sie werden dafür sorgen, dass mich Ihr Genosse ..."

„Das ist nicht unser Genosse!", unterbrach sie ein Steingesicht.

Rahel fuhr unbeirrt fort: „Dass mich Ihr Genosse und seine Familie in Frieden lassen! Mein Sohn ist sehr besorgt um mich! Und das wissen Sie!"

„Wir würden gerne noch sehen, was Sie haben."

Das war Rahel sehr recht. Krassler wusste nicht, dass Rahel einen zweiten Schlüssel zu seinem Zimmer hatte. Sie holte ihr verschlafenes Kind und stieg mit den Stasileuten nach oben. Oben schloss sie das Zimmer des Ekels auf, kramte zwischen seinen Büchern und gab heraus, was die Genossen wollten. „Hier sehen Sie gleich, was der Herr Genosse Krassler vom Familienleben hält. Diese Rumpelbude sollte eigentlich unser Schlafzimmer sein, nicht wahr? Aber der Genosse hat andere Interessen, wie Sie gerade sehen, und ich werde darüber nicht schweigen! Und Genossen, ich werde auch keinen ‚Unfall' im Bodetal haben, da habe ich vorgesorgt! Mein Sohn weiß Bescheid!", bluffte sie wieder einmal. Die Genossen verabschiedeten sich nun sehr schnell.

Rahel hatte wieder einmal hoch gepokert, in ihrem Kampf ums nackte Überleben!

Am anderen Morgen brachte sie Julia in die Kinderkrippe. Sie hatte nichts zugeschminkt. Das zerschmetterte Nasenbein und das Brillenhämatom um die Augen wären sowieso zu sehen gewesen. Rahel bat Julias Erzieherin, die sie entsetzt anblickte, ihr Kind nicht mehr an den Vater abzugeben. „Das darf ich nicht, Frau Krassler! Dazu brauchen wir einen Gerichtsbeschluss! Oh Gott, Frau Krassler, das tut uns allen so leid! Wir haben uns schon so etwas gedacht."

„Gut, Frau Mai, die Scheidung wird lange dauern, aber irgendwann habe ich die Kraft und den Mut, das durchzustehen. Passen Sie gut auf mein Mädchen auf!"

„Ist klar, Frau Krassler!" Dann ging sie zur Ärztin, die die Nase notdürftig richtete, weil Rahel das Krankenhaus ablehnte, und danach lief sie sofort zur Polizei. *Allen alles erzählen. Das wird mein Schutzschild!*

Der Polizist nahm die Anzeige auf und zeigte sogar eine etwas mitfühlende Reaktion. Als Rahel sich verabschiedete, sagte er sehr leise: „Machen Sie sich nicht zu viel Hoffnungen Frau Krassler, den schaffen Sie nicht. Das haben hier schon ganz andere versucht."

Rahel meldete sich für einige Tage in ihrem Büro krank und ging zum ersten Mal allein in das zauberhafte Bodetal. Sie war sicher, dass Krassler wenigstens heute sehr beschäftigt war, denn das, was ihm nun die Genossen sagen würden, das war für das Ekel alles andere als angenehm. Ein Stellvertreter des Bürgermeisters, der regelmäßig seine Frau misshandelte, das konnten die Genossen nicht ewig unter den Teppich kehren.

Die Sonne malte wieder ihren Strahlendom in die Bäume und aus der Gaststätte, weit hinten im Tal, kam ihr der Kolkrabe des Wirtsehepaares entgegen. Der Wirt, ein ehemaliger Hochseilakrobat, der nach einem Absturz nicht mehr hoch oben balancieren konnte, kam ihr lachend entgegen. „Heute solo? Oh je, was ist denn mit Ihrer Nase passiert?" Rahel reagierte nicht. „Was wollen Sie trinken?"

„Einfach alles, Herr Weißmann!" Es war ein schöner Vormittag! Rahel aß zwei Bockwürste mit viel Senf, ein Heringsbrötchen und trank drei Apfelsaft und ein Bier. Es würde in ihr eine Revolution auslösen, aber egal! Herrn Weißmann freute es. Und Ewald, den Raben, auch, denn er bekam die Wurstzipfel.

Nach dem Mittagsschlaf der Kinder holte Rahel Julia ab und spazierte mit ihr lange durch die Wiesen unten an der Bode. Erst jetzt fiel ihr auf, wie wenig sie von ihrem Kind wusste. Wie die Angst ihre Augen blockiert hatte.

Julia, das zauberhafte blonde Pummelchen, stürmte über die Wiesen, zupfte ganz betulich und vorsichtig hier und da ein Blatt oder eine Blume ab und brachte alles der Mutter: „Ist das?" Julia zeigte Rahel ihre Lieblingstiere der nächsten Jahre. „Ist das?"

„Hummel." Julia machte ihren kleinen weißen Zeigefinger ganz lang und berührte vorsichtig von oben das geduldige Tier. Dann kreischte sie begeistert auf, rannte in die Wiese, öffnete die Arme und drehte sich so lange, bis sie umfiel. Und Rahel schickte schnell ein Dankgebet an alle Engel.

So schnell würde also ihr Wunsch nach Trennung nicht zu machen sein. Sie zögerte wieder. Was, wenn die Familie Krassler das Sorgerecht erkämpfen konnte? Niemals würde Rahel das ertragen! Lieber ginge sie mit Julia in den Tod! Vielleicht aber bestrafte der Staatsanwalt nun doch endlich dieses Ekel?

Als sie nach Hause kamen, war Krassler schon da gewesen. Sie sah sofort, dass an seiner Zimmertür nun ein anderes Schloss angebracht war. Rahel hatte furchtbare Angst, aber er kam weder an diesem Abend noch an den folgenden. Ob er in Urlaub gefahren war, wusste sie nicht.

Nach wenigen Tagen fuhr Rahel wieder zur Arbeit. Krassler war noch nicht wieder aufgetaucht.

Die Stimmung, die ihr in den Büros entgegenschlug, war seltsam. Rahel fühlte, dass über sie getuschelt wurde, aber sie spürte neben plumper Neugier auch Freundlichkeit und Mitgefühl. Kleinstädte und Dörfer haben gegenüber der Anonymität der Megastädte einen Vorteil: Nichts bleibt verborgen. Und so war Rahels Leid längst Pausengespräch in den Büros, ehe sie wiederkam.

Eines Tages sprach sie eine Mitarbeiterin an: „Frau Krassler, wir sehen mit Sorge, dass es Ihnen nicht gut geht! Wollen Sie nicht einmal darüber reden? Sie können mir vertrauen. Wir kennen die Familie Krassler. Glauben Sie ja nicht, dass wir nicht wissen, was Sie dort durchmachen." Rahels notdürftig geflicktes Kartenhaus fiel in sich zusammen und sie weinte. Frau Markwart nahm sie mit in ihr Büro.

„Was soll ich machen, Frau Markwart. Ich kann Ihnen das nicht erzählen. Vermutlich ist mein Mann krank. Mindestens aber ist er äußerst gewalttätig, doch Sie kennen ja seine Position. Man würde mir nie glauben – und wenn, dann würde es vertuscht. Ich bin chancenlos!" Rahel hatte sich nun, da es offensichtlich nicht mehr zu verbergen war, entschlossen, hier nicht mehr zu schweigen. Frau Markwart konnte IM sein, oder eben ein hilfsbereiter, mitfühlender Mensch. Rahel würde es nie erfahren. Aber sie hatte keine Wahl. Sie beschloss, die ausgestreckte Hand anzunehmen, auch wenn sie befürchten musste, in eine Falle gelockt zu werden.

„Frau Krassler, warum lassen Sie sich nicht scheiden?"

„Sofort, wenn ich sicher sein kann, dass ich das Kind zugesprochen bekomme, aber diese Familie hat doch hier die Macht!", weinte Rahel. „Ich gehe nicht ohne meine Tochter! Lieber bleibe ich, solange ich eben durchhalten kann."

„Frau Krassler, wie ich das einschätze, halten Sie das kein Jahr mehr durch, und dann wächst Ihre Tochter bei diesen Leuten auf! Im Übrigen, was die Macht dieser Familie betrifft, da gibt es auch noch andere Menschen und andere Meinungen. Lassen Sie sich helfen, Frau Krassler, denken Sie an Ihr Kind! Sie müssen von diesem Mann weg! Gehen Sie, ehe es zu spät ist!"

„Ich habe mehrfach versucht zu fliehen, die fangen mich jedes Mal wieder ein!"

Frau Markwart, eine sehr schöne brünette Frau, schüttelte entsetzt den Kopf: „Vertrauen Sie mir, Frau Krassler, ich helfe Ihnen! Aber das können wir nicht hier besprechen. Ich begleite Sie heute Abend zum Zug. Dann überlegen wir, was wir tun können."

Sie hielt Wort. Als Rahel das Büro verließ, kam ihr Frau Markwart, die hinter einem Baum gewartet hatte, entgegen: „Frau Krassler, was ich Ihnen jetzt anbiete, ist, ich will mal sagen, eine ganz schwierige Sache. Ich habe gute Freunde, denen Sie vertrauensvoll alles erzählen können.

Aber ich muss Sie bitten, das für sich zu behalten. Wir bringen sonst Menschen in Gefahr! Meine Bekannte ist die Frau des ehemaligen Kreisarztes der Stadt. Er darf nicht mehr praktizieren, Fluchtversuch, verstehen Sie? Diese Menschen sind bereit, sich Ihre Geschichte anzuhören. Ich kann Ihnen auch die Adresse eines guten Anwaltes geben! Das wäre vielleicht ein Anfang, aus dem Schlamassel, in dem Sie sich da befinden, heraus zu kommen!"

Rahel hatte Jahre eines mörderischen Überlebenskampfes hinter sich. Sie war alles gewohnt, nur nicht, dass sich jemand für sie einsetzte. Sie sah fassungslos und ungläubig diese Frau an – und begriff es nicht. Das bemerkte nun auch Frau Markwart.

„Sie gehen bitte morgen in Ihrer Mittagspause ins Hotel ‚Zur Sonne'", sagte sie dann einfach ganz fest. „Fragen Sie an der Rezeption nach Frau Golde. Sie leitet dort die Bar", fügte sie erklärend hinzu.

Dann saß Rahel einer sehr attraktiven, fülligen Blondine gegenüber. Die hörte sich Rahels Geschichte nur kurz an. „Sie verstehen, ich kann nicht gleich jeden zu meinem Mann lassen. Ich wollte mir erst einmal ein Bild machen!" Rahel bekam den Termin bei Doktor Golde.

Er war ein schlanker, schwarzhaariger Mann. Die Familie wohnte in einem hübschen kleinen Haus im Parkgürtel der Stadt. Rahel erzählte ihm fast zwei Stunden ihr Schicksal, wieder verzweifelt hoffend, keinen getarnten Feind, sondern einen hilfsbereiten Arzt vor sich zu haben. Sie starrte während ihrer Erzählung dabei immer auf einen mit weinrotem Samt überzogenen Hocker. Frau Golde kam mit Kaffee, hielt sich aber während des Gespräches im Hintergrund.

Der Arzt saß zunächst mit freundlich interessiertem Gesicht vor ihr.

Während Rahels Erzählung aber stand er mehrfach auf und ging im Zimmer herum. *Er hat Bernsteinaugen*, dachte Rahel zwischendurch ganz kurz.

„Was ist mit diesem Mann, Herr Doktor? Ist er ein Stasikiller, ist er krank? Was ist mit ihm? Er schlägt am liebsten zu, wenn er seine Motorradmontur anhat, und er genießt ganz offensichtlich, Gewalt auszuüben und – auch Gewalt an Frauen zu betrachten!" Mehr traute sich Rahel nicht anzudeuten „Wer hat so ein Scheusal ausgebildet? Das kann doch ein Mensch gar nicht erfinden, was der mir antut! Und der schnalzt mit der Zunge und sabbert vor Gier, wenn er das tut!"

Doktor Golde hatte bisher nur zugehört. Seine feingliedrigen Hände fuhren kurz durch sein Haar.

„Was mit ihm ist Frau Krassler, muss Ihnen gleichgültig sein. Sie müssen weg von diesem Mann, und das sofort! Sie haben ein Kind und Sie haben ein Leben! Gehen Sie weg von ihm!"

Rahel aber erbettelte irgendeinen Strohhalm. Wenn Krassler psychisch krank war, dann würde vielleicht eine Therapie Abhilfe schaffen? Vielleicht musste sie das dann nicht auskämpfen, vielleicht holten sie ihn dann in die Klapsmühle, vielleicht war sie dieses Untier dann lebenslang los! Oh, wie sie das hoffte! Wenn er Patient war, konnte sie verzeihen, konnte das alles irgendwie medizinisch verstehen! Sie war doch Krankenschwester! Da könnte man doch helfen, ihn ruhigstellen, irgendwas müsste doch gehen! Rahel suchte das Märchen, das es nicht gab, immer wieder. Auch für Julia, denn die würde später einen kranken Vater doch besser verkraften als dieses charakterlich verunstaltete Scheusal!

„Was passiert mit ihm, wenn ich gehe, Herr Doktor?", fragte sie klamm, den Strohhalm erheischend.

Und der ehemalige Kreisarzt von Ottoburg heilte Rahel mit einem einzigen Satz: „Der nimmt sich die nächste Dumme, Frau Krassler!"

Rahel schoss hoch und schaute ihn fassungslos an. Dann begriff sie.

In ihre bis dahin stumpfroten, unendlich müden Augen kam langsam wieder Leben. Der Arzt richtete mit einer ungeheuren

Provokation Rahels Seele wieder auf und fachte in ihr durch die Glut der Scham ein Feuer an, das von nun an nicht mehr verlosch.

Rahels Mund, der durch die Kämpfe der letzen Jahre zu einem faltigen Strich verkommen war, zuckte, und sie versuchte ein Lächeln.

Es war die genialste Psychotherapie, die Rahel je erlebt hatte.

Dieser eine Satz machte aus einem schlotternden Angstbündel wieder Rahel Bach.

Von diesem Tag an erlebte nie wieder ein Mensch Rahel Bach zitternd oder hilflos, auch – und gerade nicht Achim Krassler!

36

Und irgendwann im Frühling 1986 begann Rahel Bach den Kampf um ihre Scheidung. Der Rechtsanwalt aus Wernigerode war ein junger, versierter Jurist. Knallhart, ohne jede persönliche Note, aber besessen, für seine Klientin alles herauszuholen, was möglich war.

Mochte er für die Stasi arbeiten oder nicht. Rahel hatte sich entschlossen, ihren Kolleginnen in Ottoburg und ihm zu vertrauen. Sie würde um Julia kämpfen wie um ihr Leben, und sollte das Urteil anders ausgehen und das Gericht Julia dem Krasslerclan zusprechen, dann würde sie gemeinsam mit ihrer Tochter in den Tod gehen. Vorher aber, das hatte sie sich geschworen, würde sie das Ekel umbringen. Bei Gott und allen Engeln! Das würde sie tun.

Die Tauben gurrten friedlich, als die Nachricht vom Gericht wie eine Sprengladung ins kleine Haus krachte.

Rahel hatte es fertiggebracht, alle Aktivitäten dazu vor Krassler geheim zu halten. Dank ihrer Kolleginnen in Ottoburg, die ihr das alles in der Dienstzeit ermöglichten.

Und dann klingelte es eines Tages verhalten und höflich an ihrer Wohnungstür. Achim Krassler war es. In weißem Hemd und Lederjacke, denn der Familienclan war sich offensichtlich über den Ausgang des Verfahrens, was Julia betraf, nicht sicher.

Im kleinen Städtchen wusste man nun Bescheid über die Ehe des Achim Krassler, und so gab es nur eine Alternative: Krassler musste vor seiner „Alten" zu Kreuze kriechen. Sein Vater hatte den Familienrat einberufen und der tagte im Taubenhäuschen tagelang. Sogar General Krassler hatte man herbeordert. Das Ekel saß derweil in der Ecke, spielte krank und besoff sich. Wieso sollte er das regeln? Die hatten ihm diese Scheißehe mit der Alten eingeredet und nun sollten die sehen, wie sie das auf die Reihe brachten! Die Auseinandersetzung der drei Männer war häuserweit zu hören. Aber es war wieder nur die alte Mutter Krassler, die ihren Sohn so weit brachte, dass er schließlich einwilligte, zu Rahel zu gehen. „Wir müssen erst Gras über die Sache wachsen lassen!", überzeugte sie ihren Sohn. „Schau, die Kleine wird bald zwei Jahre. Und mir geht es gesundheitlich etwas besser. Ich ziehe sie für uns groß. Du musst jetzt nur klug sein und das Weib dazu bringen, dass sie einlenkt. Sonst müssen wir uns alle die Kleine aus dem Herzen reißen, und das würde mich umbringen. Du weißt, wie sehr wir sie lieben. Tu es für mich! Und nun hole mir bitte schnell meine Tropfen!" Die alte Krassler rang nach Luft.

„Ich kann das nicht machen Mutti!"

„Doch, du kannst, und dann überlegen wir uns, wie wir uns von ihr trennen, nicht wahr?"

„Ja Mutti, aber du kommst mit!"

„Nee mein Junge, das musst du selbst schaffen." Er wand sich noch eine Weile, dann ließ er sich resigniert anziehen.

Krassler erkannte wie so viele erst im Moment des unwiderruflichen Verlustes den Wert seines „Eigentums". Seine Macht konnte ihm nun höchstens noch zu einem Ausgang mit „blauem Auge" verhelfen. Als Sieger konnte er spätestens seit dem Zerschlagen der Nase seiner Frau nicht mehr vom Platz gehen. Der Genosse Staatsanwalt hatte zwar Rahels Anzeige erwartungsgemäß zurückgewiesen, weil die von Krassler behauptete „Selbstverstümmelung von Frau Krassler" im Bereich des Möglichen gelegen habe und Frau Krassler keine Zeugen für die Tat angeben konnte.

Untersucht wurde nichts, und Rahel hatte die Information über die Einstellung des Verfahrens schon drei Tage nach ihrer Anzeige im Postkasten. Sie hatte es nicht anders erwartet.

Rahel rechnete auch nicht mit einer schnellen Scheidung. Sicherheitshalber hatte sie nun Briefe an Partei, Staatssicherheit und Ministerium des Inneren geschickt, ihre Situation geschildert und gedroht, ihren Sohn einzuschalten. Ob diese Briefe je den Bezirk Halle verlassen haben, hat Rahel nie erfahren. Aber nicht nur der Clan, der sich keine Niederlage leisten konnte, hatte Krassler zugesetzt, auch seine Genossen waren mit ihm nicht zimperlich gewesen. Das Ganze war inzwischen zermürbend und oberpeinlich!

Und genau deshalb musste Krassler nun in sein weißes Hemd.

Nun stand er stotternd und nach Worten ringend vor Rahel im Korridor. Rahel war auf Schläge und Schlimmeres gefasst.

Das Ekel roch wie immer streng nach Schweiß, irgendeinem scharfen Deo und feuchtem Weichspüler. Von seiner Stirn rann die Nässe hinunter, hinter die Brillengläser, und das machte den Eindruck, als flössen Tränen.

Julia schlief schon und Rahel stand völlig schutzlos vor ihm. Aber zum ersten Mal verspürte sie keine Angst, nur Hass, aber ganz innen gefährlicherweise schon wieder Mitleid. Er sah aber auch entsprechend aus!

Ein unsäglich bejammernswertes Individuum hing da vor ihr.

„Wir sollten neu anfangen", jammerte er. „Da ist einiges schief gelaufen. Mir tut das so leid, Meine." Krassler rang mit gebrochener Stimme nach Worten. „Du kannst doch nicht weg! Ich liebe die Kleine ja! Und dich eben auch, das ist es!" Den letzten Satz nuschelte er sehr hastig heraus. Oh, wie ihn das ankotzte! Sein Bauch rebellierte, mit Mühe musste er einen Hinterwind blockieren, es gelang ihm nicht ganz.

Lieber Gott! Der ist ja ein ganz feiges kleines Arschloch! Der ist die Krone des Abschaums! Den hätt' ich jeden Tag zweimal verdreschen müssen! Das wär's gewesen. So was braucht der! Ganz langsam stieg in Rahel etwas auf, das sie unendlich genoss!

Wenigstens diesen kleinen Moment seiner Niederlage kostete sie nun hastig aus. Die Bestie kam gekrochen! Stinkend und weinend! *Oh armes Ekel, was werden sie mit dir gemacht haben!* Und sie dachte schaudernd an Funke, damals im Stasikeller.

Sie sah ihn lange von oben bis unten an, wie er da vor ihr stand, den Kopf zu ihr gesenkt, die bulligen Arme hingen an ihm baumelnd herunter und er schnaufte, hoffend, dass die Alte doch noch nachgab.

„Es ist endlich zu Ende", sagte sie dann. Vielleicht hättest du eine Chance gehabt, wenn du ein einziges Mal zugegeben hättest: Ja, ich habe dir wehgetan! Ja, ich habe meiner Frau die Nase zerfetzt und zerschlagen, von der Sache in Geranienburg und allem anderen ganz zu schweigen! Hier im Korridor, unter vier Augen, kann ich von Glück reden, wenn du nicht wieder zuschlägst!"

Krassler schüttelte den nassen, roten Kopf: „Sei sicher, ich schlage nie wieder! Bitte dreh mir die Nase um, bitte schlag mich! Bitte, hier dreh sie um, bitte, bitte!"

Er nahm Rahels Hand und führte sie zu seiner Nase, nicht ohne vorher sorgfältig seine Brille abzunehmen. Seine Mundwinkel hingen wehleidig herunter und er versuchte den dämlichsten Dackelblick seines Lebens. *Um Gottes willen, was ist das wieder für ein makaberes Vorspiel*, dachte Rahel angeekelt. *Gleich wird er schluchzen und dann wieder über mich herfallen. Wie komme ich bloß zur Tür. Der blockiert sie doch ganz bewusst!* Rahel versuchte ganz ruhig zu bleiben. Sie umfasste vorsichtig seine nasse, fettige Nasenspitze und rutschte sofort davon ab.

Sie musste lachen, aber es klang verzweifelt und bitter. Rahel blieb völlig ruhig. Ihre Abrechnung war kurz: „Campanella und der Sonnenstaat! Das hatte nie eine ehrliche Chance! Und es wusste von uns beiden immer nur einer, und das warst du!

Glaubst du wirklich, ich könnte irgendwen verletzen? Nicht mal dich! Und das wusstest du von Anfang an. Alles hast du gewusst und ich nichts.

Du hast mich immer wieder nur verletzt, aber nie berührt. Und das, Achim Krassler, macht den Unterschied! Uns trennen Lichtjahre, von Anfang an, und Julias Geburt hat's nicht verändert, nur verschlimmert.

Ich werde es mir nie verzeihen, dass du ihr Vater bist. Und du bist es, weil du gelogen hast, damals und jetzt wieder. Aber ich bin auch schuld. Ich hätt's wissen müssen, wirklich, ich hätt's wissen müssen!

Ihr habt nicht nur mich betrogen, sondern vor allem Julia! Mit Liebe, Achim Krassler, hatte das bei euch absolut nichts zu tun. Wir, nein, du hattest alle Chancen und Möglichkeiten! Familie, Liebe, Tochter, alles war drin. Es war dir nichts wert. Lebe nun dein seltsames Leben, von dem ich gar nichts weiß, weiter, aber ohne mich und ohne Julia!"

Krassler hörte nicht zu. Er spulte sein Programm ab. Was die Alte auch spektakelte, er musste sie herumkriegen, einzulenken. „Versuche es bitte, mach alles mit mir, was ich mit dir gemacht habe!" Der brillenlose Krassler jammerte und jaulte zum Gotterbarmen. Sein Mund sabberte, er schien völlig außer sich vor Verzweiflung.

Oh, ist das ein Schauspieler! Den hätt' ich im Kabarett rundlaufen lassen! Krassler, irgendwann bekommst du für all das die Rechnung – von Julia! Rahel genoss diesen Gedanken und Krassler jammerte jetzt schon zum Steinerweichen. „Ich mache dir einen Vorschlag: Wenn es dir so ernst ist, mit deinem großen Bedauern, dann gehen wir morgen zum Staatsanwalt und du bestätigst ihm die Richtigkeit meiner Anzeige und auch gleich alles andere. Dann glaube ich deiner Reue und dann kannst du deine Bitte wiederholen und alles, was du jetzt hier gesagt hast. Aber eins gilt sofort: Diese Schmierenkomödie hier unter vier Augen hat für mich nicht stattgefunden! Na, was ist, hat es dir die Sprache verschlagen?"

Aus dem sabbernden „Reuebündel" wurde in einer Zehntelsekunde wieder das altbekannte Ekel. „Elende Schlampe!", zischte Genosse Krassler, Stellvertreter des Bürgermeisters für Inneres. „Scher' dich dahin, wo du hergekommen bist!"

„Genau das solltest du jetzt auch tun, oder möchtest du mir wieder die Nase zerreißen? Soll ich laut nach deinen Genossen schreien?" Und, statt zurückzuweichen, weil nun Schläge zu erwarten waren, schoss sie mit ihrem Kopf nach vorn, und wagte etwas Ungeheuerliches: Sie griff mit der Linken blitzschnell nach oben und drehte kurz sein rechtes Ohr hoch. „Tut weh, ja? Gut. Und nun raus!"

Mit einem dumpfen Fluch verließ Achim Krassler die Wohnung.

Den hätte ich wohl immer so behandeln sollen, dachte Rahel, als sie nach einigen Minuten unten die Haustür ins Schloss krachen hörte.

Dann nahm sie in ihrem Korridor Anlauf und versuchte, mit einem Jauchzer die Decke zu erreichen. Es gelang nicht ganz, aber der Sprung tat gut.

Das Scheidungsverfahren war gnadenlos hart. Der Anwalt Krasslers war noch versierter und gerissener als Rahels Advokat, und er war offensichtlich auch der „Rechtsvertreter" der – oder für die Genossen. Aber Rahels Engel hatte wohl einiges gutzumachen, und so traf sie auf einen mutigen Richter, der in dem Moment, als die Gegenpartei schon jubilierte, seinem Amt in dieser DDR jene Menschenwürde verlieh, die es eigentlich immer verkörpern sollte.

Es war zwar ein verbogenes Recht und eine verkrüppelt daherkommende Würde, aber es war eine und reichte aus, um Rahel und ihr Kind zu retten.

Rahel hatte nämlich vorher sicherheitshalber, an ihrem Anwalt vorbei, dem Gericht per Brief detailliert alle Misshandlungen geschildert, Einblicke in das Sexualleben des Achim Krassler gegeben und um Schutz vor diesem Mann gebeten. Das rettete ganz offensichtlich das Verfahren für Rahel, denn nun konnte das Ganze nicht mehr unter den Teppich gekehrt werden.

Zunächst schimpften aber erst einmal alle wegen der Verletzung der Spielregeln durch Rahel. Der Richter, ihr eigener Anwalt und der Gegenanwalt, wohl deshalb, weil niemand vorgewarnt worden war. Und Krasslers Anwalt, der nun nicht mehr so tun konnte, als sei sein Mandant ein Unschuldslamm und treusorgender Familienvater, verstieg sich noch zur Äußerung, dass es vielleicht sein könne, dass Frau Krassler diese „Sexualpraktiken" vielleicht mögen würde. Und das Gericht solle doch bedenken, was ein Kind einem „solchen Manne" doch bedeuten könne.

Was meint der?, hatte Rahel verzweifelt und empört gedacht. *Was meint der mit "einem solchen"? Was wissen die alle?* Doch auch ihr Anwalt schwieg.

Aber der Richter machte die Tür für den Krasslerclan nun ein für alle Mal zu. Er formulierte sehr klar, dass ja diese Frau schon einmal ein Kind erfolgreich aufgezogen habe und, schon aufgrund der beruflichen und charakterlichen Qualitäten der Rahel Krassler, in jedem Falle das Kind ihr zuzusprechen sei.

Krasslers waren gescheitert. Sie wagten keine Revision. Das einzige Zugeständnis, das der Richter an seinen Staat machte, war ein wahrhaft salomonisches sozialistisches DDR-Urteil: Ohne Schuldbenennung. Ja, die Ehe sei nachweisbar so zerrüttet, dass sie zu scheiden sei, was ja auch nicht falsch war. Kein Hinweis auf Gewalt, kein Hinweis auf sexuelle Unvereinbarkeit. Aber Rahel bekam das Sorgerecht für Julia. Und nur dafür hatte sie gekämpft. Alles andere war ihr nun völlig gleichgültig.

So sorgten der ferne Halbbruder Johannes als „erfolgreich aufgezogener Sohn" und ein mutiger, halbwegs menschlicher Richter in Ottoburg dafür, dass ein kleines Mädchen in der DDR bei seiner Mutter bleiben durfte.

Gesiegt hatte Rahel jedoch nur für den Moment. Und sie machte sich keine Illusionen, wie nun ihr weiteres Leben in der DDR weitergehen würde. Aber es gab ja Johannes, und da war die zu einem winzigen Häufchen zusammengeschrumpfte Schar ihrer Freunde. Und Julia war bei ihr! Und es gab Halle und die Universität! Das war die Hoffnung auf den Neubeginn, irgendwann! Im Moment pausierte sie und sie wunderte sich zwar, dass die Universität auf ihre Briefe nicht antwortete, aber nun, da sie frei war, wollte sie sich darum kümmern und bei Gelegenheit hinfahren. Das Allerschönste aber war, sie konnte mit Julia, zwar ständig beobachtet, aber letztlich ungehindert nach Geranienburg fahren, wann immer sie wollte!

37

Rahel Bach wurde nie wieder geschlagen. Die äußeren Wunden verheilten, das Stigma blieb. Sie behielt ihre verschandelte Nase und den gehassten Namen. Denn Julia musste ihn auch tragen und das hätte nur mit Genehmigung des Kindesvaters verändert werden können. Rahels Leben war gezeichnet. Und sie fand sich damit ab. Eine andere Möglichkeit gab es nicht.

Noch einmal packte sie Hass und Entsetzen, als sie durch Zufall, weil sie wegen ihrer verschandelten Nase zu Hause geblieben war, feststellen musste, dass Krassler nach wie vor Kontrolle über sie ausübte. Sie war unten im Treppenhaus, als die Postfrau die Post in die Kästen steckte. „Sie können mir meine Post gleich geben!", sagte sie begrüßend zu der jungen Frau.

Die wurde rot und verlegen. „Ja wissen Sie denn das nicht, Frau Krassler?", fragte sie leise zurück.

In Rahel war eine böse Ahnung aufgestiegen. „Was ist mit meiner Post, Frau Schröder, bitte sagen Sie es mir!"

„Ja, ich weiß nicht, ob ich das darf!", zögerte die Postfrau.

„Frau Schröder, hat das mit meinem Ex- Mann zu tun?"

Die Postfrau nickte. "Ich sag's Ihnen, aber Sie haben das nicht von mir, bitte!"

„Selbstverständlich schweige ich, Frau Schröder. Also, was ist mit meiner Post?"

„Der Herr Krassler hat unser Postamt angewiesen, dass die Post, die an Sie adressiert ist, ihm übergeben wird! Oben im Hexenweg, wo seine Eltern wohnen, verstehen Sie?" Oh, und wie Rahel verstand! Das Ekel las die Post von ihr und steckte sie dann heimlich in ihren Postkasten und das seit Monaten! Rahel hatte sich schon gewundert, dass die Post aus Geranienburg und die Briefe von Johannes immer so lange unterwegs waren. Und jetzt musste sie auch noch davon ausgehen, dass der Genosse Stellvertreter für Inneres sein Amt missbrauchte und ihre Briefe an ihre Freunde und Verwandten vorher abfangen ließ und alles kontrollierte! Deshalb bekam sie auch keine Post aus Halle von der Universität, obwohl sie ständig dorthin geschrieben hatte, um ihr Studium nach dem Babyjahr fortsetzen zu können!

Rahel bedankte sich bei der kleinen, am Ende doch ganz mutigen Postfrau und holte ihr Scheidungsurteil aus der Kassette. Dann marschierte sie mit Julia zum Postamt und verlangte sofort den Chef. Nach einigem Hin und Her musste man sich bei Rahel entschuldigen und man tat das mit der Ausrede, man habe ja nicht gewusst, dass der Genosse Krassler nun geschieden sei.

„Aha!", schimpfte Rahel nun erneut und sehr laut. „So viel also zu unserer, ach so gepriesenen Gleichberechtigung! Wenn ich mit dem Stellvertreter des Bürgermeisters noch verheiratet wäre, hätte der wohl ein Recht dazu gehabt, meine Post zu kontrollieren?" Zu ihrer Verblüffung beantwortete die leitende Postangestellte diese Frage mit Ja.

Rahel schrieb sofort und erneut nach Halle und bekam umgehend den Bescheid, man habe sie inzwischen „wegen Desinteresse am Studium" exmatrikuliert. Sie könne ja gegen die Entscheidung intervenieren. Rahel tat es umgehend Die Exmatrikulation wurde nicht zurückgenommen. Man änderte nur den Grund. Sie war nun wegen familiärer und gesundheitlicher Gründe exmatrikuliert.

Rahel hielt nun nichts mehr im Harz. Sie wollte nur noch zurück.

Ihr erschien die Rückkehr ins ferne Geranienburg, zu den Eltern, in die Nähe der Familie von Johannes, nur noch als die einzig vernünftige Alternative! Nur weg aus dem Macht- und Einflussbereich dieses Clans!

Aber in der DDR alleinerziehend in eine andere Stadt zu wechseln, war sehr schwer. Ortswechsel ohne Arbeitsnachweis würde nicht gehen. Das war aber die geringere Sorge. Irgendeine Arbeit würde sich schon finden, doch Rahel würde nur die

Zuzugsgenehmigung bekommen, wenn sie in Geranienburg eine Wohnung nachweisen konnte.

Irgendwann schrieb sie an Katharina, aber statt eines Hilfsangebotes kam die Ansichtskarte „Mutter mit Tochter!" – und: Man könne ja trotz Zeitdruck mal wieder miteinander plaudern. „So wie früher, weißt du noch?" In Rahel kam der Magensaft hoch. Die Karte behielt sie als Abschreckung.

Die Genossen entließen Rahel Bach nicht in die Freiheit, aber ins Privatleben. Auf irgendeine Hilfe konnte sie nicht mehr hoffen. Sie fühlte sich wie ein Spielzeug, wie eine kaputte Puppe, die man einfach liegen gelassen hatte, verletzt für immer, gedemütigt. Bis in die intimsten Bereiche ihres Daseins aufgerissen und beschädigt.

Und es kam keine Entschuldigung, von niemandem und niemals! Man wandte sich peinlich berührt ab, auch der Richter hatte das getan. Sein Gewissen blieb rein. Wegschauen und auf das eigene Leben konzentrieren war die einfachste Art, schmerzfrei Vergewaltigungen aller Art (an anderen) nicht wahrzunehmen. Das Unglück der anderen ist immer solange weit weg, vermeidbar, (ich hätte doch den Fluchtweg gefunden) bis man selbst das Opfer ist.

Von dem Tag an war plötzlich alles seitenverkehrt: Die Sonne des Bodetals schien durch den Strahlendom der Bäume – nur noch für die anderen. Die Liebe fand statt, aber nur für die anderen. Auch weinen durften nur noch die anderen. Und das Lachen retardierte zum verängstigten Lächeln. Nur ja nicht auffallen im Unglück!

Rahel war unendlich einsam und sie fühlte sich trotz aller Erleichterung schmutzig und schuldig vor ihren Kindern. Wie sollte sie das jemals erklären?

Aber als ihr Kind schwindelig vor Freude beim Spazierengehen auf die Wiese fiel, rannte sie hin, kugelte sich mit ihr und ließ sich von ihrer kleinen, kummerfetten Julia einen feuchten Schmatz nach dem anderen ins Gesicht patschen.

Glück, was ist Glück? In diesem Moment spürte sie es wieder. „Komm, meine kleine runde Jette, wir machen uns jetzt unser Leben! Wir schaffen das, ganz allein!"

Julia versuchte, Hummeln zu sammeln, aber soweit ging die Freundschaft nicht. Sie flogen brummelnd davon. „Mach mit, wir holen weiße Steine aus dem Wasser, für ein neues Haus!" Julia war begeistert. Sie zogen Schuhe und Strümpfe aus und klaubten kleine flache Steine aus der Bode, bis die Füße vom kalten Wasser schmerzten. Und es tat unsagbar gut!

Am Abend dann las sie Julia die Geschichte vom kleinen Häwelmann vor, der den lieben Mond gebeten hatte, ihn nachts auf den Spielplatz zu fahren und dem das Spielen allein, ohne Freunde, dann doch nicht gefiel.

38

Das Gericht hatte ihr nicht nur Julia zugesprochen, sie bekam auch die Wohnung. Das war nun das wertvollste Tauschobjekt, das Rahel je hatte. Sie verbrauchte fast ihr ganzes Geld für Anzeigen, aber es gab niemanden, der gerne von Geranienburg ins kleine Harzstädtchen gezogen wäre.

Rahel genoss ihre neue Freiheit, obwohl sie wusste, es war eine hassvoll beobachtete. Wann immer sie konnten, fuhren sie nun an freien Tagen und den Wochenenden nach Geranienburg zu Rahels Eltern. Und diese adoptierten nun Julia genau so, wie sie vor zwanzig Jahren auch Rahels Sohn angenommen hatten. Rahels Mutter, die ihre Tochter nie verstehen konnte, wurde nun die liebe- und verständnisvollste Großmutter! Und Thomas, der Stiefvater, nahm beide Kinder als seine an, ohne Worte, einfach so. Es wurde ein lebenslanges Bündnis.

Die Wärme und Geborgenheit in Mutters Küche, in der es immer ein wenig nach Pfefferminztee und Fleischbrühe roch, das Schlafen im großen Bett bei Omi und Opa und die nicht enden wollenden Geschichten aus Omas Kindheit, wurden von nun an der warme Mantel, in den sich Julia jederzeit kuscheln konnte, wenn es wieder einmal kalt herein zog, von allen Seiten. Und der große Halbbruder Johannes gönnte es der Kleinen, hatte er es doch als Bub bei Oma genauso erlebt.

Krassler hatte noch lange nicht aufgegeben, und wenn er auch nur Angst und Schrecken von Ferne vom Motorrad aus verbreiten durfte und jeden Schritt, den Rahel zukünftig unternahm, eifersüchtig bewachte. Die Drohgebärden waren schlimm genug! Selbst Rahels Eltern verschonte er nicht. Er kreuzte immer wieder unverhofft auf und beschimpfte alle vom Motorrad aus, stets gut hinter seinem orangefarbenen Helm getarnt. Manchmal legte er ein Plüschtier auf die Stufen, dann tat er Rahel fast schon wieder leid. Ein Mensch, in seinem Clan und seinen kranken Emotionen verfangen, der nie die Kraft finden würde, seinen Schatten zu überspringen. Denn er war dazu erzogen, weder ein Gewissen, noch ein Schuldgefühl zu entwickeln. Wozu auch? Er war ja leitender Vertreter dieses Staates und damit hatte er automatisch immer recht, wie seine Partei, wie alle seine Genossen! Menschenrechte galten nur für Seinesgleichen. Und wen er als aussätzig, prügelnswert und menschenunwert behandelte, der war es auch! Das war und blieb seine Haltung, lebenslang, auch dann, als ihn und seine Genossen die Wogen der Geschichte überrollten. Dann tat er sich nur noch leid. Er war das Opfer! Nicht die, die er beruflich und privat gejagt, gepeinigt und fast getötet hatte!

Rahel erfuhr während eines Besuches in Geranienburg durch eine Nachbarin ihrer Eltern, dass im Kinder- und Jugendheim von Geranienburg Erzieher gesucht wurden. Rahel bewarb sich und man nahm sie an.

Aber erst, als sie dann dort die „Sozialistische Erziehungsarbeit" im Jugendbereich „elterngelöster Jugendlicher" kennenlernte, wusste sie, weshalb dieses Heim ständig Erzieher suchte.

Da sie nach wie vor keine Wohnung fand, durfte sie mit Julia in einem leergeräumten Seitenflügel des Heims zwei Zimmer bewohnen. Julia ging in die Kleinkindergruppe, während Rahel ihre Zeit mit stets gewaltbereiten oder depressiven Jugendlichen und ihren großen und kleinen Nöten verbrachte. Recht bald hüpfte auch wieder ein Männlein, ein Erzieher, um sie herum. Sie nahm die Spitzelei als notwendiges Übel, denn irgendwann würden ja auch die Genossen in Geranienburg begreifen, dass Rahel für sie keine Gefahr mehr bedeutete.

Und wenn nicht? Rahel hatte sich damit abgefunden, nun lebenslang beobachtet und ausgespäht zu werden. Rahel Bach gab es nach außen längst nicht mehr. Nur noch ganz tief in ihr und bei ihren Kindern versuchte sie, der Mensch zu bleiben, der sie einmal war.

Inzwischen war Rahel zum zweiten Mal Großmutter geworden, denn zur Tochter, die Johannes' Frau mitbrachte, gesellte sich bald eine zweite. Die Familie lebte anfangs, bis Johannes eine Wohnung in Dresden, seinem Fliegerstandort bekam, noch in Rahels alter Wohnung in Geranienburg.

Familie, Geburtstage feiern, Würstel braten, Klöße kochen, alle versorgen. An den Wochenenden kam Johannes heim und Rahel und ihre Eltern wuselten zwischen Kindern und Gartenstühlen hinterm Haus der Eltern glücklich herum.

Leben! Rahel genoss jeden einzelnen Tag! Und Julia wuchs ganz selbstverständlich in Rahels Familie in Geranienburg hinein, als hätte es das Taubenhäuschen im Harz, mit seinen falschen Versprechungen, nie gegeben!

1987 war das erste Jahr im Leben der Rahel Bach, nach dem großen Zusammenbruch, in dem sie einfach nur ein völlig normales Leben führte und im Augenblick glücklich war. Natürlich gab es Bannmeilen in Geranienburg, die Rahel nie mehr betrat!

Ihre Fachschule, das Krankenhaus, das Kellerkabarett, das Theater! All diese Gebäude und die Menschen darin gab es für Rahel nicht mehr. Und begegnete sie ehemaligen Kollegen oder ihren Schülern, dann war das Erschrecken und Wegsehen auf beiden Seiten gleich groß und gleich schnell!

Eine einzige Kollegin, eine ihrer ehemaligen Schülerinnen, kam eines Tages auf sie zu, hatte Tränen in den Augen und sagte, wie leid ihr das alles getan habe, damals. Für alle anderen hatte Rahel Bach nie existiert, war verbannt aus dem Gewissen und der Erinnerung.

Rahels Anspruch an ihr eigenes Leben war inzwischen retardiert, zusammengeschrumpft auf das Bedürfnis, in Ruhe gelassen zu werden. Dass man sie nicht wahrnahm, verachtete, übersah, empörte sie nicht mehr. Sie empfand es nach all dem, was sie zu vergessen, zu verdrängen versuchte, als normal, dass sie nur noch ein lächelnder Schatten war. Mit einer Vergangenheit im Harz, die nicht einmal ihr Sohn im Detail kannte. Und nachgefragt wurde nie, von niemandem. Sie entsprach nun dem Anspruch ihres Umfeldes. Sie hatte zu funktionieren und sie tat es, weil alles andere nicht mehr existierte, was irgendwann vor einigen Jahren ihr Leben in Geranienburg ausgemacht hatte.

Rahel hatte ein Jahr der Ruhe und sie genoss es unendlich, bis zu dem Tag, an dem sie zurück musste in den Harz. Die Hoffnung, dass die für ein Jahr befristete Stelle verlängert wurde, erfüllte sich nicht, weil sie aus dem Seitenflügel ausziehen musste, der nun wieder für Jugendliche gebraucht wurde.

39

Und Rahel lief wieder in den Stadtwald. Oben am Schloss sah sie auf ihre Stadt hinab. Das Dach des zauberhaften Theaters im Jugendstil glänzte in der Sonne bis hier herauf. Man hatte ihr im Rathaus klar gemacht, dass ihr Wohnbezirk immer noch Halle war und sie solle sich doch dort um Arbeit bemühen. *Warum schreie ich nicht, warum zünde ich diese Stadt eigentlich nicht an?* Aber sie blickte nur still, ohne Tränen hinunter. Ihre Stadt spie sie aus, wie überflüssigen Abfall.

Ich werde euch das nie verzeihen!, schwor sie den Menschen ihrer Stadt, die ihr noch vor wenigen Jahren so laut zugejubelt hatten. Aber die kannten sie gar nicht mehr. Dort unten brodelte ein Alltag, der mit Rahel schon lange nichts mehr zu tun hatte.

Einige Tage später rief Rahel ihre ehemaligen Arbeitskollegen in Ottoburg an und die besorgten ihr eine Stelle als Kulturleiterin in Rotbraunrode, einem zauberhaften kleinen Ort am Harzmassiv.

Es war nur wenige Kilometer von Ottoburg und dem kleinen Städtchen, in dem der Krasslerclan hauste, entfernt. Rahel konnte im Ferienheim, dessen Hauptquartier im Ortsschloss untergebracht war, mit Julia und dem neuen Männlein, das die Gunst der Stunde nutzte, um mit Rahels Hilfe nun aus dem Jugendheim heraus zu kommen, und das in Rotbraunrode gleich der Genosse Heimleiter wurde, ganz gemütlich und beinahe fürstlich wohnen. Und da es ein Dienstquartier war, konnte Rahel an den freien Tagen mit Julia in ihre Wohnung fahren.

Das Männlein, das durchaus wieder hätte Funke heißen können, vergnügte sich derweil mit einer hübschen Kellnerin und liebeshungrigen Urlauberinnen. Aber als Abschreckung gegenüber Krassler leistete er gute Dienste.

1988 wurde, wenn man vom Heimweh nach Geranienburg, das sie nur selten besuchen konnten, absah, ein recht beschauliches Jahr. Mit Dorftratsch, Lagerfeuer am Hexentanzplatz und Besichtigungen der schönsten Städte des Ostharzes.

Rahel lernte nun erst einmal selbst den Harz kennen, den sie in Wanderungen „ihren" Urlaubern
zeigte. Sonst bestand ihre Tätigkeit darin, den „Kulturplan" pro Durchgang zu entwerfen und schön bunt gemalt als Programm in den Speisesaal zu hängen. Mittwoch und Samstag hatte sie die Tanzabende zu begleiten und auch die üblichen Katz- und Maussspielchen und die Tombola zum Abschlussabend zu organisieren. Die Urlauberprogramme in der DDR liefen überall nach dem gleichen Strickmuster ab und alle kannten das Prozedere der kollektiven, bierseligen Vergnügungen, aber es war friedlich und gemütlich. Einmal im Jahr vierzehn Tage weg vom kollektiven Leistungszwang! Das gönnten die Genossen ihren Werktätigen schon zum kleinen Preis. „Brot und Spiele!" Cäsar hatte es vorgemacht und alle Diktatoren dieser Welt äfften es nach. Im Gleichschritt! Am perfektesten ging das in China. Und in Rotbraunrode sorgte Rahel nun mit dafür, dass es vierzehn Tage Entspannung und Spaß gab, allerdings ohne Gleichschritt. Und alles lief gut.

Bis auf ein Ereignis, das sie fast ihren Posten gekostet hatte: Sie hatte die Preise für die Ponyfahrten durch den Ort in „DM" angegeben. Und niemand glaubte ihr, dass die Angabe in der feindlichen Westwährung kein übler Scherz, sondern ein Versehen war. Aber es ging noch einmal gut aus. Neuer Durchgang, neue Preisschilder!

Ein kleines weißes Hündchen, das durch den Dorfmatsch immer eher wie ein zotteliger Staubwedel aussah, hatten sie aus Geranienburg mitgebracht. Das Hündchen war im Heim einer Eheschließung im Wege gewesen. „Entweder der Hund oder ich!", hatte der auserwählte Liebhaber einer Erzieherin getönt, und da diese schon etwas älter war, hatte sie schließlich ihr Hündchen ins Tierheim geben wollen. Flocki war aber nicht vermittelbar, weil sie eine Stressblase hatte. Wenn sie Angst hatte, musste sie sofort pinkeln. Und die kleine Münsterländerin hatte oft Angst und zitterte, sobald sie jemand ansah. Es war völlig klar, dass Rahel und Julia nicht zulassen konnten, dass Flocki ins Tierheim kam.

Und sobald sie in Rotbraunrode war, wurde Flocki ein völlig normaler Hund, benahm sich ordentlich wie ein Dorfköter, sauste zwischen allen Urlaubern herum, schmuste mit jedem und pinkelte nie wieder die Leute voll. Julia hatte neben Gelegenheitshaustieren wie Käfer und ab und zu einem Salamander auch noch eine Rennmaus, ein Kaninchen und Susi, die Ferienheimkatze.

Ohne Funke Nummer Zwo, wie Rahel ihn nannte, wäre es ein kleines Paradies gewesen. Nur ihre Familie, die Eltern, Johannes und die Enkel fehlten ihr. Julia ging in den Dorfkindergarten. Noch immer war sie ein kleines betuliches Pummelchen und sehr besorgt um alle Tiere. Alles, was sie nur kriegen konnte, sammelte sie in ihre Tasche. Nur Regenwürmer mochte sie nicht. Die wurden lang und länger und schnippten aus ihren kleinen Fingern, wenn sie die aus dem Boden zerren wollte. Zu Funke Nummer Zwo sagte sie Vati, weil alle im Kindergarten einen hatten. Rahel war es egal. Irgendein „Vati" würde sie wohl nun ihr Leben lang bewachen. Solange er niemanden schlug, war es Rahel inzwischen völlig gleichgültig, wer es war.

Lichtjahre entfernt von Rahel spielten sich Katharina, Julia und Heinrich die Seelen aus dem Leib, verspürten sie – fühlten die Leipziger, Dresdener, Berliner und Rostocker das Grummeln des bevorstehenden Weltunterganges des Sozialismus.

Und die Spaltung der DDR ging auch schon in Leipzig wie ein bitterer Riss durch ihre Gruppe. Katharina, die Genossin der Genossen, ruderte herum, hilflos, ahnend, was da kommen wollte, ratlos, wie man es verhindern könnte. Ihr Kabarett biss sie bald weg. Katharina ging verbittert nach Berlin, wo sie nie Fuß fasste, aber so tat, als habe sie wieder alle im Griff, alles unter Kontrolle. Sie spielte weiter mit Hingabe die „Reinemachefrau des Sozialismus", die den Dreck aufwirbelte um sich dann, ehe sie zusammenfegte, auf ihrem Besenstiel aufzustützen, um Weisheiten zu verkünden, die nun keiner mehr hören wollte, von Ungarn bis Warschau. Und die in Berlin nur noch die Funktionäre witzig fanden. Der Rest fand's ulkig und lachte brav.

Katharinas Stimme aber wurde immer gellender, damit man das Volksgemurmel im Land nicht vernahm. Sie hätte sich zur Stimme der Opposition machen können. So laut, so gellend. Aber sie hatte nur Angst, dass das Volk eines Tages ihre Stimme übertönen könnte und man wider alle Logik auf ihre Worte nicht mehr hören würde, auf ihre wohl durchdachten. Dass der Pöbel, den sie verachtete, weil der vom Kabarett nur das Klatschen und Lachen kannte, wortlos die Füße nehmen und Mauern überrennen würde, die sie, Katharina, mit festhielt ... bis zuletzt würde sie es nicht begreifen. Und ihr Lieblingssong wurde das Lied der Barbara Streisand. Denn es war ihre Burg, die da so langsam bröckelte. Ihre Großstädte versanken im Chaos kommender Demonstrationen. Und so gellte sie es hinaus auf den Bildschirmen der Republik, als mahnende Hofnärrin ihres Systems, mit dem Besen in der Hand, und sie kehrte nicht um, selbst dann nicht, als ihre Welt in Scherben gefallen war.

Irgendwo am Rande Geranienburgs packten nun auch Doktor Schwab und seine hübsche Frau mit den vielerlei Westbeziehungen die Koffer, um in Urlaub zu fahren. Natürlich nicht in ein FDGB-Ferienheim. Und schon gar nicht in den Harz! Man fuhr an den Balaton. Da war man mit Freunden von „Drüben" verabredet.

Und Professor Unger, der schlaue Fuchs mit mancherlei Informationen von vielen Patientinnen und Kollegen, und den Renegaten in Form seines Oberarztes und einiger Krankenpfleger im Haus, begann ganz langsam und vorsichtig seine lange Flucht zu planen. Über Dresden, den Norden der Republik, nach Libyen. Vielleicht war es auch Syrien oder der Irak. Es gab viele Herrscher auf dieser Welt, die seine Dienste zu schätzen wussten. Carpe diem!

Auch im Theater von Geranienburg und im Puppentheater rumorte es ganz vorsichtig, vor allem seit zwei Puppenspieler im Stasiknast saßen. Aber der Genosse Intendant des Theaters und der Genosse Direktor der Puppenbühne hielten noch, ohne Sorge, die Fäden in ihren Händen, dank der fleißigen Genossen um sie herum. Geranienburg war eine der letzen Städte der DDR, die den Umsturz realisierten, und die heimlichen Treffen des Neuen Forums und der kleinen Gruppen, die sich in der großen Backsteinkirche trafen, waren gut mit Genossen durchsetzt. Für alle Fälle lagerten in den gelben Metallschränken der Stadt und in den graugrünen der Zivilverteidigung die von der Stasi aufbereiteten Listen der Verdächtigen. Am Tag X, wenn der Befehl aus Berlin oder Moskau kommen würde, konnte man sie innerhalb von zwei Stunden in die nahegelegene Sternburg verbringen und von dort aus abtransportieren, auf den Müll des Sozialismus, nach Bautzen oder Sibirien, wie schon seit Jahrzehnten.

Es hätte nahegelegen, dass Rahel bei einem Besuch in Geranienburg, im Herbst 1988, von all dem erfahren hätte. Aber die Bannmeile, die man dort um etwaige Informationsquellen gezogen hatte, war ehern und dicht.

Und so erfuhr sie die Nachricht vom Stand der Weltgeschichte erst durch Barbara und ihren russischen Bären, und was der sagte, war so ungeheuerlich, dass sie es nicht glauben konnte!

Barbara hatte nach Russland geheiratet.

Die junge Kinderkrankenschwester war ihrer großen Liebe hinterher gezogen, nachdem das Kabarett und alle Hoffnungen, dass es jemals wieder auferstehen könnte, kaputt gegangen waren. Torsten war der klügste und attraktivste Junge im Kabarett gewesen und der Einzige, der damals nicht zur Fachschule gehörte. Den jungen Abiturienten, der später in Berlin Kunst studieren sollte, hatte eine von Rahels Schülerinnen mit angeschleppt gebracht und von da an war er im Kabarett Hahn im Korbe – und nicht nur da.

Barbara war hin und weg und es dauerte selbst in Berlin eine ganze Weile, bis das Mädchen, das sich über die FDJ ein Studium dort ergattert hatte begriff, dass Torsten alle anderen auch liebte, mit seinem großen Herzen und dem hinreißenden

Lachen. Und so ließ sie sich aus Liebeskummer, aber auch sehr neugierig, nach Moskau delegieren, zum Studium an der Hochschule des Komsomol, möglichst viele Kilometer zwischen sich und ihre Liebe packend!

In Moskau schnappte sich die schöne schwarzhaarige Walküre aus Rahels Kabarett den größten und schönsten Russen, den es an der Hochschule des Komsomol gab, und war mit diesem riesigen russischen Bären mit Namen Alexandrowitsch in dessen Rayon am Kaukasus gezogen. Denn dort war er Jugend-Komsomol-Chef eines Bezirkes, der so groß war wie Deutschland. „Ich will wissen, wie der Kommunismus im ‚Kommunismusland' original ist", schrieb sie Rahel und später jammerte sie, dass sie alle hungern würden, wenn nicht die Päckchen aus der DDR kommen würden. Also hatte Rahel Päckchen, streng limitiert (ein Kilogramm komplett inklusive Verpackung, pro Monat), geschickt. Die praktische Barbara hatte alle eingeteilt. Und Rahel war für Puddingpulver und Kaffee zuständig. Andere Familienmitglieder für Fett oder Seife und wieder andere für Windeln oder Büstenhalter. Vieles war total verboten, aber alle halfen, so gut es nur ging. Natürlich wurde der Schwund durch die Post der Russen mit bedacht, denn die Postboten der Sowjetunion hatten ja oft keine Verwandten in der DDR.

Was der diplomierte Staatswissenschaftler und Historiker nun im Herbst 1988 vom Rande des Ural mitbrachte, war offensichtlich schon weit verbreitetes Diskussionsgut unter den Intellektuellen Russlands. Rahel war sprachlos! Das Treffen mit Barbara, nach den Jahren des Unglücks, war längst überfällig. Barbara hatte es endlich durchbekommen, dass beide, sie und ihr Mann, in die DDR reisen konnten. Als Pfand mussten sie den geliebten Sohn am Ural zurücklassen. Auch die Russen kannten die Staatsflucht und wussten sie zu verhindern.

„Was denkst du, wie das weitergeht mit dem Sozialismus?", fragte Rahel den Bären.

Iwan Alexandrowitsch Barbajugin wiegte sein großes schwarzes Haupt und antwortete selbstverständlich auf Russisch, obwohl er Rahel sehr gut verstand. Diese Deutschen, die er zwar liebte und kopierte, mit ihrer Ordnung und ihrem Goethe, aber schließlich war sein Vater MIG-Pilot im großen Vaterländischen Krieg gewesen und auch noch danach, ein Held der Sowjetunion! Seine Sprache war eine Siegersprache und die hatte auch seine Frau lupenrein zu lernen gehabt, ehe er sie dem Vater präsentieren konnte. Und Barbara lernte sehr schnell, auch vieles andere, was so anders war, am Rande des Ural. Sie übersetzte perfekt, was er zu sagen hatte und Rahel konnte genug Russisch, um zu wissen, dass Barbara alles korrekt übermittelte. Nur wenn sich die beiden stritten, verhinderte die Geschwindigkeit ihrer scharf geführten Wortwechsel, dass Rahel mitbekam, worum es ging. Meistens warnte ihn Barbara, zu deutlich zu werden. Sie saßen zwar zu Hause, am Wohnzimmertisch ihrer Eltern, aber ob die Stasi und der KGB mithörten, war ungewiss. Ein politischer Ausrutscher, und sie wären nie wieder in die DDR gelassen worden!

Aber im Herbst 1988 hatten der KGB und die Staatssicherheit wohl anderes zu tun, als sich um die Weltsorgen dieser kleinen Gruppe zu kümmern.

„Sozialismus!", wetterte Alexander. „Hier geht es um Geld und um Macht! Schau dir die Geschichte an! Die Völker driften durch Kriege zusammen und wieder auseinander! Im Moment driften sie voneinander weg!"

„Was? Das glaube ich nicht!"

„Wirst du erleben! In den nächsten einhundert Jahren! Das ist Gesetz von Völkern! Sowjetunion! Sozialismus! Rahel, wir sind ein zu teures Kunstgebilde! Wir müssen die Randstaaten in den nächsten Jahrzehnten abstoßen! Zu teuer! Oder wir gehen bankrott!"

„Und die DDR?", fragte Rahel atemlos. „Eure Festung, euer Vorposten für die nächsten tausend Jahre? Euer Uranlieferant Nummer eins?"

„Rahel, das Uran haben wir alles raus. Der Atombombenboom ist zu Ende. Wir machen intelligentere Waffen! Menschen gehen kaputt, alles andere bleibt stehen und strahlt nicht. Perfekt." Es klang bitter.

„Und was wird mit der DDR?", bohrte Rahel unbeirrt weiter.

„Na, wieder vereinigt! Ist doch normal. Getrenntes Volk geht nicht auf Dauer!"

Rahel lehnte sich gelangweilt zurück. So ein Spinner, dieser Russe! Das konnte man sich wirklich nur aus dem Hirn schrauben, wenn man vom Ural kam!

„Ich weiß, du glaubst nicht. Aber erstens: Volk will es! Zweitens: Wir brauchen euch längst nicht mehr! Und als Präsentation, Aushängeschild, seid ihr einfach zu teuer!" Alexander lehnte sich erregt zurück, der zarte Stuhl seiner Schwiegereltern krachte verdächtig. Sofort setzte er sich vorsichtig und brav wieder gerade hin. „Wenn ich zu entscheiden hätte, würde ich euch zu einem guten Preis an den Westen verkaufen. Ihr seid ja auch strategisch nicht mehr wichtig! Im Ernstfall könntet ihr die Alliierten über Land nur zwanzig Minuten aufhalten, dann wären sie in Polen und die würden alle Tore aufreißen, genau so wie die Tschechen, die Slowaken und die Ungarn!"

„So seht ihr das?"

„So ist das, Rahel!"

„Charascho, otschen charascho! I ja sischu tam k Po, w garzje!"

„Prima, sehr gut, und sie sitzt dort am Arsch der Welt, im Harz!", übersetze Barbara lachend Rahels Ausruf, etwas frei, für ihre Eltern.

„Oh, Garz, Quedlinburga, prekrasni!", schwärmte Alexander.

„Wenn ihr das nächste Mal kommt, zeige ich euch den Harz und den Platz, wo die Hexen und Walküren tanzen. Alexander, die haben Mammas, da sind die von deiner herrlichen Frau kleine Pfläumchen!" Barbara kreischte auf wie Mütterchen Russland und bekam rote Apfelbäckchen. Alexander warf sich im Lachen wieder nach hinten und nur ein Aufschrei der Schwiegermutter rettete den Stuhl.

Sie aßen russischen Heringssalat, Pirogen und tranken Rotwein, nur ein Schlückchen, denn Alexander war kein Primitivling! Wodka kam nicht auf den Tisch! Und dann sang Alexander, „Oh schöne russische Heimat!" Ach ja, aber diese DDR war auch ganz gemütlich. Alles so ordentlich und pünktlich!

Und Rahel wusste nicht, ob sie nicht doch wieder einmal ein großes Gebet einlegen sollte, denn das, was der russische Bär da angedeutet hatte, klang – wenn das nicht seine Privatmeinung allein war – nach Hölle, Armageddon und Weltuntergang!

Rahel war überzeugt: Alles würden die Genossen von den Russen hinnehmen, nur nicht den Verlust ihrer Macht, den Ausverkauf ihres Ländles an den Rest der Welt. Eher schafften sie vollendete Tatsachen, wo der Russe nicht zurück konnte, und zündeten Europa an! Ein Vorwand ließe sich immer schaffen. Das wusste man nicht erst seit Hitler.

Zunächst aber fuhr nach einigen aufregenden Tagen jeder zurück in seine Welt. Barbara und der Russe wieder an den Ural, und Rahel in den Harz.

Und dort beruhigte sie sich schnell. Alles Quatsch! Aber der Russe und Glasnost hatten eine Kerbe in ihre Harzbeschaulichkeit geschlagen.

40

„Nach Geranienburg!" Der Taxifahrer im Urlauberdörfchen Rotbraunrode traute seinen Ohren nicht.

„Junge Frau, das sind fast dreihundert Kilometer! Und das kostet Geld!"

„Ich weiß, und das ganze Gepäck!"

„Na, von mir aus!" Er schälte sich aus seinem Sitz und packte Rahels Habseligkeiten mit ein.

„Vorher müssen wir noch in meiner Wohnung vorbei. Da lade ich noch was ein!"

Der Taxifahrer grinste. Das war ja mal ein gutes Geschäft! „Ja und ich fahre vielleicht noch mal zu meiner Frau und sage Bescheid, dass es später wird?" Rahel war einverstanden. „Machen Sie das öfter, so zwischen hier und Geranienburg hin und her?", erkundigte er sich neugierig.

„Nee, ich denke, das ist das letzte Mal, danach kommt nur noch der Möbelwagen!" Rahel klang nicht unglücklich, obwohl sie gestern Abend Funke Nummer Zwo eine mächtige Ohrfeige verpasst und damit diese Geschichte beendet hatte. Funke Nummer Zwo wohnte längst bei der Kellnerin, aber er hatte gemeckert, weil er Rahels Glück nicht rechtzeitig erfahren hatte. Das Glück bestand in einer kleinen Annonce, die Mutter im Brief geschickt hatte. „Suche Tauschpartner für Wohnung in den Harz", schrieb da eine Geranienburgerin.

Rahel hatte sofort wieder versucht, an die Decke zu springen und dann war sie nicht mehr zu halten! Heim, nur noch heim und das mit allem Gepäck und einer sehr schnellen mündlichen Kündigung bei ihrem Chef, Funke Nummer Zwo! Kündigung mit Nachdruck, als der Chef sie nicht gleich gehen lassen wollte. „Du kriegst ein Verfahren!", hatte er gebrüllt.

„Steck es dir in den Hintern!" Rahel hatte vor dem Männlein Nummer Zwo keine Angst und feuerte ihm eine, als er sie festhalten wollte.

Endlich, endlich gab es einen Ausweg! Dass die Geranienburgerin ihre Wohnung nicht nehmen würde, auf den Gedanken kam Rahel überhaupt nicht.

Hinter den Gardinen im Dörfchen ging es heftig zu, als Rahel und Julia einstiegen. Sie blickten sich nicht um, als das Auto gemächlich davon rollte. Nur Julia weinte leise. Die kleine Hündin blieb im Dörfchen bei zwei alten Leuten zurück. Dort durfte sie mit im Ehebett schlafen und weiter ein ganz normaler Dorfköter bleiben. Dafür fuhr die Rennmaus im Käfig auf dem Rücksitz mit. Die kannte, außer rennen, keinen Stress.

Es wurde ein Weihnachten und ein Silvester voller Hoffnung! Rahel war wieder zu Hause! Die Stadt hatte sie genauso gleichgültig im Nieselregen wieder empfangen, wie sie sie ausgespuckt hatte.

Dann saß Rahel mit Julia und den Enkeln bei Johannes unterm Tannenbaum und als sie Silvester die Sektkorken knallen ließen, ahnte niemand, dass dieses neue Jahr die gesamte Welt grundlegend verändern würde.

Rahel war überglücklich, weil die Familie, welche mit ihr tauschen wollte, sehr schnell mit ihr handelseinig wurde. Die Wohnung in Geranienburg war klitzeklein und schon deshalb hatte das Ehepaar gern eingewilligt, ohne überhaupt die Wohnung im Harz zu sehen. Rahel nannte den Wohnungstyp – und sie hatte eine Dreizimmerwohnung! Das war für die Geranienburger ein Riesenglück! Die Neubauwohnungen in der DDR ähnelten sich alle, und das Ehepaar ging kein Risiko ein, unbesehen zuzusagen. Man einigte sich schnell für einen Umzug. Mitten im Winter, Ende Januar, sollte der Tausch stattfinden!

Rahel fuhr in der ersten Januarwoche noch einmal ohne Julia in den Harz und packte in der Wohnung alles zusammen.

Und nur noch einmal begegneten sich Krassler und Rahel wortlos, als er mit zusammengekniffenen Lippen nun endlich sein Zimmer räumen musste. Seine zwei Helfer grüßten stumm und verstohlen.

Das Zusammenpacken ihrer Habseligkeiten war nicht ihr Hauptproblem. Das konnte sie allein tun. Aber wie sollte Rahel die Couch und alle größeren Möbel samt Kühlschrank und Waschmaschine nach unten bekommen?

Der Möbelwagen aus Geranienburg hatte sich gegen zehn Uhr vormittags angekündigt. Ihre Tauschpartner wollten um diese Zeit auch mit ihrem Auto da sein. Tagelang hatte Rahel vorher Nachbarn, Bauarbeiter und Bekannte abgeklappert. Einige hatten zugesagt, zu helfen, aber am Umzugsmorgen stand Rahel allein mit frostklammen Fingern vor ihrem Haus. Niemand wollte sich mit dem Krasslerclan anlegen. Die Frau zog weg, aber sie blieben dort! Die Angst ging um im Städtchen!

Rahel hatte das geahnt und schon die halbe Nacht auf Decken ihre ganze Habe, bis auf die ganz großen und schweren Teile, die vier Stockwerke hinunter gezerrt. Morgen würde sie jeden Knochen einzeln spüren, aber das war so egal! Hauptsache, sie konnte endlich hier weg in eine eigene kleine Wohnung in Geranienburg!

Das Haus hatte schweigend das nächtliche Treiben ertragen. Auch hier wagte niemand zu helfen. Aber man schimpfte auch nicht, ob der nächtlichen Ruhestörung. Als dann alles verpackt war und sie sich voneinander verabschiedeten, kamen doch noch zwei Hausbewohner und wünschten Rahel Glück.

Sie schaukelte mit im Umzugswagen nach Geranienburg, und als das große Gefährt an ihrer neuen Adresse hielt, lagen sie sich dann alle weinend in den Armen: Johannes, seine Frau, jede Menge junge Leute, Freunde von Johannes, und am Abend saßen sie in Rahels neuer kleinen Wohnung, brutzelten Würste in der winzigen fensterlosen Küche, aßen Kartoffelsalat und tranken das gute schwarze Bier, das in Geranienburg gern getrunken wurde.

Manchmal ist das Leben so schön, so einfach!

Und Rahel vergaß ganz schnell die Frau, die rechtlos zusammengeschlagen und vergewaltigt nur noch Angst um ihr Kind hatte. Und sie verdrängte das Wissen, dass es Funke Nummer Eins und seine Genossen in Geranienburg nach wie vor gab. Rahel wollte nur noch vergessen, aber die Genossen erinnerten sich an sie, auch wenn es zunächst nicht danach aussah.

Rahel hatte sich wieder an der Medizinischen Fachschule beworben. Versöhnung angemahnt. Aber als Antwort kam nur ein sehr sachlich und kühl gehaltenes Schreiben des neuen Bezirksarztes, der sie um Verständnis bat, dass eine Anstellung in der Schule wohl nicht gehen würde.

Und dann war sie doch wieder ins Rathaus zur Abteilung Arbeit gegangen. Sie konnten Rahel nun nicht wieder abweisen, denn sie legte die neue Ummeldung an ihre Geranienburger Adresse vor.

Die Mitarbeiterin gab Rahel mehrere Adressen unterschiedlicher Arbeitsstellen. Rahel traute dem Frieden zwar nicht, aber sie nahm sich vor, brav alle Arbeitsstellen abzulaufen und sich überall zu bewerben. Es waren durchweg Arbeitsangebote, die ihrem Bildungsstand entsprachen. Teils in Ausbildungseinrichtungen der Stadt, teils im Kultursektor. Rahel war beruhigt. Die Genossen hatten wohl nun Abstand davon genommen, sie zu gängeln.

Rahel entschied sich für eine Arbeit im Kulturbereich und ging ins Rathaus von Geranienburg, um sich vorzustellen. Die Kulturabteilung suchte eine Mitarbeiterin für die Volkskunst und den Theaterbereich. Was immer das auch beinhaltete, Rahel war froh, dass sie genommen wurde, obwohl sie dem Chef der Abteilung, einem ältlichen Genossen, erzählte, was sie vor Jahren in Geranienburg, an der Medizinischen Fachschule erlebt hatte. Der Leiter der Abteilung Kultur schickte sie erst einmal für zwei Stunden weg. Rahel ahnte nichts Gutes, und nun war sie wieder da, die verdrängte Vergangenheit. *Was war das bloß für eine Schnapsidee, ausgerechnet in die Höhle der Löwen zu gehen?*

Dann saß sie wieder vor ihm. Und er stellte sie ein.

Der Leiter der Abteilung Kultur machte keinen Hehl daraus, dass er sich in der Zwischenzeit umfassend erkundigt hatte. Allerdings bekam er in der kurzen Zeit nur das O.K. von den geranienburger Genossen. Was da im Harz gelaufen war, buchte er unter Familiendrama ab. Das war ihm egal. Wenn die Frau das alles wirklich erlebt hatte, dann fraß die ihm zukünftig vor Dankbarkeit aus der Hand. Anderenfalls konnte man sie ja auch schnellstens wieder in die Wüste schicken. Aber die sah nicht so aus, als wollte sie den Sozialismus aus den Angeln heben.

Die Genossen hatten zwar vorgewarnt, aber er nahm das auf seine Kappe. Die Kleine gefiel ihm, wenn sie auch etwas mitgenommen aussah. Sein Stellvertreter, der Genosse mit den perfekten Verbindungen überall hin, war ohnehin längere Zeit wegen eines Studiums nicht da und nun brauchte er eine gescheite Arbeitskraft, die flexibel und willens war, zu arbeiten. Und das konnte und wollte Rahel auch tun.

Und so wurde Rahel Bach Mitarbeiterin für Kultur in der Kulturabteilung des Rates der Stadt Geranienburg.

Und weil Rahel so klapprig aussah, schickte sie Genosse Güldenberg, der Leiter der Abteilung Kultur, erst einmal im April 1989 mit ihrer Tochter an die Ostsee in Urlaub.

Rahel und Julia verlebten vierzehn herrliche Tage auf Rügen, denn Rahels Engel hatte wohl wieder etwas nachgeholfen und das Sommerwetter ein wenig vorverlagert. Pummelchen Julia gab es nicht mehr. Die Kleine hatte sich zauberhaft gestreckt und es deutete sich jetzt schon an, dass Julia einmal eine wunderschöne und zarte Frau werden würde. Ihre lange blonde Mähne wetteiferte mit der dunklen der Mutter, der man nicht ansah, dass sie bereits die Vierzig weit überschritten hatte.

Sie kletterten an den Kreidefelsen herum, schmusten mit dem Hund des Heimleiters und genossen es, einmal ohne irgendeinen Bewacher einfach nur zu faulenzen.

Braungebrannt und gut erholt kamen dann beide wieder heim nach Geranienburg. Julia ging in den Kindergarten und fuhr nun oft schon ganz allein mit der Straßenbahn zur Großmutter.

Die Arbeit im Rathaus lief streng geregelt ab. Dienstberatungen, Termine im Theater bei den „Volkskünstlern", Berichte und wieder Berichte schreiben, Theaterpremieren und Termine im Puppentheater. Es war Sommer 1989 und nichts im Leben der Mitarbeiter des Rates der Stadt Geranienburg deutete darauf hin, dass der Weltuntergang des Sozialismus unmittelbar bevorstand. Während in den anderen Städten der DDR der Untergrund auf Hochtouren arbeitete, während in Ungarn, Polen und in der Sowjetunion die ersten Mauern bröckelten, lief im Hochsicherheitstrakt Geranienburg alles wie am Schnürchen. Nur in den Kirchen wurde lauter gebetet, aber alles unter Kontrolle, berichteten die Genossen nach oben. Alles ruhig, die Außenseiter im Griff, berichtete der Genosse Intendant des Theaters an alle Dienststellen und auch an das Rathaus. Alles unter Kontrolle, berichtete auch der Direktor des Puppentheaters und kündigte sicherheitshalber mal seine Kontakte mit seinen Genossen auf. Denn es war wohl das Beste, nicht mehr nur auf die Genossen zu bauen.

Rahel hatte von alldem keine Ahnung. Dass die Genossen von MSF sich beim Stellvertreter des Kulturamtes die Klinke in die Hand gaben und dieser Stellvertreter im Spätsommer dann plötzlich eine Dienstreise in den Harz machte, bekam sie nur am Rande mit. Die Veranstaltungen im Sommer 1989 waren vielfältig, und Rahel hatte mit allen anderen Mitarbeitern Theatersommer, Galerietage, Tanzfestivals und eine Wahl zu absolvieren.

Das Klima in der Abteilung hatte sich im September 1989 verändert, seit Genosse Obermann aus dem Harz zurückgekommen war. In Rahel kroch wieder das kalte Gefühl in den Nacken. Vor dem überfreundlichen Stellvertreter hatte Rahel plötzlich Angst. Warum war er in den Harz gefahren? Als Stellvertreter des Amtes für Kultur war es nahezu ausgeschlossen, dass er eine Harzreise machte, ohne dem Stellvertreter Inneres in der kleinen Stadt zu begegnen. Die Genossen kannten sich alle.

Zur nächsten Premierenfeier des Theaters war sie nicht mit eingeteilt und hatte plötzlich nur noch Arbeiten innerhalb des Büros zu erledigen. Hatte Krassler so einen langen Arm?

„Warum hat man dich in Halle exmatrikuliert?", hatte Mitte Oktober Genosse Obermann gefragt. Dann gab es einige Unstimmigkeiten während der Dienstberatungen. Obermann hatte Rahel etwas in die Schuhe schieben wollen, wovon die überhaupt keine Ahnung hatte. Rahel widersprach eine Spur zu heftig. Wieder gingen die Genossen bei Obermann ein und aus. Ende Oktober 1989 erkrankte der Leiter der Abteilung. „Wir müssen mit dir sprechen!", kündigte Obermann an, und Rahel wusste sofort Bescheid. Es ging wieder los und es war das Vorspiel zum Ende.

Die Genossen hatten nun alle Informationen aus dem Harz. Rahel war ein Risikofaktor, nach wie vor! In ihren Kontakten und Gesprächen mit den Künstlern war wohl kein ausreichend fester Klassenstandpunkt oder nicht genügend Unterwürfigkeit gegenüber den Genossen im Rathaus festgestellt worden. Was immer für Gründe vorgeschoben wurden, Rahels Anwesenheit in exponierter Position im Rathaus störte die Hammersbachers, die Kattmanns, die Funkes und auch eine Parteisekretärin in der Marmeladenfabrik. Es hatte einige Monate gedauert, aber dann wussten zu viele von damals, wer die neue Mitarbeiterin im Rathaus war, und da nützte auch die Fürsprache des Leiters der Abteilung nichts.

Sein Stellvertreter wusste, was er zu tun hatte, als Genosse Güldenberg, der das Drama nicht miterleben wollte, in den Krankenstand ging. Zu viel passierte inzwischen in der sozialistischen Welt. Da rannte man Botschaftszäune in Prag um, da wurden in Ungarn Ausreisen genehmigt. Ganze Familien fuhren dieses Jahr nur noch dorthin in Urlaub Der Alte verkraftete das Durcheinander nicht mehr und nun wollte Obermann noch die Neue killen. Sollte der das machen, wenn die Genossen das so wollten. Nicht mehr mit ihm! Sein Herz machte so langsam schlapp, bei alldem Durcheinander. Er würde wohl lieber bald zurücktreten.

Das war Obermanns Stunde. „Rahel, wir machen nächste Woche einen Termin!", sagte er am Vortag des Weltunterganges.

Rahel saß am 9. November verängstigt auf ihrem Platz am Schreibtisch, aber Obermann rief sie nicht. Er war überhaupt nicht da. Von ferne hörte sie plötzlich das Läuten der Glocken in der Backsteinkirche.

„Die Mauer, die Regierung! Sie machen die Reisefreiheit! In Berlin ist der Teufel los!" Die Mitarbeiterin für Bildende Kunst kam aus ihrem Büro, das die Fenster zur Rückseite des Rathauses hatte, gerannt. „Mach mal die Fenster auf, die demonstrieren!" Sie riss die Fenster von Rahels Büro auf. Die Kulturabteilung war im Obergeschoss des Hauses untergebracht. Sie musste sich weit über die Dachbrüstung lehnen und wäre fast hinausgekippt. „Freiheit", krähte sie beinezappelnd hinunter, „Freiheit!"

Die immer chic mit Westklamotten angezogene Genossin Niemann, deren Mann Fernfahrer war und der als zuverlässiger Genosse wichtige Güter in den Westen transportieren durfte und dafür einige Devisen bekam, die seine Frau dann im Intershopladen in Seife, Hautcreme, Schmuck und Kleidung verwandelte, verzog den geschminkten Mund: „Der Spuk geht schon die ganze Nacht! Pass auf, dass du dir nicht den Mund verbrennst. Oder vom Dach fällst! Das ist in wenigen Tagen vorbei! Bei uns hier passiert sowieso nichts! Wer hat denn mal ein Radio?"

„Obermann, aber der ist nicht da!", sagte Rahel. Sie schwang sich nun auch mit aus dem Fenster und sah hinunter auf den Rathausplatz, auf dem sich murmelnd Menschen versammelten.

„Die machen so lange, bis die Panzer kommen!", gellte Genossin Niemann. Rahel durchfuhr ein riesiger Schreck, Julia! Wenn hier der Krieg ausbrach, wollte sie bei ihrem Kind sein. Und das war am Ende der Stadt.

„Ich gehe heim! Ich will zu meiner Tochter!" Niemand hielt sie auf.

Rahel rannte durch die Stadt. Oh Gott, und was war mit Johannes?

Ganz Geranienburg war auf den Beinen. Von einer Telefonzelle aus rief sie ihre Eltern an: „Bleibt zu Hause, hört ihr? Geht nicht raus!"

Die Mutter jammerte: „Nee, ich brauche noch Milch für den Opa! Der trinkt den Kaffee nicht schwarz!"

„Mutti, ihr bleibt drin, im Krieg hattet ihr auch keine Milch, nicht mal Kaffee!" Das half, und nun konnte Rahel ein Taxi suchen. Endlich hielt eines an.

„Ich komme gerade vom Pionier-Bataillon!", schwadronierte der Taxifahrer, ein fülliger Mittfünfziger, sofort Rahel voll. „Mein Neffe ist dort stationiert! Der Genosse Kommandeur soll sich geweigert haben, in Geranienburg einzumarschieren! Mein lieber Mann! Da ist die Kacke am Dampfen! Aber wenn der es nicht macht, holen sie die Russen!" Der beleibte Taxifahrer war die beste Nachrichtenquelle des Tages.

Armageddon, jetzt geht es los!, dachte Rahel verzweifelt.

Sie holte Julia aus dem Kindergarten, deckte sich mit den wichtigsten Lebensmitteln ein und verschanzte sich vor dem Fernseher.

Und während Rahel in dieser Nacht das Weltgeschehen in ihr Wohnzimmer holte, rauchten in den Heizungen der kleineren und größeren Kultureinrichtungen Geranienburgs die Schlote, fuhren Lastwagen Papiersäcke mit Akten durch die nächtliche Stadt. Und in der Bezirksverwaltung für Staatssicherheit und Tausenden anderen Behörden standen die Aktenvernichter keine Minute still. Im Rathaus von Geranienburg war die ganze Nacht Licht und nur die zuverlässigsten Genossen schafften brisantes Material beiseite.

Erst gegen Morgen wagte Rahel, es zu denken: War es zu Ende?

Hatten sie wirklich überlebt? Hatten sie es überstanden?

Hatten die Krasslers, Funkes, Obermanns, die Kattmanns und die Hammersbachers und alle ihre Peiniger keine Macht mehr über sie?

Gab es den Bernsteinengel – wirklich?

„Freiheit", flüsterte sie dann ganz leise zu Julia.

„Hab keine Angst, wir schaffen das!"

Rahel sagte es mehr zu sich, denn sie merkte, dass die Kleine auf ihrem Schoß eingeschlafen war.

„Vom wahren Gegner fährt grenzenloser Mut in Dich."

Franz Kafka

Das zweite Buch „Ossi-Frau im Schwarzwald" beschreibt das Leben Rahels in den nächsten zwanzig Jahren, nach der Wende. Es ist in Arbeit.

„Alle Namen und einige Orte, die in meinem Buch angeführt sind, wurden erfunden.

Die Geschichte der Rahel Bach ist meiner Biografie weitestgehend nachempfunden, aber nicht identisch. Die erlebte Realität war häufig noch schlimmer.

Um meine Familie und deren Privatsphäre zu schützen, veröffentliche ich nicht unter meinem bürgerlichen Namen."

Elisabeth Altrock

Anmerkungen

[1] Wismut war der Begriff für alle Einrichtungen des russisch dirigierten Uran-Bergbaus in der DDR.
Die Wismut war quasi ein Staat im Staat. Mit eigener Verwaltung, und neben den eigentlichen Bergbau-Betrieben verfügte sie auch über zahlreiche Schulen, Handels- und Gesundheitseinrichtungen. Ein perfekter russischer Überwachungsapparat gehörte dazu.

[2] Ministerium für Staatssicherheit der DDR

[3] Volksmundbegriff für Staatssicherheit

[4] Kurzbezeichnung für „ärztlicher Direktor"

[5] Chef der Staatssicherheit der DDR

[6] Informelle Mitarbeiter der Staatssicherheit

[7] Thüringer Begriff für ein Fettbrot

[8] Volksmund: Infanterie

[9] ZV = Zivilverteidigung

[10] Chanson der Piaff: „Nein, ich bereue nichts!"

Elisabeth Altrock
(Pseudonym)

Elisabeth Altrock wurde 1944 in der Kleinstadt Zeitz in Ostdeutschland geboren. Sie absolvierte eine Ausbildung zur Kinderkrankenschwester. Seit 1975 ist sie Lehrerin für Pflegeberufe. 1979 gründete sie ein erfolgreiches Studentenkabarett und wurde als „Volkskünstlerin der DDR" hoch dekoriert. Damit geriet sie in die Öffentlichkeit und wurde von nun an, bis zur Wende, durch die Staatssicherheit bespitzelt. Elisabeth Altrock legte sich mit den „Genossen" an, verweigerte den Gehorsam und lehnte letztlich ein Leben als gefeierte Hofnärrin in der DDR ab. Elisabeth Altrock ist geschieden und hat zwei Kinder. Mit ihrem Lebensgefährten wohnt sie in einem alten Bauernhof im Schwarzwald. Sie arbeitete bis 2008 als Diplom-Medizin-Pädagogin in Freiburg an der Universitätsklinik und bildete nach langen Jahren der Ächtung in Ostdeutschland wieder erfolgreich Pflegekräfte aus. Jetzt ist sie im Ruhestand. Eine Kabarettbühne hat sie nie wieder betreten.

Bewerten
Sie dieses Buch
auf unserer Homepage!

www.novumverlag.com